KB270931

고킨와카슈 (상)

古今和歌集

옮긴이 **구정호**(具廷鎬)는 1960년 서울에서 출생하였다. 1981년 한국외국어대학교 일본어과를 졸업하고 1986년 동 대학교 대학원에서 『신고킨와카슈(新古今和歌集)』의 혼카도리(本歌取り)에 관한 연구로 석사학위를 받았다. 1991년에는 북해도(北海道)대학 대학원 문학연구과 박사과정에 입학하여 『만요슈(万葉集)』를 수용사적(受容史的) 관점에서 연구하여 1995년 3월 『古今和歌六帖の万葉集』라는 논문으로 박사학위를 받았다. 그 후, 귀국하여 1995년 9월부터 중앙대학교 외국어대학 일어학과 교수로 재직 중이다. 주요 저서로는 『일본문화총서시리즈』(한국일어일문학회, 2003)를 비롯하여 『일본시가문학사』(태학사, 2004) 공저로 출간하였고, 『만요슈―고대 일본을 읽는 백과사전』(살림, 2005)이 있고, 역서로는 『伊勢物語』(제이엔씨, 2003), 개정판 『아무도 모를 내 다니는 사랑길(원제 : 伊勢物語)』(제이엔씨, 2005)가 있다. 그 외 『고킨슈』를 비롯한 와카관련 논문으로 30여 편이 있다.

고킨와카슈 (상)

古今和歌集

1판 1쇄 발행 2010년 10월 20일
1판 2쇄 발행 2011년 9월 20일

엮은이 / 기노 쓰라유키 외
옮긴이 / 구정호
펴낸이 / 박성모
펴낸곳 / 소명출판
등록 / 제13-522호
주소 / 137-878 서울시 서초구 서초동 1621-18 (란빌딩 1층)
전화 / (02) 585-7840~1
팩스 / (02) 585-7848
전자우편 somyong@korea.com / 홈페이지 www.somyong.co.kr

ⓒ 2010, 한국연구재단
값 25,000원

ISBN 978-89-5626-506-3 94830
ISBN 978-89-5626-505-6 (전2권)

고킨와카슈 (상)

古今和歌集

기노 쓰라유키 외 엮음 | 구정호 옮김

소명출판

◆ **일러두기**

1. 번역을 위한 텍스트로는 이와나미서점의 신일본고전문학대계 『고킨와카슈』의 본문을 사용하였다.
2. 와카연구자들을 위하여 와카의 번역 아래에 원문을 게재하였다.
3. 해석한 와카 한 수를 내용에 따라서 제2구에서 끊거나 제3구에서 끊어서 2단으로 제시하였다.
4. 주는 한 수를 일괄하여 각주를 다는 형식을 취하였다. 따라서 각주번호는 와카의 번호와 일치한다.
5. 주석은 [주해]와 [해설]로 나누어서 기록하였다. [주해]에서는 각 노랫말의 어의를 주로 설명하였고, [해설]은 한 수의 감상에 중심을 두고 서술하였다.

　일본문학의 중심은 누가 뭐라고 해도 와카[和歌]이다. 모노가타리[物語]를 연구하는 사람들은 『겐지모노가타리[源氏物語]』를 거명하면서 이에 대해서 이의를 제기할지 모르나, 유사 이래 일본문학의 중심에 있던 것은 와카였다. 일본인의 노래 '야마토우타'는 『만요슈[万葉集]』 이후 면면히 일본문학의 중심자리를 지켜왔다. 8세기 말에 『만요슈』가 편찬되고 한문학의 전성기를 거친 후, 9세기 말에 이르러 와카는 국풍의 중심에 자리 잡았다. 국풍의 기운이 최고조에 달했을 때, 세상에 모습을 드러낸 것이 바로 『고킨와카슈』(이하, 고킨슈)이다. 10세기 초, 그 어느 나라에서도 유례를 찾아볼 수 없는 국가차원의 가집이 편찬되었던 것이다. 기노 쓰라유키[紀貫之]를 중심으로 하는 4명의 편자들은 『만요슈』 이래의 와카를 모으고 골라서 왕조문학의 앤솔로지 『고킨슈』를 엮어내었다.

　이후, 『고킨슈』가 세상에 끼친 영향이란 말로 다 표현할 수 없다. 『고킨슈』가 사회적으로 얼마나 커다란 영향을 끼쳤는지에 대해서는 다음에 소개하는 일화 하나가 모든 것을 말해 준다.

　『고킨슈』가 편찬되고 50년 정도 경과했을 즈음에 생존했던 인물 중에 후지와라노 모로타다(藤原師尹)라는 인물이 있었다. 모로타다는 당시 좌대신(左大臣)까지 오른 인물로, 그에게는 호오시(芳子)라는 딸이 있었다. 그녀는 후에 무라카미(村上)천황의 후궁으로 간택을 입은 사람이다. 호오시가 입궐하기 전까지 모로타다는 끊임없이 자신의 딸에게 신부수업을 시킨 것으로 유명하다. 모로타다는 딸에게 늘, '첫째는 글씨 연습을 하고, 다음으로 고토[琴]를 능숙하게 연주할 수 있어야하고,『고킨슈』 20권을 전부 암송하는 것을 학문으로 삼으라'고 가르쳤다. 그 이야기가 후에 천황의 귀에도 들어갔다. 호오시가 후궁이 된 후 어느 날이었다. 천황이 호오시를 방문하였다. 그리고는 신하에게『고킨슈』를 가져오게 하고, 그녀와의 사이에 칸막이를 두고 앉았다. 평소와는 다른 모습을 보이는 천황의 태도에 의아해하면서도 천황의 눈치를 보는 호오시. 그런 호오시를 앞에 두고 천황은『고킨슈』를 펼쳐서는 "언제, 어느 때 누가 읊은 노래는?"하는 식으로 질문을 했고, 이에 대해 호오시는 "이러이러한 노래이옵니다"하고 답을 했다.『고킨슈』제1권부터 이런 식으로 문제를 내고 대답하기를 얼마나 했을까?『고킨슈』20권 중, 절반인 10권까지 이런 상황이 계속되었다. 결과는 천황의 완패. 마침내 문제를 내던 천황이 지쳐서 "내가 괜한 헛수고를 했구나"하고 포기하고 누워서 쉬다가는, 다시 벌떡 일어났다. 후반부를 내일 다시 물어보면 그동안에 호오시가 그동안 자신이 가지고 있던『고킨슈』를 보고 외울까봐 쉬지도 못하고 천황은 밤새도록 문제를 냈지만, 결국 호오시의 승리로 끝나는 것으로 이야기는 마무리된다.

　『고킨슈』전반부 열 권 중에서 '언제, 어느 때, 누가 읊었나'를 알 수 있는 와카는 약 150수로, 한 수에 2분 정도 시간이 걸린 것으로 계산을 하여도 무려 5시간. 후반부 10권에는 이런 종류의 노래가 약 120수 수록되어있으니, 그 이후는 생각만 해도 정신이 아득해진다. 이런 일이 지금으로부터 천여 년 전 교토(京都)에서 일어났던 것이다.

　이 이야기는 『마쿠라노소오시(枕草子)』에 나오는 이야기로써 당시 귀족 사회에서 『고킨슈』가 얼마나 많이 유포되었고, 또 얼마나 큰 영향력을 가지고 있는지를 말해준다. 당시 사회에서 살아남기 위해서는 『고킨슈』를 통째로 외우지 않고는 살아남을 수 없었다는 말이다. 따라서 암송은 물론이고 이에 대한 연구는 대를 이어 끊이지 않았다. 기요스케(淸輔), 데이카(定家) 등에 의한 『고킨슈』의 본문교정이나 겐쇼오(顯昭)나 교오쵸오(敎長)에 의해 시작되는 『고킨슈』의 주석학적연구, 그리고 슌제이(俊成)의 『고라이후우테이쇼(古来風体抄)』나 데이카의 『긴다이슈카(近代秀歌)』와 같은 가론적 연구 등, 굳이 근래의 연구까지 언급하지 않더라도 『고킨슈』가 얼마나 깊이 일본인의 심성 안에 녹아 있는지 가히 짐작할 수 있다.

　이처럼 『고킨슈』는 일본인에게는 바이블과 같은 존재이다. 후세의 수용(受容)이나 연구 등, 모든 면에서 여느 작품과 비교해 볼 때 가장 앞서가지만, 한국 내의 수용 및 연구 상황은 거의 불모지와 같다. 일본 내에서는 선두에서 전통적인 정서를 이끌어 나가는 『고킨슈』가 바다 건너 우리나라에 이르러서는 너무나도 연약한 지반 위에 놓여있다. 이러한 괴리감이 역자의 『고킨슈』 번역을 부추기는 요인이 되었다.

　번역에 임하면서 나를 짓눌렀던 문제는 우리에게 너무나도 생소한 일본의 전통시를 어떻게 이해하기 쉽도록 설명할 것이며, 와카를 연구하고자 하는 후학들에게 어떠한 도움을 줄 수 있을까하는 문제였다. 와카가 운문인 이상, 번역에 있어서도 운문의 특성을 살려서 번역해야 할 것이며, 그와 동시에 단순한 번역만으로는 와카가 내포하고 있는 일본인의 심성과 정서를 전달할 수 없다는 점을 고민하면서 번역에 임하였다. 그래서 먼저 시도했던 것은 우리말 번역에 있어서도 와카의 음수율인 5・7・5・7・7에 맞추는 일이었다. 간혹, 번역에 있어 음수율을 초과하는 경우에도 가능한 한 운율적으로는 음수율에 맞도록 번역을 시도하였다. 그러나 아무리 뛰어난 번역을 하였다고 하더라도, 와카가 표현하고자 하는 내용을 31자에 다 담기는 불가능하기 때문에 이해를 돕기 위한 주해(註解)와 해설(解說)을 곁들였다. 아울러, 마쿠라고토바(枕詞)를 어떻게 처리할 것인가에 대해서 고민하였다. 마쿠라고토바는 어떤 특정한 가어(歌語)를 이끌어내기 위해 형식적으로 놓이는 것으로, 우리말로 의미를 옮길 수 있는 것이 있는가 하면, 이제는 이미 화석화되어서 그 의미를 알 수 없는 것도 있기 때문에 번역이 불가능한 것도 있다. 따라서 통일성을 기하기 위하여 마쿠라고토바 원문을 우리말로 그대로 옮긴 후 괄호로 묶어서 마쿠라고토바임을 나타내었다.

그리고 주해와 해설을 위해서 『만요슈』를 비롯하여 다수의 문헌을 참고로 하였으나, 여기서는 번역에 참고로 삼은 『고킨슈』 관련 주석서만을 간략하게 소개하기로 한다.

佐伯梅友, 『古今和歌集』, 日本古典文學大系, 岩波書店, 1958.
山岸德平, 『八代集全註』, 有精堂, 1960.
窪田空穗, 『古今和歌集評釋』, 東京堂, 1960.
松田武夫 『新釋古今和歌集』, 風間書房, 1968.
小泉 弘編, 『諸註集成 古今和歌集』, 有精堂, 1970.
小澤正夫, 『古今和歌集』 日本古典文學全集, 小學館, 1971.
竹岡正夫, 『古今和歌集全評釋』, 右文書院, 1976.
奧村恒哉, 『古今和歌集』 新潮日本古典集成, 新潮社, 1978.
藤平春男·上野理·杉谷壽郎, 『古今和歌集入門』, 有斐閣親書, 1978.
小島憲之, 『古今和歌集』 新日本古典文學大系, 岩波書店, 1989.

또한 주해와 해설 중에 인용한 『이세모노가타리(伊勢物語)』의 역문은 졸역 『아무도 모를 내 다니는 사랑길』(제이엔씨, 2005)을 인용하였다.

마지막으로 『고킨와카슈』가 우리말로 번역되어 이 세상에 나올 수 있게 해주신 한국연구재단과 소명출판에 감사드린다.

2010년 9월

구정호 배상

　『고킨와카슈[古今和歌集](이하, 고킨슈)』의 가치는 문학사적인 차원을 넘어서 일본을 이야기할 때, 빼놓을 수 없다. 『고킨슈』는 일본 최초의 칙찬와카집[勅撰和歌集]이다. 국가적 차원에서 통치자의 명을 받아 가집을 편찬하는 나라는 세계에서 그 예를 찾아보기 힘들다. 그만큼 역사적으로나 문예적으로나 그 가치는 말로 다할 수 없다. 일본인의 전통적인 정서나 미의식이 그대로 녹아 있는 것이 바로 『고킨슈』이다.

　『고킨슈』가 후세에 미친 영향은 다대하다. 『고킨슈』 이후 일본에서는 칙찬와카집의 편찬을 국가의 전통적인 중요한 과업으로 이어지게 하였고, 총 21번의 칙찬집의 편찬을 도모하는 매개체가 되었다. 『고킨슈』 이후, 편찬되는 칙찬집은 『고킨슈』의 체재를 모방하였고, 내용에 있어서도 『고킨슈』의 전통을 이어 내려가게 되었다. 『고킨슈』가 후세 와카집의 표본이 되었다는 것은 단지, 체재면에 국한되는 것이 아니다. 수사법에 있어서 새로운 수사법이 탄생하고 이는 후세의 와카로 그대로 맥을 이어간다. 『고킨슈』의 문학사적 가치 중에서 빼놓을 수 없는 하나는 서문을 가지고 있다는 점이다. 『고킨슈』의 편자 중 대표자격인 기노 쓰라유키가 쓴 가나서문[仮名序]은 일본 최초의 평론이라는 점에서도 주목을 받는다.

『만요슈』가 편찬된 8세기, 일본은 중국과의 교류를 통하여 당시의 선진문화를 충분히 수용하고 있었다. 『만요슈』를 정점으로 공적(公的)인 자리를 화려하게 장식하던 와카는 밀려오는 중국의 한시(漢詩)에게 그 자리를 내주지 않을 수 없었다. 궁정의 관료들은 이전에 즐기던 와카를 대신해서 한시를 향유하게 되고, 한시에게 자리를 내어준 와카는 공적인 자리에서 사라지고 사적인 자리에서 남녀 간의 연애의 수단으로, 그리고 개인적 술회(述懷)나 연회자리에서 흥을 돋우기 위한 도구로서 명맥을 이어갔다. 이윽고 8세기 후반 당나라의 멸망으로 인해 중국과의 교류가 끊기면서 일본은 중국문화를 대신할 수 있는 새로운 것을 찾았다.

당시의 일본의 국내 상황으로는 가나[仮名]가 발명되었고, 후지와라[藤原]일족에 의한 섭관(摂関)정치는 후궁(後宮)이라는 독특한 공간을 문예행위의 장소로 조성하는 계기가 되었으며, 후궁을 중심으로 이루어지는 일련의 문예활동은 와카가 다시금 공적인 자리에 등장하는 중요한 역할을 하게 된다.

또 당시에 유행했던 병풍가와 우타아와세[歌合]는 와카를 궁정가(宮廷歌)로 부활시키는 중요한 역할을 한다. 헤이안 시대 초기, 당풍의 그림에 한시를 적어 넣던 병풍은 서서히 일본화로 소재가 바뀌게 되고 그림에 어울리는 노래를 지어 넣던 행위는 와카의 발전에 많은 영향을 미쳤다. 병풍가의 성행과 더불어 또 하나 빼놓을 수 없는 것이 우타아와세의 유행이다. 현재 전해지는 가장 오래된 우타아와세는 885년 있었던 것으로, 이후 우타아와세가 급속히 성행하게 되는 것은 우다천황시절이었다. 이러한 사회적인 움직임 속에서 『고킨슈』는 탄생의 준비를 하게 된다.

보통 『고킨슈』의 편찬시기를 905년 4월이라고 보고 있지만 여기에는 다소 문제가 있다. 먼저 가나서문을 보면 엔기[延喜] 5년(905) 4월18일에 천황은 4명의 편자에게 분부하여 '만요슈에 들어가지 않은 옛 노래, 그리고 편자 자신들의 노래도 진상하게 하셨다'는 기록이 있다. 이것으로 보아 4월 18일이 『고킨슈』를 편찬하라는 하명을 받은 날이라고 볼 수 있는 반면에, 한문서문에서는 4월 15일에 『고킨슈』를 천황에게 진상한 것으로 되어 있다.

아울러 『고킨슈』에는 엔기 7년(907)에 있었던 오오이 강 행차시의 노래나, 엔기 13년(913)의 데이지인 우타아와세의 노래, 그리고 엔기 5년 이후에 죽은 사람을 기리는 노래 등이 수록되어 있기 때문에, 한마디로 905년 4월에 완성되었다고 간단히 말할 수는 없다. 아울러 『쓰라유키집[貫之集]』에는 당시의 편찬사정을 엿볼 수 있는 내용이 있다.

다이고천황시절, 와카를 아는 사람들, 현재나 옛날의 와카를 바치라고 해서 승향전(承香殿)의 동쪽 방에서, 와카를 선별하였다. 첫날부터 해가 질 때까지, 이러쿵저러쿵 하는 동안에 어전 앞에 있는 벚나무에서 두견새가 우는 소리를, 4월 6일 밤이었기에, 신기하다고 생각하시며 부르시어 노래를 읊게 하시므로 지어 바침.

다른 여름은 어떻게 울었을까 두견새울음
오늘 이 저녁만은 다르게 들려온다[1)]

위 노래의 고토바가키[詞書]를 보면, 4월 6일이 편찬 작업의 첫날이 됨으로 4월 5일에 천황의 명이 있었음을 유추할 수 있다. 위의 4월 6일

---

1) 延喜の御時、やまと歌しれる人々、いまむかしの歌奉らしめ給ひて承香殿の東なるところにて、えららばしめ給ふ。はじめの日より暮るるまで、とかくいふいひだに、御前の桜の木に郭公の鳴くを四月の六日の夜なれば、めづらしがらせ給ひて、召し出だし給ひて、詠ませ給ふに、奉る "こと夏はいかが鳴きけむ郭公こよひばかりはあらじとぞ聞く"

의 '六'은 '十八'의 오사(誤写)라고 보고 편찬 작업의 첫날은 4월 18일이었다는 견해가 유력하다. 이와 같이 『고킨슈』가 언제 완성되었는지 정확하게 판단할 수 없지만, 위의 『쓰라유키집』에 수록된 노래는 당시의 분위기를 전하기에는 충분하다.

천황의 명을 받고 편찬 작업에 들어간 편자들이 첫날부터 긴장하고 있다. 기노 쓰라유키[紀貫之]를 비롯하여 기노 도모노리[紀友則], 오오시코우치노 미쓰네[凡河内躬恒], 미부노 다다미네[壬生忠岑] 4명의 편자는 그들이 받은 명령을 완수하고자하는 마음에 첫날부터 밤을 새우고 있었다. 승향전의 동쪽 방은 천황의 거처인 청량전 가까운 곳으로 아마도 그 동쪽 방은 천황의 서고였을 것이다. 천황의 명을 받고 뛰는 가슴으로 영광스러운 편찬 작업에 임하는 편자들에게 늦은 밤 우는 두견새 소리가 보통 때와 다르게 들렸음에 틀림이 없다. 이렇게 하여 편찬된 『고킨슈』는 이전의 『만요슈』와는 다른 새로운 체재의 가집으로 자리매김하게 된다.

기노 쓰라유키를 대표로 하는 편자들은 불철주야 노력 끝에 약 1,100여 수의 노래를 선별하였고, 처음에는 『속만요슈[続万葉集]』라는 이름으로 편찬하려 했으나 지금은 알지 못할 사정에 의해서 『고킨슈』라는 이름을 붙인 가집을 천황에게 바치게 된다. 『만요슈』 이후, 『고킨슈』 편찬 이전에 이르기까지 항간에 유포되었던 와카를 자료원으로 하여, 『만요슈』와는 다른 왕조문화의 앤솔로지를 만들어 낸 것이다.

『고킨슈』는 『만요슈』를 모방하여 총 20권으로 구성되어 있다. 20권의 구성은 전반부 10권과 후반부 10권의 양대 구조로 이루어졌다고 할 수 있는데, 전반부는 사계절의 노래를 중심으로 축하의 노래, 이별의 노래, 여행의 노래, 그리고 언어유희적인 요소가 강한 사물의 이름을 소재로 한 노래인 모노노나[物名歌]가 배치되어 있다. 특히 사계절의 노래는 시간의 경과에 따라서 정교하게 소재를 분류 배치함으로써, 후세 와카집의 표본이 되고 있다. 후반부의 10권은 사랑의 노래를 중심으로, 죽은

자를 기리는 노래, 그리고 명확하게 분류하기 어려운 노래들을 잡가라는 분류명 아래 모아놓고 있고, 여러 가체(歌体)의 노래를 수록한 잡체(雑体), 신에게 바쳤던 노래 등을 수록하고 있다. 특히 사랑의 노래는 사랑의 단계에 따라서 노래를 배열하는 치밀함을 보이고 있다.

『고킨슈』에 수록되어 있는 와카는 작가(作歌)시기를 기준으로 할 때, 작자미상[よみ人知らず]의 시대, 육가선(六歌仙) 시대. 편자[撰者] 시대로 구분할 수 있다. 작자미상의 노래는 『만요슈』 편찬 이후, 국풍암흑 시대에 읊어졌던 것으로 『고킨슈』 내에서 가장 오래된 노래이다. 그리고 『고킨슈』의 편찬이전 국풍이 무르익어가는 시절에 와카 부흥의 분위기를 한층 고조시킨 역할을 한 여섯 명의 가인의 노래, 그리고 『고킨슈』 당시의 현대 작가를 중심으로 한 노래가 수록되어 있다.

수사법에 있어서도 고킨슈는 이전의 『만요슈』와는 다른 새로운 수사법을 구사함으로써, 새로운 와카 전통의 기틀을 다졌다. 후세 와카집은 『고킨슈』에서 창출된 새로운 수사법을 그대로 답습하였다. 아울러 마쿠라코토바[枕詞]나 조코토바[序詞]를 주로 이용했던 『만요슈』의 전통을 받아드리면서도, 한편으로 가케코토바[掛詞], 엔고[縁語] 등의 기법을 사용함으로써 다양한 와카의 세계를 창출해내고 있다.

『고킨슈』의 가풍은 근세의 국학자인 가모노 마부치[賀茂真淵]가 주장하는 '다오야메부리'라는 말로 대표된다. 이는 연약하고 부드럽다는 의미로 『만요슈』의 '마스라오부리'에 대응하는 말이다. 말 그대로 『고킨슈』에는 헤이안 왕조 귀족들의 섬세하고도 재치 있는 심상이 그대로 배어 나오는 것이 특징이다. 『만요슈』의 마스라오부리가 건장한 남성의 이미지라고 한다면, 다오야메부리는 연약한 여인의 이미지라고 하겠다. 이러한 이미지는 이지적이며 기교적이라는 특성과도 연결된다. 전 시대인 만요 시대의 가풍이 씩씩하고 솔직담백한 직선적인 점이 특징이라고 한다면, 고킨 시대의 가풍은 이와 상대되는 섬세하며, 기교적이고, 완곡적인 표현이 사용되었다고 하겠다.

이번 『고킨슈』의 번역에 사용한 저본(底本)은 이와나미서점[岩波書店]의 신일본고전문학대계(新日本古典文学大系) 고킨와카슈[古今和歌集]의 본문을 저본으로 하여 번역하였다. 이 본문은 헤이안 문학의 연구와 향수(享受)에 커다란 족적을 남긴 후지와라노 데이카[藤原定家]가 교정을 하고, 그의 가학(歌学)을 이어받은 미코 히다리 집안[御子左家]에 전해져오는 데이오[貞応] 2년(1223) 7월 서사본을 데이카의 5대손인 후지와라노 다메사다가 서사한 분포[文保] 2년(1318) 4월 서사본의 전사본이다.

와카번역에 있어서는 가능한 한 음수율을 맞추면서 원문의 직역을 시도하였다.

고킨와카슈(상) __ 차례
古今和歌集

가나서문[1]

기노 쓰라유키 紀貫之

야마토우타[2]는 사람의 심정을 바탕으로 하여[3] 그것을 각양각색의 말로 표현한 것이다. 이 세상에 살아가는 사람들은 여러 가지 일과 빈번히 접하고 살아가기에 그때그때의 심정을 보는 것, 듣는 것에 의탁하여 표현해 낸다.

꽃에서 우는 꾀꼬리, 물에 사는 개구리의 소리를 듣노라면 이 세상에서 살아가는 생물 중, 어느 것 하나 노래하지 않는 것이 있을까. 힘 들이지 않고도[4] 천지를 움직이고, 눈에 보이지 않는 귀(鬼)와 신(神)조차도 감격하게 하며, 남녀 간의 사이를 화평하게 하고 거친 무사의 마음마저도 위로하는 것이 바로 와카다.

---

1) 가나서문은 『고킨슈』의 편자 중의 하나인 기노 쓰라유키 작. 와카의 본질, 기원, 기법, 역사, 편찬경위 등을 서술하였다. 『고킨슈』의 가나서문은 이후의 칙찬집에 보이는 서문의 표준이 되었고, 문학사적으로는 평론문학의 효시로 가치가 있다.
2) 와카를 말함. 중국의 한시, 가라우타[漢詩]와 대응하는 말. 『이세모노가타리』 82단에도 야마토우타라는 말이 보인다.
3) 이하, 와카의 본질에 대해서 서술하고 있다.
4) 이하, 와카의 효용에 대하여 설명하고 있다.

やまと歌は、人の心を種として、万の言の葉とぞ成れりける。世中に在る人、事、業繁きものなれば、心に思ふ事を、見るもの、聞くものに付けて言ひ出せるなり。花に鳴く鶯、水に住む蛙の声を聞けば、生きとし生けるもの、いづれか歌を詠まざりける。力をも入れずして、天地を動かし、目に見えぬ鬼神をも哀れと思はせ、男女の仲をも和らげ、猛き武士の心をも慰むるは、歌なり。

이 와카라고 하는 것은[5] 하늘과 땅이 처음으로 열렸던 때부터 이 세상에 나왔다.

> 하늘의 부교(浮橋) 아래에서,[6] 여신과 남신이[7] 결혼하였을 때 서로 주고 받았던 말을 노래한 것이다.

그렇지만, 세상에 전하는 것은 천상에서는 시타테루히메[8]로부터 시작되고,

> 시타테루히메라고 하는 것은, 아메와카미코[9]의 아내이다. 히메의 노래는 오빠[10]의 모습이 언덕·계곡에 내리 비치는 것을 노래한 히나부리[11]의 노래를 말하는 것이리라. 이러한 것은 음수율도 일정하지 않고, 가체(歌体)조차도 갖추어지지 않은 것들이다.

---

5) 이하, 와카의 기원에 대해서 설명하고 있다.
6) 이하, 작은 글씨로 적은 부분은 모두 후세의 주[注]에 해당하는 것으로, 가나서문의 원형은 아니다. 『고지키』와 『니혼쇼키』 신화에 나오는 다리. 이자나키·이자나미의 두 신이 이 다리에서 내려와 국토를 낳았다고 함.
7) 이자나미·이자나키. 두 신이 결혼하여 일본 국토를 낳음.
8) 지상세계인 아시와라노 나카쓰구니의 지배자인 오오쿠니누시[大国主]의 여자. 지상의 여자이지만, 천상에서 노래를 지었다고 전해지기 때문에 천상의 와카의 시조로 보았다.
9) 아마테라스로부터 지상세계의 평정을 명령받고 지상세계로 내려왔지만, 시타테루히메와 결혼하고 천상세계로 돌아가지 않고, 천상세계의 사자를 죽였기 때문에 자신도 사살되었다고 하는 신.
10) 아지스키다카히코네. 아메와카미코의 장례에 참석했다가, 고인으로 오해를 받음.
11) 오빠에 대한 사람들의 오해를 풀기 위해서 시타테루히메가 지은 노래를 히나부리라고 전한다.

지상에서는 스사노오노미코토[12]로부터 일어났다. 아득한 신대(神代)[13]에는 가체(歌体)도 정해지지 않았고, 내용도 소박해서 노랫말의 의미도 파악하기가 어려웠을 것이다. 인간의 세상[14]이 되어서 스사노오노미코토로부터 노래는 31자로 읊어지게 되었다.

> 스사노오노미코토는 아마테라스오오카미의 오라버니다. 여자와 살고자 하여,[15] 이즈모 지방에 신궁을 마련하실 때, 그곳에 여덟 가지 색깔을 띤 구름이 이는 것을 보고 읊으셨다고 한다.
>
> 구름 일듯이 겹겹이 친 울타리 아내 감추려 여덟 겹 울 만드네 여덟 겹 울타리를

この歌、天地のひらけ初まりける時よりいできにけり。

天の浮橋の下にて、女神男神となり給へることをいへる歌なり。

しかあれども、世に伝はることは 久方の天にしては下照姫に初まり、

下照姫とは、天稚御子の妻なり。兄の神のかたち、岡・谷に映りて輝くを詠める歌なるべし。これらは、文字の数も定まらず、歌のやうにもあらぬことどもなり。

あらかねの地にしては、素盞烏尊よりぞ起りける。ちはやぶる神代には、歌の文字も定まらず、素直にして、言の心わきがたかりけらし。人の世となりて、素盞烏尊よりぞ三十文字あまり一文字はよみける。

素盞烏尊は天照大神の兄なり。女と住み給はむとて、出雲国に宮造りしたまふ時に、その所に八色の雲の立つを見てよみたまへるなり。

八雲立つ出雲八重垣妻籠めに八重垣つくるその八重垣を

이렇게 꽃을 사랑하고, 새를 부러워하며, 봄 안개에 감동하고, 내린

---

12) 아마테라스오오카미의 남동생이다. 후세의 주에서 오라버니라는 것은 잘못.
13) 신대 7대를 말한다.
14) 아마테라스오오카미 이후를 말한다.
15) 악행으로 천상계에서 추방당한 스사노오노미코토가 이즈모에서 야마타노오로치를 퇴치하고 부인으로 얻은 이즈모 지방의 호족의 딸인 구시나다히메.

이슬을 서러워하는 마음이 많은 언어로 다양하게 표현되었다. 멀리 떨어진 곳도 내딛는 첫발로 비로소 시작되어 많은 세월을 거쳐 그곳에 도착하게 되고, 높은 산도 기슭의 진토(塵土)로부터 생겨나서 하늘의 구름이 걸릴 정도로 높이 자라는 것처럼, 이 와카라는 것도 이와 같다고 할 수 있으리라.

나니와즈 노래16)는 천황17)의 노래로서는 처음이다.

닌토쿠천황이, 나니와즈에서 아직 왕자로 계실 때,18) 동궁의 자리를 서로 양보하여 왕위에 오르지 않고 3년이 지났기 때문에, 왕인이란 사람이 의아해하며 지어 바친 노래19)이다. 나니와즈의 노래 중 '나무의 꽃'은 매화를 말하는 것 같다.

かくてぞ、花をめで、鳥をうらやみ、霞をあはれび、露をかなしぶ心・言葉多く、さまざまになりにける。遠き所も、いでたつ足下より始まりて年月をわたり、高き山も、麓の塵泥よりなりて天雲たなびくまで生ひ上れるごとくに、この歌も、かくのごとくなるべし。

難波津の歌は、帝の御初めなり。

大鷦鷯の帝、難波津にて皇子と聞えける時、東宮をたがひに譲りて位に即きたまはで三年にまりにければ、王仁といふ人の訝り思ひて、よみて奉りける歌なり。木の花は、梅の花を言ふなるべし。

아사카 산이라는 노래20)는 우네메21)가 여흥으로 지은 노래로,

---

16) 뒤에 나오는 닌토쿠천황의 노래[나니와즈에 피었네 나무의 꽃 겨울지내고 지금 봄철이라고 피었네 나무의 꽃]를 말한다. 나니와즈는 닌토쿠천황이 살던 곳.
17) 닌토쿠[仁德]천황을 가리킴.
18) 『니혼쇼키[日本書紀]』에는 황태자로 동생이 되는 우지노 와키이라쓰코와 왕위를 서로 양보하였는데, 3년이 지나서 와키이라쓰코가 죽었기 때문에, 닌토쿠천황이 즉위하였다는 기록이 보인다.
19) 왕인에 대한 기록은 『고지키』·『니혼쇼키』에 보이나 위의 내용과 같이 노래를 올렸다는 기록은 보이지 않는다.

가즈라키노 오오키미[22]를 미치노쿠 지방에 파견하였을 때, 지방관이 연회를 준비하였으나, 가즈라키는 접대가 시원치 않다며 불쾌해 할 때, 이전에 우네메였던 여자가, 술잔을 들고서 읊은 노래이다. 이로서 오오키미의 마음이 풀렸다고 한다.

이 두 노래는, 와카의 아버지와 어머니 같은 것으로, 글자쓰기를 시작하는 사람이 처음으로 써보는 노래이기도 하다.

安積山の言葉は、采女の戯れよりよみて、

葛城王をみちの奥へ遣はしたりけるに、国の司、事おろそかなりとて、まうけなどしたりけれど、すさまじかりければ、采女なりける女の、土器とりてよめるなり。これにぞ王の心とけにける。

この二歌は、歌の父母の様にてぞ手習ふ人の、初めにもしける。

원래 와카의 모습[23]은 여섯 가지이다. 한시에도 이와 같은 것이 있다. 그 여섯 가지 중의 하나는 풍유가.[24] 닌토쿠천황을 꽃에 비유하여 지어 바친 노래.

나니와즈에 피었네[25] 나무의 꽃 겨울 지내고 지금 봄철이라고 피었네 나무의 꽃과 같은 노래이다.

---

20) 아사카 산은 후쿠시마[福島]현에 있는 산. 만요슈의 '아사카 산의 그림자마저 보이는 산우물처럼 얕은 마음으로 생각하지 않거늘(安積山影さへ見ゆる山の井の浅き心をわが思はなくに: 제16권 3807)'을 말함.
21) 지방호족의 자녀로부터 선발되어 궁중의 잡일에 종사하는 여관(女官).
22) 『만요슈』의 가인인 다치바나노 모로에[橘諸兄]라 일컬어진다.
23) 『시경(詩経)』에서 중국의 시의 기법을 풍(風)·부(賦)·비(比)·흥(興)·아(雅)·송(頌)으로 분류한 것에서 힌트를 얻어서 와카에도 원래 여섯가지 기법이 갖추어져 있었다고 설명하고 있다.
24) 표면적으로 읊고 있는 내용과 직접 관계가 없는 내면의 의미를 상대에게 전하려는 의도가 있는 노래. 중국의 풍(風)에 대응한다.
25) 이 노래는 겉으로는 나니와즈에 봄이 오고 매화가 피었다는 내용을 노래하지만, 내면적으로는 때가 되어서 꽃이 피어나듯이 왕위에 오르기를 권하는 내용이다. 나니와즈는 지금의 오오사카부[大阪府]의 선착장 일대를 말함.

> そもそも、歌のさま六つなり。唐の詩にもかくぞあるべき。その六種の一つには、
> そへ歌。大鷦鷯の帝をそへ奉れる歌。
> 　難波津に咲くや木の花冬こもり今は春べと咲くや木の花
> といへるなるべし。

둘째로는 경물가[26)

피어난 꽃에 마음 뺏긴 이 몸의 한심함이여 병든 몸이란 것도 생각지
도 않고서

와 같은 노래이다.

> 이것은 있는 그대로[27) 읊고 사물에 비유하는 등의 기법은 사용하지 않는
> 다. 예로 든 노래는 어떠한 의도에서 예로 들었는지 그 마음을 알 수가 없
> 다. 다섯 번째의 '있는 그대로를 표현한 노래'가 여기에 어울리는 것 같다.

> 二つには、かぞへ歌。
> 　咲く花に思ひつく身のあぢきなさ身にいたつきのいるも知らずて
> と言へるなるべし。

> これは、直言に言ひて、ものに譬へなどもせぬものなり。この歌、いかにいへるにかあらむ。そ
> の心、えがたし。五つに、ただごと歌といへるなむ、これにはかなふべき。

셋째로는 사물에 빗대어 읊은 노래[28)
당신이 오늘[29) 아침 서리 내리듯[30)

---

26) 몇가지의 경물[景物]을 읊은 노래. 오노노고마치[小野小町]의 노래에 많음.
27) 『毛詩正義[시경의 주석]』의 육의[六義]에 대한 설명.
28) 예로 든 노래로 볼 때, 다음에 설명하는 비유가와 별 차이가 없다. 중국의 육의의 비
　　(比)에 해당.
29) 당신과 만난 다음날 아침인 오늘 아침에 서리가 내렸습니다. 그리고 당신이 일어나

일어나 가시면 그리워질 때마다 심정 녹아내리리

라고 노래하는 것과 같다.

> 이것은 사물에 빗대어서 마치 그와 같다고 읊는 노래이다. 이 노래는 좋은 예라고는 생각되지 않는다.
> 어머니께서[31] 키우시는 누에가 고치에 들 듯 답답하기도 하여라 그대 만나지 못해
> 이와 같은 노래가 예로서 적합할 것이다.

三つには、なずらへ歌。

君に今朝朝の霜のおきて去なば恋しきごとに消えやわたらむ

と言へるなるべし。

> これは、ものにもなずらへて、それが様になむあると様にいふなり。この歌、よくかなへりとも見えず。
> たらちめの親のかふ蚕の繭こもりいぶせくもあるか妹に逢はずて。かやうなるや、これにはかなふべからむ。

넷째로는 비유가.[32]

　나의 사랑은 다 셀 수 없으리라 거친 바다의 해변의 모래알은 다 셀 수 있다 해도

라고 노래하는 것과 같다.

> 이것은 온갖 초목, 새, 짐승에 의탁해서 작자의 심정을 표현하는 노래이다. 예로든 노래는 행간에 숨어 있는 의미는 전혀 없다. 그렇지만, 처음의

가버리면 당신이 그리워질 때마다 서리가 녹아내리듯 내 마음도 슬픔에 녹아내릴 것입니다.

30) 이 부분에 해당하는 원문 ‘おきで’는 ‘서리가 내리다[置き]’와 ‘일어나다[起き]’라는 의미를 갖는 가케코토바. 아울러 2구까지가 조코토바[序詞].

31) 어머니가 기르시는 누에가 고치에 들어 있어서 답답하듯이 내 마음도 울적합니다. 당신을 만나지 못해서. 만요슈 2,991번에 이와 비슷한 노래가 있다.

32) 초목이나 짐승에 의탁하여 감정을 표현한 것. 흥(興)에 대응한다.

풍유가와 같은 형태이므로 조금 형태를 바꾸었을 것이다.

스마의 어부[33] 소금 굽는 연기가 바람이 세서 생각 않는 곳으로 흩날려 가는구나

이 노래 등이 비유가의 예로 적합하리라.

四つには、たとへ歌。

わが恋はよむとも尽きじ荒磯海の浜の真砂はよみ尽くすとも

と言へるなるべし。

これは、万の草木鳥獣物につけて、心を見するなり。この歌は、隠れたる所なむなき。されど、初めのそへ歌と同じやうなれば、すこしさまを変へたるなるべし。

須磨の海人の塩焼く煙風をいたみ思はぬ方にたなびきにけり

この歌などやかなふべからむ。

다섯째로는 꾸밈이 없는 노래[34]

거짓 속임이 없는 세상이라면 어느 정도나 그분 하시는 말에 기뻐할 수 있으리[35]

라고 노래한 예와 같다.

이것은 언어가 정비되고 단정함을 말한다. 이 노래는 조금도 이 조건에 맞지 않는다. 도메우타라고 해야 할 것이다.

산 위의 벚꽃 싫증이 날 때까지 볼 수 있었네 꽃 떨어트릴 듯한 바람 없는 동안에

---

33) 스마의 어부가 소금을 굽고 있는 연기가 생각하지 않는 곳을 날아가듯이, 사랑하는 사람이 생각지도 않았던 사람 쪽으로 흔들린다는 의미. 708(사랑의 노래 4)에 수록된 노래이다.
34) 예로 든 노래를 바탕으로 유추할 때, 거짓이 없는 올바른 세상을 바라는 노래라는 의미인 것 같다. 아(雅)에 해당한다. 아(雅)는 바르다는 의미.
35) 고킨슈 712.

五つには、たゞごと歌。

いつはりのなき世なりせばいかばかり人の言の葉うれしからましといへるなるべし

これは、事のととのほり、ただしきをいふなり。この歌の心さらにかなはず。とめ歌と
やいふべからむ。

山桜飽くまで色を見つるかな花散るべくも風吹かぬ世に

여섯째로는 축하의 노래.[36)]

이 저택은 정말로 복 있도다(사키쿠사노)[37)] 세 갈래 네 갈래로 저택을
세우셨네

라고 노래한 예와 같다.

이는 지금의 치세를 칭찬하여 신에게 아뢰는 것이다. 이 노래는 축하의
노래로는 보이지 않는다.

가스가 들녘 어린 나물 뜯으며 만수무강을 기리는 이 마음을 신께서는 아시리 [38)]

이것들은 조금 예로서 적합할 것이다. 대개 여섯 갈래로 나눈 다는 것은
있을 수 없는 일이다.

六つには、いはひ歌。

この殿はむべも富みけり三枝のみつばよつばに殿づくりせり

と言へるなるべし。

これは、世をほめて神に告ぐるなり。この歌、いはひ歌とは見えずなむある。

春日野に若菜つみつつ万代をいはふ心は神ぞ知るらむ

これらや、すこしかなふべからむ。おほよそ、六種に分れむことは、えあるまじきこと
になむ。

---

36) 육의(六義)의 송(頌)에 해당한다.

37) 가지가 세 갈래로 나뉜 식물로 '세 갈래[三つ]·가운데[中]' 등의 마쿠라코토바.

38) 고킨슈 357.

요즘은39) 세상이 겉으로 보이는 아름다움만을 겨루고, 사람들의 마음이 화려한 것만을 좇음에 따라, 와카도 부실하고 그때그때 경우에 따라 임기응변적으로 표현하기 때문에, 노래라는 것이 풍류를 즐기는 한량들 사이에서는 땅속에 묻혀서 그 모습을 감추었고 공적인 장소에서는 억새꽃의 이삭이 나오듯이 공공연하게 내놓을 수 없게 되었다.

今の世の中、色につき、人の心、花になりにけるより、あだなる歌、はかなき言のみいでくれば、色好みの家に埋もれ木の、人知れぬことと成りて、まめなる所には、花薄穂に出すべきことにもあらずなりにたり。

와카의 기원을 생각해보면 요즘처럼 이렇게 되어서는 안 될 것이다. 옛날에 천황들께서는 대대로, 봄의 꽃 피는 아침, 가을의 달뜨는 밤마다, 주위의 사람들을 불러서 무언가를 소재로 하여 노래를 지어 올리게 하셨다.40) 어떤 이는 생각하는 바를 꽃에 빗대어 노래하고자 알지 못하는 곳을 찾아 헤매기도 하고, 어떤 이는 달을 그리워하고자 하여 어딘지 알 수 없는 어둠 속을 헤매며 사람들의 마음을 보시기도하여, 현명하고 어리석음을 식별하셨을 것이다.

その初めを思へば、かかるべくなむあらぬ。古の代々の帝、春の花の朝、秋の月の夜ごとにさぶらふ人々を召して、事に付けつつ歌を奉らしめたまふ。あるは花を添ふとてたよりなき所にまどひ、あるは月を思ふとて知るべなき闇にたどれる心々を見たまひて、賢し、愚かなりとしろしめしけむ。

---

39) 이하, 와카의 역사에 대하여 서술하고 있다.
40) 가나서문의 저자가 생각했던 와카의 이상적인 존재방식.

그뿐만이 아니라,[41] 조그만 돌에 비유하여 장수를 빌기도 하고,[42] 쓰쿠하 봉우리에 의탁해서 임금의 은혜를 구하기도 하고,[43] 기쁨이 몸을 감싸고,[44] 즐거운 마음이 넘쳐나고,[45] 후지 산의 연기에 빗대어서 임을 그리워하기도 하며,[46] 방울벌레소리에 친구를 그리기도 하고,[47] 다카사고·스미노에의 소나무까지도 오랜 세월 친숙하게 생각하고,[48] 오토코야마의 옛날을 생각하고,[49] 마타리꽃의 한때를 탄식하는 데에도[50] 노래로 표현하여 평안함을 얻곤 하였다.

しかあるのみにあらず、さざれ石にたとへ、筑波山にかけて君を願ひ、よろこび身に過ぎ、たのしび心に余り、富士の煙によそへて人を恋ひ、松虫の音に友をしのび、高砂・住江の松も相生のやうに覚え、男山の昔を思ひ出でて、女郎花のひとときをくねるにも、歌を言ひてぞ慰めける。

또 봄날 아침에 꽃이 지는 것을 보고[51] 가을 저녁에 낙엽 떨어지는 소리를 듣고,[52] 어떤 때에는 해마다 거울에 비친 하얀 눈과 파도에 한숨짓고[53] 풀 위의 이슬,[54] 사라지는 물거품을 보고 나의 처지의 덧없음

---

41) 이하, 일반인들에게 있어 와카의 존재방식을 서술하고 있다.

42) 343을 지은 것을 가리킴.

43) 고킨슈 966·1095.

44) 고킨슈 865.

45) 고킨슈 1069.

46) 고킨슈 534·1028 등을 예로 들 수 있다.

47) 고킨슈 200, 이 밖에 201~203도.

48) 고킨슈 905·906·908·909.

49) 고킨슈 889.

50) 고킨슈 1016.

51) 104번 이하의 낙화를 노래한 봄노래에서 많은 예를 찾아볼 수 있다.

52) 281번 이하 단풍을 노래한 가을노래에서 많은 예를 찾을 수가 있다.

53) 고킨슈 460, 하얀 눈은 백발을 비유.

54) 고킨슈 860.

에 놀라며,55) 혹은 어제는 번성함에 우쭐대던 이가56) 권세를 잃고 세상을 등지고,57) 친했던 사이도 멀어져 가고, 혹은 마쓰야마의 파도에 빗대어 표현하고,58) 들판의 물을 길고,59) 가을 싸리 잎을 바라보며60) 새벽녘 도요새 날갯짓을 세고,61) 혹은 오죽(吳竹)에 비유해서 세상의 근심거리를 다른 이에게 이야기하고,62) 요시노 강을 빌어 이 세상을 원망해왔을 때,63) 지금은 후지 산도 연기를 내뿜지 않고,64) 나가라다리65)도 만들어졌다는 이야기를 듣는 사람은 오로지 노래로만 위로를 받을 수 있었다 한다.

又、春の朝に花の散るを見、秋の夕暮に木の葉の落つるを聞き、あるは年ごとに鏡の影に見ゆる雪と波とを歎き、草の露、水の泡を見てわが身を驚き、あるは、昨日は栄えおごりて、時を失ひ、世にわび、親しかりしも疎くなり、あるは、松山の波をかけ、野中の水を汲み、秋萩の下葉をながめ、暁の鴫の羽掻きを数へ、あるは、呉竹の憂き節を人にいひ、吉野川をひきて世の中を恨みきつるに、今は富士の山も煙たたずなり、長柄の橋もつくるなりと聞く人は、歌にのみぞ心を慰めける。

예부터 이렇게 와카가 전해지다가 나라천황66) 때부터 널리 퍼졌다고

---

55) 고킨슈 827.
56) 고킨슈 888.
57) 고킨슈 892.
58) 고킨슈 1093.
59) 고킨슈 887.
60) 고킨슈 220.
61) 고킨슈 761.
62) 고킨슈 958.
63) 고킨슈 828.
64) 고킨슈 534, 1028. 고킨슈편찬 당시에 후지 산의 분화는 그쳤던 것 같다.
65) 고킨슈 890, 1051.
66) 나라[奈良] 시대를 말함.

한다. 그 치세에는 와카의 본질을 아시고서 세상을 다스리셨다고 한다. 그 시절에 정3위의 가키노모토노 히토마로는[67] 가성(歌聖)이라고 불리었다. 이는 임금과 신하가 함께 가도(歌道)를 걸었다고 말 할 수 있으리라. 가을 저녁, 다쓰타 강에 흘러가는 단풍을, 임금은 비단으로 보시고, 봄날 아침, 요시노 산의 벚꽃은 히토마로의 마음에는 구름으로만 느껴졌던 것이다.

또, 야마베노 아카히토라는[68] 사람이 있었다. 와카는 남달리 뛰어났었다. 히토마로는 아카히토의 위에 서기 어렵고, 아카히토는 히토마로의 아래에 서기 어려웠다고 한다.

나라천황의 노래

다쓰타 강에 단풍잎 어지러이 내려오는 듯 건너가면 비단의 가운데 잘리려나[69]

히토마로

매화의 모습 가늠하기 어렵네 높은 하늘을 뿌옇게 덮은 눈이 온통 내리고 있으니[70]

어슴푸레이 아카시포구 덮은 새벽안개 속 섬 사이 저어가는 배 바라보고 있네[71]

아카히토

봄의 들녘에 제비꽃 뜯으려고 나온 이 내 몸 봄 들녘 너무 좋아 하룻밤 머물렀네[72]

와카노우라에 물밀려 들어오니 갯벌 없기에 갈대밭을 향해서 학 울며 날아간다[73]

　古より、かく伝はるうちにも、ならの御時よりぞひろまりにける。かの御代や歌の心をしろししめしたりけむ。かの御時に、正三位柿本人麿なむ歌の聖なりける。これは、君も人も身を合はせたりといふなるべし。秋の夕べ、竜田河に流るる紅葉をば帝の御目に錦と見たまひ、春の朝、吉野の山の桜は人麿が心には雲かとのみなむ

---

67) 히토마로는 실제로 정3위에까지 오르지 못했다.
68) 만요슈의 제3기의 가인으로 서경가에 능하였다.
69) 고킨슈 283.
70) 고킨슈 334.
71) 고킨슈 409.
72) 만요슈 제8권 1424.
73) 만요슈 제6권 919.

覚えける。また、山の辺の赤人と言ふ人ありけり。歌にあやしく妙なりけり。人麿
は、赤人が上に立たむ事かたく、赤人は人麿が下に立たむ事かたくなむありける。

　　　　ならの帝の御歌

　　　　竜田川紅葉乱れて流るめりわたらば錦なかや絶えなむ

　　　　人麿

　　　　梅の花それとも見えず久方の天霧る雪のなべて降れれば

　　　　ほのぼのとあかしの浦の朝霧に島隠れゆく舟をしぞ思ふ

　　　　赤人

　　　　春の野にすみれ摘みにと来し我ぞ野をなつかしみ一夜寝にける

　　　　和歌の浦に潮満ちくれば潟をなみ芦べをさして鶴鳴きわたる

이 사람들 외에도 또 와카가 뛰어난 사람이 각각의 치세에도 한줄기 실이 꼬여 끊어지지 않듯이 이어졌다. 이때[74]보다 앞의[75] 노래를 모아서 『만요슈』라고 이름 지었다. 이후 옛날의 역사도 와카의 본질을 아는 사람도, 불과 한두 사람이었다. 그렇지만, 그들은 서로 와카에 대한 이해에 장점과 단점이 있었다.

『만요슈』가 편찬된 이래 햇수로는 백 년 이상, 세상은 십대(十代)에 이르게 되었다.[76] 그래서 옛날의 역사나, 와카의 본질을 아는 사람, 와카를 읊는 사람은 많지 않았다. 지금 이 일을 언급할 때, 관위가 높은 사람의 와카를 예로 드는 것은 쉬운 일이기에, 여기서는 들지 않겠다.

---

74) 『만요슈』가 편찬된 시기. 당시사람들은 나라천황 때에 『만요슈』가 편찬되었다고 생각하고 있었다.

75) 히토마로, 아카히토 이전을 가리키는지 대대로 있었던 와카가 뛰어난 사람들 이전을 말하는 것인지 확실하지 않음.

76) 나라천황의 즉위 때부터 『고킨슈』가 편찬될 당시 905년의 다이고천황까지 정확하게 100년이고, 두 천황을 포함해서 10대가 된다.

この人々をおきて、またすぐれたる人も、呉竹の世、に聞え、片糸のよりよりに絶えずぞありける。これより前の歌を集めてなむ万葉集と名づけられたりける。

ここに、古のことをも、歌の心をも知れる人、わづかに一人二人也き。しかあれど、これかれ、得たる所、得ぬ所、互ひになむある。

かの御時よりこのかた、年は百年余り、世は十つぎになむ成りにける。古のことをも、歌をも知れる人、詠む人多からず。いまこの事を言ふに、官、位、高き人をば、たやすき様なれば入れず。

그 외에, 가까운 시기에 그 이름이 알려진 사람을77) 말하자면, 승정 헨조는, 읊고자 하는 노래의 전체적인 형태는 체득하였지만, 심상표현에 진실성이 적다. 예를 들자면 그림에 그려진 여자를 보고, 쓸데없이 마음이 동요하는 것과 같다.

연두빛 어린 가는 실을 꼬아서 하얀 이슬을 구슬처럼 꿰놓은 봄날 버들이런가78)

연꽃이파리 흙탕물에 물들지 않는 마음이 어찌하여 이슬을 구슬이라 속이나79)

사가노에서 낙마했을 때 지은 노래

이름에 끌려 한번 꺾어 본 것뿐 마타리꽃에 나 빠져버렸다고 남들께 얘기마소80)

そのほかに、近き世にその名聞こえたる人は、すなはち、僧正遍昭は、歌のさまは得たれども、まことすくなし。たとへば絵にかける女を見て、いたづらに心を動かすがごとし。

あさみどり糸よりかけて白露を玉にもぬける春の柳か

蓮葉の濁りに染まぬ心もてなにかは露を玉とあざむく

嵯峨野にて馬より落ちてよめる

名にめでて折れるばかりぞ女郎花我おちにきと人にかたるな

---

77) 소위 육가선(六歌仙)이다.

78) 고킨슈 27.

79) 고킨슈 165.

80) 고킨슈 226. 고킨슈에는 제목을 알 수 없음으로 되어 있다.

아리와라노 나리히라는 표현하고자 하는 정감은 풍부하나 그것을 표현하는 언어가 미숙하다. 마치 시든 꽃이 색은 바랬으나 향기가 남아 있는 것과 같다.

달도 옛 모습 봄도 그때의 그 봄 아니건만은 이 내 몸 하나만은 옛날 그대로일세[81]

보통은 대개 달 칭찬 않으리라 이거야말로 쌓이면 사람들이 늙어가게 되니까[82]

함께 지낸 밤 꾸었던 꿈 허무해 잠 청해 보니 허무함만 더욱더 더하여 가는구나[83]

在原業平は、その心余りて、詞たらず。しぼめる花の色なくて匂ひ残れるがごとし。

月やあらぬ春や昔の春ならぬわが身ひとつはもとの身にして

大方は月をもめでじこれぞこの積れば人の老いとなるもの

寝ぬる夜の夢をはかなみまどろめばいやはかなにもなりまさるかな

분야노 야스히데는 언어적 표현은 능숙하나, 전체적인 노래의 형태는 작가의 품격에 맞지 않는다. 말하자면, 장사꾼[84]이 어울리지 않게 좋은 옷을 입고 있는 것 같다고 할 것이다.

불기만하면 바로 가을 초목을 시들게 하니 아! 그래서 산풍(山風)을 람(嵐)이라 하는구나[85]

후카쿠사천황의 기일에

풀이 무성한 안개 낀 이 계곡에 몸을 뉘시니 밝은 햇빛 저무는 오늘 되지 않을까[86]

文屋康秀は、詞は巧みにて、そのさま身に負はず。言はば、商人の良き衣着た

---

81) 고킨슈 747.
82) 고킨슈 879.
83) 고킨슈 644.
84) 노래의 내용을 비유한 것. 옷은 노래의 전체적인 형태를 비유.
85) 고킨슈 249.
86) 고킨슈 846.

らむがごとし。

　　　吹くからに野辺の草木ベ山風を嵐といふらむ

　　　深草帝の御忌に

　　　草深き霞の谷に影かくし照る日のくれし今日にやはあらぬ

우지 산의 스님인 기센은, 언어표현이 불분명하고[87] 노래의 처음과 나중이 일관되지 못하다.

예를 들면, 가을 달을 보는 데에, 새벽 구름을 만나는 것과 같다.

　내 사는 암자 도읍지의 동남쪽 이렇게 산다오 세상 싫어한다는 우지 산이라 하지요[88]

읊은 노래가 그리 많지 않기 때문에 잘 모르는 점이 많다.

　　宇治山の僧喜撰は、言葉かすかにして、始め、終り、確かならず。言はば、秋の月を見るに暁の雲にあへるがごとし。

　　　わが庵は都の辰巳しかぞ住む世をうぢ山と人はいふなり

　　詠める歌、多く聞えねば、かれこれを通はして、よく知らず。

오노노 고마치는 옛날의 소토오리히메[89]의 갈래이다. 정감 있는 노래로 강하지 않다. 말하자면 신분이 높고 교양 있는 여자가 번뇌하는 모습을 닮았다. 강하지 않은 것은 여자의 노래이기 때문이다.

---

87) 표현이 부족한 감이 있고, 노래가 충분히 의미가 통하지 않음.
88) 고킨슈 983.
89) 『니혼쇼키[日本書紀]』에서는 인교[允恭]천황의 비(妃)로, 『고지키[古事記]』에서는 인교천황의 공주로 같은 어머니가 나은 오라버니와 연애를 하다 벌을 받은 가루노 오이라쓰메[軽大郎女]의 별명.

그리워하며 잠들었기에 임이 보이셨는가 꿈인 줄 알았다면 깨지 않았을 것을[90]

색 안 보이고 어느새 바래는 것은 이 세상사는 사람의 마음속에 피어 있는 꽃일세[91]

쓸쓸하기에 뜰 풀처럼 이 내 몸 뿌리를 끊고 가자는 물 있으면 따라나서려 하오[92]

소토오리히메의 노래

내 그리는 임 꼭 오실 저녁이로다 〈사사가니노〉거미의 움직임이 확연하게 보이네[93]

小野小町は、古の衣通姫の流なり。あはれなるやうにて、つよからず。いはば、よき女のなやめるところあるに似たり。つよからぬは女の歌なればなるべし。

思ひつつ寝ればや人の見えつらむ夢と知りせば覚めざらましを

色見えで移ろふものは世の中の人の心の花にぞありける

わびぬれば身をうき草の根を絶えて誘ふ水あらばいなむとぞ思ふ

衣通姫の歌

わが背子が来べき宵なりささがにの蜘蛛ののふるまひかねてしるしも

오오토모노 구로누시는 노래의 형태가 천박하다. 말하자면, 땔감을 짊어진 산사람이, 꽃그늘 아래서 쉬는 것과 같다.

생각이 나며 임이 그리워질 때 가을 기러기 날아가며 우는 맘 당신 아마 아실까[94]

가가미야마 이제 우리 들려서 보고 갈까나 나이 먹은 이 내 몸 늙어 썩어 버렸는지[95]

그 밖의 사람들 중에서도 유명한 가인들이 들판에 자라는 칡넝쿨이 뻗어나고, 숲속에 무성한 나뭇잎처럼 많지만, 다들 와카를 읊는다는 생

---

90) 고킨슈 552.
91) 고킨슈 797.
92) 고킨슈 983.
93) 고킨슈 1110.
94) 고킨슈 735.
95) 고킨슈 899.

각뿐이지, 그 형태에 대해서는 잘 모르는 것 같다.

　　大伴の黒主は、その様、いやし。言はば、薪負へる山人の、花の陰に休める
がごとし。
　　　　思ひ出でて恋しき時は初雁のなきて渡ると人は知らずや
　　　　鏡山いざ立よりて見てゆかむ年経ぬる身は老いやしぬると
　　このほかの人々、その名聞ゆる、野辺に生ふる葛の這ひ広ごり、林に繁き木の
葉のごとくに多かれど、歌とのみ思ひて、その様知らぬなるべし。

이러할 즈음, 지금의 천황96)께서 세상을 다스리시기를 사시사철이 아홉 번이 지났다.97) 다함없는 자비의 물결이 방방곡곡에까지 이르고, 넓으신 은혜의 그늘이 쓰쿠바 산의 산록보다도 번성하였고,98) 갖가지 정사를 돌보시는 사이사이에, 모든 것을 버리지 않으시고, 선왕들 시대의 와카를 잊지 않고 이를 일으키고자 하여, 지금은 천황께서 직접 보시고, 후세에 전하고자 하여, 엔기[延喜]5년 4월 18일에, 다이나이키[大内記]99)인 기노 도모노리, 고쇼노 도코로노 아즈카리[御書の所の預]100)인 기노 쓰라유키, 전(前) 가이 지방의 소칸[甲斐少目官]101)이었던 오오시코우치노 미쓰네, 우에몬의 후쇼[右衛門府生]102)인 미부노 다다미네에게 분부하셔서, 만요슈에 들어가진 않은 옛 노래, 그리고 자신들의 노래도 진상하게 하셨다.

---

96) 다이고[醍醐]천황.
97) 다이고천황이 즉위한 지 9년째. 905년.
98) 고킨슈 966·1095.
99) 중무성(中務省)에 속하고 기록을 관장하는 관리.
100) 궁중의 도서를 보관하는 부서의 관리.
101) 가이 지방의 지방관 중 서열 4번째의 관리.
102) 우에몬부의 관리 후쇼는 4등관 이하.

　　かゝるに、今すべらぎの天の下しろしめすこと、四つの時、九回りになむなりぬ
る。あまねき御慈しみの波、八州の外かまで流れ、広き御恵みの陰、筑波山の麓
よりも繁くおはしまして、万の政をきこしめすいとま、もろもろの事を捨てたまはぬ余り
に、古のことをも忘れじ、古りにし事をも興したまふとて、今も見そなはし、後の世に
も伝はれとて、延喜五年四月十八日に、大内記紀友則、御書所預紀貫之、前
甲斐少目官凡河内躬恒、右衛門府生壬生忠岑らに仰せられて、万葉集に入らぬ
古き歌、自らのをも、奉らしめ給ひてなむ。

그 안에, 매화를 머리에 장식하는 노래[103]를 비롯하여 두견새의 울음
을 듣고,[104] 단풍을 꺾으며,[105] 눈을 보는 노래[106]에 이르기까지, 또 학,
거북이 등에 빗대어 임금을 그리며,[107] 사람들을 축하하고, 가을 싸리,
여름의 풀을 보고 사랑하는 아내를 그리고,[108] 오오사카 산에 이르러,
임의 안녕을 빌고,[109] 혹은 춘하추동에도 속하지 않는 여러 가지의 노
래[110]를 고르게 하셨다. 총 20권 와카 천수(首), 이름하여 『고킨와카
슈』라고 한다.

　　それがなかに、梅を挿頭すより始めて郭公を聞き、紅葉を折り、雪を見るに至る
まで、又、鶴亀に付けて、君を思ひ人をも祝ひ、秋萩・夏草を見て妻を恋ひ、逢
坂山に至りて手向けを祈り、或は、春夏秋冬にも入らぬくさぐさの歌をなむ撰ばせ給
ひける。すべて、千歌、二十巻、名づけて『古今和歌集』と言ふ。

---

103) 봄노래.
104) 여름노래.
105) 가을노래.
106) 겨울노래.
107) 축하의 노래.
108) 사랑의 노래.
109) 이별의 노래.
110) 잡가.

이처럼 옛날의 전통을 이어, 이번에 산속 은밀히 흐르는 냇물이 끊이지 않고, 바닷가의 모래가 쌓이듯이, 와카도 많이 모았기 때문에, 이제는 아스카 강의 여울111)이 변하듯이 와카가 쇠퇴하였다는 원망도 들리지 않고, 조약돌이 커다란 바위가 될 때까지112)도 와카가 번성하는 기쁨만 있을 뿐이다.

かく、このたび、集め撰ばれて、山下水の、絶えず、浜の真砂の、数多く積もりぬれば、今は飛鳥河の瀬になる、怨みも聞えず、さざれ石の巌となる、喜びのみぞ有るべき。

그런데 우리는 자신의 노래가113) 봄에 핀 꽃이 향기가 적어서 허무한 이름만이 남고, 가을밤처럼 길게 계속 전해지는 것을 한탄하고 있었기에, 한편으로는 다른 사람들의 평판을 두려워하고, 한편으로는 노래의 본지(本旨)에 대하여 부끄럽게 생각하지만, 구름이 깔리듯 일어서나 앉으나 우는 사슴처럼 깨나 누우나, 늘 쓰라유키 등 우리들 일동이 이 세상에 같은 시대에 태어나서 이런 이 일을 맡을 수 있게 된 것을 기쁨으로 여기는 바이다.

それ、まくらことば、春の花匂ひ少なくして、空しき名のみ、秋の夜の長きをかこてれば、かつは、人の耳に恐り、かつは、歌の心に恥ぢ思へど、たなびく雲の、立ち居、鳴く鹿の、起き臥しは、貫之らが、この世に同じく生れて、この事の時にあへるをなむ喜びぬる。

---

111) 변하기 쉬운 것의 비유. 687・933・990 등 참조.

112) 343.

113) 원문에는 마쿠라코토바라고 되어 있지만, 문맥상 의미가 분명하지 않다. 이 부분은 한문서문에서 「臣等, 詞」에 해당하는 부분으로, 가나서문의 내용은 분명하지 않지만, 한문서문에 의거하여 해석하였다.

히토마로는 이미 죽었지만 그의 노래는 영원히 머무는 것 아닌가. 비록 시대가 바뀌고 옛일은 지나가고, 즐거움과 슬픔이 엇갈린다 하여도, 이 고킨와카슈는 남아 있으리라. 실 같은 푸른 버들처럼 끊이지 않고, 솔잎처럼 흩어져 없어지지 않고, 마사키114)의 넝쿨처럼 오랫동안 전해지고, 새의 발자국115)처럼 오랫동안 머물러 남아 있을 수 있다면, 와카의 형태도 알게 되고 와카의 진정한 길을 얻고자 하는 사람은 높은 하늘의 달을 보는 것처럼, 옛날을 우러러보고 지금116)을 그리워하지 않을 수 없으리.

人麿、亡くなりにたれど、歌の事とどまれるかな。たとひ時移り、事去り、楽しび悲しびゆきかふとも、この歌の文字あるをや。青柳の糸絶えず、松の葉の散り失せずして、まさきの葛、永く伝はり、鳥の跡、久しくとどまれらば、歌のさまを知り、ことの心を得たらむ人は、大空の月を見るがごとくに、古を仰ぎて、今を恋ひざらめかも。

---

114) 넝쿨풀의 일종.
115) '새의 발자국'이란 996에서처럼 '문자'라는 의미도 있으므로, 여기서는 『고킨슈』를 암시한다고 볼 수 있다.
116) 다이고천황의 치세.

고킨와카슈

제1권

봄노래 상 春歌上

1. 연내입춘에 읊은 노래 아리와라노 모토카타

해가 가기 전 봄이 찾아 왔구나

이 올 한 해를 작년이라 부를까 올해라고 부를까

---

1) [주해] 〈연내입춘(年內立春)〉역법(曆法)상으로는 아직 새해가 되지 않았지만, 절기
상으로는 입춘이 된 것을 연내입춘이라고 한다. 연초에 입춘이 오고 그 해 연말에 입
춘이 또 오는 현상. 음력을 사용했던 고대 사회에서는 그리 진귀한 현상은 아니었다.
〈해가 가기 전 봄이 찾아왔구나〉연내입춘을 풀어서 노래하였다. 〈이 올 한 해를〉올해
정월 초하루부터 섣달그믐 날까지의 일 년을. 〈작년이라 부를까 올해라고 부를까〉이
미 연초에 입춘이 있어서 봄이 왔고, 이 해가 가기 전인 연말에 봄이 다시 왔으니까
절기상으로는 다시 새해가 시작된 것. 따라서 역법상의 한 해를 작년이라고 해야 할지
올해라고 해야 할지 모르겠다는 의미.『고킨슈』의 특징인 '이지적, 기교적'인 면을 보
여주는 노래이다.

[해설] 사실상 연내입춘은 평균 2.7년에 한 번 꼴로 발생하는 그다지 진귀한 현상은
아니었지만, 작자는 이러한 현상을 놓치지 않고 소재로 사용하였다. 이 노래처럼 계절
의 풍물을 소재로 삼지 않고 한 수의 노래를 완성시킨 것은 드문 예이다.『만요슈[万
葉集]』에도, '흰 눈 내리는 겨울은 오늘까지 꾀꼬리 날아와 우는 봄은 아마도 내일부
터일런가(深雪降る冬は今日のみ鶯の鳴かむ春へは明日にしあるらし : 제20권 4488)'처럼 연
내입춘을 노래한 것이 보인다. 위 노래는 제4・5구에 '작년이라 부를까 올해라고 부를
까'라고 표현함으로서 연내입춘(年內立春)이라는 재미있는 현상을 놓치지 않고 있다.

旧年に春たちける日、よめる　在原元方
　　年の内に　春はきにけり　ひとゝせを　去年とやいはむ　今年とやいはん

2. 입춘에 노래함　기노 쓰라유키

소매 적시며 떠 마시던 그 샘물 얼었던 것을
입춘인 오늘 부는 바람이 녹이려나

春たちける日、よめる　紀貫之
　　袖ひちて　むすびし水の　こほれるを　春立つけふの　風やとくらむ

이 노래에 대한 평가는 일본의 첫 번째 칙찬와카집[勅撰和歌集]의 권두가(卷頭歌)라
는 점만으로도 오랜 세월 긍정적으로 평가되어왔다. 그러나 메이지[明治] 시대에 이르
러 마사오카 시키[正岡子規]는 이 노래에 대해서 "우선 『고킨슈』라는 책자를 꺼내어
첫 장을 넘기면 바로 '작년이라 부를까 올해라고 부를까'라는 노래가 나온다. 실로 어
이없이 재미없는 노래다. 이 노래는 마치 일본인과 외국인 사이에서 난 혼혈아를 일본
인이라 부를까 외국인이라고 부를까, 하는 것과 마찬가지로 농담도 재치도 아닌 시시
한 노래이다"라고 평하고 있다.
2) [주해] 〈소매 적시며 떠 마시던 그 샘물〉여름날 소매가 젖는 것을 마다하지 않고 손
모아서 떠 마셨던 추억이 있는 샘물. 〈입춘인 오늘 부는 바람이 녹이려나〉『예기(礼記)』
의 월령(月令)에 보이는 '동풍해빙(東風解氷)'이라는 발상에 의거한 노래다. 당시의 입
춘에 관한 노래의 대부분은 이를 배경으로 하고 있다. 쓰라유키의 경우도 발상적인 면
에서 이 범주를 벗어나지 못하고 있다.
[해설] 입춘인 오늘, 작자는 여름날 소매가 젖는 것을 마다하지 않고 손으로 떠 마셨던
추억이 있는 산속의 샘물을 머리에 떠올렸다. 여기에 동풍해빙의 발상을 더한 것. 겨우
내내 얼어 있던 그 샘물, 추억이 있는 산속의 그 샘물이 입춘인 오늘 부는 봄바람에
녹을 것이라고 추측하고 있다. 입춘이 되었다고 해서 당장에 겨우내 얼었던 얼음을 녹
일 수 있는 바람이 부는 것도 아니지만, 입춘은 봄이 시작되는 날, 따라서 오늘부터 부
는 바람은 어제와는 다른 봄바람이고, 그 봄바람이 얼음은 녹인다는 발상으로 이어진
다. 작자는 이전의 추억이 서려 있는 샘물을 등장시키고 이지적인 상상력을 동원하여
작품을 완성시키고 있다. 쓰라유키의 작품 중에서 수작(秀作)으로 꼽을 수 있는 와카다.

3. 제목을 알 수 없음 ^{작자미상}

봄 안개 이는 그곳 어드메인가
보기 좋은 곳 요시노의 산 위에 아직 눈이 내리네

春霞 たてるやいづこ み吉野の よしのの山に 雪はふりつつ

---

3) [주해] 〈작자미상〉작자미상의 노래는 『고킨슈』에서 오래된 노래에 속한다. 『만요슈』
이후 소위 국풍암흑 시대라고 불리던 시절에 읊어진 노래이다. 〈봄 안개 이는〉와카에서
안개를 표현 할 때, '가스미[霞]'와 '기리[霧]'의 두 단어가 쓰인다. 『만요슈』에서는 '가을
아침의 들녘 위에 감도는 안개와 같이 내 사랑 어디에서 멈춰 설수 있을까(秋の田の穂の
へにきらふ朝霞いつへのかたに我が恋ひやまむ : 제2권 88)'와 같이 가을 안개에도 '가스미'
라는 단어를 사용했다. 그러나 고킨[古今] 시대에 이르러서는 봄에는 '가스미', 가을에는
'기리'로 나누어 표현하였다. 『고킨슈』에서 안개는 봄을 알리는 역할을 하는 소재로 중
요시되었다. 표현적인 면에 있어서도 『만요슈』와는 다르다. 예로 든 노래에서 볼 수 있듯
이 『만요슈』에서는 안개가 '들녘에 감돌다[きらふ]'는 식으로 표현하였지만, 『고킨슈』에
이르러서는 안개가 '일다[立つ]'라는 식으로 표현하는 예가 압도적이다. 〈그곳 어드메인
가〉이 노래는 제2구에서 일단 끊어진다. 이런 기법을 와카에서는 '기레[~切れ]'라고 한
다. 초구에서 끊을 때에는 쇼쿠기레[初句切れ], 두 번째 구에서 끊을 때에는 니쿠기레[2
句切れ]라고 한다. 이 노래는 니쿠기레. 내용상으로 보면 니쿠기레의 두 구(句)는 제3~5
구와 도치법적인 관계. 〈보기 좋은 곳〉'보기 좋은 곳'으로 번역한 원문의 '미요시노노[み
よしのの]'는 바로 뒤에 연결되는 요시노[吉野]의 미칭[美称]이다. '미'는 '보다[見る]', '요
시'는 좋다[良し]라는 의미를 포함한다. 〈요시노 산[吉野山]〉요시노는 지금의 나라현[奈
良県] 남부의 산지. 만요[万葉] 시대부터 역대 천황이 행차하던 지역이다. 요시노 산은
『만요슈』에서는 눈이 많은 곳, 추운 곳으로 묘사되어 있지만, 『고킨슈』 이후 헤이안[平
安] 시대의 와카에서는 그 경향이 바뀌어 벚꽃의 명소로 꼽힌다. 〈아직 눈이 내리네〉입
춘이 되어 절기상으로는 봄이 되었다고는 하지만, 계절적으로는 겨울이다. 이른바 '잔설
(残雪)'을 소재로 도입하였다.
[해설] 입춘이 되어 봄이 되었다고는 하지만 아직 눈이 내린다. 작자는 실제로 요시노에
사는 사람으로 지금 요시노 산(山)이 보이는 들녘에 서 있다. 인가(人家)에 가까운 들판에
는 봄의 도래를 알리는 안개가 일어나고 있지만, 깊은 산을 대표하는 요시노 산에 눈이
내리는 것을 보면 봄은 아직도 멀기만 하다. 눈 내리는 요시노 산을 원경(遠景)으로 포착
하면서, '멀리 보이는 요시노 산에는 아직 눈이 내리는데, 도대체 어디에 봄이 왔단 말인
가!'라고 작자는 봄을 기다리는 속마음을 은밀하게 나타내고 있다.

4. 이조황후가 봄의 처음에 지으신 노래

눈 속에서도 봄이 찾아 왔구나
꾀꼬리 눈에 얼어붙은 눈물이 이제야 녹으려나

5. 제목을 알 수 없음 ^{작자미상}

매화 가지에 와 머무는 꾀꼬리
봄을 그리며 지저귀고 있지만 아직 눈이 내리네

4) [주해] 〈이조황후〉이 와카는 고토바가키[詞書]에 작자명을 기록하고 있다. 『고킨슈』에
서는 천황이나 황후가 작자일 때, 이를 고토바가키에 명시하고 있는 점이 특징이다. 〈눈
속에서도 봄이 찾아 왔구나〉이 노래도 3번과 마찬가지로 니쿠기레. 잔설을 노래하였다.
〈꾀꼬리 눈에〉꾀꼬리를 의인화하였다. 제4구와 더불어 꾀꼬리도 사람처럼 울면 눈물을
흘린다는 발상이 보인다. 꾀꼬리는 만요 시대부터 많이 읊어진 소재로 봄이 되면 제일
먼저 우는 새, 다시 말해 봄을 알리는 새로 여겨왔다. 용례로 볼 때, 매화와 함께 읊어지
는 노래가 제일 많다. 이러한 전통은 『고킨슈』에서도 그대로 이어진다. 〈얼어붙은 눈물
이 이제야 녹으려나〉동풍해빙의 발상. 「참조」주렴을 사이에 두고 한월을 맞이하며 밤을
지새우고, 새벽녘에는 등불을 뒤로하고 비단으로 된 창문을 바라보네. 뜰 앞의 봄날 얼은
얼음의 반은 어젯밤부터 수건으로 닦아 내린 눈물이 얼은 것이겠지(백낙천시집 18 : 閨怨
詞 3수 중 / 珠箔籠寒月 紗牕背曉灯 夜来巾上淚 一半是春氷).
[해설] 시간적으로는 입춘이 지난 지 얼마 안 되는 시기. 3번과 마찬가지로 아직도 겨울
의 정취를 상징하는 눈이 내리는 시점이다. 꾀꼬리도 울면 인간처럼 눈물을 흘린다는
발상을 기본으로 하고, 여기에 2번 노래에서 소재로 삼았던 동풍해빙의 발상과 3번에서
보았던 잔설이 더해진 작품이다. 와카가 시간적 경과에 따른 배열과 더불어, 소재가 유기
적으로 얽혀 있음을 알 수 있다. 꾀꼬리가 울어야 봄이 된 것을 알 수 있을 텐데, 꾀꼬리
가 울지 못하는 것은 눈물이 얼었기 때문이다. 이제 입춘이 되었으니 봄이 되었고 봄이
되었으니 봄바람이 분다. 봄바람은 동쪽에서 불어오고 아울러 얼음을 녹이는 바람. 겨우
내 얼어 있던 꾀꼬리의 눈물이 바람에 녹을 것이고, 눈물이 녹으면 꾀꼬리는 마침내
울음 울어 봄을 알릴 것이라고 추측하는 내용의 와카다. 『고킨슈』의 특징이라고 할 수
있는 이지적인 사고를 극대화한 작품이다.
5) [주해] 〈매화 가지에 와 머무는 꾀꼬리〉매화나무가지에 꾀꼬리가 날아와 운다는 설
정은 와카에서 볼 수 있는 전형적인 봄의 이미지다. 매화는 중국이 원산지로, 일본에

梅が枝に きゐるうぐひす 春かけて 鳴けどもいまだ 雪はふりつゝ

6. 나뭇가지에 눈 내려 쌓인 것을 보고 읊은 노래 소세이 법사

봄이 왔기에 꽃으로 보는 걸까

흰 눈 내리어 쌓인 나뭇가지에 꾀꼬리 울음 운다

전해진 것은 견당사[遣唐使]의 왕래가 있었던 8세기경으로 추정된다. 도래 당시에는 귀족들이 좋아하는 이국(異国)의 산물로 한시문의 소재가 되면서 당시 귀족들의 마음을 사로잡았다. 매화는 『만요슈』에 약 120수 정도가 수록되어 있어 벚꽃보다 그 수가 많다. 『만요슈』에서 매화는 봄의 소재만이 아니라 겨울의 경물(景物)로 눈과 더불어 읊어졌는데, 헤이안 시대에 들어와서 매화는 비록 수(数)적으로는 벚꽃에 뒤지지만 벚꽃과 더불어 중요한 소재였다. 『만요슈』에서는 주로 매화의 시각적인 면이 강조되었으나 『고킨슈』 이후에는 색보다는 향기가 강조되는 작품이 증가하는 경향을 보인다. 그 이유는 한시의 세계에서 주로 매화의 향을 노래했고, 와카에서 이를 답습하였기 때문이다. 꾀꼬리와 함께 등장하는 매화는 전자인 흰 매화이다. 꾀꼬리는 가지에 쌓인 눈을 매화로 보고 날아와 앉았다. 〈아직 눈이 내리네〉잔설.
[해설] 절기상으로 입춘이 지나 봄이 되었다고는 하지만, 아직도 겨울의 정취가 깃든 눈이 내리고 있다. 매화가 피기에는 아직 이른 시기. 매화나무가지에 쌓인 눈을 꽃으로 생각하는지, 꾀꼬리가 날아와 앉아서 울고 있다. 매화나무 사이사이를 가벼운 몸짓으로 옮겨 다니는 꾀꼬리와 순백의 눈꽃이 한 폭의 그림을 연상시킨다.
6) [주해] 〈봄이 왔기에 꽃으로 보는 걸까〉니쿠기레[二句切れ]. 나뭇가지에 쌓인 눈을 꽃으로 보았다. 여기서 꽃은 매화. 이처럼 눈을 꽃으로 본다든지, 반대로 꽃을 눈으로 보는 것은 당시의 전형적인 발상으로 이를 '미다테[見立て]'라고 한다. 〈꾀꼬리 울음 운다〉꾀꼬리가 매화가지에 날아와 우는 것을, 눈을 꽃으로 알고 날아왔다고 보았다.
[해설] 5번과 같은 정취의 와카다. 봄은 왔다고는 하지만 아직도 눈이 내리고 있다. 이 노래에서는 매화가 피지도 않았는데 꾀꼬리가 나무에 날아와 앉아서 우는 이유를 구하였다. 꽃 없는 나무에 꾀꼬리가 날아와 앉아 있는 이유는 눈을 꽃으로 보았기 때문이다. 작자가 표현하고자 했던 것은 꽃을 기다리는 마음이다. 꽃을 기다리는 마음에서 나뭇가지에 쌓여 있는 눈을 꽃으로 보았다. 이것을 꽃으로 알고 꾀꼬리가 찾아와 울고 있다는 발상이다. 이 노래는 실제 풍경을 노래한 것으로 볼 수도 있겠지만, 병풍의 그림을 연상할 수도 있다.
위 노래는 첫째 구와 둘째 구까지를 하나의 단락으로, 그리고 셋째 구에서 마지막 구까지를 또 하나의 단락으로 구분할 수 있다. 첫째 구와 둘째 구를 통하여 작자는 '이제 입춘이 지나서 봄이 되었으니까, 눈을 꽃으로 볼 것'이라고 추측한다. 작자의 관념 안에서 겨울의 경물(景物)인 눈이 입춘이 지나면서 꽃으로 바뀐 것이다. 이것이 『고킨슈』적인 발상의 전환이고, 위 노래의 묘미는 여기에 있다. 『만요슈』에서 볼 수 있는

春たてば 花とや見らむ 白雪の かゝれる枝に 鶯のなく

7. 제목을 알 수 없음 작자미상

봄을 그리는 생각에만 젖어서 지내왔기에
녹지 않고 남은 눈꽃으로 보는 걸까

어떤 이가 말하기를, 이 노래는 전 태정대신
(前太政大臣)의 노래라고 한다

題しらず よみ人しらず

心ざし ふかく染めてし おりければ 消えあへぬ雪の 花とみゆらん

ある人の曰く、前太政大臣の歌也

8. 이조황후가 동궁의 비(妃)로 계셨을 때, 정월 초사흘 어전에 불러서 말씀하시는 동안에, 해가 내리쬐면서 눈이 내려 머리 위에 쌓이는 것을 보고 읊게 하신 노래 분야노 야스히데

봄의 위광을 한몸에 받고 있는 이 몸이지만
머리에 내린 눈이 서글프기만 하네

'매화가지에 울며 옮겨 다니는 꾀꼬리마저 날개가 하얗도록 봄눈 내리는구나(梅が枝に鳴きてうつろふうぐひすの羽しろたへにあわ雪ぞふる : 제10권 1840)'와 같은 노래는 이 노래와 동일한 정경을 노래하고 있다.

7) [주해] 〈녹지 않고 남은 눈꽃으로 보는 걸까〉잔설을 노래하였다. 앞에서와 마찬가지로 눈을 꽃으로 보고 있다. 〈어떤 이가 말하기를 …〉이 와카에는 전승(伝承)의 흔적이 주(注)에 남아 있다. 전 태정대신(前太政大臣)은 외척정치를 열고 최초로 간파쿠[関白]가 된 후지와라 요시후사[藤原良房]라는 인물이다.
[해설] 입춘이 되어 봄은 왔지만 아직 꽃이 피지 않은 시기. 봄을 기다리는 마음은 절실하다. 그 절실한 마음에 눈이 꽃으로 보인다. 작자는 이러한 마음을 역설적으로 표현한다. 눈이 꽃으로 보이는 이유는 너무나도 꽃을 기다리는 마음 때문이다. 6번과 마찬가지로 봄을 기다리는 마음에서 눈을 꽃으로 보고 있다.
8) [주해] 〈동궁〉후에 요제이[陽成]천황. 〈정월 초사흘〉음력 정월 초사흘. 천황이 상황

二条后の、春宮の御息所と聞えける時、正月三日御前に召して、仰せごとある間に、日
は照りながら、雪の頭に降り掛けるをよませ給ひける 文屋康秀

　　春の日の　光にあたる　我なれど　頭の雪と　なるぞわびしき

9. 눈이 내린 것을 노래함 ^{기노 쓰라유키}

봄 안개 일고 새싹 트는 봄날에 눈이 내리니
꽃 없는 마을에도 눈꽃이 흩어지네

(上皇)과 어머니인 황태후를 방문하기 위해 행차하는 행사가 있었다. 〈봄의 위광을〉오
행설(五行説)에서 봄은 동쪽과 통한다. 따라서 봄은 동궁(東宮)을 암시. 〈머리에 내린
눈이〉눈을 백발에 비유하였다. 백발을 눈으로 보는 것은 당시(唐詩)에서 즐겨 썼던 표
현이다. 「참조」눈은 화기로 인해 흩어지고, 얼음은 따뜻한 빛으로 열리네 봄도 어찌할
수 없는 것은 오로지 머리카락에 내린 서리뿐(雪散因和気 氷開得暖光 春鎖不得処
唯有鬢邊霜 : 백낙천시집 14 무春).
[해설] 고토바가키의 내용으로 보아 작자는 지금 어전에서 분부를 기다리고 있는 상
황. 때마침 눈이 내린다. 눈이 내리면서 동시에 햇살이 비친다. 이런 상황을 이조황후
가 작자 야스히데에게 노래를 지어보라고 명을 내린 듯하다. 야스히데는 순간을 놓치
지 않고, 눈이 내리며 해가 빛나는 기묘한 상황을 노래로 승화시키고 있다. 동궁의 은
혜를 한몸에 받고 있는 몸이기는 하지만, 이제 나이 들어 그 은혜를 받을 날도 많지
않음을 탄식하였다. 그러나 나이 먹은 것 외에 모든 것에 만족하고 있음이 은연중에
나타난다. 이제 나이가 많아 동궁의 비호를 받을 시간도 얼마 남지 않았기에 더욱더
살펴주기를 기원하는 의미도 포함하고 있다. 같은 작가의 노래로 이와 비슷한 노래가
445에 있다.
9) [주해] 〈새싹 트는 봄날에 눈이 내리니〉이 부분에 해당되는 원문[このめもはるのゆき]은
‘싹이 트다[芽も張る]’와 ‘봄에 내리는 눈[はるの雪]’라는 의미로 연결된다. 이렇게 의미
를 중층적으로 표현할 수 있는 것은 ‘봄[春]’과 ‘싹이 트다[張る]’가 동음이의어이기 때
문이다. 이처럼 동음이의어를 이용하여 표현의 폭을 넓히는 기법을 ‘가케코토바[掛詞]’
기법이라 한다. 예를 들어 ‘마쓰[まつ]’는 ‘소나무[松]’라는 의미와 ‘기다리다[待つ]’라는
의미를 이중적으로 나타낸다. 『고킨슈』에서 볼 수 있는 대표적인 기법이다. 〈꽃 없는
마을에도〉아직 꽃이 피지 않은 마을에도. 아직 꽃이 피지 않은 시기. 〈눈꽃이 흩어지
네〉눈이 날리는 모습을 꽃이 떨어져 날리는 것으로 보았다. 미다테.
[해설] 이미 봄이 온 것을 알리는 안개가 일고 새싹이 파릇파릇 나타나지만, 아직도 봄
은 멀기만 하다. 봄이 오면 꽃이 피어야 하지만 시기적으로 아직 꽃이 피기에는 이른
시기이다. 초구에서 제3구까지 쓰라유키는 눈앞에 보이는 광경을 그대로 묘사하였다.
입춘이 지나고 봄 안개도 일고 이제는 제법 봄다운 느낌이 있을 법도 한데, 아직 눈이
내리고 있다. 꽃을 보고 싶은 마음에서 꽃을 대신하여 흩어지는 눈을 꽃으로 보고, 후반

霞たち　木の芽も春の　雪ふれば　花なき里も　花ぞちりける

10. 봄의 첫머리에 노래함 후지와라노 고토나오

봄이 빠른지 꽃이 늦는 것인지 묻고자 하여
꾀꼬리 울기만을 기다려도 울지 않네

春の初めに、よめる　藤原言直

春やとき　花やをそきと　聞き分かむ　鶯だにも　鳴かずもあるかな

11. 봄의 첫머리에 지은 노래 미부노 다다미네

봄이 왔다고 사람들 말하지만
꾀꼬리 울어 봄을 알리기 전엔 그렇다 할 수 없네

부를 '꽃 없는 마을에 눈꽃이 흩어지네'라고 마무리 짓는데서 작자의 기량이 엿보인다.
10) [주해] 〈봄이 빠른지 꽃이 늦는 것인지〉입춘이 지났으므로 이미 봄은 시작되었다고
는 하지만, 꽃이 피기에는 이른 시기. 꽃을 기다리는 마음을 엿볼 수 있다. 둘째 구의
꽃은 꾀꼬리와 함께 노래한 것으로 보아 매화임을 짐작할 수 있다. 〈꾀꼬리 울기만을〉
이지적인 표현. 꾀꼬리는 봄을 알리는 새이므로, 꾀꼬리에게 물어보면, 봄이 빨리 온
것인지, 아니면 꽃이 늦는 것인지를 가름 할 수 있을 것이라고 표현했다. 아직 시기적
으로 일러서 꾀꼬리도 아직 산속 둥지에 있는 시기이다.
[해설] 입춘이 지나고 이미 봄이 되었다고는 하지만 봄이 왔음을 아직 느낄 수가 없다.
이에 작자는 봄의 도래를 확인할 수 있는 실물을 찾고 있다. 봄이 온 것을 알 수 있는
판단기준을 꾀꼬리로 삼았다. 봄을 알리는 새인 꾀꼬리가 나와서 울어 준다면 봄이 왔
음을 알 수 있을 텐데, 꾀꼬리도 아직 산속 둥지에 있는 시기. 작자의 봄을 기다리는
마음이 이지적인 표현과 더불어 여정(余情)적으로 느껴진다.
11) [주해] 〈사람들 말하지만〉사람들은 입춘이 지났으니 봄이 왔다고 하지만. 〈꾀꼬리
울어 봄을 알리기 전〉아직 꾀꼬리가 둥지에서 나와 울지 않는 한, 봄이라 생각할 수
없다. 꾀꼬리는 봄을 알리는 새(→ 4). 꾀꼬리는 만요 시대부터 많이 읊어졌던 소재이
다. 『만요슈』에서도 봄노래에 처음 등장하는 새로, 버드나무가지에서 울기도 하고, 황
매화, 싸리나무, 대나무 숲 등, 다양한 곳에서 울음 우는 새로 묘사되고 있다. 그러나
매화와 더불어 읊어진 노래가 가장 많다. 이러한 전통은 헤이안 시대에까지 이어진다.
「참조」새가 울어서 봄을 알린다는 발상은 '봄은 어디서 생겨나서 온 천지를 돌아다니

はるきぬと　人はいへども　うぐひすの　なかぬかぎりは　あらじとぞ思

12. 우다천황시절 대비마마가 주최한 우타 아와세의 노래 　미나모토노 마사즈미

골바람 불어 얼었던 얼음 녹는 그 틈 사이로
흩어지는 파도는 처음으로 핀 봄꽃

는 것일까. 먼저 화풍을 보내어 소식을 전하게 하고, 이어서 새 울게 하여 봄이 옴을
알리게 하고 …(潯陽春三首, 春生 / 春生何処闇周遊　海角天涯遍始休　先遣和風報消
息　続教啼鳥説来由 … : 백낙천시집 17).
[해설] 앞의 10번과 마찬가지로 봄의 전령인 꾀꼬리를 기다리는 마음을 노래하고 있다.
꾀꼬리의 울음이 본격적으로 봄이 왔음을 알리는 것이라고 인식하는 정서에서 기인하
는 노래이다.

12) [주해] 〈우다천황시절 대비마마가 주최한 우타아와세〉893년 이전에 있었던 우타아
와세로 『고킨슈』 편찬에 있어 중요한 자료원이 되었다. ‘우타아와세[歌合]’란 가인들
이 좌우양편으로 갈라 와카를 서로 겨루어 우열을 판정해가는 것. 이는 병풍가(屛風歌)
와 더불어 헤이안 시대의 와카를 발전시키는 계기가 되었고, 이후 편찬되는 많은 칙찬
집(勅撰集)의 자료원이 되었다. 아울러 우타아와세에서 행하여지던 판자(判者)의 평은
가론(歌論) 발전의 밑거름이 되었다. 〈골바람 불어 얼었던 얼음 녹는〉봄바람이 이윽고
계곡에까지 이르게 되었다. 계곡에 부는 바람은 동풍(東風謂之谷風 : 『爾雅』釈天), 곧
봄바람이다. 동풍해빙의 발상이 더해졌다. 〈흩어지는 파도는 처음으로 핀 봄꽃〉미다테
[見立て]가 돋보이는 부분. 녹은 얼음 사이로 흘러나오는 계곡의 물줄기가 만들어 내는
물보라를 파도라 표현하였고, 그것을 봄에 처음 핀 꽃으로 보았다.
[해설] 작가(作歌)적 시점은 입춘 이후 어느 정도 시간이 경과한 시기. 겨우내 매섭게
불어치던 골바람은 입춘이 지났기에 이미 봄바람으로 바뀌었다. 봄바람은 얼음을 녹이
는 바람. 겨우내 얼었던 계곡이 녹으면서 얼음 사이로 흘러나오는 계곡의 물줄기가 물
보라를 일으키며 흘러간다. 그 물보라를 봄에 처음 핀 꽃에 비유하였다. 파도를 꽃으로
보는 발상은 한시의 세계는 물론 『만요슈』에서도 그 예를 찾아볼 수 있다. ‘이세바다의
깊은 곳 이는 파도 꽃이면 좋겠네 가지고가 처에게 줄 선물 삼고파라(伊勢の海の沖つ
白波花にもがつつみて妹が家づとにせむ : 제3권　306)’에서 보듯이, 『만요슈』에서는 바다
에 이는 파도를 꽃으로 보는 것이 일반적인데, 『고킨슈』의 이 노래는 계곡에 찰랑이는
물결을 꽃에 비교함으로써 새로운 시도를 꾀하였다. 산속 얼음 사이에서 계곡의 물이
찰랑이는 것을 파도에 비유한 것은 당시로서는 새로운 언어의 선택이라고 하겠다.

谷風に　とくる氷の　ひまごとに　打いづる波や　春のはつ花

13. 기노 도모노리

봄꽃 내음을 바람이 가는 편에 실어 보내어
꾀꼬리 찾아오는 길 안내로 삼을까

13) [주해] 〈고토바가키〉이 노래나 다음의 14번도 고토바가키가 없다. 칙찬집(勅撰集)에서는 특별히 고토바가키[詞書]나 작자명 표기가 없을 때에는 앞의 노래와 동일하다는 의미. 따라서 13번부터 15번까지는 12번의 '우다천황시절 대비마마가 주최한 우타아와세'에 걸린다. 〈바람이 가는 편에 실어 보내어〉바람이 봄소식을 전하는 역할을 하는 것은 한시의 세계에서는 흔하게 볼 수 있는 표현이다. 한시에서는 '풍신(風信)'이라는 말로, 와카에서는 '가제노 다요리[風のたより]'라는 표현이 사용되었다.
[해설] 아직 산속에 있는 꾀꼬리에게 봄이 온 것을 전하여, 봄을 알리는 역할을 하는 꾀꼬리가 빨리 나오게 해서 방방곡곡에 봄을 알려주기를 바라는 마음. 결과적으로는 꾀꼬리를 기다리는 마음을 노래하고 있다. 꾀꼬리에게 봄이 왔다는 소식을 전하는 매개체를 꽃내음으로 삼았다는 점이 신선하다. 바람이 전하여준 꽃향기에 의지해서 꾀꼬리가 마을로 쉽게 내려올 수 있으리라는 발상이다. 이 노래는 '우다천황시절 대비마마가 주최한 우타아와세'에서 앞의 12번과 함께 봄노래 20수 중에 속한 노래로, 본 노래를 왼쪽으로 하고, 앞의 12번을 오른쪽으로 하여 서로 겨루었던 노래이다. 이 노래의 작가(作歌)적 시점은 입춘 후 어느 정도 시간이 경과하여 봄바람이 불고 매화도 피기 시작한 시기다. 도읍지와 근처의 평지에는 이미 봄이 와서 매화가 피었지만, 산속에는 아직 겨울의 잔재가 남아 있다. 고대 일본인들은 꾀꼬리가 날아와 울어야만 봄이 왔다고 생각했는데, 이 노래에서는 봄을 알리는 전령인 꾀꼬리는 아직도 겨울이 가지 않은 산속의 둥지에서 나오지 않고 있다. 매화의 정경 속에 있어야 할 꾀꼬리가 없는 아쉬움에서 작자의 상상은 적극적인 방법을 택하였다. 가만히 앉아서 기다리는데 그치지 않고 꾀꼬리를 불러내고자 마음먹었다. 여기서 도모노리는 특유의 이지적인 노랫말의 조합으로 한 수의 와카를 완성시킨다. 작자는 겨울의 잔재 속에 묻혀 봄이 온 줄 모르는 꾀꼬리에게 봄이 왔다는 증거로 편지를 보내고자 하였고 바람이 그 역할을 맡았다. 이미 입춘이 지났으니 바람도 이제는 봄바람이다. 편지의 역할을 하는 봄바람에 꽃내음을 더하여 정취를 깊게 한다. 시의 세계에서 바람이 편지의 역할을 하는 것은 그리 낯설지 않다. 만약 이 노래가 '바람아! 꾀꼬리에게 소식 전해다오'하는 식으로 끝났다고 한다면 그냥 평범한 하나의 시(詩)로 끝났으리라. 그러나 작자의 이지적 상상력은 여기서 그치지 않는다. 이점이 이 와카에서 평가해야 할 부분이다. 도모노리는 바람에 꽃내음을 추가시키고 있다.
첫 번째 구에 보이는 '봄꽃 내음'은 봄이 되어 피어나기 시작한 매화의 향기다. 봄이 온 줄 모르고 아직 산속 둥지에 있는 꾀꼬리에게 꽃향기는 봄이 왔다는 증거가 되는

14. 오오에노 치사토

꾀꼬리 깨어 골짜기에서 나와 울지 않는 한
봄이 왔다는 것을 누가 알 수 있으리

15. 아리와라노 무네야나

봄은 왔지만 꽃 하나 피지 않는 산골 마을에
을씨년스러운 소리로 꾀꼬리 울어댄다

동시에 꾀꼬리를 작자가 있는 인가 근처로 유도해내는 이중적인 역할을 담당하고 있다. 바람이 전해주는 꽃향기가 봄의 전령의 역할과 길 안내를 담당하는 이중적 구조가 다른 노래와 구별될 수 있는 부분이다.

14) [주해] 〈꾀꼬리 깨어〉꾀꼬리가 잠에서 깨어. 10번에서 이 노래까지 아직 울지 않는 꾀꼬리를 노래하였다. 〈골짜기에서 나와 울지 않는 한〉골짜기는 꾀꼬리의 둥지가 있는 곳. 골짜기에는 아직 봄소식이 전해지지 않아서 꾀꼬리는 아직 골짜기 둥지에 있다. [해설] 봄의 온기는 따뜻한 평지에서 산으로 전해지는 것. 산속에는 아직 봄소식이 전해지지 않아서 꾀꼬리는 봄이 온 줄 모르기 때문에 아직도 산속 둥지에 있다고 생각하였다. 꾀꼬리가 울기 전에는 봄이 온 것을 어찌 알 수 있겠느냐는 것은 하루 빨리 꾀꼬리가 나와 울어주기를 기다리는 마음을 표현한 것.

15) [주해] 〈꽃 하나 피지 않은 산골 마을에〉봄은 왔지만, 평지보다 기온이 낮은 산속에는 아직 꽃이 피지 않은 상태. 〈을씨년스러운 소리로〉작자의 감정이 이입되어 있는 부분. 늘 똑같이 우는 꾀꼬리이지만 산속 마을에 사는 작자의 귀에는 을씨년스럽게 들린다. [해설] 시간이 흘러 드디어 잠에서 깬 꾀꼬리가 둥지로부터 골짜기로 나왔다. 그래도 아직 산속에 있는 꾀꼬리. 봄이라고는 하지만 산속은 평지와 달리 기온이 낮기 때문에 꽃도 피지 않은 상태다. 꽃도 피지 않은 산골에서 우는 꾀꼬리의 울음소리가 을씨년스럽게 들린다.

春たてど 花もにほはぬ 山ざとは もの憂かる音に 鶯ぞなく

16. 제목을 알 수 없음 ^{작자미상}

들녘 가까이 집 짓고 기거하니
꾀꼬리 나와 지저귀는 소리를 아침마다 듣도다

題しらず よみ人しらず

野辺ちかく 家居しせれば うぐひすの なくなるこゑは 朝な朝なきく

17.

가스가 들녘 오늘 태우지 마소
푸릇푸릇한 젊은 남편도 숨고 나도 숨어 있으니

---

16) [주해] 〈들녘 가까이 집 짓고 기거하니〉작자가 있는 곳은 들과 산이 접해 있는 지역
으로, 도읍지에서 떨어져 있는 곳이다. 〈꾀꼬리 나와〉15번에서는 아직 산골에 있던 꾀
꼬리가 드디어 산과 들의 경계가 되는 부분까지 나와서 울고 있다.
[해설] 꽃은 들에서부터 피기 시작하여 산 위로 피어가지만, 그와 반대로 꾀꼬리는 산
속에서 울기 시작하여 들판으로 내려온다. 비록 꽃은 도읍지에 있는 사람들보다 늦게
보지만 꾀꼬리의 울음소리만은 도읍지의 사람들보다 먼저 듣는 은밀한 즐거움을 노래
하고 있다.

17) [주해] 〈가스가 들녘〉가스가[春日]는 지금의 나라시[奈良市]에 있다. 가스가는 『만
요슈』에서는 봄 안개나 가을의 단풍 등, 사계절의 풍물과 더불어 읊어져 왔으나 『고킨
슈』에 이르러 봄나물의 명소로 많이 읊어졌다. 이 노래는 『이세모노가타리[伊勢物語]』
12단에도 수록되어 있는데, 『이세모노가타리』에서는 첫째 구가 무사시노[武蔵野]로
되어 있다. 전승의 흔적이 보이는 노래이다. 〈오늘 태우지 마소〉병충해 구제를 위해 들
녘을 태우는 것. 그 들녘을 태우지 말라고 노래하고 있다. 〈푸릇푸릇한〉이 부분에 해당
되는 원문 와카쿠사노[若草の]는 푸릇푸릇하게 갓 피어난 풀이라는 의미로 젊은 부부
를 표현하는 말. 용례로 볼 때, 이 말 뒤에 연결되는 말이 이 노래처럼 '쓰마'에 연결되
는 것이 가장 많아서, '와카쿠사노'를 마쿠라코토배[枕詞]로 보기도 한다. 〈젊은 남편
도 숨고 나도 숨어 있으니〉들판의 풀 섶에서 남녀가 데이트를 하는 장면을 묘사하였
다. 여기서 '남편'으로 번역한 '쓰마[つま]'는 당시에 남편, 아내 양쪽 모두를 이르는 말.

春日野は けふはな燒きそ わか草の つまもこもれり 我もこもれり

18.

깊은 산속엔 소나무가지 위에 눈 남았는데
도읍지 들녘에선 봄나물 뜯고 있네

深山には 松の雪だに きえなくに 宮こは野べの わかなつみけり

따라서 남녀 어느 쪽으로 해석이 가능하다. 여기서는 『이세모노가타리』와 같이 쓰마를 남편으로 보는 여성의 입장에서 해석하였다.
[해설] 민요적인 색채가 강한 노래이다. 봄나물을 뜯기 위해 들판에 사람들이 나와 있는 장면과 병충해 구제를 위해 여기저기 들불을 놓는 장면이 눈에 떠오른다. 그런 들판의 풀숲에서 두 남녀가 한창 데이트 중이다. 봄에 새로이 피어나는 초목과 같이 싱그러운 그와 함께 둘만의 시간을 갖는 기쁨. 오늘만큼은 누구에게도 방해받고 싶지 않은 여자의 마음이 담겨 있는 와카이다.
[이세모노가타리 12단] 옛날, 한 남자가 있었다. 남의 딸을 훔쳐내어 무사시 들녘으로 데리고 가던 중에, 남의 딸을 훔친 자이기에, 그 지방의 관아에 붙잡히게 되었다. 남자는 여자를 풀숲에 숨겨놓고 도망가 버렸다. 길 가던 사람들은, '이 들에는 도둑이 있다더라'하며, 불을 놓으려고 하였다. 여자는 곤혹스러워하며, '무사시 들녘 오늘 태우지 마소 푸릇푸릇한 젊은 남편도 숨고 나도 숨어 있으니'라고 노래를 읊는 것을 듣고, 여자를 붙잡아서 함께 데리고 갔다고 한다.
18) [주해] 〈소나무가지 위에 눈 남았는데〉노래 원문의 '松の雪'는 한어 '松雪'에 해당함. 「참조」소나무 위에 눈이 쌓여 티끌도 머무르지 않고, 작은 거처는 춥네. 문을 닫고 좁은 방에 한거하니, 장안 도읍에 사는 것 같은 느낌이 들지 않네(松雪無塵小院寒 閉門不似住長安 : 백낙천시집 14 : 酬錢員外雪中見寄).
[해설] 봄기운은 들녘에서부터 산속으로 전해진다. 도읍지 가까이의 들판에서는 봄이 진행되어 벌써 나물을 뜯고 있다는 소식이 전해지는데, 추위가 가시지 않은 산속에는 아직도 소나무 위에 눈이 남아 있다. 작자는 산중에 사는 인물일 것이다. 봄이 되어 들판에 나와 나물을 뜯는 것은, 봄의 정기를 취하기 위한 의식으로 궁중에서 중요시 여겨졌던 행사 중의 하나이다. 나물 뜯기는 신춘(新春)의 중요한 행사로서 초이레에 봄나물을 뜯는 '진지쓰[人日]'와, 새해 처음 돌아오는 자일(子日)에 봄나물을 국거리로 해서 먹는 행사 등이 고정화되었다. 봄나물과 함께 소재로서 소나무가 등장하는 것은 소나무를 생명의 원천으로 보기 때문이다.

19.

가스가 들녘 도부히노 지킴이 나와 보시오
이제 며칠 있으면 봄나물 뜯을 런지

春日野の 飛火の野守 いでて見よ 今幾日ありて わかなつみてん

20.

(아즈사유미) 봄을 재촉하는 비 오늘 내렸네
내일도 내린다면 나물 뜯을 수 있겠지

---

19) [주해] 〈가스가 들녘 도부히노 지킴이〉『속일본기(續日本紀)』 겐메이기[元明紀]에
AD 712년(和銅5)에 외적의 침입을 막기 위하여 가스가 지역에 봉화대를 설치하였다는
기록이 있음. 그 지역의 이름이 도부히노[飛火野]. 도부히노 지킴이는 봉화대 요원.
〈얼마나 더 있으면 봄나물 뜯을 런지〉봉화를 지키는 사람은 들판에 늘 있기 때문에
이 들판의 사정을 누구보다도 잘 알 것이라는 전제하에 봄나물을 언제 뜯을 수 있는
지 봉화를 지키는 사람에게 물어보는 형식을 취하였다.
[해설] 17번에 이어 봄나물 뜯기를 노래하였다. 날씨가 따뜻해져서 가스가 들녘에서
나물을 뜯을 수 있는 날이 빨리 오기를 기다리는 마음이 나타나 있다. 『만요슈』에서는
권두가인 유라쿠[雄略]천황의 노래나 권6, 권8 등에서 이른 봄에 나물 뜯는 노래가 있
는 것으로 보아 『만요슈』 당시에 이미 나물 뜯기는 민속적으로나 생활적인 면에 깊이
영향을 미치고 있었음을 알 수 있다. 그러나 봄나물이 노랫말로 의식적으로 사용되는
것은 역시 『고킨슈』 이후다. 당시 식용으로 먹었던 봄나물은 12종 또는 7종이었다고
한다. 가스가 들녘에서 나물을 뜯는 정경은 357번 '가스가 들에 나와 나물 뜯으며 만
수무강을 기리는 이 마음은 신만이 아시리라'에서도 볼 수 있다.
20) [주해] 〈아즈사유미〉'아즈사유미[梓弓]'는 활의 일종. 활을 밀고[押す], 당기고[引く],
튕기고[張る] 하는 데에서 '오스[おす]・히쿠[ひく]・하루[はる]'라는 음을 이끌어내는 역
할을 하고 있다. 여기서는 후자의 '하루'에 의하여 '봄(春 : はる)'을 이끌어내고 있다.
이 노래에서 사용된 아즈사유미와 같은 마쿠라코토바는 이끌어내는 노랫말과 관련성
을 설명할 수 있는 것 중의 하나이다. 그러나 『고킨슈』에서 사용되는 마쿠라코토바의
대부분은 의미 불명으로, 다만 어떤 노랫말을 이끌어내는 기능만이 남게 되었다. 마쿠
라코토바는 단가 5구 중에서 제1구나 제3구에 놓이게 된다. 즉 1구(句) 5음절(音節)이
다. 이와 유사한 기법으로 조코토배[序詞]가 있다. 마쿠라코토바와 기능은 같으나 길
이에 있어 2구 이상 길게는 3구로 되어 있다.
[해설] 봄을 재촉하는 비가 들판 전역에 내렸다. 봄은 한층 가까워지고 들판의 풀들은

梓弓 をして春雨 けふ降りぬ あすさへ降らば 若菜つみてん

21. 닌나천황이 황태자이시던 시절, 어떤 이에게 봄나물을 하사하셨을 때, 지으
신 노래

당신을 위해 봄 온 들녘에 나가 봄나물 뜯는
나의 소맷자락에 눈이 내리고 있네

仁和帝、親王におましましける時に、人に若菜給ひける御歌
　きみがため 春の野にいでて わかなつむ わが衣手に 雪は降りつゝ

22. "와카를 지어 올리라"고 분부하셨을 때, 지어 올림 ^{쓰라유키}

가스가 들로 나물 뜯으러 가나
(시로타에노) 소매 흔들어 대며 사람들 지나간다

더욱 푸르름이 더해 간다. 이런 상태로 간다면 며칠 후에는 나물을 뜯을 수 있으리라
는, 어서 빨리 봄나물을 뜯고 싶어 하는 마음이 담겨 있다.
21) [주해] 〈닌나천황이 황태자이던 시절에〉이 노래도 천황의 작품이기 때문에 고토바
가키에 작자명이 기록되어 있다. 그러나 황태자가 직접 들에 나가 나물을 뜯었다고 생
각하기에는 다소 무리가 있다. 〈나의 소맷자락에 눈이 내리고 있네〉봄이 와서 들에 나
가 나물을 뜯지만 아직도 겨울의 풍물인 눈이 내리고 있다.
[해설] 음력 정월 초이레, 궁중에서는 봄나물 뜯는 것이 행사로 되어 있다. 이는 토지
의 기운을 흡수하고자 하는 주술적인 의미를 가지고 있어서 불로장생을 기원하는 마
음으로 봄나물을 선호하고 이에 대한 노래도 많이 읊어졌다.
22) [주해] 〈와카를 지어 올리라고 분부하셨을 때〉작자 쓰라유키는 분부에 의해 와카를
지었지만, 하명한 사람이 누구인지 명기되어 있지 않다. 이런 경우, 칙찬집에서는 보
통 당시의 천황이 하명자이다. 〈시로타에노〉'희다'는 의미를 갖는 말로, '옷'이나 '소
매' 등의 노랫말을 이끌어내는 마쿠라코토바.
[해설] 봄에 나물을 캐는 행위는 봄과 더불어 피어오르는 대지의 영기를 섭취하여 무
병장수를 누리고자 하는 일종의 의례적 행위이기도 했다. 헤이안 시대에 이르러서는
궁중행사로 바뀌어 정월 첫 번째 오는 자일(子日)이나 초이레에 궁중을 중심으로 나물
을 캐는 행사가 행하여졌다. 노래에 보이는 가스가는 야마토[大和] 지방, 지금의 나라
현[奈良県] 나라시에 위치하고 있다. 쓰라유키는 중앙정부의 하급관리. 고토바가키에

歌奉れ、と仰せられし時、よみて、奉れる 貫之

　かすが野の　わかなつみにや　白たへの　袖ふりはへて　人のゆくらん

23. 제목을 알 수 없음 아리와라노 유키히라 조신

봄의 여신이 입는다는 안개 옷 씨실이 약해
산골 부는 바람에 흐트러져 버릴 듯

서 말하듯이 천황으로부터 노래를 지어 올리라고 명령을 받은 것을 보아서도 작자는 교토에 있었을 가능성이 높다. 교토와 가스가 들녘이 있는 나라[奈良]와는 상당히 떨어져 있어서, 나물 캐기 행사를 위해서 일부러 교토에서 가스가까지 가기에는 무리가 있다. 같은 『고킨슈』의 357번에도 가스가 들녘에서 나물을 캐는 것을 소재로 한 노래가 있다. 357번의 고토바가키를 참조할 때, 이 노래도 병풍가가 아니었을까 하는 생각이 든다. 위 노래를 병풍가라고 본다면 가스가와 교토의 공간적 괴리가 해결될 수 있을 것으로 생각하지만, 한편으로 천황이 쓰라유키에게 병풍에 적어 넣을 노래를 지어 올리라고 명했다고 보기에는 조금 무리가 있다. 아울러 노래의 후반부인 '소매 흔들어 대며 사람들 지나간다'는 표현이 그림을 보고 읊었다고 보기에는 너무나도 현실적인 긴장감이 있다.

이러한 해석은 어떨까? 천황이 쓰라유키에게 노래를 지어 올리라고 하명하였다. 어떠한 노래를 지을까 구상하는 중에 쓰라유키가 있는 곳 바깥으로 많은 사람들의 지나가는 기척이 있다. 하얀 소매를 힘차게 휘저으며 들판 쪽으로 가는 여자들의 모습. 서로 손짓하고 떠들면서 한 방향으로 몰려가는 모습이 보인다. 저 여인들은 어디로 가는 걸까? 모습으로 보아서는 들녘으로 놀이를 겸해서 나물 캐러 나가는 것 같다. 여기서 쓰라유키는 당시의 병풍에 등장하는 가스가 들녘에서 나물 캐는 모습이 그려진 장면을 연상하고는 '저 여인들 가스가로 나물 캐러 가는 건 아닐까'하고 추측하는 것이 이 노래의 세계가 아닐까?

이 노래는 한편의 풍경화와 같은 느낌을 준다. 화사한 봄볕과 가스가 들녘의 푸르름, 거기에 등장하는 여인들의 눈부실 정도로 흰 옷. 빛과 색의 대비가 두드러지는, 봄의 정경을 느끼게 하는 좋은 노래이다. 쓰라유키를 그렇게도 싫어했던 메이지 시대의 마사오카 시키[正岡子規]도 이 노래만큼은 긍정적인 평가를 하고 있다. 아마도 시키가 주장했던 '사생(写生)'에 근접한 노래이기 때문일 것이다.

가스가 지역에 대해서는 『만요슈』부터 많은 노래가 읊어졌는데, 위 노래에서 보는 바와 같이 나물 캐기의 명소로 읊어진 경우는 없고, 봄철의 안개나 가을의 단풍 등과 함께 작가(作歌)에 사용되었지만, 그것도 특별히 이렇다 할 만한 특징도 없이 사계절 두루두루 사용되었다. 가스가 들녘이 나물 캐기의 명소로 등장하기 시작하는 것은 이 노래부터라고 볼 수 있다.

23) [주해] 〈봄의 여신이 입는다는 안개 옷〉봄이 되어 피어오르는 안개를 봄의 여신이 입는 의상에 비유하였다. 〈씨실이 약해〉새벽이 되어 산등성이에 옆으로 길게 늘어져

題しらず 在原行平朝臣

春のきる 霞の衣 ぬきを薄み 山風にこそ みだるべらなれ

24. 우다천황시절 대비마마가 주최한 우타아와세에서 읊음 미나모토노 무네유키 조신

　늘 변함없이 푸른 소나무 잎도 봄날이 오니
　한층 더 푸르름이 더하여 가는 구나

寛平御時后宮歌合に、よめる 源宗于朝臣

常磐なる 松のみどりも 春くれば 今ひとしほの 色まさりけり

25. "와카를 지어 올리라"고 분부하셨을 때, 지어 올림 쓰라유키

　내 님의 옷을 넣어 말리던 들에 봄비 올수록
　들녘의 푸르름은 더하여 가는 구나

있는 안개가 때마침 부는 바람에 날려 흩어지는 모습을 씨실이 약해서 흐트러지는 비
단에 비유하였다.
[해설] 봄을 의인화하고 안개를 옷으로 보았다. '안개가 일다[霞たつ]'라는 표현이 일
반적인데 비하여 이 노래는 안개를 옷으로 보고 있는 점이 안개를 소재로 한 다른 노
래와 구별된다. 바람에 흩어지는 안개를 마치 옷감의 씨실이 약해서 풀어지는 비단이
라고 생각한 점에서도 작자의 기량이 엿보인다. 이 밖에도 '안개 깔리는 마쓰우라 앞
바다 노 저어 나와도 중국까지 간다는 봄을 보게 되도다(霞しく松浦の沖に漕ぎ出でてもこ
ろしまでの春を見るかな : 新勅撰集・雑四・慈円)'처럼 안개가 깔리다[敷く]라는 표현도
보인다.
24) [주해] 〈푸른 소나무 잎도〉다른 나무는 물론 사시사철 늘 푸르다는 솔잎마저도.
[해설] 사시사철 푸르름을 자랑하는 소나무이기에 변함이 없이 보이지만 그러한 소나
무도 봄이 오니 그 푸르름이 한층 눈에 띈다고 읊고 있다. 이 노래는 보기에 마치 소
나무를 찬미하는 듯한 인상을 주지만, 두 번째 구에서 '푸른 소나무 잎도'의 '도'라는
표현을 통해 '다른 나무는 물론 늘 푸르다는 솔잎마저도 푸르른 봄'이라는 의미를 암
시하고 있다. 결과적으로는 봄의 도래를 찬미하는 노래이다.
25) [주해] 〈내 님의 옷을〉내 님이 남자일 경우는 '와가세코[我がせこ]', 여자일 경우는
'와기모코[吾妹子]'라 한다. 『만요슈』에서도 흔히 볼 수 있는 표현. 이 노래에서 내 님
은 남자이다. 〈넣어 말리던 들에 봄비 올수록〉이 부분의 원문 중 '하루'는 '빨래를 널

歌たてまつれ、と仰せられし時に、よみて、奉れる 貫之
　　わがせこが 衣春雨 ふるごとに 野辺のみどりぞ 色まさりける

26.

버들가지가 실 꼬아 꿰맨 듯이 날리는 봄날
옷 섬 같은 꽃망울 터지듯 피어나네

　　青柳の いとよりかくる 春しもぞ みだれて花の ほころびにける

다[張る]'라는 의미. '하루'는 같은 음의 '봄(春)'을 이끌어내고 있다. 동음이의어를 이
용한 가케코토바 기법이다.
[해설] 내 사랑하는 사람의 빨래를 널던 그 들녘에 봄비가 내릴 때마다 푸르름이 더해
간다는 노래. 봄날의 신록을 노래하고 있다. 이 노래를 읊고 있는 사람은 여자. 그러나
실제 작자 쓰라유키는 남자이다. 따라서 위 노래는 병풍가일 가능성이 높으며, 작자는
그림 속의 주인공인 여자의 입장에서 읊었다고 볼 수 있다. 이렇게 실제 작자는 남자
이면서 여자의 입장에서 노래를 짓는 것도 이 당시 유행했던 것 중의 하나. 이런 노래
를 '온나우타[女歌]'라고 한다.
26) [주해] 〈실 꼬아 꿰맨 듯이〉와카에서 버들가지는 종종 실(糸)로 묘사되며, 버드나무
가지가 바람에 휘날리는 모습을 실을 꼬아놓은 것으로 표현하였다. 그리고 버드나무
가지가 바람에 휘날리는 봄날의 신록을 꽃으로 보았다. 〈날리는 봄날〉원문에 보이는
'봄[はる]'은, '부풀다[張る]'와 동음이의어. 이를 이용하여 버드나무 실가지가 마치 꽃
망울을 팽팽하게 부풀어 오르듯이 꿰맨 것으로 보고 있다. 〈옷 섬 같은 꽃망울 터지듯
피어나네〉마지막 구의 원문의 '호코로부[ほころぶ]'는 '꽃망울이 터진다'는 의미와 '옷
이 터진다'는 이중적인 의미를 가지고 있다. 둘째 구와 대비적인 표현이다.
[해설] 가케코토바와 대비적인 표현을 효과적으로 사용하여 한 수를 완성시키고 있다.
첫 구에서는 버들가지가 바람에 교차하는 것을 마치 실을 꼰 것처럼 보고, 가지에서
피어나는 푸르른 버들잎을 꽃으로 보면서, 이를 실로 꿰맨 것으로 보고 있다, 그리고
후반부에 이르러 피어나는 신록의 버들을 그 꿰맨 부분이 터진 것처럼 묘사하였다. 와
카에서 읊어지는 버드나무는 대부분 밑으로 가지가 늘어지는 종류로, 나라[奈良] 시대
에 중국으로부터 수입된 것으로 보인다. 버드나무는 와카에서 중요한 위치를 차지하
는 소재이다. 새싹의 선명한 푸르름을 봄의 도래를 알리는 소재로 사용하기도 하고 매
화나 꾀꼬리와 함께 읊기도 하였다. 헤이안 시대에도 만요 시대의 표현과 발상을 그대
로 답습하고 있다.

27. ‘니시노 오오테라’ 근처의 버들을 노래함 승정 헨조

연두빛 어린 가는 실을 꼬아서
하얀 이슬을 구슬처럼 꿰놓은 봄날 버들일런가

---

27) [주해] 〈니시노 오오테라〉당시 교토는 동서로 양분하여 동쪽을 동경(東京)이라 하고 서쪽을 서경(西京)이라 하였다. 현재 교토시내에 있는 동사(東寺)에 대칭되는 위치에 서사(西寺)가 있었다. 위의 ‘니시노 오오테라’는 바로 서사를 가리킨다. 〈가는 실을 꼬아서〉미다테. 버드나무가지를 실(糸)로 보고 있다. 〈구슬처럼 꿰놓은〉버드나무가지에 맺힌 이슬을 구슬로 보았다.

[해설] AD 794년 일본은 도읍지를 교토[京都]로 옮겼다. 이 도읍지를 헤이안쿄[平安京]라고 부른다. 헤이안쿄 천도 후, 2년째 되는 796년 헤이안쿄의 중앙로에 해당하는 주작대로(朱雀大路)의 남단, 지금의 교토역 부근의 동쪽과 서쪽에 대칭으로 각각 절을 하나씩 건립하였다. 이것이 바로 동사(東寺)와 서사(西寺)다. 현재 교토에는 동사만이 존재하고 서사는 존재하지 않는다. 976년 교토에 대지진이 있었는데, 그때 무너진 서사를 복원하지 않았기 때문에 서사는 역사에서 사라져버렸다. 고토바가키[詞書]에 보이는 ‘니시노 오오테라[西大寺]’가 지금은 찾아볼 수 없는 서사이다. 『엔기시키[延喜式]』에 보면, 당시에 왕궁남쪽의 금원[神泉苑] 주위 반경 1.3km내의 도로변에 130m에 7그루 간격으로 버드나무를 심었다. 당시의 교토중심부의 가로수는 버드나무였던 것이다. 이를 방증하는 노래가 『고킨슈』56번이다. 위 노래의 작자는 니시노 오오테라 부근의 버드나무가지에서 새로운 미를 발견하고 있다. 봄날 아침, 연두빛 새싹이 돋아나기 시작한 버드나무가지가 바람에 하늘거린다. 가지에는 이슬이 맺혀 있다. 물방울은 햇빛에 반사되어 영롱한 구슬처럼 빛난다. 햇빛을 받은 이슬은 순식간에 사라져버리지만, 헨조는 그 짧은 시간에 볼 수 있는 광경을 놓치지 않고 한 수의 노래로 승화시키고 있다. 이 노래처럼 새롭게 돋아난 버드나무가지를 연두빛 실[糸]로 보는 것은 전혀 새로운 것은 아니다. 『만요슈』에도 ‘연두빛으로 물이라도 들인 듯 보일 정도로 봄날의 버드나무 새싹 돋아났도다(浅緑染かけたり)と見るまでに春の柳は萌えにけるかも：제10권 1847)’이나, ‘머리에 꽂은 버드나무 실가지 날리게 하는 바람에 임의 매화 저버리고 말겠네(わがさせる柳の糸とを吹き乱る風にか妹が梅の散るらむ：제10권 1856)’와 같은 노래가 보인다. 그러나 헨조는 이를 답습하지 않고 나름대로의 고킨슈적[古今集的]인 미(美)를 발견하고 있다. 버드나무가지가 서로 얽힌 듯이 보이는 모습을 구슬을 꿰기 위해 꼰 실로 보고, 가지에 맺혀 있는 이슬을 그 꼰 실에 꿴 것으로 보는 점이다. 이 노래는 한 폭의 담채화를 보는듯한 느낌을 준다. 봄이 되어 새로이 뻗어 나온 버드나무가지의 연녹색과 투명하게 반짝이는 이슬방울의 무색이 서로 잘 어우러져 있다. 대륙풍으로 구축된 대가람을 배경으로 버들가지의 하늘거림이 거대한 인공미와 대조를 이루는 노래이다.

西大寺のほとりの柳を、よめる 僧正遍昭
　浅緑 糸よりかけて 白露を 珠にもぬける 春の柳か

28. 제목을 알 수 없음 작자미상

온갖 새들이 지저귀는 봄에는

뵈는 것마다 새로이 바뀌지만 이 몸은 늙어가네

題しらず よみ人しらず
　百千鳥 さへづる春は 物ごとに あらたまれども 我ぞふりゆく

29.

멀고 가까움 짐작도 할 수 없는 산골짝에서

초조히 울어대는 요부코도리련가

---

28) [주해] 〈온갖 새들이〉원문의 '모모치도리[百千鳥]'는 『만요슈』에서도 볼 수 있는 노
랫말로, '우리 집 앞의 팽나무 열매 먹는 수많은 새들 많은 새 찾아와도 내 님은 오지
않네(吾が門のえの実もりはむ百千鳥千鳥は来れど君ぞ来まさぬ : 제16권 3872)'나 지금의 노
래처럼 수많은 새라는 의미였던 것이 '고금전수(古今伝受)'에서는 요부코도리[呼子
鳥]·이나오호세도리[稲負鳥]와 더불어 정체를 알 수 없는 3마리의 새 중의 하나로 보
기도 하였다. 고금전수란 『고킨슈』의 해석에 관한 비설(秘説)을 스승이 제자에게 전하
는 것으로서, 유서 있는 고사본이라든지, 앞에서 소개한 세 마리의 새에 대한 설등을
구전이나, 메모 형식으로 전수하는 것으로 대부분 황당무계한 설이다.
　[해설] 온갖 새가 즐겁게 노래하고 새봄을 맞아 세상의 모든 것이 대지의 새로운 생명
력을 얻어 활기를 찾는다고 하지만, 그럼에도 불구하고 이 내 몸 하나 만은 다시 또
한 살 나이를 먹고 늙어 감을 한탄하는 노래이다. 이처럼 자신의 불우한 신세를 한탄하
는 종류의 와카를 '술회(述懷)'의 와카라고 한다. 57도 이와 비슷한 취향을 띠고 있다.
29) [주해] 〈요부코도리〉사랑하는 임을 부르는 새라는 의미다. 실제로 어떤 새인지 알 수
없지만, 그 이름 그대로 임을 찾기 위해 불안하게 울어대는 이미지를 갖고 있다. 요부코
도리[喚子鳥]라는 이름은 우는 소리가 사람이 부르는 소리처럼 들린다 하여 붙여진 것.
『만요슈』에도 요부코도리에 관한 노래 '야마토에는 날아와 울고 있을까 요부코도리 기
사의 나카야마 울면서 넘어가네(大和には鳴きてか来らむ呼子鳥象の中山呼びぞ越ゆなる :
제1권 70)'가 있지만, 정작 유명해진 것은 『고킨슈』의 이 노래부터이다. 이 노래가 유명

遠近の たづきもしらぬ 山中に おぼつかなくも 喚子鳥哉

30. 기러기 우는 소리를 듣고, '고시'로 떠나간 사람을 생각하며, 노래함

오오시코우치노 미쓰네

새봄이 오니 기러기 돌아가네

흰 구름 속의 그 길로 가는 김에 소식 전해 주었으면

雁の声を聞きて、越へまかりける人を思て、よめる 凡河内躬恒
　春くれば かりかへるなり 白雲の 道行ぶりに 事やつてまし

31. 귀안을 노래함 이세

봄 안개 이는 이곳을 남겨두고 가는 기러기

꽃 없는 마을에도 익숙해져 있을까

해 진 것은 중세의 고금전수(古今伝受)의 3새 중 하나로 문제화되었기 때문이다.
[해설] 어디가 어딘지 분간하기 힘든 깊은 산중, 봄날 해가 저물고 있는 상황에서 작자
도 불안하고 걱정스러운 마음을 품고 있을 때, 어디선가 사랑하는 임을 부른다는 의미의
이름을 가진 새가, 해가 저문다고 초조히 울어대고 있는 것을 와카로 표현하였다.
30) [주해] 〈기러기〉기러기에 관한 노래는 가을에 추워지면 북쪽에서 남쪽으로 날아오
는 초안(初雁)을 노래한 것과, 봄이 되면 다시 북쪽으로 날아가는 이른바 귀안(帰雁)을
소재로 삼은 것이 있다. 이 노래와 다음의 31번은 귀안을 노래한 것. 반면에 191이나
207은 초안에 해당한다. 〈고시[越]〉지금의 후쿠이[福井]·이시카와[石川]·도야마[富
山]·니가타현[新潟県]에 해당하는 지역. 와카에서는 사람이 다니지 않는 머나먼 곳,
눈이 많이 내리는 북쪽 지방으로 묘사되고 있다.
[해설] 기러기는 겨우내 남쪽에서 서식하다가 봄이 되면 북쪽으로 날아간다. 기러기들
이 제 고향을 찾아 북쪽으로 가는 모습을 보고, 기러기가 날아가는 쪽의 고시 지방에
있는 그리운 사람을 생각하며 지은 노래이다. 기러기에게 편지를 부탁하는 설정은 흉
노족에 포로가 된 전한(前漢)의 소무(蘇武)의 고사에 의한 것이다.
31) [주해] 〈봄 안개 이는 이곳을 남겨두고〉이미 봄이 온 이곳을 뒤로하고 기러기는 북
쪽을 향하여 날아간다. 〈꽃 없는 마을〉기러기가 날아가는 북쪽 지방을 꽃 없는 마을로
표현하였다.
[해설] 귀안을 노래하였다. 이제 봄 안개가 일고 꽃이 피는 봄이 되어 이곳도 생활하

帰雁を、よめる　伊勢

はるがすみ　たつを見すてて　ゆくかりは　花なき里に　住みやならへる

32. 제목을 알 수 없음 작자미상

가지 꺾으니 소매까지 젖어든 매화의 향기

꽃 여기 있나 하여 꾀꼬리 울며 나네

題しらず　よみ人しらず

折りつれば　袖こそにほへ　梅花　ありとやここに　うぐひすのなく

33.

색깔보다도 향기가 빼어나다 생각이 드네

누구 소매 닿았던 뜨락의 매화일까

기 편안해졌지만, 이곳을 뒤로하고 꽃도 피지 않을 춥고 황량한 북쪽으로 떠나는 기러기를 걱정하는 마음을 노래하였다. 귀안을 주제로 한 와카는 『만요슈』에는 보이지 않는다. 한시에 많은 주제로, 『고킨슈』에서는 적극적으로 도입하고 있다.

32) [주해] 〈가지 꺾으니〉꽃을 꺾는 행위는 꽃을 사랑하는 행위의 하나다. 아름다운 꽃을 더욱 가까이 하고 싶은 마음에 꽃가지를 꺾었더니. 〈소매까지 젖어든 매화의 향기〉꽃을 꺾음으로 인해 매화의 향기가 소매에 배었다. 시적 세계이기에 가능한 일. 매화는 『만요슈』에서도 중요한 소재 중의 하나로 주로 흰 매화의 아름다운 모습을 노래하고 있으나 헤이안 시대에는 주로 홍매화의 향기를 노래하고 있다. 매화의 향기를 노래하는 정취는 한시의 영향에 의한 것.

[해설] 이 노래부터 매화에 관한 노래가 17수 이어진다. 이 노래는 매화를 노래하고 있지만 정작 작자의 주변에 매화가 없다. 단지 꾀꼬리가 작자 주변에서 울고 있을 뿐이다. 작자는 매화가 없는데, 꾀꼬리가 날아와 우는 이유를 구하고 있다. 그 이유는 바로 '소매에 배인 향기' 때문이고, 소매에 향기가 배어 있는 것은 매화를 꺾었기 때문이다. 몇 단계의 굴절을 통하여 결국 작자는 매화의 향기를 칭송하고 있는 것이다. 매화를 꺾음으로서 향기가 소매에 배었고 그 향기를 좇아 꾀꼬리가 날아든다. 현실과 가상의 세계가 교차되는 순간이다. 이 노래의 참신한 점은 이렇게 현실과 가상의 세계를 오고가면서 현실적으로는 불가능한 탐미적 세계를 이지적으로 노래하고 있는 점이다.

33) [주해] 〈색깔보다도 향기가 빼어나다〉색깔이란 매화의 모습. 시각적인 아름다움보다

34.

집 근처에는 매화 심지 않으리
부질없이도 기다리는 사람의 향기로 착각하네

35.

매화꽃 옆에 그냥 머물러 있던 그때로부터
남이 수상히 여길 향기에 젖어 있네

향기 높음을 칭찬한 『고킨슈』 당시의 취향이 그대로 나타난다.
[해설] 앞의 32번은 매화의 향기를 노래하였으나, 그와는 정반대의 취향이다. 매화의 향기가 소매에 옮겨온 것이 아니라, 반대로 누군가의 소매 향기가 매화에 옮겨졌다고 보고 있다. 이 노래의 참신한 면은 이 부분으로 일반적인 생각의 의표를 찌르는 와카다.
34) [주해] 〈기다리는 사람의 향기〉당시 귀족들은 각각 나름대로의 독특한 방향제를 소매에 넣고 다녔다. 얼굴을 확인할 수 없는 상황에서 향기만으로도 그 사람이 누군지를 파악할 수 있었던 것. 139번 '오월 기다려 피어나는 감귤 꽃 향내 맡으면 그리운 옛사람의 소매 향 나는 도다'에서도 그러한 일면을 엿볼 수 있다. 이 노래도 이런 배경에서 읊어진 노래로 보아야 할 것이다.
[해설] 집 근처의 매화를 노래하였다. 기다리는 사람의 소매에서 나는 향기로 착각하게 할 정도로 그윽한 매화 향기. 그 향기를 맡고 있자니 더욱더 임이 기다려진다.
35) [주해] 〈남이 수상히 여길 향기〉매화의 향이 몸에 배었고, 그것은 다른 여성의 향기로 오해를 받을 정도의 향기. 34와 같은 정취의 노래이다. 여기서 남은 일반사람이라는 해석도 자신의 아내라는 해석도 가능하다.
[해설] 역시 매화의 향기를 노래하였다. 이 노래에서 매화는 다른 여성을 가리키고, 남을 작자의 아내로 볼 수도 있다. 매화의 옆에 머물러 있는 것만으로도 마치 어떤 여성의 옆에 머물러 그 여성의 향기가 배었다고 다른 사람들이 의심할 정도로 매화의 향이 몸에 배어버렸다. 32번처럼 가지를 꺾은 것도 아니고, 잠시 매화 옆에 서 있었는데 향기에 젖어버렸다. 그 향기가 다른 여인의 소맷자락에서 나는 향기로 오인하지 않을까 하고 노래한다.

梅花 立ちよる許 ありしより 人のとがむる 香にぞしみぬる

36. 매화꽃을 꺾고서, 노래함 동3조 좌대신

봄의 꾀꼬리 갓에 엮어 맨다는 매화 꽃가지
꺾어서 꽂아 볼까 백발 감출까 하여

梅の花を折りて、よめる 東三条左大臣
　鶯の 笠に縫ふてふ 梅花 折てかざさむ 老かくるやと

37. 제목을 알 수 없음 소세이 법사

먼발치서만 아름답다 보았던 매화 꽃가지
변함없는 색향은 꺾고서야 알았네

---

36) [주해] 〈봄의 꾀꼬리 갓에 엮어 맨다는 매화〉1081의 시정(詩情)을 답습하고 있다.
〈백발 감출까 하여〉「참조」… 남전은 술에 떡이 되도록 취했다. 모두 꽃과 같은 얼굴이
되어 잠시 나이 먹은 것을 잊었다(藍田醉倒玉山頹 貌偸花色老暫去 : 백낙천시집12 ·
藍田劉明府攜酌相過).
　[해설] 1081과 지금의 노래를 비교해 보면, 1081이 오래된 노래. 위의 노래는 1081의
제3〜5구까지의 노랫말을 그대로 인용하여 제1〜3구에 배치하고 있다. 이전의 노랫말
을 취하여 자신의 노래에 도입하여 새로운 와카의 세계를 만들어내는 기법을 혼카도리
[本歌取り]라고 한다. 이 기법이 크게 유행하던 시기는 후세의 신코킨[新古今] 시대에
이르러서이다. 그렇지만 위 노래는 혼카도리라기보다, 단순히 노랫말을 인용함에 지나
지 않는다. 어떻게 보면 표절에 가깝다. 꾀꼬리가 버드나무를 실 삼아 꼬아 만든 삿갓
에 꽂는다고 하는 매화를 나도 꺾어서 자신의 머리에 꽂아 자신의 백발을 감추어볼까
하는 내용의 와카. 작자의 나이 40〜43세 사이의 초로에 접어들은 후의 작품이다.
37) [주해] 〈먼발치서만 아름답다 보았던〉나무에 꽃이 피어 있는 것을 보는 것만으로도
싫증이 나지 않던 매화. 〈꺾고 나서 알았네〉매화를 더욱 즐기기 위해 꺾어 들었다. 꺾
어 들고 보니 더욱더 그 진가를 알 수 있었다는 내용.
　[해설] 매화를 노래한 와카의 주요 발상은 매화의 아름다움을 더욱 가까이에서 보고자
하여 가지를 꺾고, 가지를 꺾는 행위에 의해 매화의 향기가 소매에 밴다는 발상. 이처
럼『고킨슈』이하 헤이안 시대의 와카집에서는 주로 매화의 향기를 즐기기 위하여 꺾
는다는 발상이 주를 이룬다.

題しらず 素性法師

よそにのみ あはれとぞ見し 梅花 あかぬ色香は 折てなりけり

38. 매화를 꺾어 어떤 이에게 보냄 ^{도모노리}

그대 아니면 누구에게 보이리

매화 꽃가지 색깔도 그 향기도 아는 이만 아는 것을

梅花を折りて、人に贈りける 友則

きみならで 誰にか見せむ 梅花 色をも香をも しる人ぞしる

39. 구라후 산에서, 노래함 ^{쓰라유키}

매화꽃 향기 피어나는 봄날엔

구라후 산을 어둠 속에 넘어도 길 잃을 염려 없네

---

38) [주해] 〈그대 아니면〉마지막 구의 '아는 이'. 즉 매화의 고매함을 아는 이가 그대. 〈아는 이만 아는 것을〉매화의 고매함을 아는 상대의 풍류를 칭찬하고 있다.
[해설] 매화의 자태와 향기의 아름다움은 그 색과 향을 이해하는 사람에게 비로소 귀한 것. 바로 그런 고상한 취향을 가진 분은 다름 아닌 당신이라고 표현하여, 매화를 색과 향기를 칭찬함과 동시에 그 아름다움을 이해하는 상대방의 풍류를 높이 사고 있다.

39) [주해] 〈구라후 산〉구라후 산[暗部山]은 구라마 산[鞍馬山]의 옛 명칭. 지금의 교토 시 사쿄구[左京区]에 있는 구라마 산을 가리킨다. 언제 '구라후'가 '구라마'가 되었는지는 불명. '구라후'는 '구라베루(比べる: 비교하다)', 또는 '구라이(暗い: 어둡다)' 등의 동음을 가지고 있는 노랫말을 이끌어내고 있다. 590번 고레노리의 노래는 전자의 '비교하다'라는 의미로 사용된 예이다. 그러나 대부분은 지금 노래처럼 어둡다는 의미로 많이 읊어졌다. 구라후 산은 『고킨슈』 이후에도 『고킨슈』의 노래처럼 벚꽃, 매화, 두견새, 달 등과 함께 읊어진 노래가 대부분이다. → 195·295·590 〈어둠 속에 넘어도〉 앞에서의 설명처럼 '구라후 산'의 '구라'가 '어둠'이라는 의미를 이끌어내고 있다.
[해설] 매화 향기가 어둠 속에 퍼짐을 노래하였다. 매화가 한창 피어날 즈음이면 '구라후 산'을 어둠 속에서 넘을지라도 길 잃어버릴 염려가 없는 것은 그 향기가 길 안내가 되어주기 때문이다. 이하, 매화의 향기를 찬미한 와카가 배열되어 있다. 어둠을 강조함으로써 매화의 향기 높음이 더욱 강조되고 있다.

暗部山にて、よめる 貫之

梅花 にほふ春べは くらふ山 やみに越ゆれど 著くぞありける

40. 달밤에, "매화를 꺾어 달라"고 어떤 이가 말하기에, 꺾으면서 노래함 미쓰네

달 밝은 밤엔 가늠하기 어려운 매화의 모습

향기 찾아 비로소 너인 줄 아는 도다

月夜に、「梅の花を折りて」と人の言ひければ、折る とてよめる みつね

月夜には それとも見えず 梅の花 香をたづねてぞ しるべかりける

41. 봄날 밤, 매화를 노래함

봄날 저녁의 어둠은 덧없어라 활짝 핀 매화

모습 안 보이더라도 향기마저 감추랴

春の夜、梅の花を、よめる

春の夜の 闇はあやなし 梅花 色こそ見えね 香やはかくるゝ

---

40) [주해] 〈달 밝은 밤엔 가늠하기 어려운 매화의 모습〉시각적인 부분을 강조하였다. 달빛이 환하게 내리비치는 날은 달빛도 하얗고 매화도 하얗기에 뜰에 핀 매화를 눈으로는 구별하기 어렵다는 뜻. 「참조」때는 마침 삼월, 따뜻한 봄날 비는 개이고 밤기운이 달을 향해 잔잔하고 어둠 속에서 향기는 바람을 따라 가볍게 풍겨난다(백낙천시집 2 : 答桐花 / 是時三月天 春暖山雨晴 夜色向月浅 闇香随風軽).
[해설] 달 밝은 밤에는 매화를 눈으로 구별하기 힘들기 때문에 오로지 향기에 의지하여 매화를 찾을 수밖에 없음을 노래하고 있다. 달빛을 받아 더욱 빛나는 매화의 모습이 돋보인다.
41) [해설] 39번, 40번과 같은 시정의 세계를 노래하였다. 어둠 속에 피어 있는 매화는 눈에는 보이지 않지만, 감출 수 없는 향기 때문에 거기에 있음을 알 수 있다.

42. 하쓰세에 갈 적마다 묵었던 사람의 집을 오랫동안 찾지 않고, 한참이 지난
    후에 들렀더니, 그 집의 주인이 "언제나 이렇게 묵을 곳이 확실히 준비되어
    있소"하고 말을 꺼내기에, 거기에 서 있는 매화나무의 가지를 꺾어 들고,
    읊음 쓰라유키

사람의 마음 확인할 수 없지만
묵었던 이곳 매화 향은 그 옛날 그 향 그대로 일세

初瀬に詣づるごとに宿りける人の家に、久しく宿らで、程経て後に至れりければ、かの家の
主、かく定かになむ宿りはあると、言ひ出だして侍りければ、そこに立てりける梅の花を折り
て、よめる 貫之
　　ひとはいざ 心もしらず ふるさとは 花ぞ昔の 香ににほひける

43. 물가에 매화가 피어 있는 것을 보고 노래함 이세

봄 올 적마다 매화 비친 강물을 꽃으로 보고
꺾지 못할 물속에 소매만 적시는가

---

42) [주해] 〈하쓰세[初瀬]〉나라현[奈良県] 사쿠라이시[桜井市]에 있는 하세지[長谷寺]·
　　관음신앙의 영지로써 참배자가 많았다. 이 노래는 하쓰세의 매화를 노래하였지만, 후세
　　에는 벚꽃의 명소로 헤이안 시대의 문학작품 속에 종종 등장하는 절이다. → 986·1009.
　　[해설] 고토바가키에 있듯이 오랫동안 뜸하던 사람이 찾아온 것에 대해서 '그동안 왜
　　그렇게 찾아오지 않았느냐? 묵을 곳이 이렇게 분명히 마련되어 있는데, 어디 다른 곳에
　　갔다가 이제야 오느냐?'하고, 내심 반가우면서도 원망어린 듯한 어조로 말을 꺼내는 것
　　을 받아서 쓰라유키는, 제1·2구에서 '당신이 그렇게 나를 기다렸다고 말씀은 하시지
　　만, 글쎄요, 당신의 진심을 알 수가 없습니다'라고 변하는 것이 사람의 마음이라고 운을
　　띄운다. 그리고 제3구 이후 마지막 구까지 전반부와 대비하여, '눈에 익은 이 매화만은
　　옛날 그대로이군요'라고 변하지 않는 것으로 매화를 들고 있다. 오랜만에 찾아온 사람
　　이 내심 반가우면서도 겉으로는 원망 섞인 듯한 말투로 맞이하는 집주인에 대하여, 쓰
　　라유키도 내심 기뻐하면서도 집주인과 같은 방식으로 대응하고 있다. 집주인의 변함없
　　는 마음을 매화의 변함없음에 빗대어 노래하였다.
43) [주해] 〈물가〉인공적으로 만들어진 강의 주변. 정원에 인공적으로 만들어진 강물.
　　바닥에는 하얀 모래를 깔고, 그 위로 물이 흐르도록 만든 것. 〈매화 비친 강물을〉그 흐
　　르는 물에 물가에 있는 매화가 투영되었다. 〈꺾지 못할 물속에〉물 위에 비친 매화이기

水のほとりに梅の花咲けりけるを、よめる 伊勢

春ごとに ながる＞河を 花とみて おられぬ水に 袖やぬれなむ

44.

오랜 세월을 꽃 비추는 거울로 지낸 강물은
꽃 지는 저 모습을 흐린다 할 것인가

때문에 꺾을 수 없다.

[해설] 작가의 가집(歌集)인 『이세집(伊勢集)』에는 '교고쿠인[京極院]에 우다[宇多]천황께서 납시어 화연(花宴)을 베푸시며 참석하라고 말씀하셨을 때, 참석하여 연못에 꽃이 떨어져 있는 것을 보고'라는 고토바가키로 위의 노래를 소개하고 있다. 이세는 우다천황의 후궁이었고, 어명을 받고 이날 잔치에 참석하였다. 당시의 왕족이나 귀족들 사이에 유행했던 주택은 신덴즈쿠리[寝殿造り]라 부르는 초호화판 저택이었다. 침전의 남쪽에 거대한 연못을 만들고, 이 연못으로 물이 흘러들어 가도록 인공적인 강을 만들었으며, 연못 위에는 배를 띄우기도 하였다. 주변에는 매화가 피어 있는 상황. 작자는 매화가 흘러가는 물에 비친 모습을 노래하였다. 흘러가는 물 위에 비친 매화를 진짜 꽃인 양 꺾으려 든다. 그러나 꽃은 꺾을 수 없고 소매만이 젖을 뿐이다. '해마다 때가 되면 언제나 피어나고 변함없이 물 위에 비치는 꽃이건만, 너무나 아름답기에 늘 매화가 필 때마다 꺾지 못한다는 것을 알면서도 그 꽃을 꺾고자 소매를 적시는가'하고 스스로에게 묻고 있다. 물 위에 비친 매화의 아름다움을 여운으로 느끼게 한다. 이 노래와 비슷한 정취로, 124번 쓰라유키의 '요시노 강의 기슭에 핀 황매화 부는 바람에 비친 그림자마저 흩어지고 말았네'나 275번 '한 송이라고 생각했던 국화를 오오사와의 연못 아래에 누가 또 한 송이 심었나'를 들 수 있다. 위 노래는 『고킨슈』의 미적 특질을 잘 나타내는 노래이다. 맑은 물과 꽃 색깔의 선명함이 대조를 이루고 있다.

44) [주해] 〈꽃 비추는 거울로〉흘러가는 강물을 거울로 보고 있고, 그 거울에 꽃이 비추인다. 〈꽃 지는 저 모습을 흐린다 할 것인가〉제4구 '꽃 지는 저 모습을'에 해당되는 원문 '치리카카루[ちりかかる]'는 '먼지가 끼다[塵かかる]'라는 표현과 동음이의어의 관계다. 이세는 동음이의어를 이용하여 여성들에게 친근한 물건인 거울을 등장시키면서 낙화와 먼지를 연관지었다.

[해설] 앞의 43번과 같은 곳에서 지은 와카. 작가적 재치를 엿볼 수 있는 작품이다. 이 노래는 강물을 거울로 보고 있다. 거울은 오래되면 때가 묻고 먼지가 끼어 흐리게 보인다. 당시의 거울은 동경(銅鏡)이었으니 더욱 그렇다. 해마다 봄이 되면 변함없이 매화가 피고 흐르는 세월처럼 흘러가는 강물은 오늘도 변함없이 꽃이 피어 있는 모습을 거울처럼 비추어 낸다. 그렇게도 오랜 세월 변함없이 꽃을 비추어주던 강물 위로 꽃잎이 흩어진다. 떨어진 꽃잎 때문에 물 위에 투영되던 매화의 모습은 흐리게 보인다. 그러한 모습을 거울이 흐려지는 상황으로 연결 지어 이세는 '이런 경우에도 흐린다고 해야 하는가' 반문을 던진다. 『고킨슈』 가인으로서 걸맞은 기지를 발휘한 작품이다.

年をへて 花のかがみと なる水は ちりかかるをや 曇るといふ覧

45. 집에 있던 매화가 지는 것을 보고 노래함 ^{쓰라유키}

자나 깨나 늘 눈 떼지 않고 보던 매화꽃송이
잠시 안 보던 새에 색 바래고 말았나

家に有りける梅の花の散りけるを、よめる 貫之
暮ると明くと 目かれぬ物を 梅花 いつの間に うつろひぬらん

46. 우다천황시절 대비마마가 주최한 우타아와세의 와카 ^{작자미상}

매화 향기를 소매에 옮겨 담아 머물게 하면
봄 지나가더라도 추억으로 남으련만

寛平御時后宮歌合の歌 よみ人しらず
梅が香を 袖にうつして とどめてば 春は過ぐとも 形見ならまし

47. ^{소세이 법사}

지는 것 보며 그대로 있을 것을

43, 44번 2수 모두 맑은 물과 매화의 선명함이 작자의 즉흥적 재치가 시로 승화되고 있다.

45) [해설] 매화가 지는 것을 아쉬워하는 마음을 노래하였다. 매화가 지는 것을 눈치 채지 못하는 동안에 매화가 져버렸다. 시간은 어김없이 흐른다는 사실을 새삼 느끼며 한편으로 놀라면서 한편으로는 탄식하는 마음이 표현되어 있다.

46) [주해] 〈매화 향기를 소매에 옮겨 담아 머물게 하면〉앞에서 많이 보았던 발상이다. 꽃을 꺾음으로 소매에 향기가 밴다는 발상.
[해설] 내용적으로는 지는 매화를 아쉬워하며 그 향기를 봄이 가버린 후에도 간직하고 싶은 심정을 노래하고 있다.

매화꽃 향기 쓸데없이 소매에 머물러 있는도다

素性法師

ちると見て あるべき物を 梅花 うたてにほひの袖にとまれる

48. 제목을 알 수 없음 ^{작자미상}

꽃 진다해도 향기만은 남기오 매화꽃이여
네가 그리워질 때 생각해 낼 수 있게

題しらず よみ人しらず

散りぬとも 香をだにのこせ 梅の花 こひしき時の 思いでにせん

49. 남의 집에 심어진 벚꽃이 처음으로 핀 것을 보고 노래함 ^{쓰라유키}

올해로부터 처음으로 봄 알아 꽃피운 벚꽃
꽃 진다는 사실은 배우지 않았으면

---

47) [주해] 〈쓸데없이 소매에〉매화가 진 후에 덧없을 것을 생각하지 않고, 매화를 만지는 바람에 그 향기가 소매에 남고 말았다. 이 노래도 꽃을 꺾음으로서 소매에 그 향기가 남게 된다는 발상의 노래이다.
[해설] 꽃이 지는 것을 보기만 하고 그냥 그대로 있었으면 좋았을 것을, 매화를 만지는 바람에 소매에 향기가 남았고, 그래서 이미 저버린 꽃을 아쉬워하는 마음이 남게 되었다는 의미의 와카다. 꽃이 진 후의 덧없음을 노래하는 것 같이 보이지만, 오히려 꽃향기가 남아서 지기 전의 여운을 즐길 수 있게 된 작자의 기쁨이 배어나온다. 작자의 낙화에 대한 미련이 교묘하게 표현되어 있다.
48) [해설] 47보다 노골적으로 매화가 지는 아쉬움을 표현하고 있다. 47의 경우는 매화의 향기가 남아 있어서 지기 전의 여운을 즐길 수 있는 작자의 은밀한 기쁨이 배어나는 노래이지만, 이 노래의 경우는 향기마저도 남기지 않고 저버리는 매화를 아쉬워하는 마음이 담겨져 있다. 매화에 관한 와카는 여기까지.
49) [주해] 〈처음으로 봄 알아 꽃피운 벚꽃〉올해 처음으로 꽃을 피운 어린 벚나무. 〈꽃 진다는 사실은〉꽃이 피면 지는 것도 당연한 일. 그렇지만 올해 처음으로 꽃 피는 것을 배운 어린 나무라면 꽃이 진다는 사실은 아직 모를 것이라는 가정 아래, 꽃이 진다는

今年より 春しりそむる 桜花 ちるといふ事は ならはざらなん

사실은 배우지 않았으면 하고 바라는 마음을 노래하고 있다. 벚꽃의 개화를 기뻐하면서도 이내 저버릴 아쉬움에 대한 미련도 포함되어 있다. 〈배우지 않았으면〉와카표현에서는 찾아보기 힘든 '배우다[習ウ]'라는 노랫말을 도입하여 이지적인 작품을 만들어내고 있다.

[해설] 이 노래부터 벚꽃에 대한 노래. 노래의 배열에 있어서 올해 처음 꽃 피는 어린 벚나무를 벚꽃의 첫머리에 놓았다. 이후 하권에 이르기까지 피어나는 벚꽃에서부터 지는 벚꽃까지 시간적인 흐름을 중심으로 노래를 배열하고 있다. 『고킨슈』에서는 벚꽃을 노래한 경우, 와카 중에 벚꽃이라는 단어가 있거나 고토바가키에서 언급하든지 둘 중의 하나. 꽃이라는 단어만으로 벚꽃을 의미하게 되는 것은 『신코킨슈[新古今集]』 무렵부터이다.

벚꽃은 일본을 대표하는 꽃이고 일본문화의 상징이라고 할 수 있다. 『만요슈』에는 약 40여 수가 수록되어 있어 많은 수의 노래가 수록되어 있는 것 같지만 가을의 대표적인 식물인 싸리와 비교하면 1/4 정도이고, 당시 외래 화초였던 매화와 비교해도 1/2이하다. 벚꽃이 일본의 대표적인 꽃으로 와카의 세계에 등장하는 것은 헤이안 시대 이후다. 『고킨슈』에서는 처음으로 꽃봉오리를 맺는 벚나무의 노래로부터 지는 벚꽃에 이르기까지 식물 중에는 가장 많은 수를 기록하고 있다.

내용적인 면에 있어서도 『만요슈』와 『고킨슈』는 아주 다르다. 전자는 벚꽃의 아름다움보다는 주로 바람에 휘날리어 떨어지는 벚꽃을 노래한 것이 많아서 어떻게 보면 벚꽃이 주가 아니라, 바람을 노래하는 데에 벚꽃은 부재[副材]로 사용되었다고 볼 수 있을 정도. 이에 반하여 후자인 『고킨슈』는 개화[開花]에서 낙화[洛花]에 이르기까지 시간적인 배열에 의하여 치밀하게 수록되어 있다.

위의 노래는 올해 처음 꽃을 피운 어린 벚나무를 노래하였다. 올해 처음 꽃을 피운 어린 벚나무를 앞에 두고 쓰라유키는 '처음으로 봄을 알게 된 벚꽃'이라 표현하였다. 그리고 언제까지나 아름다운 꽃을 피워주기를 갈망하는 마음에서 올해 처음 꽃을 피워 아무것도 모를 테니 꽃이 진다는 사실을 배우지 않기를 바라고 있다.

당시 벚꽃을 노래한 와카의 대부분은 노래의 가운데라고 할 수 있는 제3구에 벚꽃[桜花]이라는 말을 두고 있다. 이것은 매화의 경우도 마찬가지다. 제3구에 놓인 벚꽃이라는 노랫말은 한 수의 중앙에서 전반부(1・2구)와 후반부(4・5)를 연결하는 기능을 한다. 쓰라유키도 이러한 전형적인 방법대로 허리에 해당하는 제3구에 '벚꽃[桜花]'이라는 말을 두었다. 그리고 전반부에는 꽃이 핀다는 상황을, 그리고 후반부에는 꽃이 진다는 상황을 노래함으로써 벚꽃이라는 말을 중심축으로 해서 개화와 낙화를 안정감 있게 대비시키고 있다. 뿐만 아니라, 언어의 선택에 있어서도 쓰라유키는 다른 가인들과는 구별된다. 즉 올해 처음 꽃피운 것을 '봄을 알다[知る]'라고 표현하였고, 이와 대비하여 꽃이 진다는 사실도 '배우는[習ウ]것'이라 하였다. 이러한 표현은 꽃에도 사람처럼 지각이 있다는 의식에서 출발한 표현이다. 아울러 와카에서 '알다[知る]'와 '배우다[習ウ]'라는 말을 노랫말로 사용한 것도 상당히 드문 예로 이러한 언어를 선택한 자체가 쓰라유키다운 기교이며 이 노래에서 평가할 만한 부분이라고 생각한다.

50. 제목을 알 수 없음 ^{작자미상}

산이 높아서 찾는 이 없는 곳에 피어난 벚꽃
그리 쓸쓸해 마소 내 찾아 즐기리라
또는, 피는 곳 멀어 찾아주는 이 없는 산속의 벚꽃

題しらず よみ人しらず

山高み 人もすさめぬ さくら花 いたくなわびそ 我見はやさむ
又は、里とをみ 人もすさめぬ 山ざくら

51.

산에 핀 벚꽃 내가 보러 왔더니
봄 안개 일어 봉우리도 기슭도 다 감추어버리네

山ざくら わがみにくれば はるがすみ 峰にもおにも たちかくしつゝ

---

50) [주해] 〈산이 높아서〉 원문 '山高み'의 'み'는 고대 일본어의 전형적인 어법 중의 하나이다. 원래의 형태는 '〜を〜み'의 형태로 '〜이〜해서'라는 의미를 갖는다.
[해설] 이 와카는 이전(異伝)의 본문을 가지고 있다. 너무 깊은 산속에 벚나무가 있기에 찾아와 즐기는 이도 없는 쓸쓸하고 한적한 곳에 피어 있는 벚꽃을 노래하였다. 아마도 작자는 산속에 사는 고독한 지경의 사람인 듯하다. 깊은 산속에 살면서 어느 날 예상도 못했던 곳에 활짝 피어 있는 벚꽃을 발견했을 때의 기쁨이 표현되어 있다. 벚꽃을 의인화하여 위로하듯이 노래한 점으로 미루어 보아, 쓸쓸한 경우에 처해있는 작자가 벚꽃에 빗대어 자신의 입장을 노래하고 있다고 볼 수도 있을 것이다. 49번에서 처음 핀 벚꽃을 노래한 후, 이 노래부터 산속의 벚꽃의 아름다움을 노래하였다.
51) [해설] 50번에 이어 산 위에 핀 벚꽃을 노래하였다. 50번의 작자가 산속에 은거하는 사람이라고 한다면 이 노래의 작자는 도회지에 살면서 산에 핀 벚꽃을 구경하러 온 사람이라고 할 수 있을 것이다. 마치 50번과 연작의 형태를 취하도록 배열한 편자(編者)의 배열의식이 엿보인다. 모처럼 꽃구경을 왔는데도 불구하고 산기슭은 물론 봉우리마저도 안개에 휩싸였다. 하얀 벚꽃이 안개 속에 숨어버려서 벚꽃과 안개를 구별 할 수 없는 상태를 노래하였다.

52. 소메도노황후 전(殿)에, 꽃병에, 벚꽃을 꽂아 놓으신 것을 보고 노래함 ^{전태정대신}

세월 흘러서 나이 들고 말았네
그렇다 해도 꽃을 보고 있자니 근심도 사라지네

52) [주해] 〈소메도노황후〉작자의 딸. 소메도노란 작자의 저택으로, 이 저택에 작자의
딸이 황후가 되기 전까지 거주하였기 때문에 소메도노황후라고 불렸다. 몬토쿠[文德]
천황의 중궁. 〈전태정대신〉후지와라 요시후사[藤原良房]. 후지와라 집안에서 최초로
섭정을 행한 인물이다. 〈꽃을 보고 있자니〉소메도노황후의 거처에 놓인 화병에 꽂혀
있는 꽃을 황후에 비유하여 노래하였다.
[해설] 일본의 고대국가 출발은 천황을 중심으로 하는 강력한 중앙집권체제였다. 그러
한 가운데 몇몇 유력한 호족들은 정쟁으로 인하여 번영과 몰락의 길을 걷게 된다. 『만
요슈』 제3기의 가인인 다비토[大伴旅人]나, 그의 아들이며 『만요슈』의 최종편찬자로
꼽히는 야카모치[家持]와 같은 오오토모[大伴]집안은 몰락한 가문의 대표적인 예라고
할 수 있겠다. 반면에 8세기 후반부터 서서히 세력을 확장하기 시작해서 9세기에 이르
러 새로운 신진 호족으로 등장한 것이 바로 후지와라씨[藤原氏]다. 후지와라 집안은
헤이안 시대의 대표적인 호족으로 손꼽힌다. 후지와라씨가 그들의 권세를 유지하기
위해 생각해낸 것은 천황과 인척 관계를 맺는 일이었다. 중궁은 물론 후궁에 이르기까
지 후지와라 집안의 여성을 천황과 관계를 맺게 함으로써 무소불위의 세력을 갖게 되
었다. 결국 이러한 상황은 후지와라집안의 섭관(摂関)정치로 이어진다. 섭관정치란 어
린 천황을 옹위하고 천황의 외척이 '간파쿠[関白]'가 되어 섭정(摂政)을 실시하는 것.
관직명으로는 '섭정태정대신(摂政太政大臣)'에 해당한다. 그 자리에 처음으로 오른 것
이 바로 이 노래의 작자인 후지와라 요시후사였다. 궁중의 소메도노황후의 거처에 커
다란 화병이 놓여 있고, 거기에 벚꽃이 꽂혀 있는 것을 보고 지은 노래다. 헤이안 시대
의 대표적 수필집인 세이쇼나곤[清少納言]의 『마쿠라노소시[枕草子]』에는 '툇마루 난
간 곁에 푸른 꽃병 큰 것을 놓고, 벚꽃이 환하게 피어난 다섯 자 정도 되는 가지를 아
주 많이 꽂았기에…(제20단)'는 당시의 장면을 연상하게 한다.
작자 요시후사가 황후에게 문안했을 때, 중궁전에는 150센티미터 이상 되는 화병에
벚꽃이 꽂혀 있는 것을 보고, 지은 노래이다. 이 노래의 작자명에 '전태정대신(前太政
大臣)'이라고 했으니 이미 섭정의 자리에서 물러나 있었고 나이도 꽤 들었을 것이다.
요시후사는 이 노래를 통해 자신의 심정을 솔직히 토로하고 있다. 세월이 흘렀으니 나
이도 드는 법. 나이가 들었으니 앞으로 새로운 큰일을 이루기는 힘들지만, 그동안의
피땀 어린 노력으로 딸이 황후의 자리까지 이르렀다. 그러니 더 이상 무엇을 바라겠는
가. 그동안의 순탄치 않은 세월 속에서 이 나이에 이르기까지 일가를 일으키고 여기까
지 이끌어 올 수 있었던 안도의 감회를 화병에 꽂힌 벚꽃을 보면서 쏟아내고 있다.
벚꽃을 노래한 와카는 대부분 자연 속의 벚꽃을 노래한 것이 일반적인데 반하여 이
노래는 화병의 벚꽃을 소재로 하였고, 내용적인 면에서도 인간의 감회를 노래한 것이
여느 『고킨슈』의 노래와는 다르다.

染殿后の御前に、花瓶に、桜の花を挿させ給へるを見て、よめる 前太政大臣
年ふれば よはひは老いぬ しかはあれど 花をし見れば 物思もなし

53. 나기사노 인에서 벚꽃을 노래함 아리와라노 나리히라 조신

세상천지에 벚꽃이란 나무가 없었더라면
봄을 즐기는 마음 더없이 한산할 것을

渚院にて桜を見て、よめる 在原業平朝臣
世中に たえてさくらの なかりせば 春の心は のどけからまし

---

53) [주해] 〈나기사노 인[渚院]〉지금의 오오사카부[大阪府] 히라카타시[枚方市] 나기사[渚]에 있던 고레타카왕자의 저택. 고레타카(844~897)는 몬토쿠[文德]천황의 장남. 872년 29살의 나이로 출가. 〈없었더라면〉'~라면'에 해당되는 원문 '~せば'는 마지막 구의 '~것을'에 해당하는 '~まし'와 함께, 헤이안 와카에 자주 등장하는 표현이다. 〈더없이 한산할 것을〉꽃이 지면 어쩌나 하고 걱정해야 할 일이 없어지기 때문에. 〈봄을 즐기는 마음〉원문「春の心」는『玉台新詠』五・雜詩「春心多感動 賭物情復悲」등에서 볼 수 있는 春心에 해당된다.
[해설] 작자는 만약 이 세상에 벚꽃이 없었다면 꽃이 지는 것을 걱정하는 일은 없었으리라고 노래한다. 그러나 작자가 표현하고 싶은 것은 세상에는 벚꽃이 있기 때문에 꽃이 지는 것을 걱정해야 한다는 것. 꽃이 한창인 때에 꽃이 져버리면 어쩌나 하는 걱정을 하기 때문에 더욱더 간절한 마음으로 봄을 즐길 수 있다는 것이 작자 나리히라가 표현하고자 했던 내용이다. '가나서문은 나리히라에 대해서 정감은 넘칠 정도인데, 그 표현하는 언어가 미숙하고 부족하다[その心余りて、言葉たらず]'라고 평하듯이, 이 노래도 여정(余情)의 취향을 잘 보여준다. 이 노래는『이세모노가타리』82단에서도 찾아볼 수 있다.
[이세모노가타리 82단] 옛날, 고레타카라는 왕자가 계셨다. 야마자키 건너편 '미나세'라고 하는 곳에 별궁을 두셨다. 해마다 벚꽃이 한창일 때에는, 그 별궁에 행차하셨다. 그 무렵, 우마료[右馬寮]의 장관 되는 사람을 항상 곁에 데리고 다니셨다. 이후 오랜 세월이 흘러서 그 사람의 이름을 잊히게 되었다. 그 사람은 사냥도 열심히 하지 않고, 술만 마시고, 와카를 읊는 데에 빠져 있었다. 종종 매사냥을 하는 가타노 강변에 있는 고레타카의 저택에 핀 벚꽃은 한층 정취가 있었다. 그 나무 아래 내려서서, 가지를 꺾어 머리에 꽂고 상・중・하 계급의 여하를 막론하고 모두 노래를 읊었다. 그 중 우마료의 장관 되는 사람이 읊은 노래. "세상천지에 벚꽃이란 나무가 없었더라면 봄을 즐기는 마음 더없이 한산할 것"이라고 읊었다(이하 생략).

54. 제목을 알 수 없음 ^{작자미상}

바위 위 흐르는 급류 없으면 좋겠네
피어난 벚꽃 꺾어 들고 오고파 보지 못한 이 위해

題しらず よみ人しらず
　　石はしる 滝なくも哉 さくら花 手おりてもこむ みぬ人のため

55. 산 위의 벚꽃을 보고, 노래함 ^{소세이 법사}

본 것만으로 다 전할 수 있을까
피어난 벚꽃 손마다 꺾어 들어 집에 선물하게나

山の桜を見て、よめる 素性法師
　　見てのみや 人に語らむ さくら花 手ごとにおいて 家づとにせん

56. 꽃이 한창일 무렵 멀리서 교토를 바라보며 지은 노래

바라다보니 버들가지 벚꽃과 어우러져서

---

54) [주해] 〈급류〉원문 '滝'는 폭포가 아니라 급류의 의미.
　[해설] 산속 계곡에 피어 있는 벚꽃을 노래하였다. 이어서 55번의 와카도 같은 취향의
노래이다. 산속에 흘러가는 급류와 건너편에 핀 벚꽃이 어우러져 있는 것을 보고 감탄
하였다. 너무나 아름답기에 같이 오지 못했던 사람을 위해 꺾어서 선물로 하고 싶은
마음이 들지만, 급류 건너편에 피어 있는 꽃이라 꺾지 못하고 그냥 보고 가야 하는 아
쉬움을 노래하였다.
55) [주해] 〈본 것만으로〉산 위에 핀 벚꽃을 본 기억만으로 그 아름다움을 전할 수는 없다.
〈손마다 꺾어 들어〉이 표현을 통해 꽃구경에 나선 사람은 복수라는 것을 알 수 있다.
　[해설]마음에 맞는 사람들이 동행하여 꽃구경을 하던 자리에서 즉흥적으로 지은 노래
로 볼 수 있다. 54번은 꺾고 싶어도 꺾지 못하고 그냥 본 것만을 전해야 하는 아쉬움이
표현되어 있지만, 이와는 반대로 산 위에 핀 벚꽃의 아름다움을 기억만으로는 보지 못
한 사람에게 다 설명할 수 없을 테니, 각자 집에 있는 사람에게 선물로 꽃가지를 꺾어가
자고 권하는 노래이다.

도읍지는 봄날의 비단인 듯하외다

花盛りに、京を見遣りて、よめる
　見わたせば 柳さくらを こきまぜて 宮こぞ春の 錦なりける

57. 벚꽃 아래서 나이든 것을 한탄하여 노래함 기노 도모노리

색깔도 향도 옛날과 다름없이 피는 듯하건만

오랜 세월 지나온 우리만 변했구나

桜の花の下にて、年の老いぬる事を歎きて、よめる 紀友則
　色も香も おなじ昔に さくらめど 年ふる人ぞ あらたまりける

---

56) [주해] 〈바라다보니〉고토바가키에 적은 것처럼 멀리서 교토를 바라다보니. 〈버들가지〉27번에서 살펴보았듯이 당시 교토의 가로수는 버드나무였다. 〈봄날의 비단〉바람에 흔들리는 버들가지와 벚꽃이 어우러져 있는 것을 비단으로 표현하였다. 일반적으로 비단으로 표현되는 것은 주로 단풍이다.
[해설] 교토의 원경을 노래하였다. 교토를 한눈에 내려 볼 수 있는 곳에서 지은 노래이다. 가로수인 버드나무와 집집마다 피어난 벚꽃이 어우러져 있는 모습을 노래하였다. 멀리서 바라보기 때문에 세세히 보이지는 않지만, 버드나무의 푸르름과 연분홍빛 벚꽃이 서로 어우러져 마치 비단이 바람에 날리는 것처럼 표현하였다. 봄날의 비단이란 표현에서 신선미를 느낄 수 있다.
57) [주해] 〈벚꽃 아래서 나이든 것을 한탄〉「참조」앵두나무 아래서 백발을 탄식함. 도처에 핀 꽃은 모두 아름답지만 해를 쫓아 내 모습은 쇠퇴하는구나 보는 곳마다 붉은 벚꽃이 피어 있지만 나는 반백의 머리를 하고서 나무에 기대어 말없이 오랫동안 가지에 붙어 서서 춘풍을 만난 눈 같은 실 같은 백발을 탄식하네(遂処花皆好 随年貌自衰 紅桜満眼日 白髪半頭時 倚樹無言久 攀条欲放遅 臨風兩堪歎 如雪復如糸 / 백낙천시집 16 : 桜桃花下歎白髪).
[해설] 노년을 한탄하는 노래이다. 세월이 바뀌어도 해마다 봄이 되면 어김없이 벚꽃은 작년의 그 색, 그 향기로 피어난다. 오랜 세월 그렇게 벚꽃은 변함없는 색과 향을 자랑한다. 이렇듯 해마다 벚꽃은 변함없이 피는데, 변하는 것은 우리네 사람들이다. 앞의 28번 '온갖 새들이 지저귀는 봄에는 뵈는 것마다 새로이 바뀌지만 이 몸은 늙어가네'와 유사한 취향의 노래이다.

58. 꺾은 벚꽃을 노래함 ^{쓰라유키}

도대체 누가 찾아가 꺾은 걸까
봄 안개 일어 고이 감추어 놓았을 산속의 벚나무를

折れる桜を、よめる 貫之
　　誰しかも 尋ねておりつる 春霞 立かくす覧 山のさくらを

59 노래를 지어 바치라고 말씀하셨을 때, 지어 올린 노래

벚꽃나무에 꽃이 피었나보다
(아시히키노) 산골 계곡 사이로 보이는 하얀 구름

歌奉れと、仰せられし時、よみて奉れる
　　桜花 さきにけらしも あしひきの 山の狭より みゆる白雲

60. 우다천황시절 대비마마가 주최한 우타아와세의 노래 ^{도모노리}

---

58) [주해] 〈찾아가 꺾은 걸까〉작자는 산속에 피어 있는 벚꽃을 일부러 찾아가서 꺾은
　　것으로 생각한다. 〈봄 안개 일어 고이 감추어 놓았을〉벚꽃이 피어 있는 모습을 안개로
　　보는 유형의 노래는 많다. 안개가 일면 벚꽃인지 안개인지 구별하기 어렵다. 이를 작
　　자는 봄 안개가 벚꽃을 감추어 놓은 것으로 보았다.
　　[해설] 누군가가 벚꽃가지를 꺾어 선물로 보낸 것을 보고 감사하는 마음으로 지은 노
　　래이다. 선물로 받은 벚꽃가지를 보고 작자는 산속의 정경을 상상하였다. 마지막 구인
　　'산속의 벚나무'라는 표현은 작자가 산속의 벚꽃을 상정하고 있다는 것을 말해준
　　다. 안개가 일어나 벚꽃인지 안개인지 구별하기도 힘든 산속 깊은 곳에 피어 있을 벚
　　꽃을 일부러 찾아가서 꺾어서 보내준 이의 수고를 생각하며, 이에 감사하는 노래이다.
59) [주해] 〈아시히키노〉다음 구의 산골을 이끌어내는 마쿠라코토바. 〈하얀 구름〉벚꽃
　　이 피어 있는 모습을 구름으로 보았다. 미다테[見立].
　　[해설]와카에서 벚꽃은 흰 구름이나 눈으로 비유된다. 멀리 떨어진 산과 산 사이에 피
　　어 있는 벚꽃이 보인다. 마치 계곡일대에 흰 구름이 일어난 것과 같다. 멀리서 보는 벚
　　꽃이라서 윤곽이 확실하지 않다. 마치 흰 구름처럼 보인다. 당시의 병풍의 그림과 같
　　은 취향을 띠고 있다.

요시노 지방 산기슭에 가득히 피어난 벚꽃
눈이 내린 것이라 잘못 보고 말았네

寬平御時后宮歌合の歌 友則
み吉野の 山べにさける さくら花 雪かとのみぞ あやまたれける

61. 삼월에 이어 윤삼월이 온 해에 지은 노래 이세

벚꽃 피는 봄 한 달이 더해지는 올해인 만큼
사람들 맘속으로 지루하다 안할까

弥生に閏月ありける年、よみける 伊勢
さくら花 春くははれる 年だにも 人のこころに 飽かれやはせぬ

62. 벚꽃이 한창일 때, 오랫동안 찾아오지 않던 사람이 왔을 때, 지은 와카 작자미상

변덕스럽다 그 평판이 자자한 벚꽃이지만
어쩌다 오는 이를 기다리어 피누나

---

60) [해설] 59번이 벚꽃을 구름으로 보았다면 이 노래는 벚꽃을 눈으로 보았다. 이 밖에
벚꽃은 안개로 비유되기도 한다. 요시노[吉野]는 『만요슈』 이래 눈이 많이 내리는 곳
으로 벚꽃에 관한 노래보다 눈에 대한 노래가 많았다. 작자가 요시노의 벚꽃을 눈으로
보는 것은 이러한 전통적인 정서에서 기인한 것이다. 요시노가 본격적으로 벚꽃의 명
소로 꼽히는 것은 『신코킨슈[新古今集]』 이후이다.
61) [주해] 〈윤삼월〉작자 이세가 생존할 때에 3월에 윤달이 온 것은 904년이었다. 〈한
달이 더해지는〉3월에 윤달이 왔으므로 봄은 4개월이 됨 〈지루하다 안할까〉비록 지루
하게 느껴진다 해도 지루해 하지 말아 달라는 의미가 포함되어 있다.
[해설] 벚꽃은 변덕스럽다고 할 정도로 일제히 피었다가 어느새 순식간에 저버리는 꽃
이다. 그러나 올해는 윤삼월로 인하여 한 해에 3월이 두 번 오게 되었다. 그만큼 꽃을
구경할 수 있는 시간이 늘었지만, 그로 인하여 모든 일에 쉽게 싫증을 내는 사람들이
벚꽃을 싫어하지는 않을까 걱정하는 마음을 노래하고 있다.
62) [주해] 〈변덕스럽다〉벚꽃은 피기가 무섭게 떨어지기에 변덕스러운 꽃으로 보고 있

桜の花の盛に、久しく訪はざりける人の来たりける時によみける よみ人しらず
　　あだなりと 名にこそたてれ 桜花 年にまれなる 人もまちけり

63. 답가　나리히라 조신

오늘 안 오면 내일은 눈 내리듯 떨어지리라
사라지진 않아도 누가 꽃이라 볼까

返し　業平朝臣
　　けふ来ずは あすは雪とぞ ふりなまし 消ずはありとも花とみましや

64. 제목을 알 수 없음　작자미상

꽃 지고 나면 그립다 생각해도 소용없으리
오늘 벚꽃 꺾고자 했으면 꺾으리라

다. 〈어쩌다 오는 이〉고토바가키에도 있듯이 오랫동안 찾아오지 않던 사람.
[해설] 변덕스럽다는 평판을 가진 벚꽃이 어찌 된 일인지 오랜만에 사람이 찾아왔을
때, 마치 기다렸다는 듯이 활짝 피었다. 노래 안에 숨어 있는 내용은 '1년에 한 번 정
도 올까 말까 하는 당신을 그래도 나는 기다렸습니다'라는 내용으로, 상대방의 불성실
함을 어느 정도 원망하는 의미가 내포되어 있다. 이에 대해 63번의 상대방도 지지 않
고 와카로 응수하고 있다.
63) [주해] 〈오늘 안 오면〉변덕스러운 꽃이기에 내일은 질지도 모른다. 〈사라지진 않아
도〉눈이 아니기에 녹지 않고 남아 있겠지만.
[해설] 벚꽃을 눈에 비유하여 노래하였다. '오늘 내가 찾아오지 않았더라면 내일은 꽃
잎이 눈처럼 떨어졌을 것. 떨어진 벚꽃은 눈처럼 녹지는 않겠지만, 누가 그것을 꽃이
라 하겠느냐?'라는 의미. 이 노래의 본의는 '오늘 내가 찾아온 것을 다행으로 여기시
오. 시간이 지나고 나면 누가 당신을 꽃으로 보고 찾아오겠는가?'이다. 노래는 냉랭한
분위기에서 지어진 것이 아니라, 앞사람의 농을 순발력 있게 되받아친 재치 있는 노래
이다. 62・63 두 노래는 『이세모노가타리[伊勢物語]』 17단에도 보인다.
[이세모노가타리 17단] 오랫동안 찾아오지 않던 사람이 벚꽃이 한창일 때, 꽃을 보러
왔기에, 그 집주인이, "변덕스러운 꽃이라 이름 높은 벚꽃이지만 어쩌다 오는 이를 기
다리어 피누나" 이에 답하여, "오늘 안 오면 내일은 눈 내리듯 떨어지리라 사라지진 않
아도 누가 꽃이라 볼까"

題しらず よみ人しらず

散りぬれば 恋ふれどしるし なき物を けふこそ桜 おらばおりてめ

65.

꺾어 든다면 아쉬움만 남을까 피어난 벚꽃
자! 묵을 곳 빌려 주게 질 때까지 보리라

折とらば おしげにもあるか 桜花 いざ宿かりて ちるまでは見む

66. 기노 아리토모

벚꽃 빛으로 옷가지 정성 들여 물들여 입으리
꽃 지고 난 연후에 정표 삼고자 하여

紀有朋

さくら色に 衣は深く そめてきむ 花のちりなむ のちの形見に

---

64) [해설] 63번에 이어 지는 벚꽃에 대한 노래이다. 내용적으로 다음의 65와 문답(問答) 내지는 연작의 형식을 취하고 있다. 작자미상의 노래이지만, 노래의 취향으로 보아 남성의 작품이라고 볼 수 있다. 또한 경우에 따라서는 벚꽃을 여성에 대한 암유(暗喩)라고 볼 수 있을 것이다. 벚꽃은 순식간에 저버리는 것. 여성과 교제하다가 좋은 시절이 지나면 아무리 그립다 생각해도 아무 소용이 없는 법. 마음먹었을 때, 실행하리라고 해석할 수도 있다.

65) [주해] 〈묵을 곳 빌려 주게〉벚나무가 있는 집의 주인에게 청하는 내용.
[해설] 앞의 64와 비교해 볼 때, 주제가 동일하고, 앞의 노래의 마지막 구에 보이는 꺾는다는 말을 받아서 노래를 이어가는 형식을 취하고 있다. 벚나무가 있는 집의 주인에게 청하는 내용이다. 『고킨슈』의 배열 형식 등을 감안 할 때, 62번부터 인가에 있는 벚나무에 핀 꽃이 지는 내용의 노래이다.

66) [해설] 벚꽃이 한창일 때, 벚꽃 아래에서 노닐다 보면 마치 입고 있는 옷이 온통 벚꽃으로 물들인 것처럼 보인다. 지금도 그러한 상황을 연상하였을 것이다. 이제 벚꽃이 지기 시작하였다. 지는 벚꽃의 추억을 남기기 위해 작자는 벚꽃 빛으로 옷을 물들이겠노라고 노래한다. 벚꽃이 지기 전 마음껏 벚꽃을 즐기고자하는 작자의 마음이 엿보인다.

67. 벚꽃이 핀 것을 보러 온 사람에게 지어 보냄 ^{미쓰네}

　내 집 뜨락에 꽃구경 겸하여서 찾아온 이들
　꽃 지고 난 후에는 그리워지리로다

桜の花の咲けりけるを見にまうで来たりける人に、よみて、贈りける ^{躬恒}
　わがやどの　花見がてらに　来る人は　ちりなむのちぞ　恋しかるべき

68. 데이지인 우타아와세 때, 읊은 와카 ^{이세}

　찾아오는 이 없는 산골 마을에 피어난 벚꽃
　다른 꽃 지고 난 후 핀다면 좋을 텐데

亭子院歌合の時、よめる ^{伊勢}
　見る人も　なき山里の　さくらばな　ほかのちりなむ　のちぞさかまし

---

67) [해설] 내 집에 벚꽃이 피었기에 꽃구경을 겸하여 사람들이 나를 찾아왔다. 지금은
　사람들이 많아서 분위기도 밝지만 찾아와 꽃을 즐기고 환담을 나누던 사람들이 돌아
　가고 나면 정적마저 감돌 것이다. 작자는 사람들이 떠나고 앞으로 벚꽃이 지고나면 아
　무도 나를 찾아주지 않을 쓸쓸함을 예견하고 있다.
68) [주해] 〈데이지인 우타아와세〉913[延喜13]년에 있었다. 데이지인은 우다(宇多)상황
　(上皇)의 거처이며 작자 이세는 우다천황의 후궁이었다.
　[해설] 아무도 나를 찾아오지 않는 산골 마을이지만 그나마 벚꽃이라도 피어 있어서
　사람들이 벚꽃이라도 보러 찾아왔으면 바라는 마음이다. 이 노래는 봄노래 상(上)의
　마지막 노래이다. 앞의 노래와 마찬가지로 지는 벚꽃을 노래하였다. 다음의 봄노래 하
　(下)도 지는 벚꽃을 주제로 하는 노래로 시작한다. 『고킨슈』편자의 치밀한 편찬의식
　을 엿볼 수 있다.

고킨와카슈

제2권

봄노래 하 春歌下

69. 제목을 알 수 없음 ^{작자미상}

봄 안개 일어 펼쳐지는 산 위에 피어난 벚꽃
이제 지려 하는가 색깔 바뀌어 간다

題しらず　読人しらず

春霞 たなびく山の 桜花 うつろはむとや 色かはり行く

---

69) [주해] 〈펼쳐지는〉안개가 수평으로 흐르듯이 끼는.
　[해설] 상권에 이어 계속해서 벚꽃에 관한 노래가 이어진다. 작자는 산 위의 벚꽃을 멀리서 바라고 있다. 원경(遠景)으로 보는 벚꽃이란 안개와 뒤섞이어 구별할 수 없는 것인데 오늘은 벚꽃의 색깔이 여느 때와는 다른 것을 느끼고 있다. 그 다른 이유를 벚꽃이 지기 시작하는 전조로 보고 있다. 『고센슈[後撰集]』에 수록되어 있는 '흰 구름인 양 지금까지 보였던 벚꽃이거늘 오늘은 지려는지 색깔 달리 보이네(白雲と見えつるものを桜花今日は散るとや色ことになる：915)'도 같은 유형의 노래이다.

70.

기다리라는 그 말에 지지 않고 남을 거라면
벚꽃 외에 무엇을 그 이상 생각하리

待てといふに 散らでし止まる 物ならば なにを桜に 思まさまし

71.

아쉬움 없이 지기에 아름다운 벚꽃이로다
오래 살면 이 세상 근심만이 남기에

残りなく ちるぞめでたき さくら花 有て世中 はての憂ければ

72.

이 고을에서 여장 풀어야 하리
피어난 벚꽃 흩어지는 속에서 돌아갈 길 잃었기에

---

70) [주해] 〈남을 거라면〉꽃이 떨어지지 않고 가지에 남아 있을 거라면.
[해설] 벚꽃이 지는 것을 아쉬워하는 마음을 읊었다. '지지 말고 조금 더 늦게까지 가
지에 남아 있기를 바라는 내 요망에 따라 벚꽃이 떨어지지 않고 남아 있기만 한다면,
무엇이 아쉬워서 내가 다른 것을 생각하겠느냐. 벚꽃 이외에는 아무것도 생각하지 않
겠다. 네가 너무 빨리 저버리기 때문에 나는 다른 쪽으로 마음이 옮겨 간다'는 것이
이 노래의 의미이다. 벚꽃에 대한 작자의 애정과 빨리 저버리는 아쉬움이 엿보인다.
71) [주해] 〈아쉬움 없이〉아무런 미련도 남기지 않고 〈지기에 아름다운〉한번에 저버리
는 것이 벚꽃의 아름다운 점이다. 〈오래 살면〉오랫동안 피어 있으면. 벚꽃을 인생에
비유하였다.
[해설] 앞의 노래가 벚꽃이 지지 말고 남아주기를 바라는 마음을 노래한 것에 비하여
이 노래는 오히려 남김없이 저버리고 마는 것을 벚꽃의 가장 아름다운 점으로 표현하
고 있다. 아울러 그렇지 못한 우리네 인생과 대비하여 노래하였다. 앞의 70과는 문답
의 형식을 띤다. 원래는 전혀 무관한 노래이지만, 편자가 문답의 형식으로 배열하였다.
72) [주해] 〈흩어지는 속에서〉벚꽃이 떨어져 어지럽게 길을 덮고 있는 정경. 〈돌아갈 길

この里に 旅寝しぬべし 桜花 ちりのまがひに 家路わすれて

73.

(우쓰세미노) 이 세상 닮은 것이 벚꽃이련가
피어난 꽃 보는 사이 흩어져 버렸구나

うつせみの 世にも似たるか 花ざくら さくと見しまに かつちりにけり

74. 승정 헨조에게 지어 보냄 고레타카왕자

피어난 벚꽃 지고프면 지라지
안 진다하여 함께하던 옛사람 찾지도 않을 것을

잃었기에)꽃잎이 수북이 쌓였기에, 어디가 길인지 찾을 수 없다.
[해설] 두 번째 구에서 일단 끊어지고, 두 번째 구까지의 이유를 제3구 이후에 설명한다. 즉 이 마을에서 여장을 풀어야 하는 이유는 벚꽃 속에서 길을 잃었기 때문이라고 설명하고 있다. 『고킨슈』에서 자주 보이는 기교이다. 당시의 귀족들이 들놀이 나갔을 때 지은 노래로 추측된다. 떨어지는 벚꽃이 흩어져 길을 덮었기 때문에 길을 찾지 못해서 돌아가지 못한다고 표현하고 있지만, 사실은 지는 벚꽃 속에서 더 많은 시간을 보내고 싶은 작자의 마음이 여정적으로 나타난다.
73) [주해] 〈우쓰세미노〉우쓰세미[うつせみ]란 매미가 벗어 던진 빈 껍질이라는 뜻으로 현세나 덧없는 목숨들을 이끌어내는 마쿠라코토바. 우쓰세미는 만요 시대에는 살아 있는 인간이나 인간세상, 현세 등의 의미로 사용되었고, 지금과 같은 허무한 이미지는 없었다. 『고킨슈』에 들어서도 '(우쓰세미노) 세상사람 소문이 이리 심하기에 기억한다 하여도 멀어져 가리로다(716, 사랑의 노래 4)'처럼 현세의 사람들이란 의미로 사용되는 예도 있지만, 이 노래처럼 세상을 무상하게 보는 당시의 사상을 반영하는 노래들이 읊어지게 되었다.
[해설] 불교적 염세관이 투영된 노래이다. 피었는가 하면 어느새 저버리는 벚꽃을 인생의 덧없음에 비유하였다.
74) [주해] 〈고레타카왕자〉고레타카[惟喬]왕자는 후에 출가하였다. 이 노래를 지은 곳은 우린인이었을 것으로 추측한다. 다음 노래에서도 알 수 있듯이 우린인은 벚꽃의 명소였다. 〈옛사람〉출가 이전에 알고 지내던 사람.
[해설] 상권의 마지막 노래 68은 꽃을 이유로 보러오는 사람을 기다리는 마음을 노래하였는데, 이 노래는 한층 더 강하게 꽃이 지지 않는다고 하더라도 아무도 찾아오지

僧正遍昭に、よみて、贈りける **惟喬親王**

桜花 ちらばちらなむ ちらずとて 古里人の 来ても見なくに

75. 우린인에서 벚꽃이 지는 것을 보고 노래함 조쿠법사

벚꽃이 지는 꽃의 명소 이곳은 봄날인데도
눈 내려 쌓여서는 녹지 않는 듯하네

雲林院にて、桜の花の散りけるを見て、よめる **承均法師**

さくらちる 花の所は 春ながら 雪ぞふりつゝ 消えがてにする

76. 벚꽃이 떨어진 것을 보고 읊음 소세이 법사

꽃 지게 하는 바람이 머무는 곳 아는 이 누구
내게 가르쳐 주오 가서 원망하리라

않을 것이라 표현하고 있다. 우린인은 교토에 있는 천태종의 사원이다. 도회지에서 떨어진 곳에 칩거하고 있는 작자가 사람을 그리워하면서 한편으로 세상을 원망하는 마음이 잘 표현되어 있다. '지다[散る]'라는 단어를 세 번 연속 사용하여 리듬감을 주고 있다.

75) [주해] 〈우린인[雲林院]〉지금의 다이토쿠지[大德寺] 자리에 있었고, 쥰나[淳和]천황의 별궁이 나중에 절이 되었다. 〈녹지 않는 듯하네〉꽃잎이 떨어진 것을 눈 내린 것으로 보고 있다.
　[해설] 앞의 노래에 이어 우린인의 벚꽃을 노래하였다. 벚꽃을 노래한 것 중에는 우린인의 벚꽃을 노래한 것이 많다. 넓은 경내에 떨어져 쌓인 벚꽃을 녹지 않는 눈으로 보고 있다. 꽃잎이 쌓여 있는 넓은 경내가 보이는 듯하다.

76) [해설] 바람이 불고 지나가 버렸다. 작자는 무참하게도 꽃잎을 떨어뜨리고 떠나버린 바람을 원망하는 마음을 노래하였다. 의인법이 뛰어난 노래이다. 발상에 있어서는 평범하지만, 바람을 오늘밤 묵을 곳이 어딘지 모르는 정처 없는 나그네로 의인화한 점이 평가할 만한 하다.

桜の花の散り侍りけるを見て、よみける 素性法師
　　花ちらす 風の宿りは 誰かしる 我にをしへよ 行てうらみむ

77. 우린인에서 벚꽃을 노래함 _{조쿠법사}

자! 벚꽃이여 나도 떨어지리라

흥하고 나면 언젠가는 근심 찬 흉한 꼴 보이리니

雲林院にて、桜の花を、よめる 承均法師
　　いざさくら 我もちりなん 一盛り 有りなば人に 憂きめみえなん

78. 서로 마음이 통하는 친구가 찾아왔다 돌아간 후에, 와카를 읊어 적어 꽃가지에 꽂아 보냄 _{쓰라유키}

한눈에 반한 당신 오실까하고 설레는 벚꽃

오늘 기다려 보고 지고프면 지거라

---

77) [주해] 〈나도 떨어지리라〉나도 죽을 때가 되면 자연스럽게 죽겠다는 의미가 포함되어 있다.

　[해설] 벚꽃이여. 네가 흩어 떨어지듯이 나도 언젠가는 지고 말겠지. 세상일이란 한번 흥하면 반드시 기우는 날을 맞이하는 법이니까. 인생의 무상함이 표현된 노래이다.

78) [주해] 〈한눈에 반한〉한 번 본 것만으로도 좋아하게 된 당신. 〈당신 오실까하고〉벚꽃이 작자를 찾아온 사람을 보고 반했다는 설정. 〈오늘 기다려보고〉당시 보통 애인이 방문하는 것은 밤이니까, 그때까지 기다려보자는 의미.

　[해설] 이 노래는 복잡한 설정으로 되어 있다. 작자의 집 뜰에 서 있는 벚나무가 작자를 찾아온 친구를 보고 사랑하는 마음을 품었다. 벚나무는 사랑하는 이가 다시 찾아오지 않을까 기다리는 마음을 품고 있다. 당시의 습관으로는 사랑하는 사람을 찾아오는 시각은 밤이다. 제4·5구에서 작자는 벚꽃에게 일단 오늘밤까지 기다려보고 그래도 찾아오지 않으면 그때에 저버리라고 권한다. 고토바가키를 참조하면 친구에게 벚꽃을 보내면서 벚나무를 의인화하여 다시 한 번 찾아와 주기를 바라는 마음을 노래하고 있다.

あひ知れりける人のまうで来て、帰りにける後に、よみて、花に挿して遣はしける　貫之

ひとめ見し　きみもや来ると　さくら花　けふは待ちみて　ちらばちら南

79. 산 위의 벚꽃을 보고 노래함

봄날 안개여 무엇을 감추는가
피어난 벚꽃 지는 동안이나마 내 보아야 할 것을

山の桜を見て、よめる

春霞　なに隠す覧　さくら花　散る間をだにも　みるべき物を

80. 몸이 아파 고생하고 있을 때, 바람을 쐬지 않으려고 모든 것 닫아걸고 칩거하고 있는 동안에, 꺾어다 화병에 꽂았던 벚꽃이 시들어 지려는 것을 보고 지음　후지와라노 요루카 조신

칩거하면서 봄이 가는 것조차 모르는 사이
기다리던 벚꽃도 져버리고 말았네

心地損なひて、患ひける時に、風に当たらじとて下し込めてのみ侍りける間に、折れる桜の散り方になれりけるを見て、よめる　藤原因香朝臣

たれこめて　はるのゆくゑも　知らぬまに　まちし桜も　うつろひにけり

---

79) [해설] 이 노래는 『고킨로쿠죠[古今六帖]』에는 기요하라노 후카야부[清原深養父]의 노래로 되어 있다. 산속의 벚꽃을 멀리서 바라보고 지은 노래로, 안개에 가리어 보이지 않는 벚꽃을 안개가 고의적으로 가리는 것으로 표현하였다. '벚꽃이 피고 지는 시간이 워낙 짧기에 볼 수 있을 때, 천천히 보고 싶은 벚꽃인데, 안개는 무슨 마음으로 벚꽃을 가리는가'하고 안개를 원망하는 마음이 담겨져 있다.
80) [주해] 〈기다리던 벚꽃〉빨리 병이 나아 보러 가겠다고 기다리던 벚꽃.
[해설] 병석으로 바깥출입을 못하는 작자를 위해 꺾어다준 벚꽃이 벌써 지려고 한다. 작자가 보는 것은 다만 화병에 꽂힌 벚꽃. 그 벚꽃이 지는 것으로 미루어 산과 들에 피어난 벚꽃의 상태를 상상하며 애석해하고 있다. 병상에 있어 마음껏 벚꽃을 즐기지 못하고 그냥 보내고 마는 봄을 탄식하는 작자의 심정이 여운으로 남는다.

81. 동궁의 아원(雅院)에서 벚꽃이 처마 밑 물흐름에 떨어져 흘러가는 것을 보고
지음 스가노노 다카요

가지로부터 무심히 흩어졌던 꽃잎이기에
물 위에 떨어져도 물거품이 되리라

春宮雅院にて、桜の花の、御溝水に散りて流れけるを見て、よめる 菅野高世
　枝よりも あだにちりにし 花なれば おちても水の 泡とこそなれ

82. 벚꽃이 진 것을 보고 노래함 쓰라유키

질 꽃이라면 피어나지 말 것을
떨어진 벚꽃 바라보는 나조차 어찌할 바 모르네

桜の花の散りけるを、よみける 貫之
　ことならば さかずやはあらぬ さくら花 見る我さへに しづ心なし

---

81) [주해] 〈동궁의 아원〉왕자가 학예를 연마하는 장소를 말하는 것으로 궁궐의 대현문
(待賢門) 안에 있었다. 〈물흐름〉처마 밑에 물이 흘러가는 곳. 〈거품 되어 사라지리〉가
지에서 쓸모가 없어서 떨어진 꽃이니까 결국은 거품이 될 것이라 노래하였다.
　[해설] 나무에서 떨어진 벚꽃은 이미 쓸모없는 꽃이기에 물흐름에 떨어져 흘러가는 꽃
잎도 결국은 허무하게 거품처럼 사라지리라고 노래하였다. 물 위에 떠 있는 꽃잎을 물
거품으로 본 것이 이 노래의 참신한 맛이라고 할 수 있다.
82) [주해] 〈질 꽃이라면〉빨리 져버릴 꽃이라면. 이하 벚꽃이 피었다가 빨리 지는 것을
아쉬워 함.
　[해설] 벚꽃이 황망하게 져버리는 것이 아쉬운 나머지, '그렇게 서둘러서 져버릴 것이
라면 차라리 피어나지나 말지'하고 벚꽃을 질책하고 있다. 노래의 전반부에서 벚꽃을
질책하고, 후반부에서는 작자 자신의 심정도 토로하고 있다. 벚꽃을 아쉬워하는 마음
이 여정(余情)적으로 표현되어 있다.

83. "벚꽃처럼 빨리 지는 것은 없다"고 어떤 이가 말했기에 노래함

피어난 벚꽃 그리 빨리 진다고 생각지 않네
사람의 마음에는 바람 불 틈도 없거늘

桜のごと、疾く散る物はなしと、人の言ひければ、よめる
　桜花　とくちりぬとも　思ほえず　人の心ぞ　風もふきあへぬ

84. 벚꽃이 지는 것을 노래함 　기노 도모노리

(히사카타노) 화창한 빛 내리쬐는 좋은 봄날에
어찌할 바 모르듯 꽃잎은 떨어지나

桜の花の散るを、よめる 　紀友則
　久方の　ひかりのどけき　春の日に　しづ心なく　花のちるらむ

---

83) [주해] 〈바람 불 틈도 없거늘〉사람의 마음은 바람 불 사이도 없이 빨리 변한다는 의미.
　[해설] '벚꽃처럼 빨리 지는 꽃은 없다는 말에 대하여 반대적인 의견을 노래로 제시하고 있다. 사람들이 벚꽃은 빨리 지는 꽃이라고 말하지만, 그보다 더한 것은 사람의 마음. 벚꽃은 떨어지기 전에는 바람이라도 불지만, 바람 불 사이도 없이 변해버리는 것이 인간의 마음이라고 작자는 표현하고 있다.
84) [주해] 〈히사카타노〉하늘·해·달·비·구름 등을 이끌어내는 마쿠라코토바. 〈어찌할 바 모르듯〉꽃잎이 떨어지는 모습을 의인화하여 불안정한 마음상태에서 행동하는 것처럼 표현하였다.
　[해설] 화창한 햇살이 쏟아지는 가운데 서두르듯이 떨어지는 벚꽃을 노래하였다. 바람이 불지도 않고 조용히 햇살이 쏟아지는 가운데 벚꽃이 떨어진다. 그런 벚꽃을 의인화하여, 스스로가 어찌할 바 모르고 서둘러 떨어지는 것으로 표현하였다. 색상의 대비와 더불어 원가(元歌)의 경우 다섯 구중, 4구의 첫머리가 동일한 음으로 시작되어 음악적인 율조를 더해줌으로써 작품의 질을 한층 높여주고 있다. 『백인일수(百人一首)』에도 채택된 노래이다.

85. 동궁의 경호소에서 벚꽃이 지는 것을 노래함 후지와라노 요시카제

봄바람이여 벚꽃 핀 언저리를 피해 불게나
스스로 지고파서 지는지를 보고자

春宮の帯刀陳にて、桜の花の散るを、よめる 藤原好風
　春風は 花のあたりを よきてふけ 心づからや うつろふとみむ

86. 벚꽃이 지는 것을 노래함 오오시코우치노 미쓰네

눈 내리듯이 흩어짐도 아쉬운 벚꽃이거늘
어떻게 지라고서 바람이 부는 걸까

桜の散るを、よめる 凡河内躬恒
　雪とのみ ふるだにあるを さくら花 いかにちれとか 風のふく覧

87. 히에 산에 오른 후, 교토로 돌아와서 노래함 쓰라유키

산이 높아서 단지 보기만 하고 넘어온 벚꽃

---

85) [주해] 〈동궁의 경호소〉동궁이 있는 곳의 경호원들의 대기실. 무기를 가지고 경비를
　담당하던 자들이 모이는 곳이다.
　[해설] 벚꽃은 스스로 좋아서 떨어지는 것이 아니라, 바람에 의해서 떨어지는 것이라
　는 생각이 저변에 깔려 있는 작품이다. 따라서 꽃이 바람에 의해 저절로 떨어지는 것
　이라면 포기할 수 없지만, 자발적으로 떨어지는 것이라면 나도 포기하겠다는 내용이
　암시적으로 잘 표현되어 있다.
86) [주해] 〈눈 내리듯이〉꽃잎이 조용히 떨어지는 모습을 묘사. 〈어떻게 지라고서〉바람
　을 원망하는 마음이 담겨 있다.
　[해설] 눈 내리듯이 조용히 지는 것만으로도 아쉬운 벚꽃인데, 바람이 불어와 한꺼번
　에 떨어지는 꽃잎을 보고 아쉬운 나머지 바람의 무정함을 원망하고 있다. 네 번째 구
　의 '어떻게 지라고서'하고 바람에 하소연하는 듯한 표현이 돋보인다. 실제 눈앞의 장
　면을 보고 지은 서정적이면서 여정미가 넘치는 노래이다.

바람이 마음대로 하고 있으리로다

比叡に登りて、帰りまうで来て、よめる **貫之**
　山たかみ 見つつわが来し さくら花 風は心に まかすべらなり

88. 제목을 알 수 없음 오오토모노 구로누시

내리는 봄비 흐르는 눈물인가

지는 벚꽃을 아쉬워하지 않을 사람 없을 테니까

題しらず **大友黒主**
　春さめの ふるはなみだか 桜花 ちるをおしまぬ 人しなければ

89. 데이지인 우타아와세의 와카 쓰라유키

피어난 벚꽃 흐트러뜨린 바람 남은 자리엔

물 없는 하늘에서 파도가 이는구나

---

87) [주해] 〈히에 산〉교토시 동북부 시가현[滋賀県]과의 접경으로 산 동쪽 허리에 일본
천태종의 총본산인 엔랴쿠지[延暦寺]가 있다. 〈바람이 마음대로〉바람을 부러워하는
마음이 깃들어 있다.
　[해설] 작자는 교토로 돌아오던 중, 산 위에 핀 벚꽃을 발견하였다. 높은 산 위에 있기
때문에 보기만 하고 교토로 돌아왔다. 교토로 돌아온 후, 쓰라유키는 산 위에서 보았
던 벚꽃을 잊지 못한다. 지금쯤이면 바람에 휘날리고 있을 벚꽃. 이 노래의 새로운 점
은 바로 바람을 선망의 대상으로 삼고 있는 점이다. 벚꽃에게 자유로이 다가가서 마음
대로 벚꽃을 어루만지고 흐트러뜨릴 바람을 부러워하고 있다.
88) [해설] 때마침 내리는 봄비를 낙화를 아쉬워하는 사람이 흘리는 눈물에 비유하여 소
박하고 담담하게 표현하고 있다.
89) [주해] 〈남은 자리엔〉바람이 멈춘 직후의 상황. 바람은 멈추었지만, 바람이 흔적을
남기고 갔다. 〈파도가 이는도다〉바람에 꽃잎이 날리는 것을 파도로 보았다.
　[해설] 벚꽃이 바람에 완전히 떨어졌다. 벚꽃을 흐트러뜨리던 바람도 이제는 가라앉았
다. 그러나 아직도 여운을 남기듯이 공중에 꽃잎이 파도처럼 하늘가에 휘날린다. 벚꽃
을 떨어뜨리던 바람이 멈춘 직후의 순간적인 광경을 놓치지 않고 표현하고 있다. 마침

90. 나라천황의 노래

옛 도읍지가 되어버린 나라[奈良]의 이 거리에도
변함없는 색으로 꽃은 피어나도다

91. 봄의 노래로서 지음 요시미네노 무네사다

꽃 색깔 비록 봄 안개에 가리어 뵈진 않아도
향기라도 훔치게 봄 산에 부는 바람아

내 벚꽃도 끝이 나고 부는 바람에 눈보라처럼 벚꽃이 하늘에 휘날리던 것도 가라앉았
다. 모든 것이 정지된 상태. 그러나 아직도 그때의 그 현란했던 환영이 작자의 눈앞에
남아 있다. 바람에 꽃잎이 휘날리는 정경을 물 없는 하늘에서 이는 파도로 표현한 데
에서 작자의 기량이 돋보인다. 이 노래를 마지막으로 벚꽃에 관한 노래는 끝이 나고
90부터는 봄꽃을 소재로 한 노래가 수록되어 있다.

90) [주해] 〈나라천황〉『고킨슈』의 작자명 표기방법. 4번 노래 참조. 도읍지를 교토로 옮
긴 후, 두 번째 등극한 천황이다. 〈옛 도읍지〉교토로 천도(遷都)하였음으로 나라[奈良]
는 구도(旧都)가 되었다.
[해설] 천도로 인해 폐도(廃都)가 되어버린 나라이기 때문에 모든 것이 다 황량하고,
옛 모습을 찾아볼 수 없지만, 꽃은 옛 모습과 변함없이 때를 맞추어 피는 것을 노래하
였다. 나라천황은 퇴위 후, 사가[嵯峨]천황과의 불화로 나라에 이주하였다. 그때의 작
품으로 보인다.

91) [주해] 〈봄의 노래〉봄의 풍물을 읊은 노래. 아울러 가을의 노래, 겨울의 노래도 마찬
가지. → 94·96·126·261·267·298·315·323.
[해설] 바람을 의인화하여 꽃의 향기를 훔치는 역할을 담당하게 하였다. 335번의 오노
노 다카무라작 '꽃잎 빛깔은 눈과 어우러져서 뵈지 않지만 향기라도 풍기게 남들 알
수 있도록'이 이 노래와 유사하다.

92. 우다천황시절 대비마마가 주최한 우타아와세의 노래 소세이 법사

꽃나무라도 이젠 심지 않으리

봄 되고 나면 색 바래는 모습을 사람들이 배우네

93. 제목을 알 수 없음 작자미상

봄의 기운이 미치지 않는 마을 없으련마는

핀 꽃 안 핀 꽃이 어찌 있을 수 있으리

---

92) [해설] 꽃이 한창일 무렵에는 그렇게도 찾아오던 사람이 꽃이 시들고 나니, 찾던 이의 마음도 시들해져서 찾아오지 않는 쓸쓸함을 노래하였다. 노랫말 '移ろふ'는 꽃의 색이 바랜다는 의미와 사람의 마음이 변한다는 이중적인 의미를 살리고 있다. 한창 때, 찾아오던 사람이 찾아오는 것이 뜸한 것을 원망하는 노래로 볼 수도 있다.

93) [주해] 〈핀 꽃 안 핀 꽃〉봄의 기운이 안 미치는 곳이 없는데. 꽃은 벚꽃을 가리킨다. 어째서 어떤 곳은 꽃은 피고, 어떤 곳은 꽃이 피지 않을까.
[해설] 같은 벚꽃이라고 하더라도 개화의 시기가 다른 점을 노래감으로 삼았다. 제2구 [いたる]와 제4구 [咲く]에서는 동일한 노랫말의 반복과 대조를 통하여 리듬감을 살리고 있다.

94. 봄노래로서 지음 ^{쓰라유키}

미와 산을 그리도 감추는가 봄날 안개여
남이 알지 못하는 꽃 피어 있는 걸까

春の歌とて、よめる 貫之
　三輪山を しかも隠すか 春霞 人に知られぬ はなやさくらむ

95. 우린인에 계신 왕자 앞으로 꽃구경하러 기타야마의 산기슭에 갔을 때, 읊어
　보낸 노래 ^{소세이}

자! 오늘만큼은 봄이 온 산기슭에 묻히어보자
해 저물면 없어질 꽃 그림자 아닐 테니

雲林院の親王のもとに、花見に北山のほとりにまかれりける時に、よめる 素性
　いざけふは 春の山辺に まじりなむ 暮れなばなげの 花の影かは

---

94) [주해] 〈미와 산[三輪山]〉나라현[奈良県] 사쿠라이시[桜井市]에 있는 산. 산 그자체
　가 신으로 존경을 받았다. 미와 산을 노래한 것으로 일찍이 『만요슈』에 '미와 산을 그
　리도 감추는가 구름이라도 생각 있다고 하며 감추지 말게나(三輪山をしかも隠すか雲だ
　にも心あらなも隠さふべしや: 제1권 18)'가 있어 지금의 노래와 제1·2구가 동일하다. 미와
　산에 관해서는 982참조.
　[해설] 지금 미와 산은 봄 안개에 온통 뒤덮여 있다. 이 신성한 산을 온통 안개가 감싸
　는 이유를 구한 노래이다. 미와 산이 신성한 산이기에 그 이름에 걸맞게 '혹시 아무도
　모르게 감추어 놓은 신비로운 꽃이라도 있는 것이 아닐까'하고 작자는 유추해본다.
95) [주해] 〈우린인〉75번 참조. 〈왕자〉781번의 작자인 쓰네야스[常康]왕자.
　[해설] 우린인은 기타야마[北山]에서 2Km 정도 떨어진 곳에 위치한다. 작자는 우린인
　으로 왕자를 찾아갔고 거기서 얼마 떨어지지 않은 기타야마로왕자와 동행하여 꽃구경
　을 나갔다. 자신의 처소에 와서 묵으라는 왕자의 초대를 거절하면서 해가 저물어 어두
　운 그림자가 진다고 없어질 꽃이 아니니 마음 놓고 오늘은 천천히 꽃을 즐기며 놀자
　고 권하는 노래이다.

96. 봄노래로서 지음

나 언제까지 들녘에 마음 끌려 헤매려는가
꽃 지지 않는다면 천년이고 있으리

97. 제목을 알 수 없음 작자미상

매해 봄마다 꽃 한창 피는 때가 있는 듯한데
그때 만날 수 있음은 이 생명 있기 때문

98.

꽃 다시 피듯 세상도 그렇다면
흘러가버린 젊은 날 다시 한 번 돌아올 수 있을 텐데

---

96) [주해] 〈꽃 지지 않는다면〉머지않아 꽃이 진다는 것을 암시.
　[해설] 노래의 전반부에서 스스로에게 묻고 후반부에서 스스로 대답하는 자문자답의
형식을 취하고 있다. 꽃이 지지 않는다면 언제까지라도 이곳에 있겠다고 노래하는 것
은 다시 말해서 머지않아 꽃이 진다는 것을 암시하는 말이다. 눈앞의 꽃을 바라보면서
이윽고 지고 말 것이라는 마음을 품는 작자의 마음속에는 꽃에 대한 무상함이 감돌고
있다.
97) [주해] 〈그때 만날 수 있음은〉꽃이 한창인 때에 꽃과 만날 수 있는 것은.
　[해설] 봄은 해마다 돌아오고 꽃도 철 맞춰서 핀다. 내게 만약 목숨이 붙어 있지 않다
면, 변함없이 피어나는 꽃을 만나지 못할 것이라고 예측할 수 없는 인간사를 생각하며
읊은 노래.
98) [주해] 〈꽃 다시 피듯〉해마다 때가 되면 꽃이 피듯이. 자연의 불변을 암시.

花のごと 世の常ならば 過ぐしてし 昔は又も 帰りきなまし

99.

부는 바람에 내 바라는 생각을 전할 수 있다면
이 한 그루만 피해 불어 달라 할 텐데

吹風に あつらへつくる ものならば この一本は 避きよと言はまし

100.

기다리던 이 오지 않는 까닭에
꾀꼬리 앉아 울었던 꽃가지를 꺾고야 말았도다

待つ人も 来ぬものゆへに うぐひすの 鳴きつる花を 折てける哉

[해설] 앞의 97과 문답 형식을 취하고 있다고 볼 수 있다. 편자의 의도적 배열이 엿보인다. 앞의 노래가 자연의 불변에 대하여, 변화무쌍한 인간사를 노래한 것에 비해, 이 노래는 우리네 인간사가 해마다 꽃 피는 계절이 돌아오듯이 돌아올 수만 있다면 하는 희망을 노래하고 있다.

99) [해설] 눈앞에 있는 한 그루의 나무에 피어 있는 꽃에 대한 애정을 노래하고 있다. 바람만 불지 않는다면 꽃이 떨어지지 않을 것이라는 생각에, 이 나무만을 바람이 피해 가기를 노래하고 있다.

100) [주해] 〈기다리던 이〉여러 가지로 좋지 않은 일이 계속되는데 기다리는 사람마저도 〈꽃가지를 꺾고야 말았도다〉기다리는 사람은 오지 않는데 꾀꼬리는 그 마음도 모르고 즐거워하는 것 같아 화가 난 나머지 가지를 꺾음.
[해설] 이 노래는 원래 사랑의 노래부[恋歌部]에 속해야 할 것이다. 오기로 약속했던 남자가 오지 않았다. 무심한 꾀꼬리는 꽃이 핀 나뭇가지에 앉아 즐겁게 지저귀며 이리저리 가지를 옮겨 다닌다. 그 모습에 괜스레 화가 나서 꾀꼬리가 놀던 가지를 꺾어 버렸다는 내용의 노래이다. 이 노래는 『고킨와카로쿠죠[古今和歌六帖]』에는 미쓰네[躬恒], 또는 소세이[素性]가 작자로 되어 있다. 이를 존중한다면 남자가 여자의 입장에서 읊은 노래가 되는 데, 헤이안 시대에는 이렇게 남자가 여자의 입장에서 읊은 노래를 종종 찾을 수 있다. 이러한 노래를 '온나우타[女歌]'라고 한다.

101. 우다천황시절 대비마마가 주최한 우타아와세의 노래 후지와라노 오키카제

피어난 꽃은 어느 것 하나같이 덧없이 지지만
그렇다고 뉘 봄을 한스럽다 하리오

寛平御時后宮歌合の歌 藤原興風
　さく花は 千種ながらに あだなれど 誰かは春を 恨はてたる

102.

봄 안개 빛이 저리도 색색으로 보였던 것은
안개 덮은 산 위의 꽃그늘 때문이리

春霞 色のちぐさに 見えつるは たなびく山の 花のかげかも

103. 아리와라노 모토카타

안개 자욱이 이는 봄의 산기슭 멀다하여도
불어오는 바람은 꽃향기 머금었네

---

101) [주해] 〈피어난 꽃은〉봄이 되면 피어나는 여러 가지 꽃. 〈덧없이 지지만〉사람의
　　변덕스러움을 암시. 〈한스럽다 하리오〉쉽게 마음이 변하는 사람이라도 미련을 버릴
　　수 없는 심정.
　　[해설] 봄이 되어 각양각색의 꽃이 피지만 어느 것이나 모두 빨리 저버리는 것이 마치
　　인간의 마음 변하는 것과 닮았다. 그렇다고는 하지만 꽃을 피워낸 봄을 누가 원망할
　　수 있으리. 꽃이 쉽게 지는 것을 인간의 마음이 쉽게 바뀌는 것에 빗대어 노래하면서
　　변덕스러운 마음을 가진 사람이지만 꽃을 원망할 수 없듯이 그 사람에게 미련을 보이
　　고 있다.
102) [해설] 봄 안개에 가리어 보이지 않으나 안개 속에 현란하게 피어 있을 꽃의 모습을
　　상상하여 읊었다. 수많은 종류의 꽃빛이 안개에 비쳐 색색으로 보인다는 것은 현실적
　　으로는 불가능한 일. 안개의 농담(濃淡)이 수시로 변하는 모습을 그렇게 표현했으리라.
　　실경을 근거로 한 발상이라고 할 수 있다.

在原元方

霞立 春の山辺は とをけれど 吹きくる風は 花の香ぞする

104. 시들기 시작한 꽃을 보고 노래함 ^{미쓰네}

꽃을 보자니 마음마저 꽃처럼 시들어간다

내색도 안하리라 그녀 알게 될테니

移ろへる花を見て、よめる 躬恒

花見れば 心さへにぞ うつりける 色には出でじ 人もこそしれ

105. 제목을 알 수 없음 ^{작자미상}

꾀꼬리 나와 우짖는 들녘마다 찾아 와보니

시들어 가는 꽃에 바람만 불고 있네

---

103) [주해] 〈멀다하여도〉안개에 쌓인 산기슭은 멀리 떨어져 있어서 안개 속에 무엇이 있는지 보이지 않는다.

[해설] 안개가 자욱하게 일어나는 봄 산은 분명하게 보이지는 않는다. 그러나 안개가 낀 산 쪽에서 불어오는 바람은 꽃향기가 난다. 바람에 실려 온 꽃향기를 통하여 안개 저편에 있는 봄 산의 모습을 상상하였다. 작자는 『고킨슈』의 권두가를 지은 사람이다.

104) [주해] 〈마음마저 꽃처럼〉꽃이 시드는 것처럼 그녀에 대한 애정도 식었음을 표현.

[해설] 표면적으로는 꽃을 주제로 한 노래이지만, 내면적으로는 남녀 간의 심리를 표현하였다. 여기서 시든 꽃은 애정이 식어버린 여자를 의미한다. 그런 여자를 보고 있자니 내 마음도 시큰둥하다. 그렇지만 그녀가 알아봐야 아무런 득이 없으니 잠자코 있겠다는 내용의 노래이다. 변하기 쉬운 인간의 마음을 잘 표현하고 있다.

105) [주해] 〈우짖는 들녘마다 찾아 와보니〉꾀꼬리가 들녘에서 우는 것은 꽃이 시들어 가는 것을 슬퍼해서라고 보고 있다. 그리고 어느 들녘에 나가봐도 같은 정경이 펼쳐지고 있다는 의미. 「참조」꾀꼬리 소리에 이끌리어 꽃 아래에 서고 풀잎 색에 멈추어서 물가에 앉네(백낙천시집 18 : 春江 / …鶯声誘引来花下　草色勾留坐水邊…). 〈바람만 불고 있네〉시들어 가는 꽃을 바람이 떨어트리고 있다.

[해설] 작자는 꾀꼬리가 우는 이유를 꽃이 지는 것을 슬퍼해서 우는 것으로 파악하고 있다. 봄이 가는 것을 아쉬워하는 마음을 꾀꼬리에 의탁하여 표현하고 있다. 꽃을 시들게 하는 것은 바람. 그 바람만이 부는 들녘에 봄이 가는 모습이 보이는 듯하다. 이

題しらず よみ人しらず

うぐひすの なく野べごとに 来てみれば うつろふ花に 風ぞ吹ける

106.

부는 바람을 원망하며 울어라
봄 꾀꼬리여 내가 지는 꽃에다 손이라도 대는가

吹風を なきてうら見よ うぐひすは 我やは花に 手だにふれたる

107. 나이시노 스케 아마네이코 조신

지는 꽃잎을 울음으로 머물게 할 수 있다면
나도 저 꾀꼬리에 지지 않고 울 텐데

典侍洽子朝臣
散る花の なくにしとまる 物ならば 我鶯に おとらましやは

하, 동일한 발상의 노래가 계속된다.

106) [주해] 〈원망하며 울어라〉꾀꼬리가 우는 이유는 꽃이 떨어지는 것이 아쉬워서 우는 것 〈손이라도 대는가〉반어적인 표현 나는 절대로 만지지 않으니, 나를 원망하지 말고 바람을 원망하라는 의미.
[해설] 이 노래의 작가(作歌)적 상황을 추측해 본다면 작자가 꽃이 지는 나무 아래에 있을 때, 때마침 꾀꼬리가 울고 있던 상황이었을 것이다. 발상에 있어서는 앞의 노래와 마찬가지로 꾀꼬리의 울음을 꽃이 떨어지는 것이 아쉬워 우는 것으로 보았다.

107) [해설] 가는 봄, 지는 꽃을 아쉬워하는 마음을 노래하였다. 앞의 노래와 마찬가지로 꽃이 떨어지는 것을 아쉬워하여 꾀꼬리가 우는 것으로 보았다. 울어서 꽃이 지는 것을 막을 수만 있다면, 꾀꼬리뿐만 아니라 나라도 울겠다고 표현하고 있다.

108. 닌나천황 때, 근위대 중장을 친지로 하는 미야슨도코로의 집에서 우타아와
    세가 있었을 때, 읊은 노래 _{후지와라노 노치가게}

꽃이 진다고 아쉬워 우는 걸까
봄 안개 이는 다쓰타 산에 사는 꾀꼬리 울음소리

仁和中将の御息所の家に、歌合せむとてしける時に、よみける _{藤原後蔭}
　花のちる　ことやわびしき　はるがすみ　たつたの山の　うぐひすの声

109. 꾀꼬리가 우는 것을 노래함 _{소세이}

옮겨 다니는 네 날갯짓 바람에 꽃 지는 것을
누구 탓이라 하려 이렇게 울고 있나

鶯の鳴くを、よめる _{素性}
　木伝へば　をのが羽風に　ちる花を　たれに負ほせて　ここらなくらん

---

108) [주해] 〈미야슨도코로〉천황이나 황태자의 비(妃)로, 많은 경우 왕자를 낳았을 때의
    호칭. 〈다쓰타 산〉나라현[奈良県]의 이코마군[生駒郡] 부근의 산의 총칭이다. 다쓰타
    산을 노래한 와카를 보면, 후세로 갈수록 꽃을 노래한 와카는 점점 적어지고 오로지
    단풍의 명소로 꼽히게 된다. → 994 · 995 · 1002.
    [해설] 만춘의 감회를 노래하였다. 발상은 앞의 노래와 동일하다. 기교면에서 '안개가
    일다'의 '다쓰[たつ]'로 다음 구의 '다쓰타 산'을 이끌어내고 있다.
109) [주해] 〈옮겨 다니는〉가지에서 가지로 옮겨 다니는. 〈날갯짓 바람에〉날갯짓으로 인
    하여 발생하는 바람에 의해 꽃이 진다고 보고 있다.
    [해설] 가제(歌題)에도 있듯이 꾀꼬리가 우는 모습을 보고, 그 우는 이유를 구하였다.
    앞에 배열된 몇 수의 노래는 꾀꼬리가 우는 이유를 꽃이 지는 것을 아쉬워하기 때문
    으로 보고 있으나 이 노래는 앞의 노래와는 조금 다르다. 꽃이 지는 이유를 꾀꼬리 자
    신의 날갯짓으로 인하여 생겨난 바람에 의한 것으로 보면서, 한 걸음 더 나아가 낙화
    의 책임을 남에게 전가하려고 꾀꼬리가 우는 것으로 보고 있는 점에서 작자 소세이의
    기량을 엿볼 수 있다.

110. 꾀꼬리가 꽃이 핀 나무에서 우는 것을 노래함 미쓰네

소용도 없는 소리 내어 우는 게 꾀꼬리인가
올 한 해만 피고서 지는 꽃 아니거늘

鶯の、花の木にて鳴くを、よめる 躬恒
　しるしなき 音をもなく哉 うぐひすの 今年のみちる 花ならなくに

111. 제목을 알 수 없음 작자미상

말 위에 올라 자! 꽃구경 가자꾸나
옛 도읍지엔 눈 내린다 할 만큼 꽃잎 흩날리겠지

題しらず よみ人しらず
　駒並めて いざ見にゆかむ 故里は 雪とのみこそ 花は散るらめ

112.

지는 꽃잎을 무어라 원망하리
이 세상에서 이 몸도 꽃과 함께 지낼 수 없으면서

---

110) [해설] 이 노래도 꽃이 지는 것을 아쉬워하여 꾀꼬리가 우는 것으로 보았다. 꾀꼬리
　는 작자의 분신. 꽃이 지는 것은 매년 있는 일이니까 슬퍼할 것 없다고 자문자답하면
　서도 사실은 낙화를 애석해하고 있다.
111) [주해] 〈말 위에 올라〉말을 타고서. 「참조」나는 원군과 한마음의 친구가 된 지 이미
　3년이 되었다. 그간 말 위에 올라서 꽃 아래서 놀았고, 술잔을 같이하며 설경은 감상
　했다(백낙천시집 1 : 贈元稹 / 一爲同心友 三及芳歲蘭 花下鞍馬遊 雪中杯酒歡). 〈옛
　도읍지엔〉교토로 천도하기 이전의 도읍지. 즉 나라[奈良].
　[해설] 지금의 교토인 헤이안성으로 천도 후, 얼마 되지 않은 시기에 지은 노래일 것
　이다. 가는 봄을 아쉬워하는 마음과 옛날을 그리는 정이 이중으로 표현되어 있다.
112) [해설] 앞의 111의 마지막 구를 첫 구에 받아서 읊은 듯한 느낌을 주는 배열이다. 어
　차피 짧은 세상 오랫동안 꽃과 함께할 수 없는 몸이면서 꽃이 진다고 원망해야 무슨

ちる花を なにかうら見む 世中に わが身もともに あらむものかは

113. 오노노 고마치

꽃빛도 나도 색 바래고 말았네
허무하게도 내리는 지리한 비 바라보는 동안에

小野小町

花の色は うつりにけりな いたづらに 我が身世にふる ながめせしまに

114. 닌나천황 때, 근위대 중장을 친지로 하는 미야슨도코로의 집에서 우타아와세가 있었을 때, 읊은 노래 소세이

아쉬운 마음 실 삼아 지는 꽃을 엮을 수 있다면
지는 꽃 하나하나 꿰어 머물게 하리

소용이 있느냐는 의미의 노래이다. 불교적 무상감이 감돈다.

113) [주해] 〈내리는 지리한 비〉'내리다'로 번역한 원문의 '후루[ふる]'는 '비가 내리다[降る]'라는 의미와 '시간이 경과하다[経る]'라는 이중적인 의미를 갖는다. 또한 '지리한 비' 그리고 다음 구의 '바라보는 동안에'로 번역한 원문의 '나가메[ながめ]'는 '장마비[長雨]'라는 의미와 '바라보다[眺め]'라는 의미를 갖는다.
[해설] 작가의 대표작이다. 작자 오노노 고마치는 수수께끼와 같은 인물이다. 육가선(六歌仙)의 한 사람이며 일본의 미녀로 손꼽히는 전설적인 인물이다. 늦은 봄, 이제 벚꽃도 그 색이 바래갈 무렵 비마저 지루하게 내렸다. 비가 그친 뒤, 정원에 피어난 꽃으로 시선을 옮기니 이미 시들대로 시들었다. 비가 내리는 동안 집안에 칩거하여 사정을 몰랐었는데, 비가 그친 후 정원을 보니 어느새 꽃은 빛이 바래고 말았다. 작자는 빛바랜 벚꽃을 보고 문득 자신의 처지가 뜰의 꽃과 같음을 발견하고 탄식 짓는다. 가케코토바[掛詞]적인 기법을 이용하여 기량 높은 노래를 짓고 있다.
114) [주해] 〈아쉬운 마음〉꽃이 떨어지는 것을 아쉬워하는 마음.
[해설] 꽃이 떨어지는 것을 아쉬워하는 마음을 실로 삼아서 그 실로 일일이 꽃잎을 꿰매어 떠나가지 못하도록 고정시켜서까지도 꽃을 곁에 두고 싶어 하는 작자의 심정이 잘 나타나 있다. 이 노래와 동일한 기교의 노래로 415 '실로 꿸 수 있는 것 아니기에 떠나가는 길 마음 걱정스러운 생각이 드는구나'를 들 수 있다.

仁和中将の御息所の家に、歌合せむとしける時に、よめる　**素性**

　おしと思　心は糸に　よられなん　散る花ごとに　貫きてとどめむ

115. 시가 산 고개에서 여자들을 많이 만났을 때 지어서 보냄 ^{쓰라유키}

(아즈사유미) 봄의 산 언덕길을 넘어 오르니

지날 수 없을 만큼 꽃 흩어져 있구나

滋賀の山越えに、女の多く遭へりけるに、よみて、遣はしける　**貫之**

　梓弓　春の山辺を　こえくれば　道もさりあへず　花ぞちりける

116. 우다천황시절 대비마마가 주최한 우타아와세의 노래

봄이 온 들녘 어린 나물 뜯고자 찾아왔거늘

흩어지는 꽃잎에 길 잃고 헤매었네

---

115) [주해] 〈시가 산 고개〉교토에서 지금의 오오쓰[大津]시 북쪽부근으로 나오는 길에 있는 고개로 교토의 귀족들은 이 길을 지나서 시가지[志賀寺]를 찾곤 하였다. 〈아즈사유미〉마쿠라코토바. 여기서는 '활을 튕긴다[張る]'는 말과 동음인 봄[はる]를 이끌어내는 역할을 한다. 〈꽃 흩어져 있구나〉여자를 꽃에 비유하였다.
[해설] 시가의 고갯길. 서로 스쳐지나갈 수 없을 만큼 좁은 산길에서 시가지에 참배 갔던 여성들이 맞은편에서 셀 수 없을 만큼 다가온다. 늘 보던 아는 여자들이 있었다. 이들에게 지어 보낸 노래이다.
116) [주해] 〈봄이 온 들녘〉이후 3구까지의 전반부는 『만요슈』 '봄의 들녘에 제비꽃 뜯으려고 나온 이 내 몸 들녘이 그리워서 하룻밤 머물렀네(春の野にすみれつみにと来しわれぞ野を懐かしみ一夜寝にける：제8권 1424)'의 노랫말을 취하였다. 〈흩어지는 꽃잎에〉여성의 비유로 보아야 할 것이다. 이후, 후반부는 『고킨슈』 349 '벚꽃나무여 흩어져 주위 가득 어지럽혀라 늙음이 오는 길을 찾을 수 없을 만큼(さくら花散りかひくもれ老いらくの来むといふなる道まがふがに)'에서 노랫말을 취하였다.
[해설] 나물을 뜯으러 들판에 나온 것과 꽃이 떨어진 것과는 시기적으로 맞지 않기 때문에 여기서 꽃도 단순히 여성의 비유로 사용되었다고 볼 수 있다. 그렇게 해석할 때에 비로소 위의 115와 배열 면에 있어서 서로 어울린다.

117. 산사(山寺)를 찾았을 때 지음

머물 곳 빌어 봄날 산자락에서 잠드는 날은
꿈속에서조차도 꽃잎 흐트러지네

山寺に詣でたりけるに、よめる
　　宿りして　春の山辺に　ねたる夜は　夢の内にも　花ぞちりける

118. 우다천황시절 대비마마가 주최한 우타아와세의 노래

부는 바람과 계곡의 흐르는 물 없었더라면
심산 숨어 핀 꽃을 어찌 볼 수 있을까

寛平御時后宮歌合の歌
　　吹風と　谷の水とし　なかりせば　深山がくれの　花を見ましや

---

117) [주해] 〈산자락에서〉산사(山寺)를 미화한 말.
　　[해설] 쓰라유키의 작품 중에서는 특이하게 환상적인 분위기를 주는 노래이다. 꽃잎이
　　낙화 속에서 하루를 보내고 산사에 묵는 날에는 낮에 본 꽃잎의 잔영이 꿈속에서도
　　보인다는 노래. 떨어지는 꽃을 아쉬워하는 마음이 여정적으로 남아 있다. 고킨풍의 노
　　래라기보다는 오히려 신코킨[新古今]풍에 가까운 노래라고 하겠다.
118) [주해] 〈심산 숨어 핀 꽃〉산속에서 동리까지 떠내려 온 꽃을 말함.
　　[해설] 산중에 부는 바람은 꽃을 떨어트리고 계곡의 흐르는 물은 사람이 사는 동리까
　　지 그 꽃잎을 운반한다. 계곡물에 수없이 꽃잎이 떠 있는 광경으로부터 심산의 낙화를
　　상상한 노래이다.

119. '시가'에서 돌아오던 여자들이, '가산지'에 들어가 등꽃을 구경하고 돌아갈
때에 지어 보냄 승정 헨조

슬며시 보고 돌아가려는 이들
등꽃 줄기여 휘감아버리어라 비록 가지 꺾여도

滋賀より帰りける女どもの、花山にいりて藤の花の下に立ち寄りて、帰りけるに、よみて、
贈りける 僧正遍照

よそに見て かへらん人に ふぢの花 はひまつはれよ 枝はおるとも

120. 집에 등꽃이 피어 있을 때, 지나던 사람이 멈춰 서서 보고 있었기에, 지어서
보냄 미쓰네

내 집 뜨락에 피어난 등꽃 파도 되돌아가듯
지나치지 못하고 보고 있는 것일까

---

119) [주해] 〈시가〉시가지[志賀寺] 즉, 수후쿠지[崇福寺] 현재 오오쓰시 남시가[南滋賀]
에 있었다. 〈여자들〉작자가 궁중에 있을 때 알던 뇨보들일 것으로 추측. 〈가산지〉교토
시 히가시야마구[東山区]에 있는 절로 현존. 〈슬며시 보고〉등꽃만 살짝 보고 바로.
〈등꽃〉일본의 산야에 자생하는 등(藤)은 『만요슈』에 30수 정도가 보이고 대부분의 경
우 120에서 보듯이 후지나미[藤波]라는 표현으로 사용된다. 등꽃은 봄노래와 여름노
래 양쪽의 소재로 사용되면서 봄이 가는 것을 아쉬워하는 감정을 불러일으키기도 하
도, 여름 노래에서는 135처럼 두견새와 더불어 여름이 온 것을 노래하기도 한다.
[해설] 뇨보[女房]들이 시가[志賀]에 있는 수후쿠지[崇福寺]에 참배하고 돌아가는 길
에 작자가 주지로 있는 가산지[花山寺]에 들렀으나, 등꽃만 보고 인사도 안하고 돌아
가 버렸기 때문에 여자들에게 지어 보낸 노래다. 등나무의 줄기로 사람을 얽어맨다는
착상이 참신하다. 이 노래부터 등꽃에 관한 노래가 이어진다. 시기적으로 여름이 가까
워지고 있다.
120) [주해] 〈등꽃〉원문에는 '후지나미[藤波]'라는 표현으로 물가에서 바람에 날리는 등
꽃의 긴 꽃술을 사람들은 파도로 보았다. 〈뜨락〉헤이안 귀족들의 저택에 조성된 정원.
이 정원의 물가에 등나무가 있다고 보면 될 것이다.
[해설] 등꽃의 꽃술이 바람에 흩날리는 모습을 파도에 비유하였다. 부는 바람에 보라
색 파도가 인다. 지나던 사람이 멈추어 서 있는 것은 등꽃이 너무 멋있게 피었기 때문
일 것이라고 서 있는 사람의 심리를 추측해 보았다.

家に藤の花咲けりけるを、人の立ち止まりて見けるを、よめる ^{躬恒}
　　わが宿に　さけるふぢなみ　立帰　すぎがてにのみ　人の見る覧

121. 제목을 알 수 없음 ^{작자미상}

지금쯤이면 활짝 피어 있으리
다치바나의 고지마노 사키에 핀 황매화 꽃이여

　　題しらず　よみ人しらず
　　いまもかも　さきにほふらむ　たちばなの　小島の崎の　山吹の花

122.

내린 봄비에 환희 빛나는 색도 싫지 않지만
그 향기에 끌리는 활짝 핀 황매화 꽃

　　春雨に　にほへる色も　あかなくに　香さへなつかし　山ぶきのはな

---

121) [주해] 〈다치바나〉다치바나노 고지마노 사키는 우지시[宇治市]의 우지 강에 있었다
고도 나라현에 있었다고도 한다. 〈황매화〉등꽃과 함께 늦은 봄에서 이른 여름의 와카
의 소재로 사랑받고 있다. 『만요슈』에서도 읊어진 소재로, 물가에 피는 황매화를 노래
한 것이 대부분이다. 『만요슈』에서는 간나비 강[神奈備川], 그리고 『고킨슈』에서는
위의 지명 이외에 124처럼 요시노 강[吉野川]과 함께 읊어졌다. 『고킨슈』 이후에는
125와 같이 '이데[井出]'라는 우타마쿠라와 함께, 그리고 개구리와 함께 노래한 것이
압도적으로 많다.
122) [주해] 〈황매화〉장미과의 식물. 1~2미터 정도의 크기로 4, 5월에 꽃이 핀다. 꽃은 5
개의 이파리로 황색을 띤다.
　　[해설] 빗속에 피어난 황매화를 찬미하였다. 비에 젖은 황매화를 소재로 하여 봄비로
더욱 선명해진 색깔을 칭찬하는 동시에 향기를 칭찬하였다.

123.

황매화 꽃아 덧없이 피지 마라
꽃을 보려고 너 심었을 그분이 오늘 오지 않으니

山ぶきは あやなな咲きそ 花みんと 植へけむきみが こよひ来なくに

124. 요시노 강기슭에 황매화가 피어 있는 것을 노래함 ^{쓰라유키}

요시노 강의 기슭에 핀 황매화 부는 바람에
비친 그림자마저 흩어지고 말았네

吉野河のほとりに、山吹の咲けりけるを、よめる 貫之
吉野河 岸の山吹 ふく風に 底の影さへ うつろひにけり

125. 제목을 알 수 없음 ^{작자미상}

개구리 우는 이데의 황매화 꽃 지고 말았네

---

123) [주해] 〈덧없이 피지 마라〉아무 때나 쓸데없이 피지 마라 〈너 심었을 그분〉같이 보
자고 작자와 함께 황매화를 심었던 그분.
　[해설] 사랑의 노래로 분류하여도 좋을 듯한 노래이다. 여자의 집에 찾아오는 남자가
올 시간이 지났을 때, 마침 뜰에 황매화가 피려고 하는 것을 발견하고 자신의 심경을
노래하였다. 사랑하는 사람과 함께 황매화를 심었을 때에는 둘이 같이 보고자 하는 마
음에서 심었는데, 임이 찾아오지도 않는데, 피어나려고 하는 황매화에 푸념 어린 자신
의 심정을 토로하고 있다.
124) [주해] 〈비친 그림자〉수면에 비친 황매화의 모습.
　[해설] 황매화는 보통 물 가까이에 있기 때문에 물에 비친 황매화를 노래한 것이 많다.
아울러 예부터 요시노 강의 물은 맑은 것으로 유명하였다 그런 강가에 서 있는 황매
화가 수면 위에 비친다. 강바람이 불어 강기슭의 꽃과 더불어 수면의 그림자마저 흩어
져버렸다. 바람이 불어 꽃이 떨어지고 물 위에 비치던 그림자도 없어지는 것은 극히
짧은 순간의 일이다. 그 순간을 작자 쓰라유키는 놓치지 않고 표현하고 있다. 작자의
기지가 보이는 부분이다.

꽃 한창 피어날 때 너 만나고 싶었는데

　　이 와카는 어떤 이가 말하기를,

　　다치바나노 기요토모의 와카라고 함.

題しらず よみ人しらず

　蛙なく 井手の山ぶき ちりにけり 花のさかりに 逢はましものを

　　この歌は、ある人の曰く、橘清友が歌也

126. 봄노래로서 지음 소세이

친한 이 함께 봄날의 산기슭에 어우러지어
어딘지 모르는 곳 머물러 잠들고파

春の歌とて、よめる 素性

　おもふどち 春の山辺に 打群れて そこともいはぬ 旅寝してしか

---

125) [주해] 〈이데〉지금의 교토부[京都府] 쓰즈키군[綴喜郡] 이데쵸[井手町]를 말한다. 당시에는 다치바나[橘]씨의 별장이 있던 곳. 이데는 당시에 개구리와 황매화 꽃의 명소로 알려졌다. 황매화를 노래한 것 중에는 이데와 개구리가 함께 등장하는 것이 대부분이다. 〈다치바나노 기요모토〉헤이안 초기의 인물. 〈개구리〉개구리는 일본어로 '가에루[蛙]' 그러나 시가(詩歌)에서는 가에루라 하지 않고 '가와즈[かわづ]'라는 표현을 사용한다. 이와 마찬가지로 학(鶴)은 '쓰루[つる]'라는 단어대신 '다즈[たづ]'라는 단어를 사용한다.
[해설] 황매화가 한창일 때 황매화를 보고자 하였으나 결국은 보지 못하고 지고만 황매화를 아쉬워하고 있다. 황매화가 진 줄 알았다면, 꽃이 한창일 때, 찾아오지 못한 아쉬움을 노래하고 있다.
126) [해설] 친한 친구들과 함께 산과 들녘으로 놀러 나갔다가 해가 저물어 노숙을 하면서 자연의 품에 안기어 맘껏 자연을 즐기고 싶어 하는 마음은 당시 사람들의 일반적인 정서였다.

127. 봄이 빨리 지나가는 것을 노래함 ^{미쓰네}

(아즈사유미) 봄 시작된 날부터
가는 세월이 쏜 화살 날아가듯 빠르게 느껴지네

春の疾く過ぐるを、よめる 躬恒
梓弓 春立ちしより 年月の 射るがごとくも 思ほゆるかな

128. 음력 삼월에 꾀꼬리가 우는 것을 오랫동안 듣지 못함을 노래함 ^{쓰라유키}

울어서 막을 낙화 아니 이기에
꾀꼬리마저 결국은 우는 것도 귀찮아 졌나보다

弥生に鶯の声の久しう聞こえざりけるを、よめる 貫之
鳴き止むる 花しなければ うぐひすも 果は物憂く なりぬべらなり

129. 음력 삼월 그믐 무렵, 산을 넘어 갈 때, 산 개울 따라 꽃잎이 떠내려 오는 것을 보고 노래함 ^{후카야부}

---

127) [주해] 〈아즈사유미〉원래는 두 번째 구의 봄을 이끌어내는 마쿠라코토바[枕詞]이나, 이 노래는 네 번째 구의 '화살 날아가듯' 관련지어 노래하였다.
　　[해설] 입춘이 되어 봄이 시작된 지 얼마 되지 않은 것 같은데 세월은 쏜 화살같이 빨리 지나가 버렸다. 세월의 무상함을 실감하여 지은 노래. 배열로 보아 이제 봄의 마지막 부분에 해당되기 때문에 이와 같은 노래를 여기에 배치하였다. 작자의 가집인 『미쓰네집(集)』에 이 노래는 병풍가로서 '섣달'이라는 제목 아래 읊은 노래로 되어 있으나 여기서는 늦은 봄의 노래로 배열되어 있다.
128) [해설] 꾀꼬리가 우는 것을 꽃이 지는 것을 아쉬워하며 운다고 보는 발상의 노래가 앞에 있었다. 이 노래도 그 연장선상에서 꾀꼬리의 울음이 들리지 않는 이유를 구한 노래이다. 꾀꼬리는 날씨가 더워지면, 산지로 들어감으로 도회지에서는 그 우는 소리를 들을 수 없게 된다. 이러한 현상을 꾀꼬리가 우는 것이 귀찮아진 것으로 표현하고 있다. 꾀꼬리가 왜 우는 것이 귀찮아졌을까하는 이유가 1·2구에 제시되어 있다.

꽃잎 떨어진 물 따라 봄을 찾아 올라왔더니
산에도 봄은 이미 가버리고 말았네

弥生の晦日方に、山を越えけるに、山河より、花の 流れけるを、よめる 深養父
　花散れる 水のまにまに 尋めくれば 山には春も なくなりにけり

130. 봄을 아쉬워하며 노래함 ^{모토카타}

아쉬워해도 멈춰 세울 수 없네
봄 안개 벌써 돌아가는 길 따라 떠났다 생각하니

春を惜しみて、よめる 元方
　おしめども とどまらなくに 春霞 帰道にし たちぬとおもへば

131. 우다천황시절, 대비마마가 주최한 우타아와세의 노래 ^{오키가제}

그치지 말고 울어라 꾀꼬리야
한 해 동안에 두 번 다시 찾아올 봄 정녕 아니기에

---

129) [주해] 〈음력 삼월 그믐 무렵〉이때쯤이면 평지에서는 이미 벚꽃이 지었을 시기이다.
　　[해설] 작자는 산을 넘어가는 동안에 만난 산속 냇물에 꽃잎이 떠내려 오는 것을 보았다.
　　산속은 평지에 비하여 개화가 늦으므로 행여 아직도 꽃을 볼 수 있을까하는 마음에서
　　물을 따라 거슬러 올라갔지만 산속에도 이미 봄은 가버리고 꽃도 없음을 노래하였다.
130) [주해] 〈봄 안개 벌써 돌아가는 길〉여름이 가까워져서 안개가 일어나지 않는 자연
　　현상을 안개가 봄을 따라 원래 살던 곳으로 돌아가는 것으로 보고 있다.
　　[해설] 이 노래는 일본어 ‘다쓰[たつ]’를 ‘안개가 일다’의 ‘일다[立つ]’와 ‘떠나다[発つ]’
　　의 의미를 중복하여 표현하는 가케코토바[掛詞] 기법을 사용하고 있다. 여름이 가까워
　　졌기 때문에 봄을 상징하는 안개도 이제는 일어나지 않는다. 안개가 발생하지 않는 것
　　을 봄이 원래 살던 곳을 돌아가기 때문이라고 표현하였다. 『고킨슈』다운 이지적인 발
　　상이다.
131) [주해] 〈그치지 말고〉꾀꼬리 울음소리가 가끔 가끔 들리는 것에 대해서 꾀꼬리가 계
　　속해서 울어주기를 바람. 꾀꼬리를 그리워하는 마음.

声たえず 鳴けやうぐひす 一年に ふたたびとだに 来べき春かは

132. 음력 삼월 그믐, 꽃 따러 갔다가 돌아온 여자들을 보고 노래함 ^{미쓰네}

머무르도록 할 수 있는 것 아닌데
허무하게도 떨어지는 꽃잎마다 끌리는 마음이여

弥生の晦日の日、花摘みより帰りける女どもを見て、よめる **躬恒**

とどむべき 物とはなしに はかなくも ちる花ごとに たぐふ心か

133. 음력 3월 그믐날, 비가 내릴 때에 등꽃을 꺾어서 어떤 이에게 보낼 때,
함께 지어 보낸 와카 ^{나리히라 조신}

비에 젖으며 굳이 꺾었습니다
이해의 봄도 이제 얼마 안 있어 가리라 생각하기에

[해설] 저물어 가는 봄을 아쉬워하는 마음을 노래하였다. 봄도 이제는 마지막이 되어서 꾀꼬리 울음소리도 가끔 가끔 들린다. 봄도 앞으로 얼마 남지 않은 시점. 그 시간만이라고 봄을 즐기고 싶어서 봄의 상징이라고 할 수 있는 꾀꼬리에게 울음을 청하고 있다.

132) [주해] 〈꽃 따러 갔다가〉2, 3월경 들이나 산에서 부처님께 공양할 꽃을 따러 감.
  [해설] 꽃을 따러 갔다가 돌아오는 여자들을 꽃에 비유하였다. 언제까지나 꽃이 지지 않고 가지에 머물러 있게 할 수 없는 것처럼, 그녀들을 곁에 머물러 있게 할 수도 없는데, 떨어지는 꽃잎 하나하나에 마음이 가듯이, 떠나가는 여자들에게 마음이 끌린다는 의미의 노래. 겉으로는 낙화와 가는 봄을 아쉬워하는 마음을 노래하면서 속으로는 여성들이 작자의 곁에서 멀어지는 것을 아쉬워하고 있다.

133) [해설] 표면적으로는 이제 얼마 남지 않은 봄을 아쉬워하는 마음에 비를 맞으면서도 등꽃을 꺾었다는 의미로 해석되나 내면적으로는 후지와라[藤原] 집안의 번성함도 이제 얼마 남지 않았음을 봄이 가는 것에 비유하고 있다. 등꽃[藤]는 후지와라[藤原] 집안을 의미함. 『이세모노가타리』 80단에도 보임.
  [이세모노가타리 80단] 옛날, 쇠락해 가는 집안에 등꽃을 심은 사람이 있었다. 음력 3월 말에, 그날은 비가 보슬보슬 내렸는데 어떤 사람 앞으로 이를 꺾어 바치면서 읊은 노래. "비에 젖으며 굳이 꺾었습니다. 이 해의 봄도 이제 얼마 안 있어 가리라 생각하기에"

弥生の晦日の日、雨の降りけるに、藤の花を折りて人に遣はしける 業平朝臣

　ぬれつつぞ 強るておりつる 年のうちに 春は幾日も あらじと思へば

134. 데이지인 우타아와세에서 봄의 마지막이라는 제목 아래 지은 와카 ^{미쓰네}

　오늘로 봄이 끝이라 생각 않는 때일지라도

　과연 떠나기 쉬운 꽃그늘 아래일까

亭子院歌合に、春の果の歌 躬恒

　今日のみと 春をおもはぬ 時だにも 立ことやすき 花のかげかは

---

134) [주해] 〈데이지인 우타아와세〉 → 89.

　　[해설] 오늘이 봄의 마지막 날이라고 생각하지 않는 때에도 꽃을 떠나기가 쉽지 않은
　　데, 바로 오늘, 봄의 마지막 날 꽃에 대한 애착이 남아서 좀처럼 떠날 수 없다. 꽃에
　　대한 미련, 가는 봄에 대한 미련을 표현하고 있다.

고킨와카슈

제3권

여름노래 夏歌

135. 제목을 알 수 없음 작자미상

내 집 뜨락의 연못가의 등나무 꽃 피었구나
산에 사는 두견새 언제 날아와 울까

---

135) [주해] 〈등나무 꽃〉등꽃은 일본어로 '후지[藤]'라고 한다. 늘어져 피어 있는 꽃이 바람에 날리는 모습을 파도가 출렁이는 것으로 보아 흔히 '후지나미[藤波]'라고 표현하기도 한다. 〈산에 있는 두견새〉집안의 뜰에 등꽃이 피었으나 아직 두견은 산속에 있다. 〈언제 날아와 울까〉어서 나와서 여름이 온 것을 알렸으면 좋겠다는 마음을 표현하고 있지만 실제로는 두견의 울음소리를 듣고 싶은 마음을 여정(余情)적으로 표현하고 있다. 〈이 와카는 …〉이 부분을 좌주라고 한다. 좌주에 의하면 만요 시대의 인물인 가키노모토노 히토마로가 작가라는 설도 있었음을 확인 할 수 있다.

[해설] 등꽃은 늦은 봄에서 초여름에 걸쳐 피기 때문에, 봄노래와 여름노래 양쪽에 수록되어 있다. 반면에 두견은 여름노래부(部)에만 나온다. 등꽃이 피는 계절은 두견을 기다리는 계절. 봄노래에서는 봄을 알리는 역할을 하는 것이 꾀꼬리였는데, 여름을 알리는 새는 두견이다. 이제 여름의 경물인 등나무도 꽃이 피어 여름이 왔음을 알리고 있는데, 두견새는 아직도 산속에 있다. 어서 나와서 여름이 온 것을 알렸으면 하는 마음으로 여름이 온 것을 노래하면서 내심 두견새의 울음소리를 기다리고 있다. 이 노래에는 좌주가 달려 있다. 그렇지만 좌주의 내용대로 이 노래를 히토마로가 지었다는 점을 인정하기는 어렵다. 그러나 후세에 편찬되는 『가키노모토집[柿本集]』에도 실려 있고, 『고킨와카로쿠죠[古今和歌六帖]』에 작자명이 히토마로로 되어 있는 것을 볼 때,

이 와카는 어떤 사람이 말하기를 가키노모토노 히토마로가

지은 와카라고 함.

題しらず よみ人しらず

わが宿の 池の藤波 さきにけり 山郭公 いつか来鳴かむ

この歌、ある人の曰く、柿本人麿が也

136. 음력 사월에 핀 벚꽃을 보고 노래함 _{기노 사다토시}

어여쁘단 말 다른 벚나무에게 말라는 걸까

봄 다 지나간 후에 홀로 벚꽃 피는 건

卯月に咲ける桜を見て、よめる 紀利貞

あはれてふ ことをあまたに 遣らじとや 春にをくれて ひとりさく覽

137. 제목을 알 수 없음 _{작자미상}

오월 기다려 우는 산속 두견새

날갯짓하며 당장에 울었으면 작년 옛 소리라도

좌주의 의미가 어느 정도 수긍이 간다. 등꽃과 두견새가 함께 읊어진 것은 『만요슈』에서 많은 예를 찾아볼 수 있다. 따라서 위에 노래는 고킨슈 당시 사람들에게는 만요풍으로 여겨졌을 것이다.

136) [주해] 〈음력 사월〉원래 벚꽃은 음력 삼월에 피는 것. 〈어여쁘단 말〉보는 사람마다 경탄하면서 칭찬하는 말.

　[해설] 시기적으로 음력 사월, 이미 초여름에 접어들었다. 벚꽃이라면 벌써 지어야 할 시기. 봄에 피어야 할 벚꽃이 사월에 핀 이유를 구하였다. 결국 칭찬하는 말을 독점하려고 늦게 혼자 피었다는 결론에 도달한다. 이지적이면서도 유머러스한 면이 없지 않다. 135·136은 초하(初夏)를 노래하였다.

137) [주해] 〈오월 기다려〉이 노래의 작가적 시점은 사월. 〈작년 옛 소리〉작자는 오월이 되어야만 두견새가 활동하고 우는 것으로 인식하고 있다. 따라서 아직 사월이기 때문에 두견새는 아직 울지 않는다.

さ月松 山郭公 うちはぶき 今もなかなむ 去年のふる声

138. 이세

오월이 오면 울음도 옛것 되리
두견새 아직 시절 이르기 전에 그 소리 들려주렴

伊勢

五月こば 鳴きも古り南 郭公 まだしき程の こゑをきかばや

139. 작자미상

오월 기다려 피어나는 감귤 꽃 향내 맡으면
그리운 옛사람의 소매 향 나는 도다

[해설] 이 노래는 시기적으로 사월에 지었고, 두견은 오월이 되어야 나와서 우는 것으로 생각하였다. 따라서 지금 우는 두견의 울음은 작년의 옛 목소리라 된다. 꼭 오월이 아니라도 좋으니 사월인 지금이라도 두견새가 나와서 울어주기를 기다리는 마음을 노래하였다. 137~139까지는 아직 오월이 안 된 시점. 오월을 기다리는 노래이다.

138) [주해] 〈울음도 옛것 되리〉시기적으로 사월에 지은 노래. 위 137과 마찬가지의 정경. 〈시절 이르기 전에〉오월이 되기 전에.

[해설] 오월이 되고나면 싫든 좋든 울음소리를 듣게 됨으로 그것은 이미 새로운 것이 아니다. 계절이 되기 전에 미리 울어주면 더욱 가치가 있는 법. 이 노래도 앞의 137과 같이 사월에 두견새를 기다리는 마음을 노래하고 있으나, 앞의 노래보다 뛰어나다.

139) [주해] 〈감귤 꽃〉감귤 꽃은 시대에 관계없이 와카의 소재로 많이 사용되었다. 『만요슈』에는 70여 수 수록되어, 싸리, 매화와 더불어 중요한 소재였다. 『고킨슈』 이후 감귤 꽃은 만요 시대와는 달리 오로지 그 향기를 중요시 여기게 되었다. 〈소매 향〉헤이안 사람들은 각각 다른 냄새의 방향제를 지니고 있었다. 그래서 그 소매의 향을 맡으면 누구인지 알 수 있었다고 한다. 소매 향에 대해서는 봄노래 33 '색깔보다도 향기가 빼어나다 생각이 드네 누구 소매 닿았던 뜨락의 매화일까'도 그 예로 들 수 있다.

[해설] 위 노래는 감귤 꽃을 노래한 것 중에서 유명한 노래로서 후세의 와카에 지대한 영향을 미쳤다. 지나간 과거의 사랑이 초여름의 계절적 정감과 『이세모노가타리[伊勢物語]』의 내용과 어우러지면서 감귤 향은 옛사랑을 불러일으키는 매체가 되었다. 혼

さつきまつ 花たちばなの 香をかげば 昔の人の 袖の香ぞする

140.

어느 사이에 오월이 왔나 보다
(아시히키노) 산에 사는 두견새 제때라 울고 있네

いつのまに さ月来ぬ覽 あしひきの 山郭公 今ぞなくなる

141.

오늘 아침에 찾아와 울고 있는 산 떠난 두견

카도리[本歌取り] 기법이 유행했던 신코킨[新古今] 시대에 747번 노래와 함께 혼카[本歌]로 가장 많이 취했던 노래이다. 시간적으로 이 노래까지가 사월의 노래이고 다음 노래부터 오월의 노래로 이어진다.

[이세모노가타리 60단] 옛날에 한 남자가 있었다. 궁중 일이 바빠서, 신실하게 아내를 사랑하지 못하였을 즈음에 그 남자의 아내는 진정으로 자신을 생각해주는 사람을 따라서 지방으로 가버렸다. 아내를 떠나보낸 이 남자가 우사의 칙사로 지방을 돌아다닐 때, 그 여자가 어느 지방의 '시조'의 처가 되어 있다는 소리를 듣고서, 그곳에 이르렀을 때, "댁의 부인에게 술을 따르게 하시오 그렇지 않으면 마시지 않겠소"라고 했기 때문에 여자가 술잔을 따라 내놓을 때에, 안주로 나온 귤을 집고서, "오월 기다려 피어나는 감귤 꽃 향내 맡으면 그리운 옛사람의 소매 향 나는 도다"라고 노래하는 것을 듣고는 여자는 옛날의 그 사람이라는 것을 알아차리고, 스님이 되어 산을 들어갔다고 한다.

140) [주해] 〈산에 사는 두견새〉오월이 되어 두견새가 울기 시작했다. 아직은 이른 시기라 두견새는 산 위에 있다. 두견새는 뻐꾸기라고도 한다. 일본에서는 봄에는 꾀꼬리, 그리고 가을에 기러기와 함께 일본인이 좋아하던 새이다. 봄의 꾀꼬리가 매화나무에 날아오듯이 두견새는 주로 감귤나무나 등나무, 그리고 병꽃나무에 날아와 우는 것으로 묘사되고 있다.

[해설] 두견새 울음소리를 듣고 비로소 오월이 왔음을 새삼 느끼면서 오월이 온 것에 대한 놀람과 기쁨이 서려 있다. 137부터 139까지 오월을 기다리는 내용의 노래를 배열하고 이 노래에서 어느 사이에 오월이 왔음을 노래하는 와카를 배열하였다. 편자의 의도가 엿보이는 부분이다.

피어난 감귤 꽃아 머물 곳 빌려 주렴

けさ来鳴き いまだ旅なる 郭公 花たちばなに 宿はから南

142. 오토하 산를 넘었을 때, 두견새 울음을 듣고 노래함 _{기노 도모노리}

오토하 산을 오늘 아침 넘으니 산속의 두견
나뭇가지 높이서 우는 소리 들리네

音羽山を越えける時に、時鳥の鳴くを聞きて、よめる 紀友則
をとは山 けさ越えくれば ほととぎす 梢はるかに 今ぞなくなる

143. 두견새가 올해 처음 우는 소리를 듣고 노래함 _{소세이}

두견새 우는 처음 소리 들으니

---

141) [주해] 〈찾아와 울고 있는〉올해 처음으로 민가에 날아와 울고 있는 〈산 떠난 두견〉 드디어 산속 둥지에서 나온 두견새가 평지 쪽으로 내려와 인가 근처에서 울고 있다. 아직 자리를 잡지 못하고 있음을 원문에서는 여행 중이라고 표현하였다.
[해설] 오늘 아침에 산에서 떠나 인가 가까이에 울고 있는 두견새를 여행 중인 것으로 표현하였다. 감귤 꽃을 집으로 삼아서 정착하여 계속해서 울음소리를 들려주기를 바라고 있다.

142) [주해] 〈오토하 산〉교토와 오오쓰[大津]의 경계가 되는 곳으로 도읍지를 출발하여 동북 지방으로 여행하는 사람은 이 산을 넘어서 오오사카 산[逢坂山]의 관문에 이른다. 오토하라는 이름에 의하여, 소식이나 소문 등과 관련된 우타마쿠라로 사용된다. 〈우는 소리 들리네〉교토에서는 아직 듣지 못했던 두견새의 울음을 여기서 처음으로 들음.
[해설] 오토하 산은 교토에 사는 사람이 동북 지방을 여행하며 지은 노래에는 반드시 등장한다. 256·384·473·664·1002 등에도 보인다. 작자는 도읍지를 새벽 이른 시간에 길을 떠나 해가 뜰 무렵 교토 근교인 오토하 산 근처에 도착하였다. 신록이 푸른 산중에서 이른 시각에 상쾌한 기분으로 두견새의 울음소리를 듣고 있다. 그것도 교토에서는 듣지 못했던, 집 근처에서 듣던 울음소리와는 다른 소리로 울고 있는 두견새는 작자에게 새롭게 다가온다. 두견새의 울음을 통하여 작자는 여행한다는 것을 실감할 수 있었을 것이다.

속절없이도 정한 사람도 없이 그리움 밀려오나

郭公の、初めて鳴きけるを聞きて　素性
　ほととぎす　はつこゑきけば　あぢきなく　主さだまらぬ　恋せらるはた

144. 나라의 이소노카미사(寺)에서, 두견새가 우는 소리를 듣고 읊음

(이소노카미) 오랜 도읍지에서 우는 두견새

그 울음소리만은 옛날 그대로일세

奈良の礒神寺にて、郭公の鳴くを、よめる
　礒の神　ふるき宮この　郭公　こゑ許こそ　昔なりけれ

---

143) [주해] 〈정한 사람도 없이〉특별한 상대가 없이. 「참조」… 꽃을 밟고 가서 홀로 봄을
아쉬워했다. 본래 경치 좋은 땅은 정해 놓은 임자가 없는 것 …(백낙천시집 13 : 遊雲居
寺 贈穆三十六地主 / …共踏花行独惜春 勝地本来無定主…). 〈그리움 밀려오나〉특별
히 그리운 사람이 없음에도 불구하고 밀려오는 막연한 그리움.
　[해설] 두견새가 올해 처음 우는 소리를 들으니 누구라고 상대를 정할 수 없는 그리움
이 불쑥 밀려온다. 특별히 그리운 사람이 없음에도 불구하고 밀려오는 막연한 그리움
의 이유를 찾고 있다. 다소 이지적인 느낌이 드는 노래이다.
144) [주해] 〈이소노카미사[石上寺]〉나라[奈良]현 덴리시[天理]에 있는 절. 승정 헨조와
그의 아들인 작자가 살던 곳. 〈이소노카미〉'후루[布留]'라는 지역이 이소노카미의 일
부였기 때문에 이소노카미는 후루[布留]의 마쿠라코토바였는데, 여기서 발전하여 '후
루이(古い : 오래되다)'의 마쿠라코토바도 된다. → 679·870·886·1023. 〈오래 된 도
읍지〉당시의 수도는 교토였고, 오래된 도읍지는 구도(旧都) 나라[奈良]라는 설도 있지
만 이 노래에서는 작자가 살던 이소노카미사 근처를 가리킨다고 보는 것이 타당함. 이
곳은 옛날 안코[安康]·닌켄[仁賢]천황 재위 시 도읍지였다. 〈옛날 그대로일세〉주변
의 풍물은 바뀌었지만 두견새의 목소리만은 옛날 울음 그대로라는 의미를 여정적으로
표현하고 있다.
　[해설] 자연은 불변하지만, 사람은 변해간다는 시정을 노래한 것으로, 그 자연을 현재
근처에서 울고 있는 두견새의 울음소리에서 찾았다. 작자는 현재 이소노카미사에서
실제로 두견새의 울음소리를 듣고 있다. 동시에 이소노카미가 이끌어내는 마쿠라코토
바를 이용하여 옛날과 현실을 비교하였다.

145. 제목을 알 수 없음 ^{작자미상}

여름 산에서 울고 있는 두견새 생각 있다면
시름에 잠긴 내게 소리 안 듣게 해다오

夏山に 鳴郭公 心あらば 物思我に こゑな聞かせそ

146.

두견새 우는 소리 듣고 있자니
헤어진 이가 살던 옛 동리마저 그리워지는구나

ほととぎす なく声きけば わかれにし 古里さへぞ 恋しかりける

147.

그대 두견새 머물러 우는 마을 너무 많기에
그리워하면서도 멀리하게 되도다

---

145) [주해] 〈생각 있다면〉나를 배려하는 마음이 있다면. 〈시름에 잠긴〉이렇다 할 특별한 생각이 아닌 막연한 생각이지만 대개 사랑과 관계있는 고민 등.
[해설] 두견새 울음소리가 작자의 마음을 자극하여 애절한 마음이 더욱 일어나게 만든다. 이하, 두견새의 소리를 듣는 사람의 간절한 마음을 읊은 노래가 이어진다.

146) [주해] 〈옛 동리〉헤어진 이가 살던 동네. 이전에 드나들던 여자의 집이 있는 곳. 작자가 몇 번이고 왔던 곳.
[해설] 서정성이 풍부한 노래다. 그 옛날 헤어졌던 여성에 대한 미련이 아직 가시지 않은 상태에서 초여름 두견새의 구슬픈 울음소리를 들으니, 새삼스럽게 헤어졌던 사람은 물론 그 사람과 지냈던 옛 동네에서의 추억마저 되살아나고 있다.

147) [주해] 〈머물러 우는 마을 너무 많기에〉두견새가 습성상 한 곳에 머물지 않고 이곳 저곳으로 옮겨 날아다니는 습성을 마치 한 곳에 정을 두지 못하고 이곳저곳 여러 곳에 정을 두고 있는 바람기가 많은 사람에 비유하였다. 그리고 작자 자신만이 아니라 다른 사람들도 똑같이 두견새의 울음소리를 들을 것이라는 질투심이 숨어 있다.
[해설] 이 노래는 단순히 두견새를 노래한 것이 아니라, 당시의 일부다처제의 남녀 관

148.

생각날 때면 상록수 푸른 산의 두견새처럼
선홍의 눈물 흘리며 있는 힘 다해 우네

思いづる ときはの山の 郭公 唐紅の 振りいでてぞなく

149.

소리 들리나 눈물 보이지 않는 산속의 두견

계에까지 연장하여 생각할 수 있을 것이다. 두견새를 남자의 은유로서 노래하였다고
볼 수 있다. 이 노래는 『이세모노가타리[伊勢物語]』 43단에도 수록되어 있는 노래다.
『이세모노가타리』에서는 두견새를 여자로 보았으나, 이 노래처럼 노래만을 볼 때는
남자 여자 어느 쪽이라도 상관없다. 그렇지만 당시의 풍습으로 볼 때, 두견새는 남자
의 은유. 두견새가 머물러 우는 곳이 많다는 것은 인연을 맺은 사람이 많다는 의미. 따
라서 작자는 아무래도 마음이 내키지 않는다는 내용이다.
[이세모노가타리 43단] 옛날, 가야라고 하는 왕자가 계셨다. 그 왕자님, 여인을 마음에
두시어, 매우 각별히 총애하고 계셨는데, 어떤 남자가 그 여자에게 마음을 두고 유혹하
는 듯한 행동을 보였다. 나 하나만의 그녀라고 생각하고 있었거늘, 다른 남자가 접근한
다는 이야기를 듣고, 편지를 보냈다. 두견새의 모습을 그려서, "그대 두견새 머물러 우
는 마을 너무 많기에 그리워하면서도 멀리하게 되도다"라고 읊었다. 이 여자, 편지 보
낸 이의 기분을 알아차리고, "소문만 무성한 권농의 새 두견은 오늘 웁니다 둥지 너무
많다고 멀리들 하시기에"때는 바야흐로 음력 오월이었다. 남자가 답하기를, "둥지가 많
은 권농의 새 두견은 더욱 미덥네 내가 사는 마을에 네 목소리 들리는 한"
148) [주해] 〈선홍의 눈물 흘리며〉피와 같은 붉은색의 눈물을 흘리며. 「참조」들리는 것은
두견이 피를 흘리며 우는 소린지 원숭이의 애석한 울음 정도다(백낙천시집 12 : 琵琶
引 / … 其間旦暮聞何物 杜鵑啼血猿哀鳴).
[해설] 서로 정을 나눈 남자와 관계가 소원해지고 그 사람이 생각나서 울고 싶은 마음
일 때, 때마침 상록수가 우거진 숲에서 우는 두견새 소리를 듣고 자신을 두견새에 빗
대어 읊은 노래다. 원 노래는 가케코토바[掛詞]와 서가(序歌) 형식을 이용하여 한수를
완성하고 있다.

내 젖은 소맷자락 빌려 가 주었으면

声はして なみだは見えぬ 郭公 わが衣手の 漬つをから南

150.

(아시히키노) 산에 사는 두견새 끝없이 우네

누구 슬픔 더한지 겨루듯 소리 높여

あしひきの 山ほととぎす おりはへて 誰かまさると 晋をのみぞ鳴く

151.

지금에 와서 산으로 가지 마라 너 두견새여

울 수 있을 때까지 내 집에서 울거라

---

149) [주해] 〈소리 들리나〉우는 소리는 들리지만. 두견새는 우는 소리는 들리지만 눈물을 흘리지 않는다. 반면에 나는 소리 내어 울지 않아도 소맷자락이 젖을 만큼 울고 있다는 것을 여정적으로 표현. 〈빌려 가 주었으면〉눈물을 두견새에게 빌려 줄 수 있을 정도로 나는 울고 있다는 의미를 암시.
[해설] 두견새 울음은 백낙천의 시에서 볼 수 있듯이(백낙천시집 11, 江上送客 / ⋯杜鵑声似哭), 마치 곡을 하는 것처럼 들린다. 슬프게 우는 소리가 들리지만 눈물을 전혀 흘리지 않는 두견새에게 작자의 눈물에 젖은 소매 빌려 주고자 한다. 사랑하는 사람으로 인해 탄식하고 있는 작자가 때마침 울어대는 두견새 소리를 듣고, 두견새도 작자처럼 탄식하는 것으로 받아들였다.

150) [주해] 〈아시히키노〉산(山)을 이끌어내는 마쿠라코토바. 〈끝없이 우네〉나뭇가지에 앉아 떠나가지 않으며 끊임없이 울고 있다.
[해설] 149와 마찬가지로 슬픔에 잠긴 작자가 두견새 울음소리를 듣고 읊은 노래이다. 두견새는 나뭇가지에 앉아 오랫동안 끊임없이 울어댄다. 마치 작자와 두견새와 누구의 슬픔이 더한지 겨루기라도 하듯이 단순한 표현을 통하여 내면적으로 깊은 여정(余情)의 미를 느끼게 하는 작품이다.

151) [주해] 〈산으로 가지 마라〉당시 사람들은 두견새의 집은 산속에 있어서 거기에서 나와서 일정 기간이 지나면 산의 집으로 돌아간다고 생각했었다.

いまさらに 山へ帰るな ほととぎす こゑのかぎりは わが宿になけ

152. 미쿠니노 마치

기다리게나 산에 드는 두견새
전해주게나 나도 허무한 세상 살기 싫어졌다고

三国町

やよや待て 山郭公 事つてむ われ世中に 住みわびぬとよ

153. 우다천황시절 대비마마가 주최한 우타아와세의 노래 기노 도모노리

오월 빗속에 생각 잠겨 있자니
두견새 울며 밤 깊은 하늘 날아 어디로 가는 걸까

寬平御時后宮歌合の歌 紀友則

五月雨に 物思をれば 郭公 夜ふかくなきて いづち行くらむ

[해설] 산에서 인가 근처로 내려온 두견새가 작자의 집 근처, 즉 가까이에서 울어주기를 바라는 노래다. 작자는 두견새가 산으로 돌아가는 시기를 알고 있다. 두견새의 울음을 더욱 즐기고 싶은 마음에서 이미 인가가 있는 쪽으로 내려왔으니 이제 와서 돌아간다고 하지 말기를 두견새에게 부탁하고 있다. 두견새에 대한 애정 어린 마음이 소박하게 다가온다.

152) [주해] 〈전해주게나〉산속에 칩거하는 내 친구에게 소식 전해주게나.
　　[해설] 인가 근처에서 울던 두견새가 이제 시기가 지나 산으로 들어가려고 한다. 그런 두견새에게 산으로 들어간다면 산에 사는 출가한 사람에게 소식 전해주기를 바라는 노래이다. 작자의 염세적 심경을 두견새에 의탁하여 지은 노래.

153) [해설] 『고킨슈』 중의 명품이다. 장마비가 내리는 속에서 빗소리를 들으며 깊은 생각에 빠졌을 때, 오월 밤의 정적 속에서 이를 깨뜨리는 두견새의 날카로운 소리만이 들려온다. 아무것도 보이지 않는 공간으로 두견새가 사라지고 난 후, 어둠은 한층 더 짙어지고 정적만이 여정으로 남는다.

154.

밤이 캄캄해 길을 헤맨 것일까 너 두견새야
내 사는 집 날아서 지나지 못하고 우네

夜やくらき 道やまどへる ほととぎす わが宿をしも 過ぎがてになく

155. 제목을 알 수 없음 오오에노 치사토

머물러 있던 감귤 꽃 아직 남아 있는 데
어찌하여 두견새 울음소리 그쳤나

題しらず 大江千里
やどりせし 花橘も かれなくに などほととぎす こゑたえぬ覽

156. 기노 쓰라유키

여름날 밤에 자리에 눕고자 하니

---

154) [주해] 〈밤이 캄캄해 길을 헤맨 것일까〉두견새가 집 위를 지나지 못하고 집 근처에
   서 우는 이유가 밤이 캄캄해서 길을 잃었기 때문일까.
   [해설] 두견새는 날아가면서 울기도 하고 한 곳에 머물며 울기도 하는 습성이 있다.
   이 노래는 후자의 경우. 오월의 심야 두견새가 집 근처에서 우는 것을 노래하였다. 두
   견새의 소리를 집 근처에서 들을 수 있는 것을 내심 기뻐하면서 겉으로는 집 근처에
   서 울고 있는 이유를 구하고 있다.
155) [주해] 〈머물러 있던〉두견새가 앉아서 머무르던. 이미 두견새는 산으로 돌아간 것을
   암시. 〈울음소리 그쳤나〉이미 산속으로 들어가 버렸기 때문에 인가 근처에서는 두견
   새의 우는 소리가 들리지 않는다.
   [해설] 이미 산속으로 돌아간 두견새를 아쉬워하는 마음을 노래하였다. 작자는 두견새
   가 머물렀던 감귤 꽃이 아직 지지 않았다는 표현을 통해 아직 두견새가 돌아갈 시기
   가 아니라는 것을 암시적으로 표현하고 있다. 산속으로 돌아가 이제는 울음소리를 들
   을 수 없는 마음이 여정적으로 표현되었다.

두견새 우는 한마디 그 소리에 밝아 오는 새벽이여

紀貫之

夏の夜の ふすかとすれば ほととぎす なくひとこゑに 明くるしののめ

157. 미부노 다다미네

지는가 하면 어느새 밝아 오는 여름날 밤을
아쉽다 우는 걸까 산에 사는 두견새

壬生忠岑

暮るるかと 見ればあけぬる 夏の夜を あかずとやなく 山郭公

158. 기노 아키미네

여름 산으로 그리운 내 님께서 들어가셨나
목소리 높이어서 울어대는 두견새

---

156) [주해] 〈한마디 그 소리에〉두견새가 우는 그 울음이 날 밝는 것을 재촉하듯이. 「참조」연산홍, 두견새 울 무렵에 꽃은 만개하고 江州에서는 삼월이 되면 두견이 운다. 두견새의 그 일성에 꽃도 피기 시작한다(백낙천시집 12 : 山柘榴 / …杜鵑啼時花撲撲 九江三月杜鵑来 一声催得一枝開).
[해설] 작자의 기지가 돋보이는 노래로, 여름밤이 짧은 것을 구체적으로 이미지화하였다. 자리에 누운 지 얼마 안 되어 곧바로 밝아 오는 여름날. 두견새의 한마디 울음소리에 곧바로 밝아온다는 과장된 표현 속에서 어느새 밝아 오는 짧은 여름밤을 실감하게 된다.
157) [주해] 〈아쉽다 우는 걸까〉여름날 밤이 너무 짧은 것이 아쉽다고. 충분히 울지 못했다고 생각하면서 우는 것일까. 작자의 아쉬움, 다시 말해서 충분히 두견새의 울음을 즐기지 못한 아쉬움이 묻어난다.
[해설] 두견새의 울음소리를 사람이 슬퍼하는 것에 빗대어 노래하였다. 여름날 새벽 두견새의 울음소리를 듣는다. 여름날은 너무 짧기에 충분히 두견새의 울음소리를 즐기지 못했다. 그러한 작자의 아쉬운 마음을 두견새가 우는 이유로 표현하였다.
158) [주해] 〈여름 산으로~들어가셨나〉스님이 여름 수행을 위해서 산으로 들어가는 것.

夏山に 恋しき人や 入りにけむ 声ふりたてて なくほととぎす

159. 제목을 알 수 없음 ^{작자미상}

지난해 여름 목소리 들려주던 그 두견일까
아니면 다른 새일까 목소리 변함없네

題しらず よみ人しらず

去年の夏 なきふるしてし 郭公 それかあらぬか こゑのかはらぬ

160. 두견새가 우는 소리를 듣고 읊음 ^{쓰라유키}

오월 빗속에 하늘도 울릴 만큼 너 두견새야
무슨 근심 있길래 그리 밤새 우느냐

이른바 여름 안거(安居)라고 한다. 여름 안거는 보통 90일간 불도 수행을 위해 산속에 칩거한다. 여기서 내 님은 두견새가 그리워하는 사람. 두견새를 의인화하여 노래하였다. 〈목소리〉슬픔이 담겨 있는 소리.
[해설] 의인화한 두견새를 여름 산과 관련지어 여름 산으로 수행을 위해 칩거한 사람을 그리며 우는 것으로 추정하고 있다.

159) [해설] 해마다 똑같은 시기에 날아와 같은 목소리로 우는 두견새를 노래하였다. 작년 여름 실컷 들었던 두견새와 같은 목소리로 우는 두견새를 두고 혹시 작년에 날아와 울어 준 두견새가 아닐까 생각하는 마음을 갖는 것은 그만큼 두견새에 대한 애정이 더하다는 것을 의미한다.

160) [주해] 〈오월 빗속에〉음력 오월에 내리는 비로 지금의 장마에 해당된다. 〈하늘도 울릴 만큼〉두견새의 울음소리가 여기저기서 들리는 것을 과장해서 표현하였다.
[해설] 장마비가 내릴 때에는 왠지 쓸쓸함에 젖는다. 이런 분위기 속에 두견새의 울음이 한층 더 쓸쓸한 감정을 고조시킨다. 원래 두견새는 하늘이 울릴 정도로 높은 소리로 울지 않는다. 그러나 작자 자신이 슬프다 하더라도 목소리를 내어 울지 못하는 심정이기에 두견새의 울음은 절박하게 들리는 것이리라. 지금까지 보아왔듯이 『고킨슈』에서는 두견새의 울음을 대개 슬픈 것으로 취급하고 있다. 비 내리는 오월 밤에 어둠 속의 정적을 깨트리며 밤새도록 울어대는 두견새에는 작자의 심경이 중첩되어 있다.

161. 궁중의 대기실에서 남자들이 술을 마시고 있을 때, 부름을 받아 '두견새를
　기다리는 노래를 지으라'는 명을 받고 지은 노래 _{미쓰네}

두견새 우는 소리도 안 들리네
산속 메아리 다른 곳의 울음을 들려줄 수 없을까

侍にて、男ども酒賜べけるに、召して、郭公待つ歌よめと有りければ、よめる **躬恒**
　ほととぎす こゑもきこえず 山びこは 外になく音を こたへやはせぬ

162. 산에서 두견새 우는 소리를 듣고 읊음 _{쓰라유키}

두견새 우는 마쓰산 위에 올라 소리 들으니
내 마음도 갑자기 그리움 더하도다

---

161) [주해] 〈궁중의 대기실〉어전에 출입하는 관리들의 대기실을 말한다. 4·5위 이상의
고관의 출입이 허락되었다. 작자는 당시 종8위 이하의 하급관리였기 때문에 술자리에
참석하지는 못하였다. 〈남자들〉덴조비토[殿上人]. 덴조비토는 청량전에 출입이 허락
된 자로 4·5위 중에서 특별히 허락된 자. 또는 6위의 구로도[蔵人]를 말한다.
[해설] 오늘밤에는 두견새 우는 소리가 들리지 않는데, 산신께서 다른 곳에서 우는 두
견새의 울음을 이쪽으로 메아리치게 해서 들려주었으면 바라는 노래이다. 두견새의
우는 소리가 어쩌면 연회가 한창으로 떠들썩하기에 들리지 않을지도 모르는 상황도
생각할 수 있다. 연회의 여흥으로 아랫사람에게 두견새를 기다리는 노래를 짓게 했다
고 볼 수 있다.
162) [주해] 〈마쓰산〉마쓰는 일본어의 '기다리다[まつ]'의미를 암시한다. 가케코토바적인
표현.
[해설] 사람을 기다린다는 것을 연상케 하는 마쓰산에 올라 두견새의 소리를 듣고 있
자니 갑자기 사람을 그리워하는 마음이 더해간다. 두견새의 울음소리를 듣고 작자의
마음이 감상적이 되었다.

山に郭公の鳴きけるを聞きて、よめる **貫之**
　　郭公　人松山に　なくなれば　我うちつけに　恋ひまさりけり

163. 이전에 아내였던 여성의 집에서 두견새 울음을 듣고 읊음 ^{미쓰네}

　지나간 날을 지금도 그리워하는 두견새인가
　옛 살던 곳인데도 찾아와 우는 구나

早く住みける所にて、郭公の鳴きけるを聞きて、よめる **躬恒**
　　むかしへや　今もこひしき　時鳥　ふるさとにしも　なきて来つらむ

164. 두견새가 우는 소리를 듣고 읊음 ^{미쓰네}

　두견새 나와 같은 처지 아닌데
　병꽃 피어난 근심스런 세상을 울며 날아가는가

郭公の鳴きけるを聞きて、よめる **躬恒**
　　ほととぎす　我とはなしに　卯花の　憂き世中に　なきわたる覽

---

163) [주해] 〈이전에 아내였던〉일본의 결혼 풍습은 방처혼(訪妻婚)이었다. 그래서 남자가 여자의 집으로 드나드는 형태. 지금은 가지 않게 된 사람의 집을 말함.
　[해설] 지금은 그곳에 살던 여자가 없는 상태. 옛날 젊은 시절의 추억이 있는 집에 우연히 가게 되었을 때 지은 노래. 때마침 두견새가 우는 것을 보고, 두견새에 의탁하여 자신의 심정을 노래하였다.
164) [주해] 〈나와 같은 처지〉내가 이 근심 많은 세상에서 울며 지내듯이 〈병꽃 피어난〉 '병꽃(우노하나 : うのはな)'의 '위[ウ]'는 '근심 : 憂[ウ]き'이라는 말을 이끌어내는 마쿠라코토바의 기능을 하고 있다. 뿐만 아니라, 계절적으로 병꽃이 피는 계절이므로 실경의 분위기도 자아내고 있다.
　[해설] 두견새가 울며 하늘을 날아가는 것을 슬픔 때문에 우는 것으로 보았다. 표면적으로는 두견새를 노래하였지만 사실은 작자의 심정을 읊은 노래이다.

165. 연꽃 위에 맺힌 이슬을 보고 노래함 _{승정 헨조}

연꽃 이파리 흙탕물에 물들지 않는 마음이
어찌하여 이슬을 구슬이라 속이나

蓮の露を見て、よめる 僧正遍昭
　はちす葉の にごりに染まぬ 心もて なにかはつゆを 珠とあざむく

166. 달이 정취 있게 뜬 밤, 새벽녘에 노래함 _{후카야부}

여름날 밤은 아직 초저녁인 채 밝아 오는 데
구름 속 어드메에 달은 머무르는 가

月の面白かりける夜、あか月方に、よめる 深養父
　夏の夜は まだよゐながら あけぬるを 雲のいづこに 月やどる覽

---

165) [주해] 〈연꽃 이파리 흙탕물에 물들지 않은 마음〉『법화경』 용출품(法華経 : 湧出品)
에 나오는 '보살의 도를 잘 배워서 세상의 법도에 물들지 않는 것, 마치 물 위에 연꽃
이 있는 것과 같다(善学菩薩道 不染世間法 如蓮華在水)'를 전거로 삼고 있다.
[해설] 작자는 연꽃잎 위에 맺힌 이슬을 구슬로 보았다. 그 '연꽃은 진흙 속에서 피어
나지만, 조금도 진흙에 물들지 않는 그런 정직한 마음을 가진 식물인데, 어째서 그 위
에 맺힌 이슬을 구슬처럼 보게 하여 사람들을 속이는가'하고 노래하였다. 법화경의 내
용을 토대로 하여 변형시킨 작자다운 기량을 보여주고 있다.
166) [주해] 〈새벽녘〉새벽녘으로 번역한 원문의 '아카쓰키[暁]'는 동트기 전의 어두운 시
각이다. 그러므로 오전 2, 3시경. 〈초저녁인 채〉짧은 여름밤. 아직도 초저녁인가 생각
했는데, 어느덧 새벽이 됨.
[해설] 고토바가키의 내용으로 보아 달을 보며 여름날 더위를 식히다가 꼬박 밤을 새
우고 새벽녘이 되었을 때 지은 노래이다. 새벽녘이라고는 하지만, 시간적으로는 오전
2, 3시경이다. 작자는 여름날이 너무나 짧아서 미처 달이 질 새도 없다고 보고, 달이
구름 속에 있는 것을 미처 지지 못한 달이 숨을 곳을 찾은 것으로 노래하였다. 음력으
로 보름일 때 달은 일출과 함께 서쪽으로 진다. 그러나 15일 이후의 달은 일출 이후에
도 하늘에 떠 있다. 이러한 실경을 눈앞에 두고 지은 노래.

167. 이웃에서 패랭이꽃을 얻고자 하여 사람을 보내왔으나, 꽃을 주기가 아쉬워
　　꽃 대신 지어 보냄 ^{미쓰네}

　　티끌 한 점도 앉게 하지 않으리
　　꽃 필 때부터 임과 함께하였던 패랭이꽃이기에

隣より、常夏の花を乞ひに遣せたりければ、惜しみて、この歌を、よみて遣はしける ^{躬恒}
　　塵をだに 据へじとぞ思 咲きしより 妹とわが寝る とこ夏の花

168. 음력 유월 그믐날에 읊음

　　여름과 가을 서로 스쳐 지나는 하늘 길목엔
　　한편으로 시원한 바람 불고 있겠지

---

167) [주해] 〈임과 함께하였던 패랭이꽃〉임과 잠자리를 같이했다는 의미. 패랭이는 일본
어로 도쿄나쓰. 도쿄[床]는 잠자리라는 의미를 갖는다. 패랭이꽃은 가을의 일곱 가지
화초[秋の七草]중의 하나로 일본인들에게 친근감을 주는 꽃이다. 『만요슈』에는 26수
가 수록되어 있다. 패랭이꽃은 위의 노래처럼 '도쿄나쓰[とこなつ]'라고 하기도 하고 '나
데시코[なでしこ]'라 한다. 나데시코란 쓰다듬다[なでる], 시[し]는 과거를 나타내는 조동
사, 코는 '子'로, 직역하자면 '내가 쓰다듬던 사람', 다시 말해 사랑하는 사람의 의미를
갖는다.
　　[해설] 패랭이꽃이 너무나 아름다워 남에게 주기가 아까운 마음에, 나와 잠자리를 같
이한 임을 어찌 다른 사람에게 보내겠느냐 내용의 노래를 지어 보냄으로서 상대방의
부탁에 대하여 완곡하게 거절하고 있다.
168) [주해] 〈서로 스쳐 지나는〉여름과 가을이 서로 교차하는. 〈하늘 길목엔〉계절이 하늘
로부터 오고 하늘로 돌아간다는 발상. 130번 '아쉬워해도 멈춰 세울 수 없네 봄 안개
벌써 돌아가는 길 따라 떠났다 생각하니', 330번 '겨울이지만 하늘에서 꽃송이 흩날리
는 건 구름의 저편에는 봄이 와 있는 걸까'는 이 노래와 같은 발상.
　　[해설] 하늘에 바람이 지나가는 길이 있다. 지금은 계절이 교차하는 시기. 따라서 한편
으로는 여름이 지나가고 한편으로는 가을이 온다는 발상. 지상에는 아직 늦더위가 심
하지만 하늘 위 가을이 오는 한쪽 통로에는 가을의 시원한 바람이 불 것이라는 추측
을 더하고 있다. 전형적인 고킨슈적인 발상의 노래이다.

水無月の晦の日、よめる

　夏と秋と　行かふ空の　かよひ路は　片方すずしき　風やふくらむ

고킨와카슈

가을노래 상 秋歌上

169. 입추에 노래함 후지와라노 도시유키 조신

가을 왔다고 눈에는 선명하게 뵈진 않아도
바람 부는 소리에 문득 느껴지도다

秋立日、よめる 藤原敏行朝臣
　秋きぬと 目にはさやかに 見えねども 風のをとにぞ おどろかれぬる

---

169) [주해] 〈입추〉봄의 노래가 입춘을 소재로 한 노래부터 시작한 것처럼 가을노래도
가을의 시작인 입추의 노래부터 배열하였다. 〈눈에는 선명하게 뵈진 않아도〉눈앞에
비쳐지는 광경은 여름과 전혀 변화가 없지만. 제4구의 소리와 대비되는 표현.
[해설] 봄의 노래에서 보았듯이 입춘이 되었다고 당장에 봄의 정경이 느껴지지 않는
것처럼 가을의 문턱으로 들어간다는 입추가 되었지만 눈앞에 비치는 광경은 여름과
전혀 변화가 없다. 다만 변화를 느낄 수 있는 것은 조석으로 부는 바람. 며칠 전과는
달라진 바람의 기운을 통해 계절의 빠른 변화를 느끼고 있다. 위 노래는 시각과 청각
의 대비를 통하여 한 수의 노래를 명쾌하게 읊어내고 있다. 여름노래와 가을노래가 바
람에 의하여 오버랩되고 있다.

170. 입추에 덴조비토들이 가모 강가로 물놀이 갈 때, 동행하여 가서 읊음 쓰라유키

부는 강바람 시원하기도 하구나
밀리어 오는 강가 파도와 함께 가을 시작되는가

秋立日、殿上の男ども、賀茂の河原に河逍遥しける供にまかりて、よめる 貫之
川風の すずしくもあるか うちよする 波とともにや 秋は立つらむ

171. 제목을 알 수 없음 작자미상

내 사랑하는 임 옷자락 휘날려 속이 보이네
내심 새로이 느끼는 첫 번째 가을바람

題しらず よみ人しらず
わがせこが 衣のすそを 吹き返し うらめづらしき 秋のはつかぜ

---

170) [주해] 〈덴조비토〉어전인 청량전(清凉殿)에 출입이 허락된 관리. 관위 4·5위 중에
서 특별히 허락된 사람. 그리고 6위의 구로도[蔵人]. 〈가모 강〉교토의 동부지역에 흐
르는 강. 사월 중에 있는 아오이마쓰리[葵祭り]가 유명하다. 〈물놀이〉강가에 나가 물에
서 놀면서 낚시 등을 함. 〈동행하여〉작자인 쓰라유키는 덴조비토들보다 관위가 낮았
다. 그들을 수행함. 〈파도와 함께 가을 시작되는가〉원문에서 파도가 일다[波が立つ]의
다쓰[立つ]는 가을이 시작되다[秋が立つ]라는 의미를 중층적으로 나타내고 있다.
[해설] 늦더위를 식히기 위하여 물놀이를 나갔던 강가의 시원한 바람을 노래하였다.
오늘은 입추, 이미 가을이다. 부는 바람이 어제와는 달리 시원한 느낌이다. 강가의 '파
도가 인다'는 표현과 '가을이 되었다'는 의미를 가케코토바적으로 표현하면서, 바람의
시원함을 강조하고 있다. 이지적인 기교라고 할 수 있다.
171) [주해] 〈사랑하는 임〉남편을 가리킴. 여자인 경우는 와기모코[吾妹子]. 〈속이 보이
네 내심 새로이〉제3구의 속(裏)은 제4구의 내심을 이끌어내는 역할을 한다. 서사(序詞)
의 내용이 눈앞에 보이는 풍경을 그대로 읊어내고 있다.
[해설] 습기가 많던 여름이 지나고, 상쾌한 바람이 부는 가을이 찾아왔다. 갑자기 주위
가 달라진 듯한 느낌을 노래하고 있다. 위 노래는 여자가 남자를 보고 지은 노래이므
로, 처와 밤을 보내고서 돌아가는 아침의 풍경을 암시한다고 볼 수 있다.

172.

바로 엊그제 모심은 것 같은데
어느 새인가 벼이삭 산들산들 가을바람이 분다

昨日こそ 早苗とりしか いつのまに 稲葉そよぎて 秋風のふく

173.

가을바람이 불기 시작한 후로
(히사카타노) 하늘의 은하 곁에 서지 않은 날 없네

秋風の 吹にし日より 久方の 天の河原に たたぬ日はなし

174.

(히사카타노) 하늘 은하 건너는 나루의 사공
그분 건너고 나면 노 감춰 주시구려

---

172) [해설] 못자리를 뽑아서 모내기를 한 것이 바로 엊그제 같은데, 어느 사이엔가 벼이
   삭을 산들산들 울리는 가을바람이 불게 되었다. 세월의 흐름에 놀라고 있지만 한편으
   로는 초가을을 신선한 전원풍경을 간결하게 표현하고 있다.
173) [주해] 〈가을바람이 불기 시작한 후로〉가을바람이 불기 시작한 것은 입추부터. 그때부
   터 칠석날 저녁을 기다림. 이 노래는 『만요슈』의 '가을바람이 불기 시작한 후로 하늘의
   은하 여울에 나와 서서 기다린다 전해주오(秋風の吹きにし日より天の川瀬にいでたちてまつ
   告げこそ: 제10권 2083)'와 비슷하다. 〈히사카타노〉하늘을 이끌어내는 마쿠라코토바.
   [해설] 여기부터 칠석에 관한 노래가 이어진다. 견우의 방문을 기다리는 직녀의 입장에
   서 지은 노래이다. 일본의 칠석이야기는 견우가 직녀를 찾아가는 구조로 되어 있다. 이는
   중국이나 한국과의 구조와는 다른 것으로 당시 고대 일본의 결혼풍습과 관계가 있다.
174) [주해] 〈나루의 사공〉일본의 경우 우리와는 달리, 은하수를 건네주는 뱃사공을 설정
   하고 있다. 〈노 감춰 주시구려〉그분이 건너고 나면 돌아가지 못하도록 노를 감추어주
   시오. 오래 머물 수 없는 견우가 강제로라도 묵어주기를 바라는 마음. 이 노래는 『만
   요슈』의 '내가 감춰서 노도 삿대도 없는데 뱃사공 어찌 배 빌려 줄 수 있나 잠시 기다

ひさかたの あまのかはらの わたしもり きみわたりなば 楫かくしてよ

175.

은하수 위에 단풍잎 다리 삼아 건너서일까
임 기다리는 직녀 가을을 기다리네

天河 もみぢを橋に わたせばや たなばたつ女の 秋をしもまつ

176.

그리고 그리다 만나는 오늘밤엔
은하수 위에 안개 자욱이 끼어 걷히지 않았으면

恋ひ恋ひて 逢ふ夜はこよひ あまの河 霧立わたり あけずもあらなん

리세요(わが隠せる楫棹なくて渡り守 舟貸さめやも しましはあり待て : 제10권 2088)'의 세계와 유사하다.
[해설] 직녀의 입장에서 견우가 오랫동안 묵어주기를 바라는 마음을 노래하였다. 칠석날 새벽 견우와 직녀가 이별하고 할 때, 이별이 아쉬워서 직녀가 뱃사공에게 말하는 형식을 취하고 있다.
175) [주해] 〈단풍잎〉여기서 단풍은 어떤 나무든지 붉은색이나 노란색으로 물들인 것을 말한다. 〈가을을 기다리네〉여러 계절이 있는데, 그 중에서도 가을을 골라서 임을 기다린다는 의미를 포함.
[해설] 은하수는 강이기에 다리가 없으면 건너지 못하는 법. 그리고 은하수의 다리는 아마도 아름다운 단풍으로 되었으리라는 가정 아래 나뭇잎이 물드는 가을을 기다린다. 아름답고 환상적인 분위기이다. 지상의 연인들의 만남과 달리 천상에서의 사랑에 어울리는 설정이라고 하겠다.
176) [해설] 일 년을 그리고 그리다가 만날 수 있는 것은 칠석인 오늘밤 하루. 안개가 은하수에 잔뜩 끼어서 오늘밤이 걷히지 않기를 바라는 직녀의 입장에서 노래하였다.

177. 우다천황 때, 이렛날 저녁, "덴조비토들은 노래를 지어 올리라"는 분부가
    계셨을 때, 덴조비토를 대신하여 지은 와카 ^{도모노리}

하늘의 은하 얕은 곳 모르기에
물결 따라서 건너려 하는 사이 날이 밝고 말았네

寛平御時、七日の夜、殿上に侍ふ男ども、歌奉れと仰せられける時に、人に代りて、よ
める 友則
    天の川 浅瀬しら波 たどりつつ 渡りはてねば 明けぞしにける

178. 같은 천황 때, 대비마마가 주최한 우타아와세에서 지은 와카 ^{후지와라노오키카제}

언약을 맺은 그 마음 매정하다
칠월칠석날 일 년에 한 차례가 만남일 수 있을까

同じ御時后宮歌合の歌 藤原興風
    契剣 心ぞつらき 織女の 年にひとたび あふはあふかは

---

177) [주해] 〈이렛날 저녁〉칠석날 저녁 〈모르기에〉원문 'しらなみ'는 '흰 파도[白波]'라는
    의미와 '모르기 때문에[知らなみ]'에라는 의미를 갖고 있다. 〈물결 따라서〉강은 얕은 곳
    에 물결이 일어난다. 따라서 얕은 곳이 어딘지 모를 때에는 물결이 이는 곳을 찾아서
    건넘.
    [해설] 이 노래는 『만요슈』의 '하늘의 은하 작년 건넜던 여울 바뀌었기에 얕은 여울
    찾느라 날이 밤이 깊고 말았네(天の川去年の渡りで移ろへば川瀬を踏むに夜ぞふけにける:
    제10권 2018)'와 유사하다. 『만요슈』의 이 노래는 『슈이슈[拾遺集]』 145에도 수록되어
    있다. 칠석날 저녁 당상관들이 어명에도 불구하고 새벽녘까지 노래를 짓지 못했기에
    도모노리가 서둘러 대작을 한 것으로 추측된다.
178) [주해] 〈언약을 맺은〉일 년에 한 번만 만나자고 약속한.
    [해설] 견우의 입장에서 일 년에 한 번 만나자고 약속한 직녀를 원망하는 노래. 당시
    의 결혼풍습은 모계중심이었기 때문에 만남의 여부는 여자에게 달려 있었다.

179. 칠석날 밤에 읊음 ^{미쓰네}

매해 계속해 만난다곤 하지만
견우와 직녀 함께 자는 날 수는 너무 적기만 하다

七日の日の夜、よめる凡河内 躬恒
　年ごとに あふとはすれど 織女の 寝る夜の数ぞ すくなかりける

180.

칠석날 위해 바치는 실이 길게 늘어져 있듯
오랜 세월 계속해 그리워해야 하나

　たなばたに かしつる糸の うちはへて 年の緒ながく 恋ひやわたらむ

181. 제목을 알 수 없음 ^{소세이}

오늘밤 오실 그분 만나지 않으리
직녀와 같이 오랫동안 그 사람 기다려야 할테니

---

179) [해설] 견우와 직녀의 사랑이 영원히 계속되는 일은 부러운 일이지만, 잘 생각해보면 함께하는 날이 적기 때문에 오히려 안쓰러운 마음이 든다. 앞의 노래와는 반대로 여성을 동정하는 입장에서의 노래.

180) [주해] 〈실〉걸교전(乞巧奠)에 바치는 실. 걸교전은 칠석의 행사로 여성들이 바느질을 잘 할 수 있기를 기원하는 축제이다.
　[해설] 가을의 노래라기보다 사랑의 노래라고 보아야 할 것이다. 평소 짝사랑하던 남성이 걸교전에 바쳐진 실을 보고 나도 이 실처럼 길게 혼자서만 그리워해야하나 생각하는 마음이다. 제1구에서 제3구까지는 제4구의 오랜 세월을 이끌어내기 위한 조코토바[序詞].

181) [주해] 〈오늘밤〉칠석날 밤. 〈그분〉여자의 집을 찾아오는 남자. 〈오랫동안〉직녀가 견우를 만나려면 일 년이란 세월이 걸리듯이 그렇게 오랜 시간을.
　[해설] 칠석날 밤, 남자가 여자의 집으로 찾아가겠다는 기별이 있고, 이에 대해 여자가

題しらず 素性
こよひ来む 人にはあはじ たなばたの 久しきほどに 待ちもこそすれ

182. 칠석날 밤 새벽녘에 노래함 ^{미나모토노 무네유키 조신}

이제 마지막 헤어져야 할 때는
은하수 강물 건너가기도 전에 소맷자락 젖었네

七日の夜のあか月に、よめる 源宗于朝臣
今はとて わかる>時は 天の川 わたらぬさきに 袖ぞひちぬる

183. 여드레에 노래함 ^{미부노 타다미네}

오늘부터는 앞으로 돌아올 해 어제 되는 날을
언제 오려나 하고 기다려야 하는가

八日の日、よめる 壬生忠岑
今日よりは 今来む年の 昨日をぞ いつしかとのみ 待ちわたるべき

지은 노래로 추측할 수 있다. 표면적으로는 오늘밤에 그 남자를 만나면 직녀처럼 일 년에 한 번이나 만나게 될까를 염려하는 노래로 보이지만, 사실은 남자가 여자를 상당히 기다리게 한 것에 대해서 더 이상 기다릴 수 없다는 원망스러운 마음을 완곡하게 표현하고 있다. 작자는 남자임에도 불구하고 여자의 입장에서 노래를 짓고 있다.

182) [주해] 〈칠석날 밤 새벽녘〉음력 7월 8일 새벽. 〈소맷자락 젖었네〉눈물로 젖음.
　　 [해설] 칠석이 지나고 다음날 새벽 직녀를 만나고 돌아가는 견우의 입장에서 지은 노래이다. 은하수에 물이 있다고 보고 물을 건너려면 그 물에 젖는 법. 그러나 그 물에 젖기 전에 이별의 눈물로 소매가 젖는다. 일 년 후에나 다시 만나게 되니 슬픔은 더욱 크다.

183) [주해] 〈어제 되는 날〉오늘은 8일. 따라서 칠석은 어제. 내년의 칠석을 말함.
　　 [해설] 칠석가의 마지막 노래. 시간적으로 칠석의 다음날인 8일이 되었다. 칠석은 어제. 벌써 내년 칠석날을 기다린다. 앞으로 올 내년의 칠석을 '어제되는 날'이라고 표현한 데에서 기교를 엿볼 수 있다.

184. 제목을 알 수 없음 ^{작자미상}

나무 사이로 흘러드는 달빛의 그림자 보니
마음 애달프게 하는 가을 온 것 알겠네

題しらず よみ人しらず
木の間より もりくる月の 影みれば 心づくしの 秋はきにけり

185.

모든 이에게 오는 가을이거늘
나 혼자만이 유독 슬픈 것이라 생각하게 되었네

おほかたの 秋くるからに わが身こそ かなしき物と 思ひ知りぬれ

186.

나만을 위해 찾아오는 가을도 아니건만은
풀벌레 소리 들으니 먼저 슬퍼지도다

---

184) [주해] 〈애달프게 하는〉힘을 빼는. 무기력하게 하는.
  [해설] 나뭇가지 사이로 흘러들어 땅 위에 떨어지는 달빛을 바라보고 있자니 슬픔으로
  인하여 꺼져 들어갈 것 같이 상념에 잠기는 가을이 왔다는 것을 절실히 느끼게 한다.
185) [해설] 백낙천의 시, '창문 가득히 명월이 비치고 주렴 가득히 내린 찬 서리 빛이 등
  불 어둡고 밤기운도 차가운 홀로 자는 침상에 비치네. 연자루에 서리 내리는 달밤 가
  을은 단지 나 한 사람에게만 길구나(백낙천시집 15 : 鴛子楼3首 및 序 / 満窓明月満簾
  霜 被冷灯残払臥牀 燕子楼中霜月夜 秋来只為一人長)'의 번안이다. 이하, 백낙천의
  시의 영향 아래 있는 노래들이 많다.
186) [주해] 〈나만을 위해〉나를 슬프게 하기 위해.→ 185. 〈먼저〉나를 처음으로 슬프게
  한다.
  [해설] 나를 슬프게 하기 위하여 찾아오는 가을은 아닌데, 내가 제일 먼저 슬퍼지고,
  그런 나를 제일 처음 슬프게 하는 것은 풀벌레 소리다. 185와 같은 발상이다 185에 구
  체적으로 풀벌레 소리를 첨가한 형태이다.

わがためにくる秋にしもあらなくに 虫の音きけば まづぞかなしき

187.

보는 것마다 슬픈 가을이라네
단풍들고서 색 바래 떨어지면 끝이라 생각하니

物ごとに 秋ぞかなしき もみぢつつ うつろひゆくを 限りとおもへば

188.

홀로 잠드는 잠자리 풀밭 위는 아닐지라도
가을 오는 저녁은 이슬 그득하여라

ひとり寝る 床は草葉に あらねども 秋くるよひは 露けかりけり

189. 고레사다왕자의 집에서 있었던 우타아와세의 노래

언제가 좋다 잘라 말할 수 없지만
가을밤만큼 번민에 잠기기에 좋은 때 없으리라

---

187) [해설] 만물유전의 쓸쓸함이 배어나오는 노래. 나무에 달려 단풍이 들 때는 이파리
　　가 아름답지만 색이 바래서 떨어버리는 것을 보면 그 무엇보다도 가을이 슬프게 느껴
　　진다. 나뭇잎이 떨어지는 것을 죽음으로 생각하였다.
188) [주해] 〈풀밭 위는 아닐지라도〉이슬이 내리는 곳은 풀밭. 홀로 잠드는 잠자리에 풀
　　밭처럼. 〈이슬 그득하여라〉고독에 흘리는 눈물로 젖음.
　　[해설] 눈물을 이슬에 비유하여 풀밭 위에서 자는 것도 아닌데 가을이 찾아온 오늘밤
　　은 더욱더 쓸쓸함이 몸에 배이고, 침상을 적시는 눈물이 마치 풀밭 위에 내리는 이슬
　　처럼 흥건하다. 가을밤 홀로 잠드는 고독 속에서 눈물을 흘리는 마음을 노래하였다.
189) [주해] 〈고레사다왕자의 집에서 있었던 우타아와세〉893년 9월 이전 성립으로 추정.
　　주최자는 고코[光孝]천황의 둘째 아들인 고레사다왕자. 가을을 소재로 한 우타아와세
　　였다. 〈언제가 좋다〉생각에 잠긴다는 것이 특히 어느 계절이 좋다고 구별 지어 말할

是貞親王家歌合の歌

いつはとは 時はわかねど 秋の夜ぞ 物思ことの かぎりなりける

190. 궁중의 '번개의 방'에 사람들 모여 가을밤을 아쉬워하는 노래를 지을 때,
따라서 지은 노래 미쓰네

이 정도까지 아쉬워하는 밤을

하는 일 없이 잠으로 보내려는 사람들 재미없어

雷壷に人々集まりて、秋の夜惜しむ歌よみける ついでに、よめる 躬恒
かく許 おしと思夜を いたづらに 寝であかすらむ 人さへぞうき

191. 제목을 알 수 없음 작자미상

흰 구름 위로 줄지어 날개 치며 가는 기러기

수마저 셀 수 있는 달 밝은 가을날 밤

수는 없지만. 「참조」해질녘 불당 앞에 홀로서서 바라보니 땅에는 온통 회화나무의 꽃
이 깔려 있고 나무마다 매미의 울음이 시끄럽다. 대체로 춘하추동 언제나 마음은 괴롭
지만 그 중에서도 슬픈 때는 가을이로다(백낙천시집 14:暮立 / 黄昏独立仏堂前 満地
槐花満樹蟬 大抵四時心総苦 就中断腸時秋天).
[해설] 이 노래와 유사한 노래로『만요슈』의 '어느 때라고 그립지 않은 때는 없었지만
은 해가 질 무렵처럼 그리운 때는 없네(いつはしも恋ひぬ時とはあらねども夕かたまけて恋は
すべなし 제11권 2373)'를 들 수 있다.

190) [주해] 〈번개의 방〉궁중의 건물 중의 하나로 시호샤[襲芳舍]의 다른 이름. 옛날 천
둥이 떨어진 일이 있어서 이런 이름이 붙게 되었다. 이곳에 모여 노래를 지은 사람은
고관대작으로, 작자는 하위관리이기 때문에 그 자리에 직접적으로 참가하지는 못했다.
[해설] 시간이 흐르는 것이 아쉬울 정도로 즐거운 가을밤의 정취를 이해하지 못하는
사람에 대한 원망스러운 감정을 노래하였다.

191) [주해] 〈기러기〉기러기는 가을바람과 더불어 일본으로 날아와서 겨울을 보내고 봄
안개 속에서 북쪽으로 날아가는 철새. 한시(漢詩)의 세계에서는 전자를 추안(秋雁) 또
는 내안(来雁)이라고 부르고 후자를 춘안(春雁)또는 귀안(帰雁) 등으로 부른다. 『만요
슈』에서는 전자의, 가을의 기러기가 대부분을 차지하고 후자인 봄의 기러기는 불과 3
수에 불과하다. 그러나『고킨슈』에서는 봄과 가을 기러기가 모두 노래의 소재가 되고

白雲に 羽うちかはし とぶ雁の かずさへ見ゆる 秋の夜の月

192.

밤이 깊어져 한밤중 된 듯하다
기러기 소리 들려오는 하늘을 지나는 달 보이네

さ夜中と 夜はふけぬらし 雁が音の きこゆる空に 月わたるみゆ

193. 고레사다왕자의 집에서 있었던 우타아와세의 노래 오오에노 치사토

달 바라보니 여러모로 내 마음 슬퍼지도다
이 내 몸 하나만을 위한 가을 아닌데

있다.
[해설] 사생적인 작품이다. 달과 기러기의 색깔이 선명하게 대조를 보이면서, 가을 달의 맑음이 한층 돋보이는 느낌이다.
192) [주해] 〈기러기 소리〉우는 소리만 들리고 기러기의 모습은 보이지 않고 흘러가는 달만이 보일 뿐.
[해설] 기러기 우는 소리가 들려서 그쪽을 바라보니 기러기는 보이지 않고 나와 있는 달만 보이는 정경이다. 때는 이미 한밤중이 된 것 같다. 달의 위치를 보고 시간의 흐름을 짐작하고 있다. 이 노래는 『만요슈』 제9권 1701에 수록된 노래이다.『고킨슈』의 가나서문은 『만요슈』에 수록된 노래는 채택하지 않는다는 방침을 밝히고 있다. 따라서 당시 편자의 실수이거나, 편자들이 참조했던 『만요슈』에는 수록되지 않았을 것으로 보인다. → 247.
193) [주해] 〈고레사다〉 → 189.
[해설] 달을 보고 있자니 나의 생각은 한없이 펼쳐져서 왠지 슬퍼진다. 나 하나만을 위한 가을이 아닌데, 마치 나 하나만을 위한 가을인 것처럼 느껴진다. 달을 보고 비애를 느끼는 심정을 노래하고 있다. 백낙천의 시를 번안한 작품으로 백인일수(百人一首)에도 실려 있다. → 185.

月見れば 干〻にものこそ かなしけれ わが身ひとつの 秋にはあらねど

194. 다다미네

(히사카타노) 달 속 계수나무도 가을엔 역시
단풍들기 때문일까 한층 밝은 듯하다

忠岑

久方の 月の桂も 秋は猶 もみぢすればや 照りまさるらむ

195. 달을 노래함 아리와라노 모토카타

가을날 밤의 달빛 이리 밝게도 비추이기에
어두운 구라후 산 넘지 못할 리 없으리

月を、よめる 在原元方

秋の夜の 月のひかゝし 明かければ くらふの山も こえぬべら也

---

194) [주해] 〈히사카타노〉제2구의 하늘을 이끌어내는 마쿠라코토바. 〈계수나무〉달 속에 거대한 계수나무가 있다는 중국의 고대 설화에 의함. 일본에도 일찍이 전래되어 『만요슈』, 『가이후소[懷風藻]』 등에도 다수 등장한다. 『만요슈』의 일례로 '나무에 단풍들 때 되었나보다 달 속에 있는 계수나무가지에 물이 든 것을 보니(もみぢする時になるらし月人のかつらの枝の色付く見れば : 제10권 2202)'를 들 수 있다.
[해설] 『고킨슈』의 가풍에 걸맞은 이지적인 상상력을 동원한 작품. 깨질 듯이 맑게 비치는 달빛을 찬미하면서 이를 지상의 단풍과 대비시켰다. 가을 달이 청명한 이유를 구하였다. 달 속에 계수나무가 있음을 상정하고 그 나무도 가을이 되면 단풍이 들기 때문에 가을 달이 한층 더 밝아 보인다는 것.
195) [주해] 〈구라후 산〉구라후 산의 '구라'는 '어둡다[くらい]'는 의미를 암시하고 있다.
[해설] 가을 달이 너무 밝기에 어둡다는 평판이 있는 구라후 산을 쉽게 넘을 수 있다. 지명에서 주는 어감을 이미지화 하여 노래로 표현하였다. 191~195까지 가을 달을 주제로 하는 노래를 배열하였다.

196. 아는 사람의 처소에 찾아갔을 때, 귀뚜라미가 우는 것을 듣고 노래함

후지와라노 다다후사

귀뚜라미여 그리 심히 울지 마라

가을밤만큼 길고 긴 근심 걱정 나만이야 하리오

人のもとにまかれりける夜、きりぎりすの鳴きけるを聞きて、よめる 藤原忠房

きりぎりす いたくな鳴きそ 秋の夜の ながきおもひは 我ぞまされる

197. 고레사다왕자의 집에서 있었던 우타아와세의 노래 도시유키 조신

가을날 밤이 새는 줄도 모르고 우는 벌레는

이 내 몸 신세처럼 슬픈 일 있어서일까

是貞親王家歌合の歌 敏行朝臣

秋のよの 明くるもしらず なく虫は わがごとものや かなしかる覽

198. 제목을 알 수 없음 작자미상

싸리나무도 어언 물들었기에

귀뚜라미도 나 잠 못 이루듯이 밤이 슬픈가 보다

---

196) [주해] 〈아는 사람〉와카의 내용상 여자친구. 〈귀뚜라미여〉귀뚜라미여 그리 슬피 울
어 나를 슬프게 하지 마라. 귀뚜라미는 '고오로기[こおろぎ]'라는 단어도 있으나 중고·
중세의 와카에서는 전부 이 노래처럼 '기리기리스[きりぎりす]'로 표현한다.
[해설] 상대방인 여자가 울며 슬퍼하는 것을 보고, 우는 모습을 보는 내 쪽이 더 괴롭
다고 여자를 위로하고 있다. 때마침 울고 있는 귀뚜라미를 여자로 보아 노래하였다.
197) [주해] 〈고레사다왕자〉→ 189. 〈벌레〉노래 배열상 196, 198의 소재가 귀뚜라미. 따
라서 그 사이의 197은 벌레라고 되어 있지만 당연히 귀뚜라미.
[해설] 동물이 우는 것을 슬픔이 있어서 우는 것으로 보았다.
198) [주해] 〈싸리나무도〉귀뚜라미가 우는 장소. '싸리나무도'의 '도'가 다른 초목들도 모
두 단풍들었음을 암시.

秋萩も 色づきぬれば きりぎりす わが寝ぬごとや 夜はかなしき

199.

가을날 밤은 이슬이 무엇보다 찬 듯하도다
풀잎마다 벌레들 우는 소리 섧기에

秋のよは 露こそことに 寒からし くさむらごとに むしのわぶれば

200.

당신 그리다 풀처럼 말라버린 나 있는 옛 고을
방울벌레소리가 나를 슬프게 하네

[해설] 다른 것은 물론 싸리마저도 단풍이 들어 가을이 한층 깊어졌다. 가을이 깊어감
에 따라 내 슬픔도 깊어져서 잠 못 이루는 밤이 많아졌다. 가을밤을 지새우고 있는데,
싸리나무에서 귀뚜라미우는 소리가 들린다. 그 소리를 듣고 귀뚜라미도 나와 같은 처
지여서 슬피 운다고 생각하였다. 귀뚜라미의 울음을 통해 작자의 슬픔을 여정적으로
표현하고 있다.

199) [해설] 풀밭마다 울고 있는 벌레를 소재로 하여 벌레가 우는 이유를 구하였다. 그
이유를 벌레들이 집으로 삼고 있는 풀잎에 내린 이슬이 차기 때문이라고 보았다. 가을
밤 모든 것이 다 차게 느껴지는 때에 이슬 내린 풀벌레 우는 소리에 귀를 기울이며 듣
는 이의 감정을 더욱 서럽게 만든다.

200) [주해] 〈풀처럼 말라버린〉원문을 직역하면 '시노부구사'는 우리말로 다시마 일엽초.
풀이름이 너무 길어서 그냥 '풀'이라 해석하였다. '시노부구사[偲ぶ草]'의 '시노부'는
'그리워하다[偲ぶ]'라는 의미를 갖는다. '말라버린'의 원문 'やつるる'는 '초췌해지다, 시
들다'라는 의미를 갖는다. 따라서 당신을 그리워하다가 원추리가 시들듯이 나도 초췌
해졌다는 의미. 〈방울벌레〉마쓰무시[まつむし]는 스즈무시(방울벌레)의 옛 이름. 방울벌
레는 원문 마쓰무시의 '마쓰'가 기다린다[待つ]의 의미를 포함한다.
[해설] 노래의 의미는 '당신을 그립게 하는 추억이 있는 땅, 그리워한다는 의미를 갖는
풀이 마른 것처럼, 당신을 그리다가 나는 그 풀처럼 초췌해졌습니다. 그 무성한 황폐
해진 마을에 섰더니, 사람을 기다리며 운다는 방울벌레의 울음소리가 나를 슬프게 만
듭니다'라는 의미의 노래이다. 가케코토바를 잘 살린 노래로, 이전의 추억이 있는 집

君しのぶ 草にやつる＞ ふるさとは 松虫の흡ぞ かなしかりける

201.

가을 들녘서 길도 잃고 말았네
기다린다는 방울벌레 우는 곳에 묵을 곳 구해볼까

秋の野に 道もまどひぬ 松虫の 声する方に 宿やからまし

202.

가을 들녘서 사람 기다린다는 방울벌레 우네
나 기다리나 하여 한번 찾아가볼까

あきの野に 人松虫の こゑすなり 我かと行きて いざ訪はむ

에 와서 옛 연인을 그리며 지은 노래이다. 옛날 일부다처제 시절. 찾아오지 않는 남편
을 그리며 지은 노래로 해석할 수 있다.

201) [주해] 〈길도 잃고 말았네〉‘도’에 의해서 길을 잃은 것 외에 날도 저문 것을 암시.
길도 잃어버리고 날도 어두워졌다. 〈기다린다는 방울벌레〉내가 오기를 기다리다가 환
영해 줄 것을 바라는 마음이 담겨 있다.
　[해설] 가을 들판에서 하루 종일 가을의 짧은 해가 저무는 줄도 모르고 놀다가 문득
해가 저문 것을 느꼈을 때를 노래하였다. ‘길도 잃고 말았네’라는 표현에서 날이 저문
것을 여정적으로 나타내고 있다.
202) [해설] 가을 들녘에서 놀다가 방울벌레가 우는 소리를 듣고 사람을 기다린다는 의미
를 가진 방울벌레를 의인화하여, 나를 기다리는 사람이 있다고 하니 찾아가볼까, 하고
사랑의 마음까지 연장시키고 있다. 201, 202 2수는 가을 들놀이에서 작자 일행을 환영
하는 여성을 방울벌레에 비유한 것으로 해석할 수 있다.

203.

단풍든 잎이 낙엽지어 쌓이는 내 집 뜨락에
누구 기다리기에 벌레 이리도 우는가

もみぢ葉の 散りてつもれる わが宿に 誰を松虫 ここら鳴くらむ

204.

쓰르라미의 울음소리 더불어 해 저물었다
생각하는 건 이 몸 산속에 있기 때문

ひぐらしの なきつるなへに 日はくれぬと 思ふは山の 陰にぞありける

205.

쓰르라미가 우는 산골 마을의 해질 무렵은
바람 밖에 아무도 찾는 사람이 없네

---

203) [주해] 〈낙엽지어 쌓이는〉아무도 찾아오는 이가 없음을 암시. 〈벌레〉방울벌레. 방울벌
레의 일본어 '마쓰무시[まつむし]'가 갖는 '기다린다[待つ]'는 의미를 살려서 노래하였다.
[해설] 기다린다는 의미를 가진 방울벌레가 아무리 울어도 누구나 찾아오는 이가 없
다. 세상에서 완전히 두절된 상황에서 자신의 불우함을 탄식하는 술회의 노래이다.
204) [주해] 〈쓰르라미〉쓰르라미의 일본어인 '히구라시[ひぐらし]'는 '하루해가 저물다[日暮
らし]'를 이중적으로 나타낸다. 쓰르라미는 이 노래나 다음의 205와 같이 산속의 이미
지이다. 초가을 저녁이나 새벽녘에 산중에서 높은 소리로 운다. 〈생각하는 건〉아직 시
각적으로 해가 저물지는 않았지만, 저물었다고 생각하는 것은.
[해설] 쓰르라미 소리와 함께 해가 저물었다는 것을 느끼는 것은 쓰르라미의 우는 소
리가 슬프게 들려옴을 암시한다. 쓰르라미가 울었다고 해서 해가 갑자기 저물지는 않
는다. 그러나 산속에 있기에, 해가 진 것처럼 느껴진다는 것을 쓰르라미가 갖는 어의
(語義)를 살려 노래하였다.
205) [해설] 산속의 가을 저녁, 쓰르라미의 소리, 바람 소리 등 쓸쓸함을 느끼게 하는 것
들을 모아서 사람을 그리워하는 심경을 표현하였다. 자신의 처지의 불우함을 노래하

ひぐらしの なく山ざとの 夕暮れは 風よりほかに 訪ふ人もなし

206. 첫 기러기를 노래함 ^{아리와라노 모토카타}

내 기다리는 사람은 아니지만
첫 기러기가 오늘 아침 우는 소리 새롭기도 하여라

初雁を、よめる 在原元方
　待つ人に あらぬものから はつかりの 今朝なく声の めづらしき哉

207. 고레사다왕자의 집에서 있었던 우타아와세의 노래 ^{도모노리}

가을바람에 첫 기러기 소리가 들려온다네
누가 보낸 소식을 가지고 날아올까

是貞親王家歌合の歌 友則
　秋風に はつかりが音ぞ きこゆなる 誰が玉梓を かけて来つらむ

면서도 한편으로 자신을 찾아오는 사람도 없는가 하면 방해하는 사람도 없다. 유유자
적한 상태를 노래하고 있다.

206) [주해] 〈첫 기러기〉봄에 북쪽으로 날아갔다가 가을이 되면서 북에서 날아온 첫 번
째 기러기를 말한다.
　[해설] 위 노래는 기러기의 울음소리를 노래하고 있는데, 기러기의 울음소리에는 꾀꼬
리나 두견새처럼 사람들이 우는 소리를 기다리게 하는 역할은 없다. 기다리는 사람이
오지 않기 때문에 가을 아침 하늘 위를 날며 우는 기러기를 소리가 새롭게 느껴짐을
노래하였다. 그 새롭게 느껴지는 한편으로 작자의 사람에 대한 그리움이 여정으로 담
겨 있다.

207) [주해] 〈누가 보낸 소식을〉한(漢)나라 소무(蘇武)의 고사를 답습하고 있다. 소무가 흉
노족에 잡히어 20년이 지난 후, 남쪽으로 날아가는 기러기에게 편지를 달아 보내었다.
이것을 한무제가 봄으로써 돌아올 수 있게 되었다는 이야기. → 30.
　[해설] 앞의 노래처럼 기러기의 울음을 듣고서 그로부터 시상(詩想)을 연장한 것. 전반
부의 3구는 기러기의 상쾌한 울음소리를 간결하게 묘사하고 후반부에서는 기러기를
의인화하여 소식을 전해주는 역할로 보고 있다.

208. 제목을 알 수 없음 ^{작자미상}

내 집문 앞에 이나오호세도리 울음에 맞춰

오늘 아침 바람에 기러기 날아왔네

わが門に いなおほせ鳥の なくなへに けさ吹風に かりはきにけり

209.

이리도 빨리 우는 기러기일까

하얀 이슬에 물든다는 나무도 단풍 안 들었는데

いとはやも なきぬるかりか 白露の いろどる木々も もみぢあへなくに

210.

봄 안개 속에 몸 숨기며 떠났던 그 기러기가

---

208) [주해] 〈이나오호세도리〉가을 새이지만, 그 실체는 분명하지 않다. 중세 「고금전수(古今伝受)」에서 나오는 요부코도리[よぶことり → 28], 모모치도리[ももちどり → 29]와 더불어 실체를 모르는 세 마리 새 중의 하나이다. 이나오호세도리는 306번에도 용례가 있다.
　[해설] 집 앞에서는 이나오호세도리의 울음이 들려온다, 거기에 시원한 가을바람이 불어오면서 바람은 기러기의 울음소리를 가지고 왔다. 이나오호세도리는 집 가까이에 있는 새이지만, 기러기는 먼 곳에서 날아온 새로, 서로 대조를 이룬다.
209) [주해] 〈하얀 이슬에 물든다는 나무도〉단풍을 의인화하였다. 나무에 단풍을 들게 하는 것은 이슬. 〈단풍 안 들었는데〉기러기를 맞이하기 위해 단풍이 든다는 발상.
　[해설] 기러기가 날아올 무렵에는 단풍이 들기 때문에 단풍이 기러기를 위해서 물든다는 발상의 노래이다. 나무의 단풍이 들게 하는 것은 하얀 이슬. 그런데 그 이슬이 나무를 물들이는 것이 늦었다. 가을빛이 아직 지상에 퍼지지 않았는데, 예상외로 갑자기 기러기가 울어버리고, 기러기 울음소리에 놀라 문득 주위를 돌아보니. 어느 사이엔가 가을이 가까이에 다가와 있음을 느낀다.

지금 날아와 우네 가을 안개 속에서

春霞 かすみて去にし かりがねは 今ぞなくなる 秋霧のうへに

211.

밤이 춥기에 옷 빌어 입는 요즘
기러기 울 때 싸리꽃 이파리도 단풍들어 버렸네

이 노래는 어떤 사람이 말하기를 가키노모토노
히토마로의 작이라고 한다.

夜を寒み 衣かりがね 鳴くなへに 萩の下葉も うつろひにけり

この歌は、ある人の曰く、柿本人麿が也と

---

210) [주해] 〈안개〉원문의 보이는 안개의 용례가 봄과 가을이 다르다. 보통 와카에서 봄
안개는 '가스미[霞]', 가을 안개는 '기리[霧]'를 사용한다. 〈몸 숨기며〉안개 속에 가려
모습을 보이지 않고. 〈떠났던 그 기러기〉「참조」난간에 기대어 멀리 떨어져 있는 사람
을 생각하지만 눈에 보이는 것은 공활하고 근심만 더할 뿐 봄을 등지고 떠나는 기러
기는 있지만 강을 거슬러 올라오는 배는 없구나(憑軒望所思 目斷心涓涓 背春有去鴈
上水無来船…. 백낙천시집 11 初到忠州登東楼)의 시세계와 유사함.
[해설] 봄 안개와 가을 안개를 대비시키면서 안개 속에서 우는 기러기를 노래하였다.
한편으로 시간이 빨리 흘러가는 것에 놀라는 심정이 저변에 깔려 있다. 안개 속으로
사라졌던 기러기가 다시 안개 속에서 울고 있다는 이지적인 점에 작자는 흥미를 느끼
고 있다.
211) [주해] 〈옷 빌어 입는 요즘 기러기 울 때〉원문의 가리가네[かりがね]의 '가리'는 '기러
기[雁]'와 '빌다[借りる]'라는 의미를 중층적으로 나타내고 있다. 〈이 노래는〉좌주에서
작자명을 히토마로로 전하고 있다. 이 노래는 여러 가집에 수록되어 있는데,『고킨와
카로쿠죠[古今和歌六帖]』344에는 히토마로로,『슈이슈[拾遺集]』1119에도 히토마로
로 되어 있고, 군서유종본(群書類従本)『가키노모토슈[柿本集]』에도 수록되어 있다.
[해설] 밤이 추우므로 옷을 빌린대[借りる]고 표현하면서 한편으로 동일한 음을 가진 기
러기[かりがね]를 유도해내고 이어서 이와 관련된 울다[鳴く]라는 말로 이어진다.

212. 우다천황시절 대비마마가 주최한 우타아와세의 노래 후지와라노 스가네 조신

가을바람에 노 젓는 소리 높여 오는 저배는
하늘을 지나가는 기러기인가 하노라

寛平御時后宮歌合の歌 藤原菅根朝臣
秋風に 声をほにあげて 来る舟は 天の門わたる かりにぞありける

213. 기러기 우는 소리를 듣고 노래함 미쓰네

근심된 생각 하나로 엮어엮어
기러기 떼가 울면서 날아간다 매일 가을밤마다

雁の鳴きけるを聞きて、よめる 躬恒
憂きことを 思つらねて かりがねの なきこそわたれ 秋の夜な夜な

214. 고레사다왕자의 집에서 있었던 우타아와세의 노래 다다미네

산골 마을은 가을 여느 때보다 쓸쓸하여라
사슴 우는 소리에 잠들지 못하면서

---

212) [주해] 〈노 젓는 소리 높여〉기러기의 울음이 노 젓는 소리와 비슷한데서 기러기 울음을 노 젓는 소리에 비유하였다. 백낙천의 시, '하정(河亭) 위에서 사방을 바라보며 지은 시, 무지개가 다리의 모양을 나타나고 노 젓는 소리 같은 기러기 울음 들리네(河亭晴望 : 晴虹橋影出 秋雁櫓声来 : 시집 7)'의 시구를 연상케 한다.
 [해설] 가을바람을 타고 질서정연하게 하늘을 날며 우는 기러기의 울음소리와 모습으로부터 바다를 노 저어가는 한 척의 배에 비유하였다.
213) [주해] 〈하나로 엮어엮어〉기러기가 줄지어 날아가는 시각적인 인상에 작자의 감정을 결합시켰다.
 [해설] 기러기의 울음을 주제로 하였다. 세상의 모든 슬픔을 하나로 엮어서 기러기는 울면서 매일 밤하늘을 날아간다. 기러기가 자신의 비애를 대변하는 것으로 받아들였다.
214) [주해] 〈사슴〉『만요슈』의 '산 가까이에 살 일이 못 되도다 수사슴 우는 소리 듣고

山里は　秋にそことに　わびしけれ　しかのなく音に　目をさましつ〻

215. ^{작자미상}

깊은 산속을 단풍잎 헤치면서 다니는 사슴

우는 소리 들을 때 가을 더욱 슬퍼라

よみ人しらず

奥山に　紅葉ふみわけ　鳴鹿の　こゑきく時ぞ　秋はかなしき

216. 제목을 알 수 없음

싸리꽃 보며 생각 잠겨 있자니

(아시히키노) 산 온통 울릴 만큼 사슴이 울음 운다

있으면 잠 못 이루게 되네(山近く家や居るべきさ男鹿の声を聞きつつ寝ねがてぬかも : 제10권 2146)'와 같이 예로부터 사슴의 울음소리에 잠 못 이루는 정경은 익숙한 표현. 사슴은 『만요슈』부터 많이 읊어진 소재이다. 사슴은 『만요슈』의 '저녁이 되면 오구라 산 위에서 우는 사슴이 오늘밤은 안 우네 잠들어버린 듯하다(夕されば小倉の山に鳴く鹿は今宵は鳴かずいねにけらしも : 제8권 1511)'와 같이 저녁에서 밤에 걸쳐 우는 것으로 표현되고, 또 아내를 찾아 우는 것으로 표현되어 있다.

[해설] 산골 마을은 언제나 쓸쓸하지만, 가을이 특히 더 쓸쓸하다. 어딘가에서 우는 사슴의 울음소리에 가끔 잠 못 이루고 깨어 있자면, 근심에서 근심이 이어진다. 이 노래부터 사슴과 관련된 노래로 연결.

215) [주해] 〈단풍〉노래의 배열로 보아 싸리가 단풍든 것. 백인일수(百人一首)에는 작자명이 사루마루대부[猿丸大夫]로 되어 있다. 이 노래처럼 사슴이 우는 소리를 통해 가을의 슬픔을 느낀다는 발상은 만요 시대에는 없었다.

　　[해설] 사슴을 눈으로 보고 귀로도 들을 때의 느낌을 표현하였다.

216) [주해] 〈싸리꽃〉사슴이 가을에 우는 것은 아내를 구하기 위한 것. 위 노래는 싸리꽃을 사슴의 아내로 간주하는 발상. 이런 발상은 『만요슈』의 '내 집 비탈에 수사슴 와서 우네 갓 핀 싸리꽃 아내로 얻으려고 수사슴 와서 우네(我が岡にさを鹿来鳴く初萩の花妻とひに来鳴くさを鹿　제8권 1541)', '수사슴과 서로 마음 통하는 가을 싸리에 초겨울비 내리네 꽃 지는 것 아쉬워(さ男鹿の心相思ふ秋萩の時雨の降るに散らくし惜しも : 제10권 2094)', '깊

題しらず

秋はぎに うらびれ居れば あしひきの 山下とよみ 鹿のなくらむ

217.

가을 싸리를 밟아 넘어트리며 우는 사슴이
눈에 보이지 않아도 소리 청명 하도다

あきはぎを しがらみふせて なく鹿の 目には見えずて をとのさやけさ

218. 고레사다왕자의 집에서 있었던 우타아와세의 노래 후지와라노 도시유키 조신

가을 싸리가 이제 꽃 피었구나
다카사고의 꼭대기의 사슴도 지금쯤은 울 텐데

은 산속에 산다고 하는 사슴 초저녁마다 아내로 찾는 싸리꽃 지는 것 아쉬워(奧山に住
むとふ鹿の夕去らず妻問ふ萩の散らまく惜しも : 제10권 2098)'와 같이 『만요슈』 이래로 흔한
발상.
[해설] 싸리꽃을 보면서 침울한 기분으로 있자니 어디선가 사슴의 우는 소리가 들린다.
그 울음은 아내를 그리워하며 산기슭이 울려 퍼질 정도로 우는 것일 것. 노래의 저변에
는 작자의 사람을 그리는 심정이 담겨 있다.

217) [주해] 〈싸리〉싸리는 전통적으로 와카의 소재로서 많이 사용되었다. 『만요슈』에는
140여 수로 『만요슈』의 식물 중에 가장 많다. 『고킨슈』 이후도 계속해서 이용되는 소
재이지만, 『만요슈』 정도는 아니다. 『만요슈』에서는 주로 산야에 피어나는 가을의 초
목으로, 가스가노[春日野]나 다카마토[高円] 등의 지명과 함께 그 지역에 피어난 싸리
꽃을 노래하였다. 싸리를 소재로 한 노래 중에서도 가장 눈에 띄는 것은 사슴과 함께
노래한 것. 아마도 헤이안 귀족들이 즐기던 와카의 발상인 듯하다, 헤이안 이후에도
싸리의 이미지는 변함없이 사슴 그리고 이슬과 함께 읊어진 것이 압도적으로 많다.
[해설] 가을의 청명함과 애수가 깃들어 있는 노래이다. 주변이 조용하여 사슴의 소리
가 생각보다 크게 들린다. 사슴이 구하는 것은 아내인 싸리. 사슴의 소리를 듣고 아내
인 싸리와 즐거운 시간을 보내고 있을 것으로 상상하여 노래하였다.
218) [주해] 〈다카사고〉다카사고[高砂]는 효고현[兵庫県] 다카사고시[高砂市]와 가코가
와시[加古川市] 부근을 말함. 다카사고는 원래 고유명사가 아닌 일반명사로 그리 높
지 않은 구릉이라는 의미였던 것 같다. 지금의 노래처럼 다카사고의 꼭대기로 연결되

是貞親王家歌合に、よめる 藤原敏行朝臣

秋はぎの 花さきにけり 高砂の おのへのしかは 今やなく覽

219. 옛날에 알고 지내던 사람을 가을 들판에서 만나서, 이런저런 얘기를 나누던 중에 읊음 미쓰네

가을 싸리의 옛 가지에 피어난 꽃 만나보니

옛날 품었던 마음 잊혀지지 않았네

昔あひ知りて侍りける人の、秋の野に遭ひて物語しけるついでに、よめる 躬恒

秋はぎの 古枝にさける 花見れば 本の心は わすれざりけり

220. 제목을 알 수 없음 작자미상

가을 싸리의 이파리 단풍드는 지금부터는

혼자서 지내는 이 잠 못 이루게 되리

는 것은 그 때문이다. 그러나 『고킨슈』의 가나서문의 '다카사고·스미노에의 소나무까지도 오랜 세월 친숙하게 생각하고(高砂·住江の松も相生のやうに覚え)'에서 보듯이, 일찍부터 스미노에와 대비되는 고유명사로 사용되었음을 알 수 있다. 다카사고의 경우나 다카사고의 꼭대기나 소나무를 노래한 것들이 많다. 이밖에 이 노래처럼 사슴을 노래한 것이 많다. 다카사고의 사슴을 노래한 것은 이 노래가 처음이다.
[해설] 마찬가지로 사슴이 싸리를 아내로 구하는 마음을 노래하였다.
219) [주해] 〈옛 가지에 피어난 꽃〉이전에 만났던 여자를 빗대어 표현하였다. 〈옛날 품었던 마음〉옛날과 변함없는 마음. 여자뿐만 아니라, 남자 자신도 그러하다는 것을 암시한다.
[해설] 가을 들녘에 놀러 나갔다가 우연히 옛날에 관계가 있었던 여자를 만나서 이야기 하던 중에 지은 노래이다. 남자는 그리운 마음을 품었고, 여자 또한 같은 마음이라는 것을 남자가 느꼈고, 여자의 주의를 끌기 위해 남자가 지은 노래이다. 이야기 도중에 주변에 피어 있던 싸리가지를 꺾어서 여자에게 보이면서 즉흥적으로 지은 노래로 추측할 수 있다.
220) [주해] 〈이파리 단풍드는〉가을이 깊어짐을 암시한다. 〈혼자서 지내는 이〉작자 자신을 포함한 혼자인 여성.
[해설] 가을의 서글픔을 견디지 못해서 잠 못 들기보다는 자신의 사랑이 이루어지지

あきはぎの 下葉いろづく 今よりや ひとりある人の 寝ねがてにする

221.

울며 지나는 기러기의 눈물이 떨어진 걸까
근심어린 집 뜨락 싸리에 맺힌 이슬

なきわたる 雁の涙や おちつらむ 物思宿の はぎのうへのつゆ

222.

싸리에 맺힌 이슬 꿰고자 하니 사라져 버렸네
자! 보고 싶은 사람 가지 채 보시게나

어떤 이가 말하기를, 이 노래는 나라천황의 노래라고 한다.

はぎのつゆ 珠にぬかむと 取れば消ぬ よし見む人は 枝ながらみよ

ある人の曰く、この歌は、平城帝の御歌也と

않은 탄식을 노래하였다.

221) [주해] 〈눈물〉이슬을 기러기의 낙루(落淚)로도 보고 있다.
[해설] 작자 자신이 슬픈 생각에 잠겨 있기 때문에, 뜰에 있는 싸리 위에 내린 이슬을
울면서 지나가는 기러기가 흘린 눈물로 보고 있다. 그러나 그 이슬은 그 집의 주인이
근심 속에 흘린 눈물로 연결된다. 이슬을 통해 작자의 슬픔을 상징적으로 표현하고 있
다. 신코킨풍[新古今風]에 가까운 노래라 하겠다.
222) [주해] 〈꿰고자 하니〉이슬을 구슬로 보았다. 싸리 잎에 맺힌 이슬을 구슬처럼 실로
꿰고자 하여 가지를 손으로 잡았더니 이슬은 즉시 사라져버렸다.
[해설] 아름다운 것을 거리를 두고 보는 것에 만족하지 못하고 가까이에서 보고자 하
는 마음을 노래한 것으로, 매화나 벚꽃을 가까이에 두고 보기 위해 가지를 꺾는 것과
같은 발상이다.

223.

꺾어서 보면 떨어져 사라지리
가을 싸리의 가지마다 주저리 달린 이슬방울들

おりて見ば 落ちぞしぬべき 秋はぎの 枝もたわゝに をける白露

224.

싸리꽃 날려 흩어졌을 들판에 내린 이슬에
젖어도 찾아 가리 비록 밤 깊더라도

萩が花 ちるらむ小野の 露霜に ぬれてをゆかん 小夜はふくとも

225. 고레사다왕자의 집에서 있었던 우타아와세에서 읊음 분야노 아사야스

가을 들녘에 내리는 흰 이슬은 구슬이런가
풀 위에 걸려 있네 거미줄에 꿰어서

---

223) [주해] 〈꺾어서 보면〉만약에 싸리 가지를 꺾어서 이슬을 감상한다고 하면.
　[해설] 앞의 노래와 마찬가지로 싸리나무에 맺힌 이슬을 노래하였다. 둘 다 이슬을 감
　상하기 위해 가지를 꺾어서 가까이 본다는 발상은 일치하나, 이 노래의 작자는 가지를
　꺾으면 이슬이 다 떨어질 것을 생각한 점에서 앞의 노래와 다르다. 그렇지만 작자의
　경우도 가지를 꺾어서 가까이서 보고 싶은 마음이 있음을 느낄 수 있다.
224) [해설] 사랑하는 이의 처소에 찾아가는 남자의 노래. 『만요슈』에 이와 비슷한 노래가
　있어 소개한다. ‘가을 싸리꽃 피었다 지는 들판 저녁이슬에 젖어도 와주세요 비록 밤
　깊더라도(秋萩の咲き散る野辺の夕露に濡れつゝ来ませ夜はふけぬとも : 제10권 2252)’ 그러
　나 『만요슈』의 노래는 여자의 입장에서 지은 노래. 이 노래는 사랑의 노래에 속할 만한
　것이지만, 싸리꽃을 노래한 한 수로서 『고킨슈』에 배치되어 있다.
225) [해설] 거미줄에 맺혀 있는 이슬을 구슬을 꿰어 풀잎 위에 걸어놓은 것으로 보았다.
　거미줄에 맺혀 있는 흰 이슬이 아침 햇살에 빛나는 모습은 지금도 친숙한 풍경이다.
　이슬을 구슬로 보는 것은 상투적인 표현법이지만, 이슬을 꿰는 실로 거미줄을 택했다
　는 것이 새롭다. 봄노래에서는 보통 버들가지가 그 역할을 담당한다.

226. 제목을 알 수 없음 승정 헨조

이름에 끌려 한번 꺾어 본 것뿐
마타리꽃에 나 빠져버렸다고 남들께 얘기마소

227. 승정 헨조가 있는 나라(奈良)로 갈 때, 오토코야마(男山)에서 마타리를 보고
읊음 후루노 이마미치

마타리꽃을 근심스레 보면서 지나쳐왔네
하필이면 남산(男山)에 서 있나 생각하며

---

226) [주해] 〈이름에 끌려〉마타리라는 이름이 마음에 끌려서. 마타리는 일본어로 '오미나에시[おみなえし]'. 오미나에시의 오미나는 온나[おみな＝おんな], 즉 여자라는 의미가 숨어 있다. 〈한번 꺾어본 것뿐〉잠시 장난을 쳐 본 것뿐 정말로 여색에 빠진 것은 아님을 농담조로 노래하고 있다. 〈마타리〉마타리꽃은 만요 시대부터 읊어진 소재. 이름으로부터 여자로 보는 노래가 대부분이다. 팔대집(八代集)에서 마타리를 노래한 수를 보면, 『고킨슈』에 18수, 『고센슈[後撰集]』에 24수, 『슈이슈[拾遺集]』에 12수, 『고슈이슈[後拾遺集]』 6수, 『긴요슈[金葉集]』 10수, 『센자이슈[千載集]』 5수, 『신코킨슈[新古今集]』에는 6수가 실려 있지만, 실제로 작자를 조사해보면 대부분의 노래는 삼대집(三代集) 이전의 노래이다.
[해설] 작자가 스님인 것을 감안하면 노래는 더욱 재미있어진다. 이 노래 이후 마타리의 이미지는 승려도 타락시킬 만큼 요염하고 아름다운 꽃이라는 이미지를 갖게 되었다. 꽃이 갖는 이미지 상, 사랑의 노래의 소재로 많이 이용될 것 같으나 실제로『고센슈』의 '가지 채 모두 다른 이에게 꺾이는 마타리꽃아 뿌리라도 남기어라 심은 나를 위해서(枝もなく 人に折らる々をみなへしねをだに残せ植ゑし我がため：恋4・844・平希世)'의 한 수뿐이다. 이는 마타리라는 노랫말이 여자라는 의미를 갖는다고 하더라도 사랑을 표현하는 노랫말의 자리를 획득하지 못했다는 것을 의미한다.
227) [주해] 〈승정 헨조가 있는 나라〉헨조는 나라[奈良]의 이소노카미사[石上寺]에 있었

僧正遍昭がもとに、奈良へまかりける時に、男山にて女郎花を見て、よめる ^{留今道}

　をみなへし　憂しと見つゝぞ　行すぐる　おとこ山にし　立てりとおもへば

228. 고레사다왕자의 집에서 있었던 우타아와세에서 읊음 ^{도시유키 조신}

가을 들녘에 잠자리 구해야 해
마타리라는 이름 친근하기에 집 같은 생각드네

是貞親王家歌合の歌 ^{敏行朝臣}

　秋の野に　宿りはすべし　をみなへし　名をむつましみ　旅ならなくに

229. 제목을 알 수 없음 ^{오노노 요시키}

마타리 많이 피어 있는 들녘에 노숙한다면
쓸데없이 소문만 무성히 퍼질 텐데

題しらず ^{小野美材}

　をみなへし　多かる野べに　やどりせば　あやなくあだの　名をやたち南

다. → 144. 〈오토코 야마〉교토부[京都府] 쓰즈키군[綴喜郡]에 있는 산. 〈하필이면 남산에〉여자라는 의미를 가진 꽃이 왜 다른 많은 산을 두고서.
[해설] 여자와 남자라는 의미를 갖는 마타리꽃과 오토코야마를 대비시켜 노래하였다. 오토코야마는 당시 교통의 요충지로 번성하던 곳, 오미나에시라는 말로부터 그 부근의 유녀를 연상하였을 것이다.

228) [주해] 〈마타리라는 이름〉마타리라는 이름이 여자라는 의미를 갖기에. 〈친근하기에〉여자와 동침을 한다는 의미에서.
[해설] 여행 중에 노숙을 하려면 가을 들녘에서 하는 것이 좋다. 왜냐하면 거기에는 여자라는 의미를 가진 마타리가 피어 있어서 그 이름만으로도 여행 중에도 마치 집에 머무는 것 같은 기분이 든다. 탐미적인 기분이 드는 노래이다.

229) [해설] 가을 들놀이 나갔다 해가 저물고 밤을 어떻게 할 것인가를 생각할 때 지은 노래라고 볼 수 있다. 여자라는 의미를 가진 마타리가 많이 피어 있는 들녘에서 노숙을 한다면 바람둥이라는 쓸데없는 소문이 퍼질 것이라는 의미의 노래. 즉흥적인 노래라고 할 수 있다.

230. 스자쿠인에서 있었던 마타리꽃 아와세에서 지어 바침 ^{좌대신}

마타리꽃이 가을 들녘 바람에 하늘거리네
변함없는 한마음 누구에게 기우나

朱雀院女郎花合に、よみて、奉りける 左大臣
　女郎花 秋の野風に うちなびき 心ひとつを 誰によすらむ

231. ^{후지와라노 사다카타 조신}

가을 아니곤 만나보기 어려운 마타리꽃아
하늘 은하수가에 자라는 것 아닌데

藤原定方朝臣
　秋ならで 逢ふことかたき をみなへし 天の河原に 生ひぬものゆへ

232. ^{쓰라유키}

한 사람만을 위한 가을 아닌데

---

230) [주해] 〈스자쿠인[朱雀院]〉헤이안 시대에 천황이 물러난 후에는 후원(後院)에 거주
하였다. 스자쿠인은 그 중의 하나로 고킨 시대에는 우다천황이 양위 후에 거주하였다.
〈좌대신〉후지와라노 도키히라[藤原時平]. 〈마타리꽃 아와세〉데이지인[亭子院] 마타
리꽃 아와세를 말함. 스자쿠인은 개최된 장소. 898년 가을에 있었던 아와세로, 마타리
꽃에 노래를 곁들여서 꽃의 우열을 가렸다. 〈바람에 하늘거리네〉마타리에는 여자라는
의미가 있으므로 흔들린다는 것은 다른 남자에게 마음이 끌리고 있음의 비유.
[해설] 마타리가 가을바람에 일제히 움직이고 있다. 그러나 그녀의 일편단심은 관연
어떤 남자를 향한 것일까. 가을바람에 하늘거리는 마타리꽃의 아름다움을 보고 인간
세계를 상상하였다.
231) [해설] 마타리꽃이 가을 한때 피는 것을 일 년에 한 번 만나는 견우와 직녀에 빗대
어서 마타리를 그리는 마음을 노래하였다. 마타리꽃은 가을이 아니면 만나보기 힘들
다. 견우가 직녀를 일 년에 한 번 만난다고 하는 은하수 물가에 피는 꽃이 아닌 강가
어느 곳에나 피는 꽃인데.

그대 마타리 어찌 그리 빨리도 빛바래고 마는가

貫之

誰が秋に あらぬものゆへ をみなへし なぞ色にいでて まだきうつろふ

233. 미쓰네

임을 그리는 사슴이 울고 있네
마타리꽃이 저 사는 들녘 위의 꽃인 줄도 모르나

躬恒

つまこふる 鹿ぞ鳴くなる 女郎花 おのが住む野の 花としらずや

234.

마타리꽃을 스치며 불어오는 가을바람은
눈에는 안보여도 향기로서 알겠네

---

232) [주해] 〈가을 아닌데〉가을[あき]은 '싫어지다[飽き]'의 의미를 나타낸다. 따라서 1구와
2구는 '마타리꽃이 싫어지지 않았는데'라는 의미가 된다. 〈빛바래고 마는가〉마타리가
시드는 것. 내면적으로는 남녀 관계가 시들해지는 것도 의미.
[해설] 가을은 누구 한 사람만을 위해서 오는 것이 아니니 특별히 마타리꽃이 싫증나
거나 하는 일은 없다. 늘 옆에 두고 보고 싶은데, 마타리꽃은 왜 그리도 노골적으로 색
깔을 보이며 또 왜 그리도 빨리 색이 바라는가. 마타리꽃이 빨리 지는 것을 아쉬워하
면서 그것을 남녀 관계가 시들해지는 것을 암시하는 마음을 이지적으로 표현하였다.
233) [주해] 〈저 사는 들녘 위의〉사슴이 살고 있는 들녘에.
[해설] 사슴이 찾아 헤매는 아내를 싸리꽃으로 보는 전통적인 발상을 답습하면서 여기
서는 여자라는 의미를 갖는 마타리를 사슴의 아내로 보고 노래하였다. 사슴의 우는 소
리를 듣고서, 그 무지함, 다시 말해서 자신이 찾는 아내가 가까운 곳에 있음을 모르는
것을 안타까워하는 마음을 노래하였다. 남녀 간의 관계로 연장해서 해석할 수도 있을
것이다.
234) [해설] 233·234, 2수 모두 미쓰네의 작품으로 마치 2수 연작의 취향을 보인다. 233
에서 '자신이 사는 들녘에 피어 있는 꽃인 줄 모르나'라고 노래하고, 234에서는 그 들

をみなへし 吹すぎてくる 秋風は 目には見えねど 香こそしるけれ

235. 다다미네

남이 보는 것 괴로워 그런 걸까
마타리꽃이 가을 안개 속에만 숨어 보이지 않네

忠岑

人の見る ことやくるしき をみなへし 秋霧にのみ たちかくる覧

236.

나 혼자서만 바라만 보기보다
마타리꽃을 내 사는 집 뜨락에 옮겨 심고 싶구나

ひとりのみ ながむるよりは 女郎花 わが住むやどに 植へて見ましを

녘에 있는 것은 향기로서 알 수 있다고 표현하고 있다. 마타리를 여자로 생각하므로 당연히 향기는 그 여인의 소매에서 나는 향기라는 의미가 여정적으로 표현된다.

235) [주해] 〈남이 보는 것〉안개 속에 가린 것을 의인화하여 숨은 것으로 표현하였다. [해설] 마타리를 여자에 빗대어서 숨어서 모습을 나타내지 않는 것을 그윽한 가을 안개에 의탁하여 노래하였다. 그리고 안개 속에 가리어 보이지 않는 것을 남이 보는 것을 싫어해서인가 하고 그 이유를 구하고 있다. 당시 상류사회의 여자들은 남편이나 가족 이외에 절대로 얼굴을 보이지 않았기 때문에, 이 노래도 그 연장선상에 있는 것으로 보아도 될 것이다.

236) [주해] 〈내 집 뜨락에〉마타리가 야생의 마타리인 것을 암시한다. 〈옮겨 심고 싶구나〉야생화를 집안에 옮겨 심는 일은 당시 상류귀족이 일반적으로 행했던 일. [해설] 표면적으로는 들판에 피어 있는 마타리를 집에다 옮겨 심고 싶다는 노래이지만, 마타리꽃이 여자를 의미하니까, 내용적으로는 자신이 짝사랑하는 여성을 그리워하면서 내 홀로 외로워하느니 차라리 그 여자를 우리 집으로 데리고 오고 싶다는 심정을 노래하였다. 지금까지의 마타리는 야생의 마타리를 노래한 것. 다음 노래는 집 뜰에 옮겨 심은 마타리를 노래하고 있다.

237. 어떤 곳에 갔을 때, 그 집에 마타리가 심겨 있는 것을 보고 읊음 가네미노 오오키미

마타리꽃이 위태 위태롭게도 보이는 구나
황폐해진 처소에 외로이 서 있으니

ものへまかりけるに、人の家に女郎花植へたりけるを見て、よめる 兼覽王
　をみなへし 後めたくも 見ゆる哉 あれたるやどに ひとりたてれば

238. 우다천황시절, 구로도 도코로에 모인 남자들이, 사가노로 꽃구경 나갔다가
　　돌아오기 전에 모두 노래를 읊을 때, 따라서 지은 노래 다이라노 사다후미

꽃 싫지 않은데 왜 돌아가려 하나
마타리꽃이 무성히 핀 들녘서 잠들고 싶은 것을

寛平御時、蔵人所の男ども、嵯峨野に花見むとてまかりたりける時、帰るとて、皆歌よみ
けるついでに、よめる 平貞文
　　花にあかで なに帰るらむ をみなへし おほかる野べに 寝なましものを

---

237) [주해] 〈마타리가 심겨 있는 것을 보고〉『이세모노가타리[伊勢物語]』초단이나 『겐
　　지모노가타리[源氏物語]』등에서 흔히 볼 수 있는 남의 집을 울타리 새로 들여다보는
　　'가이마미[垣間見]'가 노래의 배경에 있다.
　　[해설] 황폐한 집에 여인이 혼자 사는 모습이 불안하게 보였고, 때마침 거기에 피어
　　있는 마타리를 보고 거기에 빗대어 노래하였다.
238) [주해] 〈구로도 도코로〉구로도[蔵人]가 있는 곳. 구로도란 천황을 가까이에서 받들
　　며 어전의 잡무를 관장하는 사람을 말한다. 구로도의 우두머리는 4위, 구로도는 5, 6위
　　이다. 이들은 비록 관위는 낮더라도 덴조비토에 속한다. 작자는 그보다 하급관리이기
　　때문에, 노래를 읊는 데에 참석하지는 못하고 번외로 노래를 지었다. 〈사가노〉지금의
　　도쿄시의 사가(嵯峨). 〈꽃 싫지 않은데〉가을 들판에 핀 꽃을 만족할 만큼 즐기지 못했
　　는데.
　　[해설] 아름다운 여인이 있는 곳까지 왔으니 돌아가지 말고 묵어가기를 원하는 마음이
　　숨겨져 있다. 여성을 의미하는 마타리에서 여성과 함께 잠들고 싶다는 데까지 생각이
　　연장되었다. 꽃구경 갔다가 돌아오는 길을 아쉬워하며 지은 노래이다.

239. 고레사다왕자의 집에서 있었던 우타아와세에서 지은 노래 ^{도시유키 조신}

그 어느 누가 찾아와 벗어놓은 하카마인가
산란(山蘭)향 가을마다 들녘에 퍼져나네

240. 산란을 노래하여 보냄 ^{쓰라유키}

머무르고 간 그 사람 정표인가
산란 꽃향기 잊을 수 없는 내음 두루두루 퍼지네

239) [주해] 〈그 어느 누가〉신분이 높은 사람을 암시한다. 〈벗어놓은 하카마〉의복인 하카마를 벗었다는 말은 여기서 잤다는 의미를 암시. 〈산란〉산란(山蘭)은 일본어로 '후지바카마[ふじばかま]'로, 하카마[はかま : 袴]의 의미를 포함한다. 산란은 다른 말로 등골나물이다. 줄기높이는 70~90cm 정도이고 7월에서 10월에 걸쳐 머리모양의 자주빛 꽃이 피며 향기가 강하다. 우리나라를 비롯하여 일본, 필리핀 등지에서 자생한다. 〈가을마다〉매년 가을마다. 올해도 그 강한 향기가 가을 들판에 충만함.
[해설] 가을 들판에 피어나는 산란의 아름다움을 노래하였다. 계속해서 산란을 소재로 한 노래가 3수 이어진다. 산란이 최초로 등장하는 문헌은 『니혼쇼키[日本書紀]』로 인쿄기[允恭紀] 2년에 산란에 관한 기록이 보인다. 『만요슈』에서는 야마노우에노 오쿠라[山上憶良]의 '싸리꽃 억새풀 칡꽃에 패랭이꽃 마타리꽃 그리고 산란에다 나팔꽃(萩の花尾花葛花撫子の花女郎花また藤袴朝顔の花 : 제8권 1538)'이라는 노래가 있고, 『고킨슈』 이후 애송되는 소재이다.
240) [해설] 당시의 습관에 따라 헤어진 후에 산란을 노래에 첨부하여 보내었다. 내 집에 머물렀던 그 사람의 흔적이 남은 듯. 산란의 향기가 퍼지고 있다. 그 냄새를 맡으면 그 사람과의 추억을 잊을 수 없다. 작자는 남성이지만 노래의 내용으로 보아 여성의 입장에서 노래한 온나우타[女歌]이다. 떠나간 사람의 정표를 주제로 한 점에서는 앞의 239와 같지만, 앞의 노래는 하카마 실물을 정표로 하는 반면 이 노래는 감도는 향기에 의해 그리운 사람을 생각한다는 점에서 앞의 노래보다 수준이 높다.

241. 산란을 노래함 _{소세이}

주인 모르는 향기 풍겨나도다
가을 들녘에 누가 벗어 놓아둔 하카마 자락일까

藤袴を、よめる 素性

　主しらぬ　香こそにほへれ　秋の野に　誰がぬぎかけし　ふぢばかまぞも

242. 제목을 알 수 없음 _{다이라노 사다후미}

이제부터는 심어놓고 안보리
참억새풀이 이삭 맺는 가을은 쓸쓸하기만 하다

---

241) [해설] 봄노래 매화부분에서도 설명했듯이 당시 사람들은 각자 자신만의 향을 만들어 사용하고 있었다. 이런 배경 아래 이 노래는 산란의 향을 누군가의 옷에서 나는 향기로 보고 그 주인이 누구인지를 묻고 있다.

242) [주해] 〈심어놓고 안보리〉내용상 야생의 억새를 집에 옮겨 심었음을 알 수 있다. 참억새가 싫다는 것이 아니라, 가을의 정서를 너무나 느끼게 하기 때문. 역설적 표현이다. 〈참억새풀〉『만요슈』이후 가을의 소재로 읊어졌다. 억새의 하얀 이삭이 바람에 날리는 것을 깃발로 보기도 하고 '이삭을 맺다[穂にいづ]'라는 표현과 함께 '표면화되다, 눈에 띄다'라는 의미를 유도해내는 마쿠라코토바나 조코토바(序詞)에 많이 사용된다. 억새는 헤이안 시대 이후 사람들에게 가을의 풍물로 빼놓을 수 없는 존재였다. 『마쿠라노 소시[枕草子]』의 '풀꽃은[草の花は]'이라는 단(段)에는 '가을 들판의 화초 중 정취 있는 것은 역시 억새이다. 이삭 끝의 검붉은 색이 더욱 진한 것이 아침 안개에 젖어 나부끼는 것이 이것만큼 아름다운 것이 있을까(秋の野のおしなべたるをかしさはすすきこそあれ。穂先の蘇枋いと濃きが、朝霧に濡れてうちなびきたるは、さばかりのものやはある)'라는 　묘사가 있고 『쓰레즈레구사[徒然草]』의 '집에 있으면 좋을 화초는[家にありたき木は]'라는 단에는 '가을의 풀꽃은 싸리, 억새[秋の草は萩、すすき]'라는 내용이 있다. 참억새는 당시의 들판을 수놓는 대표적인 가을의 화초였다. 〈이삭 맺는 가을〉원문의 'ほにいづる'는 '이삭을 맺는다'는 의미 이외에 어떤 상황이 현저하게 바깥으로 나타난다는 의미를 갖기 때문에 추색이 완연하다는 의미도 포함하고 있다.

[해설] 들판에서 뜰로 이식한 억새풀의 이삭이 파이는 것을 보고 요즘이 가을의 쓸쓸함이 절정을 다하는 시기라는 것을 느끼는 동시에, 가을의 쓸쓸함을 더하게 하는 것이 바로 억새라고, 그 이유를 찾고 나아가서 따라서 이제는 억새를 가까이에 두지 않으리라고 노래하고 있다.

今よりは 植へてだに見じ 花すゝき ほにいづる秋は わびしかりけり

243. 우다천황시절, 대비마마가 주최한 우타아와세의 노래 아리와라노 무네야나

가을 들녘의 들풀의 자락인가
참억새풀은 눈에 띄게 손짓하는 소매처럼 보이네

寛平御時の后宮歌合の歌　在原棟梁
秋の野の 草のたもとか 花すゝき ほにいでてまねく 袖と見ゆ覽

244. 소세이법사

나 혼자만이 아름답다 여기나
귀뚜라미 우는 저녁노을 아래 핀 야마토 패랭이꽃

素性法師
我のみや あはれとおもはむ きりぎりす 鳴く夕かげの 山となでしこ

245. 제목을 알 수 없음 작자미상

봄엔 한 가지 푸른빛만 띠는 줄 알았던 풀잎
가을 되자 갖가지 꽃으로 피어나네

---

243) [주해] 〈들풀의 자락인가〉억새의 하얀 술이 나부끼는 것을 사람을 부르고자 손짓하
는 소매로 보았다. 이런 취향은 만요 시대부터 있었던 것.
244) [해설] 귀뚜라미가 우는 저녁노을 속에 눈에 띄지 않는 곳에 담홍색의 꽃을 피운 패랭이
꽃. 적막한 가운데 피어난 패랭이꽃의 아름다움을 노래하였다. 이 노래에서는 가을의
패랭이꽃을 노래하고 있으나 전반적으로 패랭이꽃은 여름노래의 소재이다. → 167.
245) [주해] 〈봄엔 한 가지〉제4구의 '가을 되자 갖가지'와 대비.

みどりなる ひとつ草とぞ 春は見し 秋はいろいろの 花にぞありける

246.

온갖 종류의 꽃이 허리띠 푸는 가을 들녘서
마음껏 놀아보세 나보고 탓하지 마소

百草の 花のひもとく 秋の野に 思たはれむ 人なとがめそ

247.

닭의장풀로 옷자락 물들이리
아침이슬에 젖어 버리고 나면 색 바랜다 할지라도

[해설] 봄철에 들놀이를 나왔던 들판에 가을이 되어 다시 들놀이 나왔을 때의 마음을 표현하였다. 소위 춘추우열론적인 노래. 춘추우열론(春秋優劣論)이란 봄과 가을 어느 쪽을 더 정취가 깊은 계절일까 겨루는 것. 봄과 가을, 한 가지와 갖가지, 풀과 꽃의 대비가 두드러진 노래이다. 봄에는 모든 것이 녹색 한 가지여서 들에 있는 화초가 단 한 가지라 생각했었는데, 가을이 되니 다양한 색깔의 꽃이 아름답게 피어난 것을 노래하였다. 춘추우열론적인 노래로 유명한 것은 『만요슈』 16번이다.

246) [주해] 〈허리띠 푸는〉개화(開花)를 의미하는 표현. 속에 있는 것을 바깥으로 보이는 것에 비유. 남녀가 잠자리를 같이 함을 암시적으로 나타내고 있다.
[해설] 가을 들녘의 아름다움을 선정적인 용어로 표현한 탐미적인 작품이다. '허리띠를 푼다'는 인간적인 용어를 선택하여 자연을 인간의 생활에 빗대어 노래하였다. 많은 꽃이 허리를 풀어 일제히 피어나는 가을 들판에서 해 저무는 줄 모르고 마음껏 꽃과 함께하고 싶은 마음을 노래하였다.

247) [주해] 〈닭의장풀〉염료로 사용되던 것으로 금방 색이 바래는 것으로 인하여 마음을 간단히 바꾸어버리는 여자의 비유로 사용된다. 〈젖어 버리고 나면〉아침에 이슬이 내린 길을 걷기 때문에 옷이 젖음. 다시 말해 아침이 되어 길을 나서면 마음이 변할 사람이라 할지라도.
[해설] 표면적으로는 옷에 문양을 찍는다면 그 재료로 닭의장풀을 쓰도록 하자, 그 색은 아침이슬에 젖으면 금방 색이 바뀌지만 그래도 상관없다고 노래하지만, 내면적으로는 금방 마음이 바뀔 것이라는 것을 알지만, 그래도 그녀와 한번 인연을 맺고 싶은

月草に 衣は摺らん 朝つゆに ぬれての〉ちは うつろひぬとも

248. 닌나천황이 왕자로 계실 때, 후루의 폭포를 보시고자 행차하신 길에, 헨조
    의 어머니의 집에 묵으셨을 때, 뜰을 가을 들판처럼 꾸미고, 이런저런 이야
    기를 하던 중에 지어올린 노래 ^{승정 헨조}

집 황폐하고 주인도 나이든 이 사는 집이기에

뜨락도 울타리도 가을 들판 같구나

仁和帝、親王におはしましける時、布留の滝御覧ぜむとておはしましける道に、遍昭が母
の家に宿り給へりける時に、庭を秋の野に作りて、御物語のついでに、よみて、奉りける ^{僧正遍昭}

里はあれて 人はふりにし 宿なれや 庭もまがきも 秋の野らなる

마음을 노래하였다. 『만요슈』 1351에 수록되어 있는 노래이다.
248) [주해] 〈닌나천황〉 → 21. 〈후루〉나라현 덴리시에 있음. 폭포는 후루 강의 상류에 있
    음. 이 부근이 한적한 곳이었다는 것은 144번 노래를 통해서도 짐작할 수 있다. 〈울타
    리〉나뭇가지나 대나무를 엮어서 만든 울타리. 〈집 황폐하고〉미망인의 집이기에 손보
    지 못함. 〈가을 들판 같구나〉사택의 경계를 표시하는 울타리도 없어져서, 마치 정원인
    지 들판인지 구별할 수 없음. 당시 귀족의 집은 비록 시골이라고 할지라도 훌륭한 것
    이었는데, 위 노래에서는 겸손하게 표현하고 있다.
    [해설] 작자인 헨조가 어머니를 대신하여 답례의 노래를 지은 것. 정취를 더하기 위해
    서 가을 들판을 꾸민 정원을 황폐한 들처럼 표현하였다.

고킨와카슈

제5권

가을노래 하 秋歌上

249. 고레사다왕자의 집에서 있었던 우타아와세의 노래 분야노 야스히데

> 불기만 하면 바로 가을 초목을 시들게 하니
> 아! 그래서 산풍(山風)을 람(嵐)이라 하는구나

是貞親王家歌合の歌 文屋康秀

> 吹くからに 秋の草木の しほるれば むべ山風を あらしといふらむ

250.

> 풀도 나무도 색깔 변해가지만
> 바다에 피는 하얀 파도 꽃에는 가을이란 없도다

---

249) [주해] 〈산풍〉산(山)과 바람 풍(風)을 합치면 람(嵐)이라는 한자가 된다. 한자를 이용한 기교를 보여주고 있다. 이러한 예의 노래로 337을 들 수 있다.
　　[해설] 실제로는 산과 들에 초목을 마르게 하는 돌풍을 노래한 것이지만, 문자를 이용하여 나름대로 만추의 바람을 풀이하였다. 가을철에 부는 돌풍이 초목을 상하게 하는 것을 보고 노래하였다. 『백인일수(百人一首)』에도 수록.

251. 가을의 우타아와세할 때에 읊음 _{기노 요시모치}

단풍 안 드는 상록(常綠) 우거진 산은
부는 바람의 소리 들어 가을을 알게 되는가 보다

秋の歌合しける時に、よめる　紀淑望
　もみぢせぬ ときはの山は 吹風の をとにや秋を ききわたる覽

252. 제목을 알 수 없음 _{작자미상}

안개가 일고 기러기 울음 우는
가타오카의 아시타 들녘에도 단풍들었겠구나

---

250) [주해] 〈색깔 변해가지만〉단풍이 들지만. 〈하얀 파도 꽃〉파도를 꽃으로 보았다. 이와
　　반대로 89번, 272번 등은 꽃을 파도로 보았다.
　　[해설] 245번처럼 초목은 봄철의 한 가지 색깔에서 가을이 되어 갖가지 색깔로 물들었
　　다. 그러나 바다의 꽃이라고 하는 파도는 변함없이 하얀 거품을 일으키고 있다. 초목의
　　색은 바뀌었지만, 파도의 색은 그대로이다. 파도의 색이 그대로인 이유를 구하였다. 바
　　다에 가을이 찾아오지 않았다고 생각하는 것은 『고킨슈』의 특징인 이지적 발상이다.
251) [주해] 〈가을의 우타아와세〉시기불명. 〈바람의 소리 들어〉산을 의인화 하였다. 단풍
　　이 들지 않는 늘 푸른 산이기에 시각적으로는 가을이 왔는지 알 수 없고 청각으로 알
　　수 있다는 의미.
　　[해설] 가을바람 소리의 청명함을 강조하여 지은 노래. 가을이란 왠지 쓸쓸한 바람이
　　불고 아름다운 단풍이 드는 그리운 계절이라는 생각이 배후에 깔려 있다. 늘 푸른 상
　　록수가 우거진 숲은 가을이 왔다고 해도 단풍이 들지 않는다. 단풍이 들지 않아도 상
　　록수의 산이 가을의 도래를 아는 이유를 구하였다. 시각적으로 가을이 왔는지 알 수
　　없지만, 바람 소리를 들어서 가을의 도래를 안다는 이지적 발상이다.
252) [주해] 〈가타오카의 아시타 들녘〉야마토[大和] 지방의 우타마쿠라[歌枕]. 나라현[奈
　　良県] 북가쓰라기군[北葛城郡]에 있다. 대부분의 노래가 이 노래처럼 '가타오카의 아
　　시타 들녘'이라고 이어진다.
　　[해설] 작자는 가타오카의 아시타 들녘의 단풍의 아름다움을 알고 있다. 이미 단풍이
　　들었을 아시타 들녘을 그리는 마음을 노래하고 있다. 전체적으로는 기러기를 주(主)로

霧立て 雁ぞなくなる 片岡の 朝の原は もみぢしぬらむ

253.

음력 시월의 시구레도 아직은 내리지 않는데
앞서서 단풍드는 간나비의 숲이여

神無月 時雨もいまだ ふらなくに かねてうつろふ 神なびの森

254.

(치와야부루) 간나비 산 물드는 단풍에게는
마음 주지 않으리 색 변해 버리기에

하고, 단풍을 종(從)으로 하여 가을의 추이를 노래하였다.
253) [주해] 〈시구레〉늦은 가을에서 초겨울에 걸쳐 내리는 소나기. 『만요슈』에서는 '음력
　　구월에 내리는 시구레에 흠뻑 젖어서 가스가의 산 녘은 완전히 물들었네(九月のしぐれ
　　の雨に濡れ通り春日の山は色付きにけり : 제10권 2180)', '음력 시월에 시구레를 만나서 물
　　든 단풍은 바람 불면 떨어지리 바람이 부는 대로(十月しぐれに逢へるもみちばの吹かば散り
　　なむ風のまにまに : 제8권 1590)'에서 보듯이 음력 9월과 10월에 걸쳐 내리는 비로 단풍을
　　들게 하는 비. 헤이안 시대에 들어와서는 단풍을 들게 하는 매체가 아니라 겨울의 경
　　물로 바뀌어 단풍을 지게 하는 매체로 자리 잡았다. 〈간나비의 숲〉나라현 이코마군 이
　　카루가초 부근의 숲. 단풍으로 유명한 다쓰타 산의 부근이라는 설도 있고, 신의 영(靈)
　　이 하늘에서 내려오는 곳이라는 보통명사로 해석하기도 한다. → 1010.
　　[해설] 『만요슈』의 용례에서 보듯이 음력 9월에 비가 내려 단풍을 들게 하는 것이라는
　　발상을 전제로 하여, 아직 시구레도 내리지 않았는데, 벌써 단풍이 든 것을 보고 놀라
　　움을 노래하였다. 간나비는 높은 곳이기 때문에 다른 곳보다 빨리 단풍이 드는 것이
　　당연한데, 이를 신령한 숲이기에 신의 힘에 의해서 단풍이 들었다는 것을 여정적으로
　　표현하고 있다.
254) [주해] 〈치와야부루〉신(神)이라는 말을 이끌어내는 마쿠라코토바.
　　[해설] 단풍의 아름다움을 여성에 비유하였다. 여성의 마음은 금방 변하기 때문에, 간
　　나비 산의 단풍이 아름답다고 해도 마음을 주지 않으리라고 노래한다.

255. 세이와천황시절, 료키덴 앞에 매화나무가 있었다. 서쪽으로 뻗어 있는 가
　　지가 단풍들기 시작한 것을 보고 덴조비토들이 노래를 지을 때, 아울러 지은
　　노래　후지와라노 가치온

한 나무에서 나온 이파리면서 단풍든 것은
서쪽에서 가을이 시작되기 때문에

貞観御時、綾綺殿の前に梅の木ありけり。西のかたに差せりける枝のもみぢ始めたりける
を、殿上に侍ふ男どものよみけるついでによめる　藤原勝臣
　　おなじ枝を わきて木の葉の うつろふは 西こそ秋の はじめなりけれ

256. 이시야마에 갔을 때, 오토하 산의 단풍을 보고 읊음　쓰라유키

가을바람이 불기시작한 날부터
오토하 산의 봉우리 위 가지도 완전히 물들었네

255) [주해] 〈료키텐〉어전(御殿)의 하나. 〈아울러 지은 노래〉작자는 덴조비토들보다 신분
　　이 낮았지만, 노래짓는 것이 허락되어 지은 노래. 〈서쪽에서 가을이〉우연히 서쪽방향
　　으로 뻗어 나온 가지가 먼저 단풍든 것을 포착하여 오행설(五行説)을 적용시켰다. 오
　　행설에서는 동쪽이 봄, 서쪽이 가을, 남쪽이 여름, 북쪽이 겨울을 나타낸다.
　　[해설] 이지적인 노래로 이 노래가 성공하고 있는 점은 오행설을 도입하여 가을은 서
　　쪽에서 오는 것이라는 풀고 있기 때문이다.『고킨슈』의 가풍을 잘 말해주는 작품이다.
256) [주해] 〈이시야마〉시가현[滋賀県] 오오쓰시[大津市]. 여기서는 그곳에 있는 절[石山
　　寺]을 말함. 〈오토하 산〉기요미즈데라[清水寺]가 있는 교토 히가시야마[東山] 연봉의
　　하나. 또는 오오사카 산[逢坂山]의 남쪽의 산이라고도 한다. 오토하 산의 '오토'는 소
　　리[音]라는 의미로 바람의 연어(縁語). 〈가을바람이 불기 시작한 날〉입추.
　　[해설] 오토하 산꼭대기에 있는 나무에 단풍이 든 것을 발견하였을 때의 마음을 노래
　　하였다. 단풍이 든 것은 가을을 느꼈다는 증거. 그 단풍이 언제부터 물들었을까, 시기
　　적인 부분에 관심을 두었다. 여기서 오토하 산의 '오토'가 소리라는 의미를 갖는데 착
　　안하여, 입추가 되어 가을바람이 불던 날부터 오토하 산에는 가을바람의 소리가 끊임
　　없이 들려왔는데, 오늘 그 산을 바라다보니 완전히 단풍이 들었구나라고 표현하였다.

石山に詣でける時、音羽山のもみちを見て、よめる 貫之
　　秋風の 吹にし日より をとは山 みねの梢も 色づきにけり

257. 고레사다왕자의 집에서 있었던 우타아와세에서 읊음 도시유키 조신

하얀 이슬의 색은 하나이거늘
어찌하여서 가을의 나뭇잎은 색색으로 물드나

是貞親王家歌合に、よめる 敏行朝臣
　　白露の 色はひとつを いかにして 秋の木のはを ちゞに染む覽

258. 미부노 다다미네

가을날 밤의 내리는 이슬 그냥 놓아두고서
기러기의 눈물이 들녘 물들이는가

壬生忠岑
　　秋の夜の 露をばつゆと をきながら 雁のなみだや 野べを染むらむ

　제3구 이하는 현재시점이다.
257) [주해] 〈하나이거늘〉뒤의 '색색으로 물드나'와 대비.
　　[해설] 빛나는 이슬과 색색으로 영롱하게 빛나는 단풍의 대비에서 오는 아름다움을 노
　　래하고 있다. 이슬에 의해 단풍든다는 당시의 미의식을 바탕으로 이슬은 한 가지 색임
　　에도 불구하고 다양한 색깔로 단풍이 물드는 것을 노래하였다. 이슬의 단색과 단풍의
　　각색을 대비하는 형식이다.
258) [주해] 〈기러기의 눈물〉새도 슬퍼서 울면 사람처럼 눈물을 흘린다는 의인법을 바탕
　　으로 기러기의 눈물을 도입. 기러기의 눈물은 홍루(紅淚).
　　[해설] 가을 아침 단풍든 들녘의 나뭇잎 위에 맺혀 있는 이슬을 노래하였다. 원래 단
　　풍을 들게 하는 것은 이슬인데, 아침에 보니 붉게 물든 이파리 위에 이슬이 맺혀 있다.
　　이슬이 그대로 있음에도 단풍이 붉게 물든 이유를 구하였다. 단풍이 한창 들어, 가을
　　의 슬픔을 한층 더 깊게 하는 때에, 기러기가 하늘을 울며 날아간다. 피 눈물을 흘린다
　　는 기러기의 홍루가 나뭇잎에 떨어졌기 때문에 들판의 나무가 붉게 물들었다고 노래
　　하고 있다.

259. 제목을 알 수 없음 작자미상

가을 이슬은 온갖 색 달리하여 내려오기에
산 위의 나뭇잎은 색색이 물드나보다

題しらず よみ人しらず

秋のつゆ いろいろ異に をけばこそ 山の木の葉の 千種なるらめ

260. 모루 산기슭에서 읊음 쓰라유키

이슬도 비도 완전히 샌다하는 모루란 산은
이파리 남김없이 온통 물들었구나

守山のほとりにて、よめる 貫之

しらつゆも 時雨もいたく もる山は 下ばのこらず 色づきにけり

261. 가을노래를 읊음 아리와라노 모토카타

비가 내려도 조금도 새지 않을 가사토리 산
어찌하여 단풍이 물들을 수 있을까

---

259) [해설] 색색으로 나뭇잎이 물든 이유를 구하였다. 이렇게 나뭇잎이 각양각색으로 물
드는 것은 바로 이슬 때문. 언뜻 보기에 이슬은 흰색 한 가지인 것 같지만, 사실은 각
양각색의 빛깔을 갖고 있기 때문에, 나뭇잎이 갖가지 색으로 물드는 것이라 노래하고
있다. 앞의 257에서 이슬이 흰색 하나라고 하는 것과는 달리 이슬의 색깔이 가지가지
라고 표현 하였다.
260) [주해] 〈모루야마〉현재는 모리야마라고 하며, 사가현[滋賀県] 야스군[野洲郡]에 있
다. 모루야마의 모루[漏る]는 '비나 물이 새다'라는 의미를 암시.
[해설] 모루야마의 모든 나무에 단풍든 아름다움을 노래하면서, 한편으로 단풍이 든
원인을 구하고 있다. 모루야마의 모루가 샌다는 의미를 가진 것처럼 이슬도 시구레도
완전히 새어 초목에 뿌려졌기 때문에 가지가지 남김없이 단풍이 들었다고 노래한다.
261) [주해] 〈가사토리 산〉우지시[宇治市] 다이고지[醍醐寺] 동쪽에 있는 산. 가사토리는

　雨ふれど つゆも漏らじを かさとりの 山はいかでか もみぢ初めけむ

262. 신사 근처를 지날 때, 신사 울타리 안의 단풍을 보고 읊음 ^{쓰라유키}

(치와야부루) 신사 울타리 안의 칡넝쿨마저

가을 이기지 못하고 누렇게 물들었네

神社のあたりをまかりける時に、斎垣の内のもみちを見て、よめる 貫之
　ちはやぶる 神の斎垣に はふ葛も 秋にはあへず うつろひにけり

263. 고레사다왕자의 집에서 있었던 우타아와세에서 읊음 ^{다다미네}

비가 내리면 가사토리 산 위의 물든 단풍은

오가는 사람들의 소매까지 비추네

'우산 또는 삿갓을 받고 있다'는 의미. 첫 번째 구의 '비'는 가사토리 산의 연어(緣語)
[해설] 가사토리 산의 단풍을 보고 이를 칭찬하는 노래이다. 앞의 노래에서 보듯이 단풍은 시구레와 이슬이 물들인다는 발상에서 출발하여 가사토리 산이란 이름으로부터 우산을 연상하였다. 이어서 우산을 받고 있으면 빗물이 조금도 새지 않을 것이고, 시구레가 새지 않았다면 단풍도 들지 않을 텐데, 어떻게 저렇게 아름다운 단풍이 들었는가 하고 감탄하고 있다. 앞의 노래는 '빗물이 새다'라는 표현을 사용한데 반하여, 이 노래는 새지 않는다고 읊은 노래를 배열함으로서 앞의 노래와 대조적인 의미를 갖는다.
262) [주해] 〈단풍을 보고〉노래의 내용상 칡이 단풍든 것. 〈치와야부루〉두 번째 구의 신사를 이끌어내는 마쿠라코토바[枕詞]. 〈칡넝쿨에도〉신사 안에 있는 칡넝쿨마저도.
　[해설] 신사 울타리에 얽혀 있는 칡넝쿨에 단풍이 든 것을 보고, 신의 위력과 가을의 힘을 비교하여 노래하였다. 신사의 울타리에 얽혀 있는 칡넝쿨은 신사라는 신성한 곳에서 신의 위광을 받고 있으니 늘 푸르리라 생각했는데, 그것도 가을에게는 못 당하고, 색이 바뀐다는 의미.
263) [주해] 〈소매까지〉소매라고 표현하였지만, 그곳을 지나는 사람의 옷을 의미. 가사토리 산 전체는 물론 그곳을 지나는 사람마저. 〈비추네〉비에 젖은 단풍이 비에 젖어 빛남.
　[해설] 비온 후의 가사토리 산의 단풍을 노래하였다. 단순히 가사토리 산의 단풍만을 노래하는데 그치지 않고, 사람을 배치하여 단풍의 아름다움을 강조하고 있다. 일본화[大和絵]와 같은 서경가의 정취를 풍긴다. 261번도 같은 가사토리 산의 단풍을 노래하

是貞親王家歌合に、よめる 忠岑

あめふれば かさとり山の もみぢ葉は 行かふ人の 袖さへぞ照る

264. 우다천황시절 대비마마가 주최한 우타아와세의 노래 ^{작자미상}

지지 않아도 미리부터 아쉬운 어여쁜 단풍

이제 마지막인 듯 보이는 색 띠우니

寬平御時后宮歌合の歌 よみ人しらず

散らねども かねてぞおしき もみぢ葉は 今は限の 色と見つれば

265. 야마토 지방에 갔을 때, 사호 산에 안개가 끼어 있는 것을 보고 읊음

기노 도모노리

누구를 위해 깔아 놓은 비단인가

가을 안개가 사호 산의 기슭에 일어 감추는도다

大和国にまかりける時、佐保山に霧の立てりけるを見て、よめる 紀友則

誰がための 錦なればか 秋ぎりの さほの山べを たちかくすらむ

였지만, 이 노래는 261과 비교하여 시간의 경과가 있음을 느낄 수 있다.

264) [주해] 〈미리부터 아쉬운〉지지는 않았지만 질 것이 아쉬워서.
    [해설] 지금 한창인 단풍을 보면서 단풍이 저버리고 난 후의 애석함을 노래하였다. 가을의 비애와 자연에 대한 애석함이 담겨 있다.
265) [주해] 〈사호 산〉나라시[奈良市] 북동부, 사호초[佐保町] 부근의 산을 말함. 〈비단〉단풍을 비단에 비유하였다. 〈일어 감추는도다〉안개가 일어 단풍이 보이지 않음.
    [해설] 단풍이 든 사호 산에 가을 안개가 이는 것을 보고 안개가 단풍을 의도적으로 감추는 것으로 표현하였다. 겉으로는 안개로 인해 단풍을 볼 수 없는 아쉬움을 노래하지만, 사실은 안개 속에 감추어진 단풍을 칭찬하고 있다. 이하 3수는 사호 산의 단풍을 노래하였다. 안개가 단풍을 감추다는 식의 발상은 봄날의 어두움이 매화를 감추고, 봄 안개가 벚꽃을 감추는 식의 발상으로 『고킨슈』에서 흔히 볼 수 있는 의인법이다.

266. 고레사다왕자의 집에서 있었던 우타아와세에서 읊음 ^{작자미상}

가을 안개여 오늘 아침 일지 마라
사호 산 위의 갈참나무 단풍을 멀리서도 보리라

是貞親王家歌合の歌 よみ人しらず
秋霧は けさはな立ちそ さほ山の 柞のもみぢ よそにても見む

267. 가을노래로 읊음 ^{사카노 우에노 고레노리}

사호 산 위의 갈참나무 단풍색 아직 여린데
가을은 이렇게도 깊어지고 말았나

秋の歌とて、よめる 坂上是則
さほ山の は〉その色は うすけれど 秋はふかくも なりにける哉

268. 어떤 사람의 뜰에 심고자 보낸 국화에 곁들인 노래 ^{아리와라노 나리히라 조신}

심어놓으면 가을 없는 해에는 피지 않으리
꽃 진다할지라도 뿌리마저 마를까

---

266) [주해] 〈갈참나무〉갈참나무는 헤이안 후기로 넘어가면서 '갈참나무숲[柞の森]'이라는 우타마쿠라[歌枕]로 사용되었다. 또한 이 노래처럼 사호 산의 갈참나무의 단풍도 후세에 그대로 답습되었다.
267) [주해] 〈아직 여린데〉'여리다[薄い]'는 마지막 구의 '깊다[深い]'와 대조의 미를 이루고 있다.
　　[해설] 갈참나무의 단풍색이 여린 것이, 마치 단풍이 들기 시작한 가을의 처음을 연상케 하지만, 단풍의 짙고 옅음에 관계없이 계절의 변화가 빠름에 놀람과 동시에 가을이 깊어짐에 따른 슬픔이 동시에 표현되고 있다.
268) [주해] 〈가을 없는 해에는 피지 않으리〉가을이 없는 계절에는 꽃이 피지 않겠지만, 가을이 없는 해는 없으니까, 반드시 계속해서 꽃이 핀다는 의미. 〈꽃 진다할지라도 뿌리마저 마를까〉비록 꽃이 지는 일이 있을지라도 뿌리마저 마르는 일은 없듯이, 당신

人の前栽に、菊に結び付けて植へける歌 在原業平朝臣
　植へしうへば 秋なき時や さかざらむ 花こそちらめ 根さへかれめや

269. 우다천황시절, 국화에 대하여 노래를 지으라고 하셨을 때, 지어올린 노래

도시유키 조신

(히사카타노) 구름 위 자리에서 보는 국화는

하늘에 뜬 별인 양 착각할 것 같도다

　　　이 노래는, 아직 당상에 오르는 것이 허락되지

　　　않았을 때에, 특별히 부름을 받아 지어 올렸다고 한다.

寛平御時、菊の花を、よませ給うける 敏行朝臣
　久方の 雲のうへにて 見る菊は 天つ星とぞ あやまたれける

을 향한 나의 마음은 변함이 없다는 의미를 암시.
[해설] 국화를 소재로 한 노래는 『만요슈』에서는 한수도 찾아볼 수 없다. 그렇지만 같은 시대의 『가이후소[懷風藻]』의 한시나 『고킨슈』 등에는 다수 보인다. 국화는 그 색깔과 더불어 향기를 노래하고 있다. 중국의 풍습을 채용한 헤이안 왕조에서는 9월9일 중양을 축하하는 국화연(菊花宴)을 열었다. 이 노래는 『이세모노가타리』 51단, 『야마토모노가타리』 163단에도 수록되어 있다.
[이세모노가타리 51단] 옛날 한 남자, 어떤 이가 뜰에 국화 심은 것을 보고, "심어놓으면 해마다 가을되어 꽃 피우리라 꽃 진다할지라도 뿌리마저 마를까"
269) [주해] 〈노래를 지으라고 하셨을 때〉천황이 작자에게 노래를 지으라고 명하였음. 『고킨슈』에서 '노래를 지으라고'라는 표현이 나올 때는 보통 그 하명자는 천황이다. 〈히사카타노〉두 번째 구의 '구름'을 이끌어내는 마쿠라코토바. 〈구름 위 자리〉궁중을 말함. 〈당상에 오르는 것이 허락되지 않았을 때〉작자 도시유키는 우다천황시절에 곤노츄죠[權中将]·구로도노토[蔵人の頭]였다. 구로도는 5, 6위, 구로도노토는 4위에 해당된다. 비록 낮은 관위였지만, 이들은 직무상 당상에 오르는 것이 허락되었다. 따라서 이 노래가 지어진 시기는 토시유키가 이보다 낮은 관직에 있을 때 지은 노래라는 것을 알 수 있다.
[해설] 작가(作歌)시점은 작자가 아직 당상에 오르는 것이 허락되지 않은 시점. 하급관리로서 특별히 부름을 받고 지은 노래인 만큼, 황송한 기분에 천황의 장수를 비는 마음이 서려 있다. 궁중을 구름 위, 다시 말해서 천상으로 보고, 그 자리에 있는 국화를 별로 보았다. 높은 곳에 있는 국화인 만큼 아름답고, 그 아름다움은 하늘의 별로 착각할 정도 국화꽃을 하늘의 별로, 이파리를 구름으로 보는 발상은 한시의 세계에서 많이 볼 수 있다. 한시의 표현을 와카에 끌어 들인 것이 이 노래의 참신한 맛이다.

270. 고레사다왕자의 집에서 있었던 우타아와세에서 읊은 노래 기노 도모노리

이슬 그대로 꺾어 꽂으려 하네 국화꽃송이
늙지 않는 가을이 오래 갈 수 있도록

是貞子親王家歌合の歌　紀友則
露ながら おりてかざゝむ 菊の花 老いせぬ秋の ひさしかるべく

271. 우다천황시절, 대비마마가 주최한 우타아와세의 노래 오오에노 치사토

심었을 때는 꽃 필 날 언제일까 기다린 국화
색 바래는 가을을 만나게 될 줄이야

寛平御時后宮の歌合の歌　大江千里
うへし時 花まちどをに ありしきく うつろふ秋に あはむとや見し

---

270) [주해] 〈이슬 그대로〉중국의 남양현(南陽懸)에 국수(菊水)라고 하는 강물이 있고, 그 주변에 사는 사람들은 국화의 이슬이 물이 되어 흐르는 것을 마시면서 장수를 유지했다는 고사를 배경으로 하여 장수를 기원하고 있다. 〈꽃으려 하네〉연회자리에서 머리에 꽂음. 머리에 장식으로 꽂는 국화에 이슬이 그대로 있는 것을 꽂는 이유는 바로 위의 고사에 기인한다. 〈늙지 않는 가을〉역시 고사에 기인.
[해설] 시기적으로 9월 9일에 있는 국화연(宴)때에 지은 노래로 볼 수 있다. 이슬이 국화에 있는 그대로 꺾고 싶다는 희망은 제3구의 ‘늙지 않는 가을’로 이어지고, 늙지 않는 가을이 오래가기를 바라는 것은 불로장생하고 싶다는 의미. 중국의 고사를 배경으로 하여 불로장생을 기원하는 마음이 여정으로 느껴진다.
271) [주해] 〈심었을 때는〉봄. 제4구의 ‘색 바래는 가을’과 대비되는 표현.
[해설] 국화의 색이 변한 것에 대한 탄식을 노래하였다. 봄에 국화를 심고서 오로지 언제나 꽃이 필까 하고 기다리며 꽃이 진다는 쪽은 생각지도 않았는데, 어느새 꽃이 피고 시들어 색이 변하고 말았다. 용서 없이 지나가는 시간의 빠름에 대한 놀라움을 읽을 수 있는 노래이다. 표현기교로는 봄과 가을, 심음과 시들음을 대비시키고 있다.

272. 같은 천황시절에 있었던 기쿠아와세에서 바닷가 모습을 만들고 국화꽃으로 장식한 것에 곁들인 노래. 후키아게 해변을 만들고 거기에 국화를 심어놓은 것을 보고 읊음 스가하라 조신

가을바람이 분다는 바닷가에 심은 흰 국화
꽃일까 꽃 아닐까 밀려드는 파도일까

同じ御時、せられける菊合に、州浜を作りて菊の花植へたりけるに加へたりける歌。吹上の浜の形に、菊植へたりけるを、よめる 菅原朝臣

秋風の ふきあげにたてる しらぎくは 花かあらぬか 浪のよするか

273. 선궁(仙宮)으로 들어가는 길에 핀 국화를 가르며 사람이 들어가는 모형을 보고 읊음 소세이 법사

산길의 국화 이슬에 젖었다가 마르는 새에
어느새 천년이란 시간 내게 흘렀네

---

272) [주해] 〈기쿠아와세〉참가자를 좌우로 나누어 양쪽의 노래를 서로 겨루는 것이 우타아와세. 이와 마찬가지로 기쿠아와세는 좌우에 참석한 사람들이 지참한 국화의 우열을 가리는 놀이. 이때에는 우타아와세도 병행하였다. 아와세에는 국화아와세 이외에도, 조개의 그림을 겨루는 '가이[貝]아와세' 등이 있다. 〈바닷가의 모습을 만들고〉바닷가의 모래가 쌓여 있는 명소의 모형을 만들고 거기에 국화를 장식하였다. 이 아와세에서는 모형의 아름다움도 서로 겨루었다. 〈후키아게해변〉와카야마시[和歌山市] 서남부의 해변. 〈가을바람이 분다는 바닷가〉후키아게라는 이름은 '바람이 분다[吹き上げ]'는 의미를 갖는다. 이를 이용하여 가을바람이 분다는 표현을 이끌어내었다. 따라서 후키아게는 지명과 더불어 바람이 분다는 의미를 나타내는 가케코토바[掛詞]적 표현이다.
[해설] 후카아게라는 지명에 걸맞게 오늘도 해변에는 가을바람이 심하게 불고 있다. 거기에 보이는 것은 흰 국화일까, 아니면 밀려왔다 돌아가는 파도가 꽃으로 보이는 걸까. 기쿠아와세에서 국화로 후키아게 해변을 꾸민 것을, 실제 경치로 보고, 작자 자신이 그곳에 있는 것으로 노래하였다. 이하, 273~275까지는 이 기쿠아와세의 노래이다.
273) [주해] 〈선궁〉신선이 사는 곳. 선궁에 사는 신선은 불로장생. 그 이유는 바로 이슬 때문. 〈이슬에 젖었다가 마르는 새에〉원문의 쓰유[つゆ]는 이슬이라는 의미와 순간적[つゆのま]이라는 의미를 갖는 가케코토바적 표현.
[해설] 선궁으로 들어가는 사람의 입장에서 노래하였다. 신선이 죽지 않는 이유는 이

　ぬれて干す　山路のきくの　つゆのまに　早晩ちとせを　我は経にけむ

274. 국화 옆에서 누군가가 사람을 기다리는 모습의 모형을 보고 노래함 _{도모노리}

꽃을 보면서 누군가 기다릴 때
(시로타에노) 국화를 소매인양 착각하고야 마네

菊の花のもとにて、人の、人待てる形を、よめる 友則

　花見つゝ　人まつ時は　白妙の　袖かとのみぞ　あやまたれける

275. 오오사와 연못의 모형 위에 국화를 심을 것을 보고 노래함

한 송이라고 생각했던 국화를
오오사와의 연못 바닥에 누가 또 한 송이 심었나

슬 때문. 또한 국화는 선궁의 꽃으로 간주되어왔다. 국화 위에 내린 이슬을 보고, 작자는 선궁을 연상하였다. 또한, 국화에 이슬이 맺혔다가 이내 말라버리는 이슬의 속성을 이용하여 선궁에서는 짧은 시간이지만 인간의 세계에서 보면 엄청난 시간이 지났다고 하는 설화의 세계를 바탕으로 하여 한 수를 완성시키고 있다.

274) [주해] 〈시로타에노〉'희다' 또는 옷, 소매 등을 이끌어내는 마쿠라코토배[枕詞]. 〈소매인양〉국화가 바람에 흔들리는 것을 기다리는 그 사람의 소매로.
　[해설] 국화를 바라보면서 친구를 기다릴 때, 하얀 국화 위로 바람이 산들거리는 것을 보면 내가 기다리는 사람이 하얀 소매를 흔들며 다가오는 것처럼 착각한다는 노래. 누군가를 기다릴 때의 심리를 국화를 매개로 하여 우아하게 묘사하고 있다. 도연명이 9월 9일에 술이 없어서 마시지 못하고 그 대신 울타리의 국화를 즐기고 있을 때에 왕홍(王弘)이라는 사람의 사자(使者)가 흰 옷을 입고 술을 들고 왔다고 하는 고사를 답습한 노래다.
275) [주해] 〈오오사와 연못〉교토시[京都市] 우쿄구[右京区] 사가[嵯峨]에 있는 연못으로 다이가쿠지[大覚寺] 근처에 있다. 원래 사가천황의 별궁의 연못이었다. 일명 히로사와[広沢] 연못. 〈또 한 송이 심었나〉물에 비친 국화를 연못 바닥에 심은 것으로 봄.
　[해설] 오오사와의 연못의 모형에서 작자는 실제의 경치를 생각하고, 연못가에 심은 국화가 물에 비친 모습을 상상하여 노래하였다. 이처럼 물에 비친 꽃의 아름다움을 노래하는 수법은 『고킨슈』의 미적 수법을 엿볼 수 있는 것으로 이밖에 43, 44, 124번 등

大沢の池の形に菊植ゑたるをよめる
　一本と 思し花を おほさはの 池のそこにも 誰かうへけむ

276. 이 세상의 덧없는 일을 생각할 때, 국화꽃을 보고 노래함 _{쓰라유키}

가을 국화가 피어 있는 동안은 머리에 꽂으리

꽃보다 먼저 질지 모르는 몸이기에

世中のはかなきことを思ける折りに、菊の花を 見て、よみける 貫之
　秋の菊 にほふかぎりは かざしてむ 花よりさきと 知らぬわが身を

277. 흰 국화를 읊음 _{오오시코우치노 미쓰네}

어림하여서 꺾는다면 꺾을까

첫서리 내려 가름해낼 수 없는 하이얀 국화송이

白菊の花を、よめる　　凡河内躬恒
　心あてに おらばやおらむ 初霜の をきまどはせる 白菊の花

에서도 볼 수 있다.

276) [주해] 〈머리에 꽂으리〉원래 꽃을 쓰고 있는 관에 꽂아 화관을 만드는 것은 연회(宴会) 시에 하는 행동이지만, 여기서는 꽃을 사랑하는 마음에서 꽂는다는 의미로 생각된다. [해설] 어쩌면 주변에 죽은 사람이 있었는지 모르겠다. 세상 무상을 생각하며 사람의 목숨이 어찌 될지 모르니 꽃이 아름다울 동안에 머리에 꽂아 꽃을 즐기며 무상함을 떨쳐버리자는 마음이 여정적으로 표현되어 있다.

277) [주해] 〈어림하여서〉첫서리가 내려서 흰 국화를 구별할 수 없는 상황에서 만약에 꺾는다고 한다면 짐작으로. 〈첫서리 내려 가름해낼 수 없는〉「참조」뜰에 가득 핀 국화는 울금처럼 노랗다. 그중에 한 무리 서리처럼 하얀 것이 있다. 오늘 아침 연석에서 백발의 노인인 내가 검은머리 홍안의 소년들 가운데 낀 것 같구나(滿園花菊欝金黃。中有孤叢色似霜。還似今朝歌酒席。白頭翁入少年場。: 백낙천시집 11. 重陽席上賦白菊). [해설] 첫서리가 내린 아침 정원의 흰 국화를 보았을 때의 느낌을 노래하였다. 서리가 내려 뜨락이 온통 하얀색이기에 어느 것이 국화인지 분간할 수가 없는 상황. 서리 내린 가을 아침에 상쾌하게 빛나는 흰 국화의 모습을 노래한 작품.

278. 고레사다왕자의 집에서 있었던 우타아와세의 노래 ^{작자미상}

색 변해가는 가을날 국화꽃을
한 해 동안에 두 번 피는 꽃이라 볼 수 있으오리까

是貞親王家歌合の歌 よみ人しらず
　色かはる 秋のきくをば 一年に ふた＞びにほふ 花とこそ見れ

279. 닌나지에 국화를 헌상하고자 할 때, 노래를 곁들여서 바치라고 분부하셨기
에 읊음 ^{다이라노 사다훈}

가을을 두고 다시 한창때인가 국화꽃송이
빛이 바래가면서 색 더욱 눈에 띠니

---

278) [주해] 〈색 변해가는〉노란 국화나 하얀 국화가 서리를 맞으면 붉은 빛을 띠는 것을
　표현하였다. 〈두 번 피는 꽃〉사실은 서리를 맞아 시드는 것이지만, 색깔이 변하는 것
　을 두 번째 핀 국화라 표현하였다.
　[해설] 서리를 맞아 변색한 국화를 두 번째 핀 꽃으로 보는 점에서 이지적인 감각을
　느낄 수 있다. 이런 감각을 3, 4구의 '한 해 동안 두 번 피는'과 같이 하나와 둘을 대비
　시키며 노래한 것이 이 노래의 포인트이다. 이처럼 숫자를 대비시킨 노래로 193 '바라
　보니 여러모로 내 마음 슬퍼지도다 이 내 몸 하나만을 위한 가을 아닌데'에서도 볼 수
　있다.
279) [주해] 〈닌나지[仁和寺]〉지금의 교토시 우쿄구[右京区] 오무로[御室]에 현존. 888년
　우다(宇多)천황이 창건한 절이다. 우다천황은 출가하여 닌나지에 거처를 마련하였다.
　〈노래를 곁들여서 바치라〉하명자는 우다법황으로 추측. 출가한 천황을 법황(法皇)이
　라 한다. 〈가을을 두고〉가을은 제쳐두고 다시 한창인 때를 만났는가.
　[해설] 위의 노래와 마찬가지로 서리를 맞아 빛이 바랜 국화의 아름다움을 노래한 것
　으로, 국화를 법황에 비유하여 노래하였다. 겨울이 다가오면서 국화의 아름다움이 한
　층 더 해간다는 것이 노래의 표면적인 의미이지만, 내면적으로는 이제는 물러나서 닌
　나지에 칩거하는 우다법황의 모습이 나이가 들어가면서 더욱 빛난다는 의미를 가지고
　있다. 왕위를 물려 준 후에 더욱 번성하기를 기리는 노래로, 국화를 노래하였지만, 축
　하의 기분이 포함되어 있다.

仁和寺に、菊の花召しける時に、歌添へて奉れ、と仰せられければ、よみて、奉りける
平貞文

秋をおきて 時こそ有けれ 菊の花 うつろふからに 色のまされば

280. 남의 집에 있던 국화를 옮겨 심고서 노래함 ^{쓰라유키}

처음 피어난 집에서 우리 집에 옮겨 심으니
국화 다른 빛으로 바뀌고야 말았네

人の家なりける菊の花を、移し植へたりけるを、よめる 貫之
咲きそめし 宿しかれば きくの花 色さへにこそ うつろひにけれ

281. 제목을 알 수 없음 ^{작자미상}

사호 산 위의 갈참나무 단풍이 지려나보다
밤에라도 보라고 내리 비치는 달빛

題しらず よみ人しらず
さほ山の 柞のもみぢ 散りぬべみ 夜さへ見よと 照らす月かげ

---

280) [주해] 〈옮겨 심으니〉해당하는 원문의 'うつろふ'에는 '옮기다'라는 의미와 '바래다'는 의미가 들어 있는 가케코토바적인 표현.
　[해설] 남의 집에서 가져다가 뜰에 심은 국화가 붉은색으로 아름답게 변한 것을 가케코토바적인 표현을 이용하여 노래하였다. 쓰라유키다운 기량이 엿보인다.
281) [주해] 〈사호 산 위의 갈참나무 단풍〉→ 265 · 266. 〈밤에라도 보라고〉가을도 얼마 남지 않았고, 사호 산의 갈참나무 단풍도 떨어지려 한다. 떨어지는 것이 아쉬워서 밤에도 보라고 달빛이 훤하게 비친다.
　[해설] 사호 산의 갈참나무 잎이 떨어지는 것을 아쉬워하는 마음을 노래하였다. 여기부터 지는 단풍을 노래하였다.

282. 관직에서 오랫동안 떠나서 산속에 칩거할 때에 지은 노래 ^{후지와라노 세키오}

깊은 산속의 바위 위의 단풍이 지려나 보다
내리쬐는 햇빛을 받을 틈이 없기에

宮仕へ久しう仕う奉らで、山里に籠り侍けるに、よめる 藤原関雄
  奥山の 岩垣もみぢ ちりぬべし 照る日のひかり みる時なくて

283. 제목을 알 수 없음 ^{작자미상}

다쓰타 강에 단풍잎 어지럽게 내려오리라
건너가면 비단의 가운데 잘리려나
  이 노래는 어떤 이는 나라천황이
  지으신 노래라고 한다.

---

282) [주해] 〈바위 위의 단풍〉바위에 둘러싸인 곳에 단풍이 듦.
  [해설] 고토바가키[詞書]에 의해서 자신의 불우함을 탄식한 술회(述懷)의 노래임을 알
  수 있다. 그러나 고토바가키가 없으면 단순한 단풍의 노래로 볼 수 있다. 이 노래는 깊
  은 산속의 단풍에 빗대어서 자신의 처지를 읊었다. 햇빛을 천황으로 자신을 단풍에 빗
  대어 노래하였다.
283) [주해] 〈다쓰타 강〉단풍의 명소. 이코마 산[生駒山] 중턱에서 발원하여 나라현 이코
  마군을 남쪽으로 흘러, 야마토 강으로 흘러간다. 다쓰타는 『만요슈』에서 '기러기 울며
  날아옴과 동시에 (가라코로모) 다쓰타 산 위에 단풍들기 시작했네(雁がねの来鳴きしなへ
  に韓衣竜田の山はもみちそめたり): 제10권 2194)'처럼 일찍부터 다쓰타 산의 단풍을 노래
  하였고, 헤이안 시대에 들어서서는 완전히 단풍의 명소로 자리 잡았다. 〈단풍잎〉다쓰
  타 강 상류에 있는 단풍. 〈어지럽게〉강 전면을 덮을 정도로 상류지역의 단풍이 떠내려
  옴. 〈가운데 잘리려나〉단풍을 비단으로 보고 강을 건너기 위해 발을 들여놓으면 떠내
  려 오던 단풍이 흐트러지는 것을 잘리는 것으로 표현.
  [해설] 다쓰타 산의 단풍은 다쓰타 강 위에 떨어져 떠내려 온다. 작자는 다쓰타 강 유
  역의 사정을 잘 아는 사람으로, 단풍이 질 무렵의 다쓰타 강을 상상하여 노래하였다.
  이 노래에서 새로운 부분은 4, 5구. 강 하나 가득 떠내려 오는 단풍을 비단으로 보는
  것은 전통적인 발상이지만, 강을 건너면 비단의 중간이 잘린다는 식의 발상은 『고킨
  슈』다운 이지적 발상이다.

竜田川　紅葉乱て　流るめり　渡らば錦　中やたえなむ

　　　この歌は、ある人、平城帝の御歌也となむ申す

284.

다쓰타 강에 단풍 떠내려 오네

가미나비의 미무로 산 위에는 겨울비 내리는 듯

　　　또는 아스카 강에 단풍 떠내려 오네

たつた河　もみぢ葉ながる　神なびの　三室の山に　時雨ふるらし

　　　又は、飛鳥河　もみぢ葉ながる

285.

그리워지면 보면서 그리리다

단풍든 잎을 흐트리지 마시오 산에 부는 바람아

---

284) [주해] 〈가미나비〉가미나비는 신이 있는 곳이라는 의미의 보통명사에서 고유명사가 되었다. 『만요슈』에서는 용례로 보아 야마토[大和]의 아스카[飛鳥]지역이라고 일컬어 졌는데, 원래 보통명사에서 유래한 고유명사이므로 전국 각지에 있을 수 있는 지명이 지만, 헤이안 시대에는 위의 노래가 워낙 유명해서 당시에는 일반적으로 이가루가초의 서남부 다쓰타 산 지역을 가리키게 되었다. 〈미무로 산〉원래는 신이 계시는 방이라는 의미의 보통명사이지만 위의 노래에 의해 지금의 이가루초의 가미나비 산을 가리키게 되었다. 〈아스카 강〉나라현 다카이치군[高市郡]과 시키군[磯城郡]에 흘러가는 강.
[해설] 위의 노래와 비슷한 노래가 『만요슈』에 여러 수 있다. 그리고 '아스카 강'이라 는 이전(異伝)이 있는 것은 아마도 '가미나비'나 '미무로'가 일반명사였기 때문일 것이 다. 다쓰타 강에 단풍든 나뭇잎들이 떠내려 온다. 이렇게 단풍이 떠내려 오는 것은 상 류인 미무로 산에 초겨울비가 내리기 때문이라고, 눈앞에 펼쳐지는 정경을 보면서 다 른 지역의 기후를 상상하고 있다. → 1077.
285) [주해] 〈단풍든 잎〉이미 떨어진 잎을 말한다. 〈산에 부는 바람〉가을과 겨울에 산에 서 불어내려 오는 강풍.
[해설] 실제 경치를 노래하였다. 산가(山家)의 안에서 밖이 내다보이는 곳, 마당에 흩

恋しくは 見てもしのばむ もみちばを 吹なちらしそ 山おろしの風

286.

가을바람에 못 견디고 저버린 단풍잎처럼
갈 곳 정하지 못한 이 내 몸 서글퍼라

秋風に あへずちりぬる もみちばの 行ゑさだめぬ 我ぞかなしき

287.

가을이 왔네 단풍이 집 뜨락에 내려 깔렸네
길 헤치고 내게로 찾아오는 이가 없네

あきはきぬ 紅葉は宿に ふりしきぬ 道ふみわけて 訪ふ人はなし

어져 있는 단풍든 낙엽이 골에서 내려오는 바람에 휘날리는 모습을 보고 노래하였다.
손으로 잡을 수는 없다하더라도 산바람에 의해 소용돌이치듯 휘도는 낙엽을 보고 즐
거웠던 지난날을 회상하는 노래.

286) [주해] 〈가을바람에~단풍잎처럼〉제4구의 '갈 곳 정하지 못한'을 이끌어내는 조코토
바[序詞].
　　[해설] 단풍이 지는 실경을 보고 불안한 자신의 운명을 빗대어 노래하였다. 차가운 가
을바람에 견디지 못하고 떨어진 단풍잎이 어디로 날아갔는지 모르듯이 내 신세도 그
러하리라고 낙엽을 인간의 운명에 의탁하여 표현한 노래이다.
287) [주해] 〈단풍이 집 뜨락에 내려 깔렸네〉찾아오는 이가 없는 쓸쓸함을 여정적으로 보여
준다.
　　[해설] 낙엽에 파묻힌 산가(山家)를 노래하였다. 초구의 '~이(は)', 제2구의 '~이(は)',
마지막 구의 '~이(は)'처럼, 동일한 표현을 거듭하여 사용하면서 가을, 단풍, 독거라고
하는 쓸쓸함을 세 번에 걸쳐 점층적으로 표현함으로써, 가을 산가의 쓸쓸함이 증폭된다.

288.

헤치고라도 길 찾아가 뵈올까
단풍 비처럼 내리어 감춰버린 길이라 생각하며

踏みわけて 更にやとはむ もみぢばの ふりかくしたる 道と見ながら

289.

가을 달빛이 산등성이 청명히 비추는 것은
떨어진 단풍잎을 세어 보고자 함인가

秋の月 山辺さやかに 照らせるは 落つるもみぢの 数を見よとか

290.

부는 바람이 온 가지 색색으로 보였던 것은
가을 나무 단풍이 지기 때문이었네

288) [주해] 〈헤치고라도〉길 위에 온통 단풍잎이 떨어져 있음을 암시. 〈단풍 비처럼〉단풍
이 떨어지는 것을 비가 내리는 것으로 표현.
　　[해설] 앞의 287에 대한 답가의 취향을 갖고 있다. 아름답게 단풍이 떨어져 깔린 낙엽
을 밟으며 그 사람을 찾아가 볼까하고 노래한다. 여기서 포인트는 떨어진 단풍. 작자
는 아무도 찾아오지 말라고 산가의 주인이 일부러 길을 가리기 위해 깔아놓은 것으로
생각한다. 이제 그런 단풍이 비처럼 자연스럽게 떨어진 것으로 생각하고 찾아가 볼까
하고 노래한다. 단풍이 아름다운 산골 마을에 놀려간 적이 있는 작자가, 그 아름다움
을 잊지 못해서, 다시 한 번 찾아보고자 하는 마음을 노래하였다.
289) [주해] 〈산등성이〉단풍이 떨어져 있는 곳. 〈세어 보고자 함인가〉낙엽 한 잎 한 잎을
아쉬워하는 마음이 서려 있다.
　　[해설] 단풍이 지는 것을 아쉬워하는 마음을 노래하였다. 청명한 가을 달을 도입하고,
달이 밝은 이유를 구하고 있다. 달을 도입한 이유는 단풍을 아쉬워하는 마음으로 연결
된다.
290) [해설] 부는 바람에 휘몰아쳐 공중으로 날아오르는 각양각색의 단풍을 보고 원래 색

291. ^{세키오}

서리를 날실 이슬 씨실로 하긴 약한가보오
산 위의 짠 비단은 짜면 곧 흩어지네

関雄

霜のたて 露のぬきこそ よはからし 山の錦の をればかつ散る

292. 우린인의 나무 아래 멈춰 서서 읊음 ^{승정 헨조}

세상 지친 이 의지해 머무르는 나무 아래는
의지할 그늘 없이 단풍 지고 말았네

이 없는 바람이 색깔을 띠는 이유를 구하였다. 바람이 색색으로 보인 것은 낙엽이 바람 속에서 춤추고 있었기 때문이다. 102의 '봄 안개 빛이 저리도 색색으로 보였던 것은 안개 덮은 산 위의 꽃그늘 때문이리'와 비슷한 발상이다.

291) [주해] 〈짜면 곧 흩어지네〉비단을 단풍에 비유한 후, 단풍이 흩어져 떨어지는 모습을 비단이 풀려 흐트러지는 것으로 묘사하였다.
　　[해설] 아름다운 단풍의 덧없음을 노래하였다. 단풍이 든 후, 바로 낙엽으로 흩어지는 이유를 구하였다. 단풍이 떨어지는 것을 비단이 한 올 한 올 풀어 흩어지는 것으로 표현하였다. 단풍을 비단에 비유한 것은 이미 나라[奈良] 시대부터 있었다. 그리고 흐트러지기 쉬운 이유에서 서리나 이슬이 둘 다 사라지기 쉬운 것이기 때문이라는 생각이 들어 있다. 이 노래와 같은 발상으로『만요슈』'날실도 없고 씨실도 정함 없이 아가씨들이 짜 놓은 단풍 위에 서리여 내리지 말게(たてもなく緯も定めずをとめらが織る黄葉に霜な降りそね : 제8권 1512)'를 들 수 있다.

292) [주해] 〈우린인〉→ 75. 〈나무 아래 멈춰 서서〉겨울비라는 말은 보이지 않으나 노래의 분위기로 보아 비를 피해 나무 밑에 잠시 피한 것으로 보인다. 〈세상 지친 이〉세상을 무상하게 생각하는 이와 비를 피하여 나무 아래 선 사람이라는 뜻을 포함.
　　[해설] 우린인은 당시 이름 높은 절이다. 75에 의하여 뜰이 아주 넓었음을 알 수 있다. 이 노래는 그 넓은 뜰에서 초겨울에 내리는 시구레를 만났고 비를 피하기 위해서 섰을 때의 감정을 글로 옮긴 것이다. 이 세상에 쓸모없는 내가 비에 쫓겨 나무 아래 몸을 피했지만 그곳도 단풍이 떨어져서 비를 피할 수가 없다는, 무상함이 들어 있는 노래이다.

雲林院の木の陰に佇みて、よみける　僧正遍昭
　　わび人の　わきて立ち寄る　木のもとは　頼むかげなく　もみち散りけり

293. 이조황후가 동궁의 미야슨도고로라고 불릴 때, 병풍에 다쓰타 강에 단풍이
　　흘러가는 모습을 그린 것을 가제로 하여 읊은 노래　소세이

　단풍든 잎이 떠내려가 멈추는 가을 하구(河口)는
　진홍색 짙게 물든 파도 일고 있으리

二条后の、東宮の御息所と申ける時、御屛風に、竜田川に 紅葉流れたる形を書けりける
を題にて、よめる　素性
　　もみぢ葉の　ながれてとまる　みなとには　紅深き　浪やたつらむ

294.　나리히라 조신

　(치와야부루) 신대(神代)에도 못 들었네
　다쓰타 강물 진한 붉은색으로 물들인 다는 것을

---

293) [주해] 〈이조황후〉→ 8. 〈병풍〉이 노래는 고토바가키[詞書]의 내용에 의하면 병풍
　　가이다. 병풍가는 한시문의 전성시기였던 헤이안 초기에는 당화(唐画)에 한시를 적어
　　넣는 것이었지만, 국풍운동이 일어나면서 당화대신 일본화[大和絵]로 한시 대신 와카
　　로 대체 되었다. 병풍가는 우타아와세[歌合]와 더불어 『고킨슈』 성립에 중요한 위치
　　를 차지한다. 보통 12폭으로 매월 계절의 추이에 따라 작성되었던 병풍은 차츰 명소
　　(名所)를 그린 병풍으로 바뀌면서 헤이안 와카의 주요 수사법인 우타마쿠라[歌枕]를
　　형성하는 주요원인이 되었다. 351, 930 등도 병풍가이다. 이 노래는 다음의 294와 더불
　　어 일본화 병풍가 중 가장 오래된 노래이다. 〈가을 하구〉강이 바다로 들어가는 곳. 이
　　곳에서 강물이 머무른다고 생각하고, 따라서 단풍이 머무는 곳도 가을 하구. 〈진홍색
　　짙게 물든 파도〉단풍잎이 다쓰타 강에 가득 흘러가는 모습. 원래 파도는 하얗다는 것
　　이 일반적인 통념이지만, 이에 그치지 않고 단풍이 가지고 있는 붉은색의 선명함을 효
　　과적으로 표현하였다.
　　[해설] 병풍의 그림을 보고 작자의 추측을 더하였다. 현재 작자의 위치는 강의 상류.
　　여기서 단풍이 떠내려간 하류의 모습을 상상하여 노래하였다. 293도 같은 취향.
294) [주해] 〈치와야부루〉신(神)을 이끌어내는 마쿠라코토바. 〈진한 붉은색〉원문은 '韓紅'

業平朝臣

ちはやぶる 神世も聞かず たつた河 から紅に 水くゝるとは

295. 고레사다왕자의 집에서 있었던 우타아와세의 노래 도시유키 조신

내 걸어왔던 방향도 알 수 없네
구라후 산의 나무마다 나뭇잎 떨어져 휘날리니

是貞親王家歌合の歌 敏行朝臣
わが来つる 方もしられず くらふ山 木 >の木のはの ちるとまがふに

296. 다다미네

가미나비의 미무로 산 가을에 찾아가보니
비단옷 지어 입은 마음마저 느끼네

로 한반도에서 도래한 붉은색. 물을 옷감으로 보고서 물 위에 떠 있는 단풍잎을 홀치기염색의 문양으로 보았다. 홀치기는 군데군데 실로 강하게 묶어서 염색하여 문양을 만들어내는 염색법. 새빨간 단풍이 다쓰타 강 위로 떠내려가는 것을 진홍색으로 염색한 비단을 펼쳐놓은 것으로 보았다. 〈신대에도 못 들었네〉아주 오래된 옛날에는 기이한 일이 일어나곤 했음을 암시. 아주 이상한 일이 많이 일어나던 신대에도 이런 이야기는 듣지 못했다. 3구 이하의 이야기를 듣지 못했음.
[해설] 293과 마찬가지로 다쓰타 강의 단풍을 보고서 그 아름다움을 표현하기 위해, 신대를 등장시킴으로 단풍의 아름다움을 증폭시키고 있다. 『백인일수』에도 수록되어 있다.
295) [주해] 〈고레사다왕자〉→ 189. 〈구라후 산〉→ 39. 구라후 산의 '구라'는 어둠[暗い]이라는 의미를 암시. 〈방향도 알 수 없네〉어둡다는 의미의 구라후 산에 단풍마저 뒤섞여서 어디가 어딘지 구별할 수가 없다.
[해설] 낙엽이 질 무렵 구라후 산을 넘는 마음을 노래하였다. 구라후 산은 그 이름으로 부터도 어두운 곳인데, 나뭇잎이 온통 바닥에 휘날려서 더욱더 길을 찾을 수 없다.
296) [주해] 〈가미나비의 미무로〉→ 254. 〈비단옷 지어 입은〉단풍을 비단에 비유하고, 또 그 단풍이 떨어져 몸에 휘감기는 것을, 비단으로 옷을 지어 입은 것으로 표현.
[해설] 가을이 한창일 때 단풍이 떨어지는 미무로 산을 찾아가, 떨어지는 단풍을 노래하는 마음이다. 휘날리는 단풍 가운데 서서 작자는 마치 비단옷을 입고 있는 것 같은 황홀함을 느끼고 있다.

神なびの 三室の山を 秋ゆけば 錦たちきる 心ちこそすれ

297. 기타야마에 단풍 꺾으러 갔을 때에 읊은 노래 ^{쓰라유키}

보는 사람도 없이 져버리고만 심산유곡의
단풍은 밤에 입은 비단옷과 같도다

北山に、もみち折らむとてまかれりける時に、よめる **貫之**
見る人も なくてちりぬる 奥山の もみぢは夜の 錦成りけり

298. 가을노래 ^{가네미노 오오키미}

다쓰타히메 무사 귀한 위해서 비는 신 있기에
가을 물든 나뭇잎 오리(幣)처럼 날리네

---

297) [주해] 〈기타야마〉교토에 있는 산 이름이기도 하지만 당시에는 교토시의 북부 산지를 가리켰다. 〈단풍 꺾으러〉당시에는 꽃구경이나 단풍놀이를 가면 선물로 가지를 꺾어오곤 했었다. → 54·55·58·64. 〈밤에 입는 비단옷〉사기(史記), 항우본기에 나오는 이야기로, 전한(前漢)의 주매신(朱買臣)이 부귀를 얻고도 고향에 돌아가지 않는 것은 밤의 비단과 같다고 하는 사기의 고사를 답습하여, 깊은 산속의 단풍을 아쉬워하는 마음을 읊었다(富貴 不帰故郷如衣繡夜行 誰知之者). 단풍의 아름다움을 사람들에게 알릴 수 없는 마음을 비유.
[해설] 심산의 단풍이 보는 사람 없이 안타깝게 지는 모습을 노래하였다. 단풍을 비단에 비유하는 평범한 발상에서 시작하지만, 작자는 여기에 중국의 고사를 도입하였다. 깊은 산속의 단풍은 보는 이 없이 지고 마는데, 그것을 사람의 경우에 비유하면 부귀를 얻고도 고향에 돌아가서 사람들에게 알리지 않는 것 같아 뭔가 아쉽다는 마음. 중국의 고사를 통하여 단풍의 아름다움을 여정적으로 표현하고 있다.
298) [주해] 〈다쓰타히메〉지금의 나라현[奈良県] 이코마군[生駒郡]에 있는 다쓰타신사의 신. 다쓰타 산 일대는 나라를 기준으로 볼 때, 다쓰타 산은 서쪽에 해당되고 오행설에서 서쪽은 가을에 해당함으로 다쓰타히메는 가을을 관장하는 신이 된다. 반면에 사호히메[佐保姫]는 사호 산에 있는 여신으로 사호 산은 동쪽에 있고 오행설에서 동쪽은 봄에 해당되므로 사호히메는 봄을 관장하는 여신이 된다. 다쓰타히메, 사호히메, 그리고 직녀인 '다나바타히메'는 당시 인간에게 가장 친근한 신이었다. 〈무사 귀환〉가을의

たつた姫 たむくる神の あればこそ 秋の木の葉の 幣と散るらめ

299. 오노라는 곳에 살 때에 단풍을 보고 읊음 ^{쓰라유키}

가을 산속의 단풍을 오리(幣)처럼 신께 드리니
산에 사는 나마저 나그네인 듯하다

小野と言ふ所に、住み侍ける時、もみぢを見て、よめる 貫之
秋の山 もみぢをぬさと たむくれば 住む我さへぞ 旅心地する

300. 가미나비 산을 지나서 다쓰타 강을 건널 때, 단풍잎이 떠내려가는 것을
보고 읊음 ^{기요하라노 후카야부}

가미나비 산 지나서 떠나가는 가을이기에
다쓰타 강 위에다 오리(幣)띄워 바치네

여신이 무사히 돌아가는 것. 즉 가을이 끝남을 의미함. 〈비는 신〉다쓰타히메가 오리를
바치는 신으로 길의 안전을 보호해주는 도조신(道祖神)을 가리킴. 〈오리〉신에게 기도
할 때 바치는 삼, 무명 종이 따위로 만든 것. 단풍을 오리에 비유한 것은 이 노래 이외
에 299·300·313·420·421 등이 있다.
　[해설] 가을이 끝나는 것을 멀리 여행을 떠나는 것으로 표현하였다. 거기에 가을의 여
신이라 일컫는 다쓰타히메를 도입하고 떨어지는 단풍을 다쓰타히메가 돌아가는 도중
의 안전을 빌기 위해 도조신(道祖神)에게 바치는 오리로 보고 있다.

299) [주해] 〈오노〉오노[小野]는 산에 근접한 그리 넓지 않은 들판의 일반적인 명칭으로,
오노라고 불리던 지역은 전국 어디서나 볼 수 있다. 그러나 우타마쿠라[歌枕]로서 유
명한 곳은 지금의 교토시 사쿄구[左京区]의 가미다카노[上高野]부근이다.
　[해설] 가을 산에 단풍이 바람에 휘날린다. 마치 나그네가 여행 중에 안전을 기원하며
오리를 바치는 듯하다. 그 모습을 보니 산속에 사는 나 자신도 여행을 하는 듯한 느낌.
쓰라유키가 오노에 거주하였다는 것은 일시적인 것으로, 단풍이 휘날리는 것을 보고
새삼 여행하는 느낌을 가졌을 것이다.

300) [주해] 〈다쓰타 강〉다쓰타 강은 위치적으로 보아 가미나비 산의 동쪽에 있다. 다쓰
타 강은 동에서 가미나비 산이 있는 서쪽으로 흐르는 강. 〈가미나비 산 지나서 떠나가
는 가을〉가을의 신인 다쓰타히메가 돌아가는 길은 서쪽.

神奈備山を過ぎて、竜田河を渡りける時に、もみちの流れけるを、よめる 清原深養父
　神なびの 山をすぎ行 秋なれば たつた河にぞ ぬさはたむくる

301. 우다천황시절, 대비마마가 주최한 우타아와세의 노래 후지와라노 오키카제

하얀 파도에 가을의 나뭇잎이 떠 있는 것이
어부가 띄어 놓은 배인 양 보이도다

寛平御時后宮歌合の歌 藤原興風
　白浪に 秋の木のはの うかべるを 海人のながせる 舟かとぞ見る

302. 다쓰타 강기슭에서 읊음 사카노우에노 고레노리

단풍잎 흘러 내려오지 않으면
다쓰타 강의 물 위에 가을 온 것 누가 알 수 있으리

[해설] 오행사상에 의해 가을은 서쪽에서 온다고 생각하였다. 따라서 겨울이 다가오면 가을의 신(神)인 다쓰타히메는 서쪽으로 떠난다. 그 도중에 다쓰타 강이 있고 때마침 강물 위에 단풍이 떠내려 온다. 작자는 그 단풍을 다쓰타히메가 떠나는 길의 안전을 위해 바치는 오리로 생각했다. 가미나비 산과 다쓰타 강의 위치 관계를 이용하여 이지적으로 노래하였다.

301) [주해] 〈하얀 파도〉강여울에 굽이쳐 흘러가는 물을 파도로 보았다.
　[해설] 바위에 부딪혀 부서지는 흰 파도에 새빨간 단풍이 떠 있는 것이 마치 바다에서 고기잡이를 하고 있는 어부의 배처럼 흔들리고 있다. 강물에 떠내려가는 낙엽을 배로 보는 것, 그리고 흰 파도와 붉은 단풍을 대비하여 노래하는 것은 흔히 있는 것.

302) [주해] 〈물 위에 가을 온 것〉물은 늘 변함이 없는 색깔. 물 위에도 가을은 오지만, 변함없는 색 때문에 가을이 온 것을 알 수 없다는 의미.
　[해설] 단풍이 끊이지 않고 떠내려 오는 다쓰타 강을 노래하였다. 물 위에 가을이 온 것을 안다는 것이 주제로, 변함없는 색깔 때문에 가을이 왔는지 알 수 없는 강물이지만, 단풍이 떠내려 오기 때문에 가을이 왔다는 것을 안다고 표현한 부분이 상당히 이지적이다. 자연에서 계절의 변화를 알리는 것이 여러 가지 있지만, 이 노래처럼 떠내려 오는 단풍에 의해 가을의 도래를 알았다는 점이 참신한 느낌을 준다. 실제로는 떠내려 온 단풍의 아름다움을 노래한 것.

もみぢ葉の ながれざりせば たつた河 水の秋をば たれか知らまし

303. 시가 산의 고개에서 읊음 _{하루미치 쓰라키}

산중 개울에 바람이 걸쳐놓은 냇물막이는
흘러가지 못하는 단풍든 잎이로다

滋賀の山越えにて、よめる 春道列樹
山河に 風のかけたる しがらみは ながれもあへぬ もみぢなりけり

304. 연못가에서 단풍이 지는 것을 노래함 _{미쓰네}

바람이 불면 떨어지는 단풍잎
물이 맑기에 지지 않은 잎마저 물에 비춰 보이네

池のほとりにて、もみぢの散るを、よめる 躬恒
風ふけば 落つるもみぢば 水きよみ ちらぬかげさへ 底に見えつ ＞

---

303) [주해] 〈시가〉→ 115. 〈냇물막이〉원래는 물막이로 냇물 안에 말뚝을 박고 대나무나 나뭇가지를 엮어놓은 것.
  [해설] 시가고개 산중에 흐르는 냇물의 군데군데에 낙엽이 쌓인 모습을 보고 노래하였다. 낙엽이 물가에 쌓여 마치 냇물막이로 물을 막아놓은 듯, 물의 흐름이 원활하지 못하다. 이제 산에 남은 단풍도 얼마 남지 않았다. 겨울이 점점 가까이 오고 있다.
304) [주해] 〈지지 않은 잎마저〉아직 떨어지지 않고 나무에 달려 있은 잎마저.
  [해설] 연못가에 서 있는 나무에서 떨어져 수면에 떠 있는 단풍과 아직 가지에 달려 있으나 물에 비친 단풍이 조화를 이루는 모습을 노래하였다. 물과 관련하여 꽃이나 단풍의 아름다움을 노래하는 것은 『고킨슈』 당시 가인들이 좋아하던 취향이다(→ 43 · 124 · 275 등). 바람에 연못 위로 떨어진 단풍이 수면을 아름답게 장식하고 있다. 그리고 물이 맑아서 떨어지지 않고 가지에 있는 이파리마저 물에 비춰 보이기에 연못의 물은 이중으로 삼중으로 화려하게 보인다.

305. 데이지인의 병풍 그림에 강을 건너려는 사람이 단풍이 떨어지는 나무 아래
에 말고삐를 잡고 서 있는 모습을 노래로 읊게 하셨기에 노래함

멈추어 서서 맘껏 보고 건너리
단풍든 잎이 비처럼 내린다 해도 물은 붙지 않으리

亭子院の御屏風の絵に、河渡らむとする人の、もみぢの散る木のもとに、馬を控へて立て
るを、よませ給ひければ、仕う奉りける
　立とまり 見てをわたらむ もみぢ葉は 雨と降るとも 水はまさらじ

306. 고레사다왕자의 집에서 있었던 우타아와세에서 지은 노래 ^{다다미네}

산 논 지키려 지은 가을 초막에 내리는 이슬
이나오호세도리 눈물인가 하노라

是貞親王家歌合の歌 忠岑
　山田もる 秋の仮庵に をく露は いなおほせ鳥の 涙なりけり

---

305) [주해] 〈데이지인〉 → 68. 〈말〉일본어로 말(馬)은 '우마[うま]'이지만, 와카에서는 '고
　마[こま：駒]'라는 말을 사용한다. 학(鶴)을 보통 '쓰루[つる]'라고 하지만 와카에서는 '다
　즈(たづ)'라고 하는 것도 같은 류이다.
　[해설] 그림 속의 인물의 입장에서 지은 노래이다. 나는 잠시 말을 멈추고 단풍을 보
　고서 강을 건너리라. 어차피 나뭇잎인 것을 나뭇잎이 아무리 비 내리듯 떨어진다 하더
　라도 물이 늘어나서 강을 건너지 못하는 일은 없을 테니까. 떨어지는 낙엽은 비가 아
　니기에 물이 불어날 염려가 없다는 발상이 이 노래의 포인트.
306) [주해] 〈산 논 지키려〉산속에 만든 논에 심은 벼를 사슴이나 멧돼지 같은 것이 파헤
　치지 못하도록 임시로 초막을 짓고 거기에 유숙하며 논을 지켰다. 〈이슬〉초막에 내리
　는 이슬은 오랫동안 홀로 기거하는 농부의 눈물을 암시. 〈이나오호세도리[稲負鳥]〉가
　을 새로 취급하지만, 실체는 알 수 없는 새이다.
　[해설] 가을 산속의 임시초막에서 논을 지키는 사람의 마음을 이나오호세도리에 빗대
　어서 노래하였다. 벼[이네：いね]와의 음운의 연관성을 살려 벼를 심은 논과 관련해서
　이나오호세도리[稲負鳥]를 소재로 삼고, 그 초막에 내리는 이슬을 이나오호세도리의
　눈물로 보았다. 그 눈물은 농부의 눈물로 연결된다.

307. 제목을 알 수 없음 ^{작자미상}

이삭도 안 패인 산속 논 지키느라
등껍질 옷은 벼이삭의 이슬로 젖지 않는 날 없네

題しらず よみ人しらず
ほにもいでぬ 山田をもると 藤衣 いなばのつゆに ぬれぬ日はなし

308.

추수한 벼의 그루터기 새싹이 이삭 안 됨은
가을 끝난 것처럼 이 세상 싫어서일까

刈れる田に 生ふるひつちの ほにいでぬは 世を今更に 秋はてぬとか

309. 기타야마에 승정 헨조와 버섯 따러 갔을 때에 지은 노래 ^{소세이법사}

이 단풍잎을 소매에 훑어 넣어 가지고 가세
가을 이제 끝이라 보려는 이 위하여

---

307) [주해] 〈등껍질 옷〉후지고로모[藤衣]. 당시 농부들이 작업복으로 입었던 옷은 등나무껍질에서 얻은 섬유질로 엮은 허름한 옷이었다. 또는 종이를 만드는 닥나무껍질도 이용하였다. 〈벼이삭의 이슬로〉이제부터 열매 맺을 벼를 돌보느라 이슬에 온몸이 젖는다.
[해설] 306과 마찬가지로 농부의 수고와 쓸쓸함을 여정적으로 노래한 작품이다.
308) [주해] 〈가을 끝난 것처럼〉원문의 마지막 구의 아키[あき]는 '가을[秋]'과 '싫어짐[飽き]'의 두 가지 의미를 포함하고 있는 가케코토바적인 표현.
[해설] 추수한 그루터기에서는 이삭이 패지 않는 것을 보고 노래하였다. 이 노래는 가을의 노래 취향이라기보다는 오히려 잡가의 취향이 강하다. 앞의 노래와 마찬가지로 농민의 생활을 반영한 노래이다.
309) [주해] 〈기타야마〉→ 297. 〈승정 헨조〉헨조의 속명(俗名)은 요시미네노 무네사다로, 91・872・985 등에 그 이름이 보인다. 작자는 바로 승정 헨조의 아들. 〈소매에 훑어

310. 우다천황시절, '예부터 전해오는 노래를 바쳐라' 명하셨기 '다쓰타 강에
　　단풍 떠내려 오네'란 노래를 적고, 그 노래와 같은 정취의 노래를 지음 오키카제

깊은 산에서 흘러나오는 물의 색을 보고서
가을은 끝이구나 생각하게 되었네

311. 가을이 끝나는 정취를 다쓰타 강의 풍경을 떠올리며 읊음 쓰라유키

매해 때 되면 단풍 흘려보내는 다쓰타 강의

넣어〉버섯을 소매에 넣어가지고 가는 것의 연장선상에서 노래하였다.
[해설] 버섯을 따러갔다가 의외로 단풍의 아름다움을 발견하고 기뻐하는 노래이다. 아
직도 기타야마에는 단풍이 남아 있다. 도읍지에 있는 사람들은 벌써 단풍이 끝났다고
생각하는 사람들이 있기에 그렇지 않다는 것을 보여주기 위해 그 사람들을 위해서 훑
듯이 담아가지고 가자고 즉흥적으로 노래하였다.
310) [주해] 〈예부터 전해오는 노래〉당시 『만요슈』 이외에 많은 노래가 전해지고 있었다
는 사실을 엿볼 수 있는 대목이다. 〈다쓰타 강에 단풍 떠내려 오네〉→ 284. 〈물의 색〉
원래 물에는 색깔이 없지만, 단풍이 물 위에 덮여 온통 붉은색으로 변한 것을 물의 색
으로 보았다.
[해설] 옛 노래와 똑같은 정취를 노래하면서 어떻게 옛 노래와는 다르게 전개해 가느
냐가 이 노래의 관건이다. 옛 노래인 284는 다쓰타 강의 단풍을 보면서 상류지역인 미
무로 산에 겨울비가 내리는 것을 추측하는 것이었으나 이 노래는 강물 위에 떠내려
오는 단풍을 보고 가을이 끝나는 것을 느끼는 마음이다. 강물이 온통 붉은색으로 물들
었다. 이는 단풍이 떠내려 오기 때문. 이렇게 단풍이 떠내려 오는 것은 이미 상류에 겨
울을 재촉하는 비가 내리며 겨울이 한발 다가왔다는 증거. 그것을 보고 가을도 끝나고
있음을 느낀다. 가을이 끝나 감을 아쉬워하는 노래.

하구는 항구일까 가을이 머무는 곳

秋の果つる心を、竜田河に思遣りて、よめる 貫之
　年ごとに もみぢ葉ながす たつた河 みなとや秋の とまりなる覧

312. 9월 그믐, '오오이(大堰) 강'에서 읊음

어스름 달빛 오구라 산 위에서 우는 사슴의
쓸쓸한 울음 속에 가을은 저무는가

長月の晦日の日、大井にて、よめる
　夕づくよ をぐらの山に なく鹿の 声のうちにや 秋は暮るらむ

313. 같은 그믐날에 읊음 미쓰네

길을 안다면 찾아라도 가리라
고운 단풍잎 오리(幣)로 바치고서 가을은 가버렸네

---

311) [해설] 가을의 대표는 역시 단풍. 단풍이 떠내려가는 것은 저물어 가는 가을의 표상
　　이라고 볼 수 있다. 떠내려 오는 단풍을 배의 형상으로 포착하고, 그 단풍이 떠내려가
　　마지막으로 머무르는 다쓰타 강의 하구는 단풍뿐만 아니라 가을이 마지막으로 머무는
　　선착장으로 생각하였다. 단풍을 배로 보는 발상은 301에서도 찾을 수 있다.
312) [주해] 〈오오이〉교토시[京都市] 우쿄구[右京区]내에 있다. 〈오구라 산〉오오이 강의
　　북쪽 기슭에 있고 강을 사이로 아라시 산[嵐山]과 마주하고 있다. → 439. 오구라는 지
　　명이지만 어둡다[暗い]라는 의미를 포함한다.
　　[해설] 9월 그믐, 내일이면 겨울인 10월이 시작된다. 가을은 오늘로 마지막. 사슴의 울
　　음소리가 가을의 종말을 고하고 사슴의 울음은 가는 가을의 쓸쓸함을 증폭시킨다.
313) [해설] 이 노래는 여름의 마지막 노래로 음력 6월 그믐날에 읊은 '여름과 가을 서로
　　스쳐 지나는 하늘 길목엔 한편으로 시원한 바람 불고 있겠지'처럼 계절이 오고가는
　　길이 있다는 발상이다. 가을이 지상을 떠나 돌아가는 길을 안다면 그 뒤를 따라가서
　　붙잡을 텐데, 가을은 단풍을 도상(途上)의 안녕을 지키는 신에게 바치고 그대로 떠나
　　버렸다. 잡으려 해도 잡을 수 없는 가을. 가는 가을을 아쉬워하는 마음이 여정적으로
　　표현되어 있다.

道しらば たづねもゆかむ もみぢばを 幣とたむけて 秋は去にけり

고킨와카슈

제6권

314. 제목을 알 수 없음 작자미상

다쓰타 강물 비단 짠 듯하도다
음력 시월의 초겨울 빗줄기를 날실 씨실 삼아서

題しらず よみ人しらず

竜田河 錦をりかく 神無月 しぐれの雨を たてぬきにして

---

314) [주해] 〈다쓰타 강〉→ 283. 〈비단 짠 듯하도다〉미다테. 비에 의해 떨어져 흘러가는
단풍을 초겨울비가 짜낸 비단으로 보고 있다. 〈초겨울 빗줄기를〉때마침 내리는 빗줄
기를 씨실과 날실로 보았다. → 445, 1003.
[해설] 음력 시월 단풍으로 유명한 다쓰타 강 위에 떠내려가는 단풍 위에 초겨울비가
내리는 광경을 노래하였다. 초겨울 산에서는 단풍이 떨어져 강물에 떠내려가고 겨울
을 재촉하는 비는 겨울의 정취를 더해 간다. 단풍을 비단으로 보는 전통적인 발상 위
에 가는 빗줄기를 비단을 짜는 실로 보고, 그 실로 자아낸 비단이 바로 다쓰타 강 위
에 떠내려가는 단풍이라 노래하고 있다.

315. 겨울노래로 읊음 _{미나모토노 무네유키 조신}

산속 마을은 겨울엔 쓸쓸함이 더하여가네
인적 끊기고 초목도 마른다 생각하니

冬の歌とて、よめる 源宗于朝臣
山里は 冬ぞさびしさ まさりける 人目も草も かれぬとおもへば

316. 제목을 알 수 없음 _{작자미상}

넓은 하늘에 걸려 있는 달빛이 청명하기에
달그림자 비친 물 먼저 얼어버렸네

題しらず よみ人しらず
大空の 月のひかル 清ければ 影見し水ぞ まづこほりける

---

315) [주해] 〈산속 마을〉교토 교외의 산기슭으로 사람들이 자주 찾던 곳. 〈인적 끊기고〉
원문의 「かれぬ」는 '사람의 이목이 멀어지다[離る]'와 '초목이 마르다[枯る]'의 의미를
겸하고 있다.
　[해설] 산속 마을은 보통 때도 쓸쓸한 곳인데, 쓸쓸함이 더욱 느껴지는 것은 겨울. 그
쓸쓸함의 이유를 '이제 찾아오는 이도 없고 초목도 말라버린다'고 가케코토바를 이용
하여 표현해내고 있다. 앞의 노래가 화려함을 느끼게 하는 반면, 이 노래는 쓸쓸한 정
경을 노래하고 있다. 『백인일수(百人一首)』에도 실려 있는 노래다.
316) [주해] 〈청명하기에〉차가울 정도로 선명한 달빛. 〈먼저 얼어버렸네〉연못의 물이 달
빛을 빨아드려서 다른 곳보다 먼저 얼었네.
　[해설] 겨울 아침, 처음으로 얼음을 발견했을 때의 느낌을 노래하였다. 아마도 정원에
있는 연못의 얼음일 것이다. 그 얼음이 얼게 된 이유를 구하였다. 그 어느 곳보다 연못
이 먼저 언 것은 겨울의 달빛 때문. 어젯밤은 달이 한층 밝았었는데, 그 달빛을 밤새도
록 받았기에 뜰의 연못의 물이 제일 먼저 얼었다고 보고 있다. 얼음의 투명함이 달빛
의 청명함이 유사한 것에 착안하여 노래하였다.

317.

저녁이 되니 소맷자락 춥구나
보기 좋은 곳 요시노의 산 위에 눈 내리는가 보다

夕されば 衣手さむし み吉野の よしのの山に み雪ふるらし

318.

이제부터는 계속 내려주게나
우리 집 뜨락 억새풀 덮이도록 내려 쌓인 흰 눈아

今よりは つぎて降らなむ わが宿の す〉きをしなみ 降れるしらゆき

319.

내리는 눈은 이내 녹는가 보다

---

317) [주해] 〈보기 좋은 곳〉요시노를 찬미하는 수식어. 〈요시노 산〉『고킨슈』에 수록되어
  있는 노래 중 요시노 산이 등장하는 것은 봄노래 3, 겨울노래 317 · 321 · 325 · 327 ·
  332 · 588이 있고 1005 '겨울의 장가' 중에도 요시노 산이 보인다. 그러나 꽃을 칭찬하
  는 588(넘기 전에는 요시노 산 피어난 벚꽃 소식을 전갈을 통해서만 계속해서 듣는구
  나)을 제외하고는 모두 눈과 관계가 깊다. 이를 통해서도『고킨슈』시대에는 요시노
  산은 눈이나 춥다고 하는 인식이 강했다는 것을 알 수 있다.
  [해설] 요시노에 사는 사람이 겨울 저녁, 한기가 스며들 즈음에 노래하였다. 위 노래와
  유사한 노래로『만요슈』의 저녁이 되니 소맷자락 춥구나 다카마쓰의 산 위의 나무마
  다 눈 내려 쌓여 있네(夕されば衣手寒し高松の山の木ごとに雪ぞ降りたる : 제10권 2319)를
  들 수 있다. 저녁이 되니 소매 속까지 한기가 느껴진다. 요시노에는 아직도 눈이 내리
  는 듯하다. 앞의 1, 2구는『만요슈』와 똑같다. 원래는 야마토 지방의 민요였을 가능성
  이 높다. 요시노 산이 깊기 때문에 오늘밤 추위에 아마도 눈이 내릴 것이라고 추측하
  고 있다.
318) [해설] 첫눈을 노래하였다. 앞의 노래가 먼 산의 눈을 상상한 데에 비하여 이것은
  집 뜨락에 내린 첫눈을 노래하였다, 눈을 보고 기뻐하는 마음이 배어나온다.

(아시히키노) 산 여울 급류소리 한층 높아졌도다

ふる雪は かつぞ消ぬらし あしひきの 山のたぎつ瀬 をとまさるなり

320.

이 강물 위에 단풍이 흘러가네
깊은 산중에 내린 눈 녹은 물이 불어난 듯하도다

この河に もみぢ葉ながる 奥山の 雪げの水ぞ 今まさるらし

321.

이 옛 고을은 요시노 산 가까이 자리했기에
하루라도 흰 눈이 안 내리는 날 없네

---

319) [주해] 〈아시히키노〉는 산을 이끌어내는 마쿠라코토배[枕詞].
   [해설] 산기슭에 사는 사람이 눈이 내리는 날, 산속 여울 흐르는 소리가 여느 때와 다른 것을 느끼고 노래하는 마음이다. 아직 겨울이 깊지 않아서 내리는 눈은 쌓이지 못하고 녹아버린다. 여느 때와는 달리 산속의 급류소리가 높게 들려온다. 그 소리가 높아진 이유를 구하고 있다. 산속 여울의 급류소리를 듣고서 눈이 녹음을 추측하고 있다.
320) [해설] 이 노래도 319처럼 산기슭, 여울 근처에 사는 사람의 입장에서 지은 노래. 겨울 깊은 산속에 눈이 내릴 즈음, 강물 위로 단풍이 떠내려가는 것을 보고 그 이유를 구하였다. 눈이 내리기는 하지만 아직 이내 녹아버리는 시기의 노래. 겨울이 되면서 강물이 말라야 함에도 불구하고 강물에 단풍이 떠내려 온다. 지금은 시기적으로 인가 근처의 단풍은 이미 없어진 시기. 그러나 아직도 단풍이 떠내려 오는 것을 보면 이 단풍은 심산유곡에 쌓였던 단풍. 아마도 상류에서는 녹은 눈에 물이 불어 지면에 떨어진 단풍을 떠내려가게 하는 것 같다. 정경은 284 '다쓰타 강에 단풍 떠내려 오네(간나비노) 신이 사는 산 위에 겨울비 내리는 듯'와 비슷하고, 317·318과 동일한 자연관조이다.
321) [주해] 〈이 옛 고을〉요시노를 말함. 요시노는 옛 도읍지였다. 나라조[奈良朝]말에 황폐해졌다.
   [해설] 요시노에 사는 사람이 눈이 많이 내리는 것을 쓸쓸해하며 지은 노래이다. 서경가.

ふるさとは よしのの山し ちかければ 一日もみゆき ふらぬ日はなし

322.

내 집 뜨락은 눈 속에 파묻히어 길마저 없네
눈 헤치고 찾아올 사람도 없으니까

わが宿は 雪ふりしきて 道もなし ふみわけて訪ふ 人しなければ

323. 겨울노래로 읊음 기노 쓰라유키

눈이 내리니 겨울잠에 들어간 풀도 나무도
봄에는 알 수 없는 꽃 피어나는 도다

冬の歌とて、よめる 紀貫之
雪ふれば 冬ごもりせる 草も木も 春に知られぬ 花ぞさきける

---

322) [주해] 〈길마저 없네〉찾아오는 이가 없음을 표현.
　[해설] 집으로 통하는 길도 보이지 않을 정도로 눈이 많이 내린 날의 쓸쓸함을 노래하
였다. 누군가가 나를 찾아오면 찾아오는 이의 발자국으로 길이 생길 텐데, 아무도 찾
아오지 않기에 길마저 보이지 않는다. 287과 비슷한 발상이다. 누군가가 우리 집에 눈
내린 모습을 보러와 주었으면 하는 바람이 여정적으로 담겨 있다.
323) [주해] 〈봄에는 알 수 없는 꽃〉가지와 잎에 쌓인 눈을 꽃으로 봄. 봄에는 볼 수 없는
귀한 꽃.
　[해설] 눈이 쌓여 꽃처럼 보이는 정취를 노래하였다. 나무에 쌓인 눈을 꽃으로 보았다.
눈을 꽃으로 보는 것은 상투적인 수법이다. 작자는 제2구와 제3구를 통하여 겨울이 되
어 마른 풀과 나무에 꽃이 필 리가 없음을 말하고, 눈을 꽃으로 보면서 그럼에도 불구
하고 꽃이 보인다고 표현하고 있다. 눈을 꽃으로 보는 전통적인 수사를 답습하면서 작
자 나름대로의 또 한 번의 굴절을 통하여 제4구에서 '봄에는 알 수 없는'이라는 표현
으로 독자의 의표를 찌른다. 제4구 '봄에는 알 수 없는'과 같은 표현으로 94 '남이 알
지 못하는 꽃'을 들 수 있다.

324. 시가 산의 고개에서 노래함 기노 아키미네

　겨울 흰 눈은 자리 구분 않고서 내려 쌓이매
　바위 위에도 피는 꽃인 양 보이도다

滋賀の山越にて、よめる　紀秋岑
　しらゆきの　ところも分かず　ふりしけば　巖にもさく　花とこそ見れ

325. 나라(奈良)에 갔을 때, 묵었던 곳에서 읊음 사카노우에노 고레노리

　요시노 산에 하얀 눈 내리어서 쌓인 듯하다
　옛 고을의 추위가 점점 더해 가도다

奈良の京にまかれりける時に、宿れりける所にて、よめる　坂上是則
　みよしのの　山の白雪　つもるらし　古里さむく　成りまさるなり

---

324) [주해] 〈시가 산〉→ 115 · 303. 〈바위 위에도 피는 꽃〉눈을 꽃으로 보는 취향의 노래
는 많으나, 이 노래처럼 커다란 바위에 내린 눈을 꽃으로 보는 취향은 드물다. 아마도
커다란 바위마저 감싸서 눈으로 볼 수 있을 정도로 눈이 많이 내렸음을 짐작할 수 있다.
[해설] 눈앞에 보이는 실경을 노래하였다. 바위 위에 쌓인 눈을 꽃으로 보는 발상은 『만
요슈』 '패랭이꽃은 가을에 피는 것을 당신 집 뜨락 눈 내린 바위 위에 꽃이 핀 듯하구나
(なでしこは秋さくものを君が家の雪のいはほに咲けりけるかも : 제19권 4231)'에서 찾아볼 수 있
다. 눈을 꽃으로 보는 노래를 2수 연속으로 배치하면서 원래는 꽃이 필 리가 없는 바위
에 마저 꽃이 피었다는 표현으로 산속의 눈의 아름다움을 노래하였다.
325) [주해] 〈옛 고을〉→ 321. 794년 도읍지를 헤이안쿄(平安京 : 지금의 교토)로 옮기기
이전까지 도읍지는 나라였다. 따라서 옛 살던 고을로 표현하였다.
[해설] 묵었던 곳에서 겨울밤이 깊어 가면서 차가운 기운이 더해 가는 것의 이유를 구
하고 있다. 천도로 인해 지금은 인적이 뜸한 옛 도읍지에 내리는 눈이 더욱 추위와 쓸
쓸함을 느끼게 한다. 요시노 산은 작자의 눈에는 보이지 않음을 제3구의 '쌓인 듯하다'
로 알 수 있다.

326. 우다천황시절 대비마마가 주최한 우타아와세의 노래 후지와라노 오키카제

포구 가까이 내려오는 흰 눈은
하얀 파도가 스에의 마쓰야마 넘어가듯 보이네

寛平御時后宮歌合の歌　藤原興風
　浦ちかく ふりくるゆきは 白浪の 末の松山 こすかとぞ見る

327. 미부노 다다미네

요시노 산의 하얗게 쌓인 눈을 헤쳐 밟고서
산으로 간 사람은 소식도 끊어 졌네

壬生忠岑
　みよしのの 山の白雪 ふみわけて 入りにし人の をとづれもせぬ

328.

하얀 눈 내려 첩첩으로 쌓이는 산골 마을은
사는 사람마저도 잊혀 사라지리라

326) [주해] 〈스에의 마쓰야마〉미야기현[宮城県]에 있다고 전해지는 산으로 1093 아즈마우타[東歌] '당신 두고서 엉뚱한 딴마음을 나 먹는다면 스에의 마쓰야마 파도가 넘어가리'에 의해 친근감이 있는 지명이다. 〈스에의 마쓰야마〉1093의 내용에 의하여 파도가 산을 넘어가는 일은 있을 수 없으므로, 있을 수 없는 일에 대한 비유로 사용.
　　[해설] 스에의 마쓰야마는 당시 잘 알려진 노랫말로, 있을 수 없는 일의 비유로 사용되었다. 이를 우타아와세에서 실경으로 바꾸어 표현하였다. 해안에는 바람을 타고 눈이 내리지만, 그것은 바다에서 흰 파도가 몰고 오는 것 같다. 그래서 절대로 넘을 수 없다고 하는 스에의 마쓰야마마저도 넘어 갈 것 같은 기세라고 노래하였다.
327) [주해] 〈산으로 간 사람〉출가한 사람. 당시 요시노는 이향(異郷)이라는 인식이 있었다. → 950 · 951 · 1049.
　　[해설] 깊은 눈 속에 갇혀 수행하는 사람들을 생각하는 마음을 솔직하게 표현하였다.

しらゆきの　ふりてつもれる　山ざとは　住む人さへや　思きゆらむ

329. 눈이 내린 것을 보고 노래함　오오시코우치노 미쓰네

눈 내리어서 사람 다닐 수 없는 산길이구나
흔적 자취도 없이 잊혀 사라지리라

雪の降れるを見て、よめる　凡河内躬恒
ゆきふりて　人も通はぬ　道なれや　跡はかもなく　思きゆらむ

330. 눈이 내린 것을 노래함　기요하라노 후카야부

겨울이지만 하늘에서 꽃송이 흩날리는 건
구름의 저편에는 봄이 와 있는 걸까

雪の降りけるを、よみける　清原深養父
冬ながら　空より花の　散りくるは　雲のあなたは　春にやあるらん

---

328) [주해] 〈사는 사람마저도〉산골 마을은 물론 거기에 사는 사람마저도 〈잊혀 사라지
리라〉눈이 녹아 사라지듯이.
　[해설] 작가가 산골 마을에 갔을 때에 눈이 많이 내린 것을 안쓰러워하며 동시에 그곳
에 사는 사람의 입장을 생각하여 지은 노래. 병풍가의 취향이 엿보인다.
329) [주해] 〈사람 다닐 수 없는 산길이구나〉눈이 내려서 한 사람도 다닐 수 없게 됨. 〈흔
적 자취도 없이〉눈 때문에 흔적도 없는 산골 마을처럼 나도 잊혀지리라.
　[해설] 328 · 329 두 수 다 마지막 구가 같다. 편자가 의식적으로 배열한 흔적이라 하
겠다.
330) [주해] 〈꽃송이〉눈을 꽃으로 보았다. 내리는 눈을 꽃으로 보는 것은 『만요슈』 이래
전통적인 발상이다.
　[해설] 눈을 꽃송이로 보는 전통적인 발상의 연장선상에서 눈이 내리는 것을 꽃송이가
휘날리는 것으로 보고서 그 이유를 구하였다. 1021은 같은 작자의 같은 취향의 노래이다.

331. 눈이 나무에 쌓여 있는 것을 노래함 쓰라유키

겨울에 갇혀 꽃 볼 생각 못하지만
가지 사이로 꽃 핀 듯이 보이는 눈 내려 쌓여 있네

雪の、木に降り懸かれりけるを、よめる 貫之
　冬ごもり 思かけぬを 木の間より 花と見るまで 雪ぞふりける

332. 야마토 지방으로 내려갔을 때에, 눈이 내린 것을 보고 노래함 사카노우에노
　고레노리

아침을 여는 새벽달 뜬 것으로 여길 정도로
요시노의 마을에 내려 쌓인 하얀 눈

大和国にまかれりける時に、雪の降りけるを 見て、よめる 坂上是則
　あさぼらけ 有明の月と 見るまでに よしのの里に ふれる白雪

333. 제목을 알 수 없음 작자미상

녹지 않은 위에 더 내려 쌓이게나
봄 안개 일면 눈 보는 일마저도 귀하게 될 터이니

331) [해설] 눈을 꽃으로 보고 기뻐하는 마음을 노래하였다.
332) [주해] 〈야마토 지방〉『고킨슈』에는 작자가 야마토 지방에서 실제로 지은 것으로 생
　각되는 노래는 이 노래를 비롯하여 267·302·325의 4수가 있다. 〈새벽달〉새벽에 달
　이 보이려면 실제로 20일 이후가 된다. 밤에 본 눈이 하얗기 때문에 달이 비치는 것으
　로 착각하였다. 〈요시노〉요시노는 『만요슈』 이래로 눈의 명소. 『신코킨슈』에 이르러
　서는 벚꽃의 명소로 바뀌어간다.
　[해설] 겨울 새벽녘 잠에서 깨어 밤 동안 내린 눈을 발견하고서 그 어렴풋한 아름다움
　을 노래하였다. 마치 하현달이 비치고 있는 것으로 착각할 정도로 온통 눈에 쌓여 있
　는 요시노. 새벽이 밝아 오면서 달이 뜨지는 않았지만, 내린 눈으로 여명의 시각이 달
　이 뜬 것처럼 보인다. 눈 내린 여명의 아름다움이 여정으로 다가오는 작품이다.

消ぬがうへに 又もふりしけ 春霞 たちなばみゆき まれにこそみめ

334.

매화의 모습 가늠하기 어렵네

(히사카타노) 하늘 뿌옇게 덮은 눈 내리고 있으니

> 이 노래는, 어떤 사람이 말하기를 가키노모토노 히토마로의
> 노래라고 한다.

梅花 それとも見えず 久方の 天霧る雪の なべてふれ〲ば

> この歌、ある人の曰く、柿本人麿が歌也

335. 매화에 눈이 내린 것을 노래함 　오노노 다카무라 조신

꽃잎 빛깔은 눈과 어우러져서 뵈지 않지만

향기라도 풍기게 남들 알 수 있도록

---

333) [해설] 봄이 오면 이제는 볼 수 없는 눈을 아쉬워하는 마음을 노래하였다. 다음 노래인 334번 노래에서 봄의 소재인 매화가 내리는 눈과 더불어 배치되었다. 눈을 소재로 한 많은 노래들이 추운 겨울이 지나고 새봄이 오기를 기다리는 마음을 노래하고 있으나, 위 노래는 겨울의 소재인 눈을 아쉬워하는 마음을 노래한 것이 새롭다.

334) [주해] 〈히사카타노〉제2구의 하늘을 이끌어내는 마쿠라코토바.
[해설] 설중매를 노래하였다. 하늘을 안개처럼 뿌옇게 뒤덮는 눈이 내리고 있다. 눈을 매화와 구별하기 힘들다는 발상은 고킨슈적인 발상이다. 이 노래는 『슈이슈[拾遺集]』 12번에 작자명 히토마로로 수록되어 있다. 따라서 『고킨슈』에 작자미상가로 되어 있는 것은 『고킨슈』는 작자미상으로 되어 있는 자료를 선가(選歌)자료로 사용했으나 히토마로라는 작자명이 수록되어 있는 다른 자료가 있었을 것이고, 『슈이슈』에서는 그쪽을 선가자료로 사용했을 것이라는 추측을 가능케 한다.

335) [해설] 이 노래도 설중매를 노래하였다. 335와 마찬가지로 매화를 색으로 구별할 수 없음을 노래하였다. 봄노래에는 주로 달빛 때문에 매화를 구별할 수 없다는 노래가 많다. 이 노래는 91번 '꽃 색깔 비록 봄 안개에 가리어 뵈지 않아도 향기라도 훔치게 봄

梅の花に、雪の降れるを、よめる 小野篁朝臣
　花の色は 雪にまじりて 見えずとも 香をだににほへ 人のしるべく

336. 설중매를 노래함 기노 쓰라유키

매화 향기를 내려 쌓인 눈 속에 섞어 놓으면
누가 그것 일일이 구별하여 꺾으리

雪の内の梅の花を、よめる 紀貫之
　梅の香の ふりをける雪に まがひせば 誰かことごと 分きておらまし

337. 눈이 내린 것을 보고 노래함 기노 도모노리

눈이 내리니 나무마다 흰 꽃이 피어났구나
어느 것을 매화라 구별하여 꺾으리

雪の降りけるを見て、よめる 紀友則
　雪ふれば 木ごとに花ぞ さきにける いづれを梅と わきておらまし

산에 부는 바람아'와 유사하다.

336) [해설] 『고킨슈』의 편자다운 작자의 기량이 엿보인다. 매화 위에 눈이 쌓여 이미 색깔로는 그 형태를 구별할 수 없다는 것이 전통적인 발상인데, 작자는 여기서 한발 더 나가 만약에 향기마저 눈에 섞어 놓으면 누가 매화를 구별할 수 있느냐고 노래한다. 매화의 향을 그리는 마음이다.

337) [주해] 〈나무마다 흰 꽃이〉'나무마다'의 원문표기는 '木每に'로, 여기서 목(木)과 매(每)를 합하면 매화(梅)가 된다. 문자의 이미지를 노래로 읊었다. 이와 같은 예는 249번에서 '산(山)'과 '풍(風)'을 합쳐 '람(嵐)'이 되는 것과 동일하다.
　[해설] 눈이 내려서 나무마다 흰 꽃이 피었다. 매화를 꺾을 요량으로 뜰에 내려섰지만, 어느 것이 진짜 매화인지 구별할 수가 없다. 336과 이 노래 마지막 구가 동일하다. 편자의 의식적인 배열을 엿볼 수 있는 부분이다.

338. 다른 곳에 가 있는 사람을 기다리며, 섣달 그믐날에 읊음 ^{미쓰네}

기다리지도 않던 새해 왔지만
겨울 풀 마르듯 떠나버린 사람은 찾아오지도 않네

ものへまかりける人を待ちて、師走の晦日に、よめる 躬恒
　わが待たぬ 年はきぬれど 冬草の かれにし人は をとづれもせず

339. 연말에 지음 ^{아리와라노 모토카타}

(아라타마노) 한 해의 마지막이 찾아올 때마다
눈 내려 쌓이듯이 내 나이 쌓여가네

年の果、よめる 在原元方
　あらたまの 年の終りに なるごとに 雪もわが身も ふりまさりつゝ

340. 우다천황시절 대비마마가 주최한 우타아와세의 노래 ^{작자미상}

흰 눈 내리고 해가 저물어 가는 이때 비로소
조금도 변함없는 소나무를 알겠네

---

338) [주해] 〈기다리지도 않던 새해〉작자는 자신이 노년으로 의식하고 있다. 〈겨울 풀 마르듯〉'마르듯'에 해당하는 원문 'かれる'는 '마르다[枯れる]'와 '떠나다[離れる]'라는 이중적인 의미를 갖는 가케코토바이다.
　[해설] 기다리는 사람은 떠나서 섣달그믐이 되었음에도 찾아오지 않는데, 별로 반갑지 않게 해가 또 바뀌었음을 노래하였다. 세월과 사람을 대비하여 노래한 것이 이 노래의 포인트
339) [주해] 〈아라타마노〉해[年]를 이끌어내는 마쿠라코토바. 〈눈 내려 쌓이듯이 내 나이 쌓여가네〉원문의 'ふり'는 '눈이 내리는 것[降り]'과 '늙어감[古り]'이란 의미를 이중적으로 나타내고 있는 가케코토바 기법.
　[해설] 가케코토바 기법을 사용하여 눈이 내리는 것을 나이 먹어가는 것으로 표현한 작가의 기량이 돋보이는 노래이다. 술회의 노래이다.
340) [해설] 깊은 겨울, 눈 속에도 변함없이 푸른빛으로 서 있는 소나무를 찬양하였다. 이

寛平御時后宮歌合の歌 よみ人しらず
　雪ふりて　年の暮れぬる　時にこそ　つゐにもみぢぬ　松も見えけれ

341. 연말에 지음 _{하루미치노 쓰라키}

어제와 오늘 그저 그리 보내고 내일을 맞네
아스카 강물처럼 빠른 세월이어라

年の果に、よめる　春道列樹
　昨日といひ　今日とくらして　あすか河　流れてはやき　月日なりけり

342. "노래를 지어 올리라"고 말씀하셨을 때에 지어 올림 _{기노 쓰라유키}

가는 한 해가 아쉽기만 하구나
닦인 거울에 비치는 모습마저 저무는 것을 보니

歌奉れ、と仰せられし時に、よみて、奉れる　紀貫之
　ゆく年の　おしくもある哉　ますかゞみ　見る影さへに　くれぬとおもへば

노래는 논어의 자한(子罕)에 나오는 '歲寒然後知松柏知後凋'를 번안한 것.

341) [주해] 〈어제와 오늘〉「참조」천지는 장구하여 끝남이 없고 엊저녁에서 오늘, 오늘에서 내일로 이어지는 그 세월에 내 머리는 하얗게 되고 치아는 듬성하게 되었네(天長地久無終畢 昨夜今朝又明日 鬢髮蒼浪牙齒疎 : 백낙천시집 12 浩歌行)에도 이 노래와 같은 표현이 보인다. 제1구에서 제3구까지는 빠른 세월을 이끌어내는 조코토바. 〈아스카 강〉나라[奈良]분지 동남쪽 산중에서 발하여 다카이치[高市]의 아스카무라[明日香村]로 흘러간다. 산간의 급류로 수로가 일정치 않아서 변하기 쉬운 이 세상의 무상함에 곧잘 비유되곤 한다.
　[해설] 어제 오늘이라는 단어를 나열하면서 이어 내일이라는 표현과 동시에 내일(아스)과 동일한 음인 아스카 강을 유도해내고 있다. 이어서 아스카 강의 흐름이 빠른 것에 세월의 흐름이 빠른 것을 빗대어 노래하였다.

342) [주해] 〈저무는 것을 보니〉해가 저문다는 의미와 거울에 비친 자신의 모습이 어둡게 보이는 것을 의미.
　[해설] 거울을 보면서 저물어 가는 한 해를 애석해하며 늙어 감을 한탄한 노래다.

고킨와카슈

제7권

축하의 노래 賀歌

343. 제목을 알 수 없음 작자미상

임금이시여 천년만년 사소서

조그만 돌이 커다란 바위 되어 이끼 앉을 때까지

---

* 축하의 노래는 사람이 일정한 나이에 달했을 때 이를 축하하기 위해서 다른 사람이
지어서 당사자에게 보내는 노래를 말한다. 대부분의 경우 축하선물로 보내던 병풍에
노래를 적어 올리기도 하지만, 경우에 따라서 축하연의 자리에서 즉석으로 지어진 노
래도 있다. 축하의 노래부의 노래배열은 모두에 작자미상의 노래를 4수 배치하고, 이
후로는 대개 연대순으로 배열되어 있다.

343) [주해] 〈조그만 돌 커다란 바위 되어〉중국의 전기 소설집인 『유양잡조(酉洋雜俎)』
에 물속에서 주워온 돌을 불전에 오랫동안 두었더니 커다란 돌이 되었다는 이야기가
있다. 〈이끼 앉을 때까지〉『만요슈』 '당신 이름은 천년 후도 전하리 히메지마의 소나무
가지 위에 이끼 앉을 때까지(妹が名は千代に流れむ姫島の小松がうれに苔すまでに : 제2
권 228)의 영향도 있다.
[해설] 이 노래는 제1구가 『와칸로에이슈[和漢朗詠集]』에서 '임금의 대는[君が代は]'
으로 바뀌었고, 그것이 나중에 유포본(流布本) 『고킨슈』와 혼합되어 국가인 '기미가요
[君が代]'가 되었다.

わが君は　千代に八千世　さゞれ石の　巖となりて　苔のむすまで

344.

넓은 바닷가 모래밭의 모래알 있는 것만큼
임금 사시는 연세도 그 수만큼 되소서

わたつ海の　浜の真砂を　かぞへつゝ　君が千年の　あり数にせむ

345.

시오노야마 사시데의 물가에 사는 물떼새
당신 다스리시는 세상 영원하라 우네

しほの山　さしでの磯に　すむ千鳥　君が御代をば　八千世とぞなく

346.

나의 나이를 당신 치세 팔천년에 덧붙여 두고
그 나이 되셨을 때 생각해 주옵소서

---

344) [주해] 〈모래알 있는 것만큼〉무한한 것을 비유하는 말.
　　[해설] 이 노래는 『만요슈』 '팔백일 걸려 지날 해변 모래도 내 사랑과 비교하리 바다의
　　섬지기여(八百日ゆく浜のまなごも我が恋にあにまさらじか沖つ島守 : 제4권　596)'에서 힌트를
　　얻었을 것이다.
345) [주해] 〈시오노야마 사시데〉소재불명. 〈세상 영원하라고〉물떼새의 울음소리 치요[ち
　　よ]가, 원문인 야치요[八千代]에 중첩됨. 물새가 '치요치요'하고 우는 데에서 영원하다
　　는 의미의 야치요를 이끌어내어 장수를 기원하고 있다.
　　[해설] 작자 자신의 마음을 물떼새에 빗대어서 노래하였다.
346) [주해] 〈덧붙여두고〉당신은 이미 장수하고 계시지만, 그 위에 내 수명을 더해드립니

わか齢 君が八千世に とりそへて 留めをきては 思いでにせよ

347. 닌나천황시절 승정 헨조에게 이른 살 축하연을 베풀었을 때 지으신 노래

지금과 같이 어쨌든 그대와 나 오래 살아서

그대의 팔천대에 다시 만나고 싶네

仁和御時、僧正遍昭に、七十の賀賜ひける時の御歌
　　かくしつゝ とにもかくにも 永らへて 君が八千世に 会ふよしも哉

348. 닌나천황이 왕자로 계실 때에, 왕자가 숙모의 팔순 축하연에 보낸 은지팡이를 보고, 그 숙모를 대신하여 읊은 노래 ^{승정 헨조}

(치와야부루) 신이 만드신 걸까

짚기만 해도 천년이란 고개도 쉽게 넘을 수 있으리

다. 작자도 상당히 나이를 먹은 것으로 추측. 〈그 나이 되셨을 때〉팔천대가 지난 후에 제가 더해드린 나이가 되셨을 때, 나이를 드린 저를 생각해주십시오.
[해설] 나이가 많은 작자가 그보다 어린사람에게 지은 노래이다. 작자보다 축하받는 쪽이 신분이 높음을 짐작할 수 있다.

347) [주해] 〈이른 살 축하연〉『일본삼대실록(日本三代実録)』닌나원년(885) 12월 18일조를 보면, 인수전에서 연회를 베풀었다는 기록이 보인다. 닌네[仁和]는 고코[光孝]천황의 연호. 〈지금과 같이〉지금 우리 사이처럼.
[해설] 승정 헨조의 칠순을 축하하기 위해서 천황이 직접 축하연을 베풀었다. 천황이 직접 신하의 축하연을 열어 준 대표적인 예로 신코킨[新古今] 시대의 후지와라 슌제이[藤原俊成]의 90세 축하연을 들 수 있다. 이 노래를 지은 닌나천황의 나이는 55세. 나도 당신처럼 오래 살아서 귀하의 팔천대 축하연에서 만나고 싶다고 축하하는 노래이다.

348) [주해] 〈왕자로 계실 때〉→ 21. 〈숙모〉고토바가키의 원문 표기가 'をば'인 것에 따라서 숙모로 번역하였다. 본문을 'おば'로 하는 사본도 있으나. 이럴 때는 할머니가 된다. 누구인지는 알 수 없다. 〈은지팡이〉은으로 비둘기 모양을 장식한 지팡이.『예기(礼記)』의 왕제(王制)에 '50세 이상 된 자는 집안에서 지팡이를 짚고, 60세 이상인 자는 향당(郷堂)안에서 지팡이를 짚는다. 70세 이상인 자는 국도(国都)안에서 지팡이를 짚으며 80세 이상인 자는 조정(朝廷)안에서 지팡이를 짚는다(五十杖於家 六十杖於郷 七十杖

仁和帝の、親王におはしましける時に、御をばの八十賀に、銀を杖に作れりけるを見て、
かの御をばに代りて、よみける 僧正遍昭
　　ちはやぶる 神や伐りけむ 突くからに 千年の坂も こえぬべらなり

349. 호리카와 대신의 마흔 살 축하연을 구조의 저택에서 개최하였을 때, 지음
아리와라노 나리히라 조신

벚꽃나무여 흩어져 주위 가득 어지럽혀라
늙음이 오는 길을 찾을 수 없을 만큼

於国 八十杖於朝)'는 기록에서 보듯이 여든이 넘으면 조정에서 지팡이를 짚는 것이
허락되었다. 〈치와야부루〉제2구의 신을 이끌어내는 마쿠라코토바. 〈천년의 고개〉천년
은 장수, 고개는 노령의 비유. 넘기 어려운 것이라는 의미.
[해설] 노령을 축하하기 위해 왕자가 선물한 지팡이에 대해 감사를 표한 노래이다. 왕
자가 선물한 지팡이를 신이 만든 것일까 하고 표현한 것은 왕자에 대한 존경의 마음이
담겨 있다. 넘기 어려운 고개이기에 지팡이를 짚으면 넘어가기 쉬우리라고 노래하는
것은 장수를 기원하는 의미이다. 장수를 기리는 마음에서 지팡이를 만든다는 생각은
『가구라우타[神楽歌]』에 '귀하신 신이 심산을 다니실 때 짚으시는 지팡이 산에 사는
사람이 늘 장수를 빌고자 깎아 만든 지팡이[すめ神の深山の杖と山人の千歳を祈り切れる
御杖ぞ]'라는 노래가 있는 것으로 보아 이 노래는 당시의 민간신앙을 반영하고 있다.
349) [주해] 〈호리카와 대신〉저택의 소재지가 호리카와였기에 호리카와 대신이라고 불렀
다. 원래 이름은 모토쓰네[藤原基経]이고, 축하연이 열린 시기는 875년, 그의 나이 40
세였다. 〈구조의 저택〉모토쓰네의 다른 저택. 〈마흔 살 축하연〉축하의 노래에는 40세
부터 장수를 축하하고 장수를 기원하는 노래가 수록되어 있다.
[해설] 주인공은 마흔의 초로의 길에 있고 앞으로 늙음이 찾아올 나이이다. 늙음이 찾
아오는 길을 어지럽히면 늙음이 찾아오지 못할 것이라는 생각에서 벚꽃에게 길을 어
지럽히기를 명령하고 있다. 『고킨슈』에서는 계절이 길을 따라온다는 발상의 노래가
있다(130·168·300·313). 그리고 이 노래처럼 노년도 길로 찾아온다는 발상은 895에
서 찾아볼 수 있다. 당시의 일반적인 발상에 더하여 꽃으로 길을 가린다고 표현하는
나리히라의 상상력은 높이 평가할 만하다. 이 노래는 『이세모노가타리』97단에도 수
록되어 있다. 고토바가키에 보이는 호리카와 대신은 『이세모노가타리』의 주요인물인
이조황후[二条后]의 오빠로, 아쿠타가와 설화가 수록되어 있는 『이세모노가타리』6단
에 등장한다.
[이세모노가타리 6단] 옛날 남자가 있었다. 도저히 자신의 사람으로 만들 수 없었던 여
자였는데 오랫동안 사귀어 그녀의 집에 드나들다가, 겨우 보쌈을 해서는 어두울 때에
도망쳤다. 아쿠타가와는 강가로 여자를 데리고 도망가던 중, 여자가 풀 위에 맺힌 이슬
을 보고 "저게 뭐예요?"라고 남자에게 물었다. 갈 길은 멀고 밤도 깊었기에 귀신이 출

堀川大臣の四十賀、九条の家にてしける時に、よめる　在原業平朝臣
　さくら花　ちりかひ曇れ　老いらくの　来むといふなる　道まがふがに

350. 사다토키왕자의 숙모의 마흔 살 축하연을 오오이에서 열었던 날 읊음

기노 고레오카

가메노오 산 바위 따라 내리는 폭포수 방울
하얀 구슬 당신의 나이만큼이로다

貞辰親王の、をばの四十賀を、大井にてしける日、よめる　紀惟岳
　亀のおの　山の岩根を　尋めて落つる　滝の白玉　千世の数かも

몰하는 곳인지도 모르고, 천둥마저 심하게 치고 비도 심하게 내렸기에, 허물어진 헛간에 여자를 밀어 넣고 남자는 활과 전통을 매고는 문간에 서 있었다. '어서 날이 샜으면'하는 마음으로 앉아 있을 때, 귀신은 그녀를 한 입에 삼켜버렸다. 여자가 '아! 아!'하고 외쳤지만 천둥소리에 남자는 들을 수가 없었다. 마침내 날도 새고 해서 안을 들여다보니 데리고 왔던 여자도 없어졌다. 발을 구르며 한탄을 해도 소용이 없었다. "저기 흰 구슬 무어냐고 그녀가 물었을 때에 이슬이라 답하고 사라져 버릴 것을" 이것은 이조황후가 아직 사촌인 후궁 밑에 계실 때, 용모가 뛰어나셨기에 어느 남자가 보쌈을 해 간 것을, 황후의 오라버니인 호리카와 대신, 장남인 구니쓰네 다이나곤이 아직 낮은 신분일 때, 입궐하시다가 아주 심하게 우는 사람이 있다는 소리를 듣고, 여자를 데리고 가는 것을 말려서, 여자를 다시 되돌려 보내셨다. 그것을 이처럼 '도깨비'라고 한 것이다. 황후가 젊었던 시절로, 아직 입궁하시지 않고 보통사람으로 계실 때의 일이라고 한다.

350) [주해] 〈사다토키왕자〉세이와[淸和]천황의 7번째 왕자. 〈숙모〉저본(底本)에 따라 숙모로 번역하였다. 〈오오이〉오오이 강[大堰河], 사가[嵯峨]와 아라시 산[嵐山]부근을 흘러가는 가쓰라 강[桂川]의 상류를 말함. 〈가메노오 산〉가메야마라고도 하며, 오오이 강 북쪽에 위치.
　　[해설] 떨어지는 폭포의 물방울의 수만큼 장수하기를 기원하는 노래이다. 산의 이름이 거북이라는 의미인 것도 축하의 노래로 어울린다.

351. 사다야스왕자가 중궁의 쉰 살 축하연 때, 선물한 병풍에 그려진 그림 중,
빚꽃이 지는 아래에서 꽃을 보는 사람의 모습을 그린 것을 보고 노래함

후지와라노 오키카제

허무하게도 지나가는 세월은 생각 못하고
꽃을 보며 지내는 봄은 짧기만 하네

貞保親王の、后宮の五十賀奉りける御屛風に桜の花の散る下に、人の花見たる形書ける
を、よめる 藤原興風

いたづらに 過ぐる月日は 思ほえで 花みてくらす 春ぞすくなき

352. 모토야스왕자의 일흔 살 축하연 때, 뒤에 놓을 병풍에 읊어 적어 넣은 노래

기노 쓰라유키

봄 찾아오면 뜨락에 제일 먼저 피는 매화꽃
당신의 천수 비는 머리에 꽂은 꽃 같네

351) [주해] 〈사다야스왕자〉세이와천황의 5번째 왕자. 〈중궁〉세이와천황의 중궁인 이조
황후. 사다야스왕자의 어머니. 〈쉰 살 축하연〉891년.
[해설] 고토바가키에 의하면 위의 노래는 병풍가이다. 위의 노래는 그림을 주제로 한
노래이고, 그림 속의 사람의 입장에서 꽃을 보는 마음을 노래하였다. 꽃을 볼 수 있는
날이 얼마 되지 않음을 노래함으로써 꽃을 보는 즐거움 뒤에 서려 있는 비애감마저
느끼게 한다. 자칫 축하의 노래로서는 어울리지 않는 것 같으나. 봄이 얼마 남지 않았
다고 표현하고 있지만 그 뒤에는 꽃의 아름다움을 즐기는 마음이 숨어 있다.
352) [주해] 〈모토야스왕자〉닌묘[仁明]천황의 5번째 왕자. 일흔 살 축하연은 901년경.
〈머리에 꽂은 꽃〉경사로운 일이 있을 때에 머리에 꽃이나 가지를 꽂아 장식하는 것.
→ 36 · 270 · 276.
[해설] 매화를 소재로 왕자의 장수를 비는 노래이다. 매화가 소재로 등장하는 것은 아
마도 매화가 필 무렵, 축하연이 있었을 것이다. 이 노래는 제1구에서 3구까지는 『만요
슈』의 '봄 찾아오면 제일 먼저 뜨락에 피는 매화꽃 그 꽃 홀로 보면서 봄날 지내볼거
나(春さればまづ咲く宿の梅の花独り見つつや春日暮さむ : 제5권 818)'와 거의 같다.

本康親王の七十賀の後の屏風に、よみて 書きける 紀貫之
　　春くれば 宿にまづさく 梅花 君が千年の かざしとぞ見る

353. 소세이 법사

　그 옛날에도 있었는지 없었는지 알 수 없지만
　천년장수 비는 것 이제부터 시작하세

素性法師
　　古に ありきあらずは 知らねども 千年のためし 君にはじめむ

354.

　자나 깨나 늘 당신의 만대(万代)비는 이 내 진심을
　신은 보고 아시리 당신 위한 것임을

　　伏しておもひ 起きてかぞふる 万世は 神ぞしる覧 わが君のため

355. 후지와라 미요시의 예순 축하연에 읊은 노래 아리와라노 시게하루

　학도 거북도 천년 뒤의 일이란 모르겠지만
　만족 못하는 마음 그대로 두시기를

---

353) [주해] 〈그 옛날에도 있었는지〉오늘 같은 축하연이 옛날에도 있었는지 없었는지 모
　르겠지만. 〈이제부터〉천년의 장수를 기원하는 선례를 왕자로부터.
354) [주해] 〈자나 깨나 늘〉자는 동안에는 마음으로 빌고 깨어 있을 때에는 입으로 기원
　하는 것. 〈신은 보고 아시라〉당신을 위하는 내 진심을 신이 알고 당신을 지켜주실 것
　입니다.
　[해설] 352~354의 3수 모두 모토야스왕자의 일흔 살 축하연 때 지은 병풍가이다.
355) [주해] 〈후지와라 미요시〉불명. 〈학도 거북도〉천년을 산다는 학이나 거북이도 〈만
　족 못하는 마음〉당신이 아무리 오래 산다 해도 만족하지 못하는 이 마음. 장수를 기리

이 노래는 어떤 사람이 말하기를,

아리와라노 도키하루의 작이라고도 한다.

藤原三善が六十賀に、よみける 在原滋春

　鶴亀も 千年ののちは 知らなくに 飽かぬ心に まかせ果ててむ

　　この歌は、ある人、在原時春がとも言ふ

356. 요시미네 쓰네나리의 마흔 살 축하연에서 쓰네나리의 딸을 대신하여 지은 노래 소세이 법사

당신의 만대 솔에 빗대 기리며 축하드리네

천년의 그늘 아래 학처럼 살고파서

良岑経也が四十の賀に、女に代りて、よみ侍ける 素性法師

　万世を 松にぞ君を いはひつる 千年のかげに すまむと思へば

357. 상시(尙侍)가 우대장 후지와라 조신(朝臣)의 마흔 살 축하연을 개최했을 때, 주인공 뒤에 놓인 사계절을 그린 병풍에 적어 넣은 노래

가스가 들녘 어린 나물 뜯으며

만수무강을 기리는 이 마음은 신께서는 아시리

는 마음.

　[해설] 축하연의 자리에서 즉흥적으로 지은 느낌을 주는 노래이다.

356) [주해] 〈요시미네노 쓰네나리〉쓰네나리라는 인물은 불명.『삼대실록(三代実録)』875년(貞観17) 5월 19일조에 보면 요시미네 쓰네요라는 인물이 죽었다는 기록이 있다. 쓰네요[経世]의 요[世]를 ‘나리[也]’로 잘못 표기한 것이 아닐까.

　[해설] 아버지의 무한한 수명을 기대하면서 소나무와 학에 빗대어 축하하였다.

357) [주해] 〈상시〉궁중의 내시소(内侍所)의 장관으로 여관(女官)의 수장이다. 고위의 귀족 여성이 임명되었다. 여기서는 우대장인 사다쿠니의 여동생. 907년에 상시에 임명되었다. 〈우대장 후지와라 조신〉사다쿠니[藤原貞国]. 〈가스가 들녘〉봄나물의 명소(17,

内侍のかみの、右大将藤原朝臣の四十賀しける時に、四季の絵書ける後の屏風に書きたりける歌

　　春日野に　若菜つみつゝ　万世を　いはふ心は　神ぞしるらむ

358.

산이 높아서 구름처럼 보이는 산 위의 벚꽃
마음만은 닿기에 꺾지 않는 날 없네

　　山たかみ　雲居に見ゆる　さくら花　心の行て　おらぬ日ぞなき

359. 여름

드물고 귀한 목소리 아니지만
두견새 매해 잊지 않고 날아와 싫어하지 않고 우네

---

　　19 등). 사다쿠니 집안이 모시는 조상신이 바로 가스가명신[春日明神]. 가스가 들녘이
등장하는 것은 이 때문.
　　[해설] 고토바가키에서 확인할 수 있듯이, 위 노래는 병풍가이다. 병풍의 그림은 가스
가 들녘에서 나물 뜯는 모습을 그린 것. 병풍의 그림으로는 흔히 볼 수 있는 그림이지
만, 집안의 조상신이 가스가명신[春日明神]인 것과 연관 지어 노래를 지었다. 작자는
병풍 속에 그려 있는 나물 뜯는 여인을 상시로 보고 집안과 관계있는 가스가에서 상
시가 봄나물을 뜯으며 오라버니의 장수를 비는 마음을 노래하였다. 359의 표기양식으
로 미루어 이 노래의 앞에 봄[春]이란 표기가 있어야 하는데『고킨슈』에는 보이지 않
는다. 이하, 358도 봄노래이다.
358)　[주해] 〈꺾지 않는 날 없네〉당시에는 꽃이나 단풍을 꺾어 선물로 가져가는 풍습이
있었다.
　　[해설] 산이 높아서 마치 하늘에 있는 구름처럼 보인다. 높은 산꼭대기에 피어난 벚꽃
은 마치 하늘에 있는 것 같아서 간단히 손을 뻗어 꺾을 수가 없지만, 마음만은 늘 거
기에 가 있어 마음껏 꺾지 않는 날이 없다. 직접적으로 축하하는 마음은 담겨 있지 않
은 노래이다. 작자명 표기방식으로 보아 이 노래는 소세이의 노래이어야 하는데, 어떤
사본에는 미쓰네라는 작자명이 보이고,『미쓰네집[躬恒集]』에도 이 노래가 보이므로,
미쓰네를 작자로 보아야할 것이다.
359)　[해설] 두견새가 그려져 있다. 매년 듣기에 흔한 것이지만, 그렇다 하더라도 매해 찾

めづらしき 声ならなくに 郭公 こゝらの年を 飽かずもあるかな

360. 가을

스미노에의 소나무 가을바람 스쳐 지나면
살며시 소리 더하는 깊은 바다 흰 파도

住の江の 松を秋風 吹からに こゑうちそふる 沖つしらなみ

361.

물떼새 우는 사호 강의 물안개 이는 듯하다
사호 산 나뭇잎도 색 더해 가는 구나

千鳥なく佐保の河ぎり 立ぬらし 山の木の葉も 色まさりゆく

아와서 울어주니 고맙다는 마음을 노래하였다. 이 노래는 어떤 사본에는 기노 도모노리[紀友則]라는 작자명 표기가 보이고, 『도모노리집[友則集]』에 수록되어 있으므로, 도모노리의 작으로 보아야할 것이다.

360) [주해] 〈스미노에〉우타마쿠라. 소나무의 명소. 오오사카시 스미요시구 스미요시신사 부근의 강어귀. 헤이안 시대에는 스미노에는 만(湾)으로(360·559·778·779·905·906·1111), 스미요시는 군(郡)명(917)으로 구분하여 사용했다.
[해설] 노래의 내용을 통해 살펴볼 때, 병풍의 그림은 가을, 바닷가의 소나무 숲에 먼 바다의 파도를 그린 것으로 추측한다. 작자는 소나무 숲에 의해 소나무의 명소인 스미노에를 노래했고, 거기에 가을바람을 더했다. 솔바람의 상쾌한 소리와 더불어 먼바다에서는 하얀 파도가 바람과 어우러짐을 노래하였다. 이 노래의 작자는 『슈이슈[拾遺集]』 1112, 『미쓰네집[躬恒集]』 등에 의하여 미쓰네로 보아야할 것이다.
361) [주해] 〈사호 강〉물떼새의 명소. 〈사호 산〉→ 266.
[해설] 이 노래는 다른 사본과 『슈이슈』 186 등에 의해 작자를 다다미네로 보아야할 것이다. 병풍의 그림에는 사호 산의 단풍이 그려 있는 것으로 추측한다. 눈앞에 보이는 사호 산의 단풍으로 미루어 사호 강에 안개를 더하였다.

362.

가을이 와도 색 하나 변함없는 도키와 산에
다른 산 단풍잎을 바람이 바쳤도다

秋くれど 色もかはらぬ ときは山 よそのもみぢを 風ぞかしける

363. 겨울

새하얀 눈이 내려 덮일 때에는
요시노 산의 기슭 부는 바람에 꽃잎 날리는도다

冬
白雪の ふりしく時は み吉野の 山した風に 花ぞちりける

364. 동궁이 탄생하셨을 때, 찾아뵙고 읊은 노래 전시(典侍) 후지와라노 요루카 조신

봉우리 높은 가스가 산 위 솟아 뜨는 태양은
어두운 구석 없이 밝게 비추옵소서

---

362) [주해] 〈도키와 산〉교토시 우쿄구 도키와 부근의 산. → 148 · 251 · 495. 도키와는 상
　　록(常綠)이라는 의미.
　　[해설] 병풍의 그림은 도키와 산에 단풍이 든 그림일 것이다. 작자는 산의 이름이 상
　　록수라는 의미를 가지고 있으니 가을이 되도 산에는 단풍이 들지 않으리라고 생각하
　　고, 그럼에도 불구하고 단풍이 든 이유를 구하였다. 도키와 산에는 단풍이 들지 않을
　　텐데, 거기에 단풍이 보이는 까닭은 단풍을 날라다 바친 것이라고 노래하였다. 작자명
　　은 없으나 고레노리[是則]로 추측한다.
363) [해설] 병풍의 그림은 산에 눈이 내리는 장면일 것이다. 작자는 눈 내리는 산을 전
　　통적으로 눈의 명소로 꼽는 요시노 산으로 보고 거기에 바람을 더하였다. 눈을 꽃으로
　　보는 것도 전통적인 발상이다. 눈이 바람에 날리는 것을 꽃잎이 날리는 것으로 표현하
　　였다. 흰 눈이 쌓이는 추운 계절이 되면, 요시노 산은 바람에 눈꽃이 춤춘다. 요시노
　　산을 두고 눈과 꽃을 엮어서 노래한 것이 새롭다. 작자는 쓰라유키로 추측.

春宮の生まれ給へりける時に、参りて、よめる　典侍藤原因香朝臣

　峰たかき　かすがの山に　いづる日は　くもる時なく　照らすべらなり

---

364) [주해] 〈동궁〉다이고[醍醐]천황의 왕자인 야스아키라[保明]왕자로 903년 11월 20일
에 태어났다. 〈가스가 산〉후지와라씨의 조상신이 모셔져 있는 가스가신사의 뒷산. 〈태
양〉왕자를 태양에 비유하였다. 〈어두운 구석 없이〉가스가 봉우리 높이 솟아오른 태양
이 지상을 빠짐없이 비추듯이 왕자는 늘 환하게 비추어서 우리를 보살펴 주옵소서.
[해설] 당시의 관례로 왕자나 공주는 궁중에서 출산하는 것을 금하였다. 신성한 궁중
에서 출산하는 일이나 병에 걸린 사람이 궁중에 그대로 남아 있는 일은 부정한 일로
엄격히 제한하였다. 그래서 왕자의 경우도 중궁(中宮)의 생가에서 낳았다. 이 노래의
경우도 중궁 온시[穩子]는 그의 친정인 후지와라노 모토쓰네[藤原基経]의 저택에서
왕자를 출산하였다. 출산 후, 궁중으로 복귀하는 것은 50일 이후로 정해져 있었다. 작
자인 전시가 모토쓰네의 저택을 찾은 것은 천황의 사자로 출산을 축하하는 메시지를
전하기 위한 것. 중궁의 몸에서 난 왕자이기 때문에 향후 천황의 자리에 오를 것이고,
천황의 자리에 올라서는 널리 굽어 살펴주기를 기원하며 축하하는 노래이다.

고킨와카슈

제8권

이별의 노래 離別歌

365. 제목을 알 수 없음 아리와라노 유키히라 조신

> 내 떠나가면 이나바 산봉우리 소나무처럼
>
> 기다린다 하시면 당장에 돌아오리

---

* 이별의 노래는 대부분 먼 길을 떠나는 사람과 도읍지에 남아 있는 사람과 주고받은 것. 아내와의 이별을 노래한 것이나, 동료나 친구와의 이별을 아쉬워하는 노래. 그리고 연회(宴会)가 파한 후의 헤어짐을 아쉬워하는 노래. 우연히 길에서 만난 사람과 헤어질 때 인사로 주고받은 노래 등이 있다.

365) [주해] 〈이나바〉돗토리현[鳥取県]. 이나바[因幡]는 지명이지만, '가다[去ぬ]'의 가정형인 'いなば'의 의미를 갖는다. 〈소나무〉소나무[松]는 동음이의어인 '기다리다[まつ]'라는 의미를 포함하는 가케코토바 표현.

[해설] 작자인 유키히라가 이나바의 수령으로 내려간 것은 855년. 사람들은 송별연을 베풀었다. 그 자리에서 지은 석별을 아쉬워하는 사람들의 노래에 대한 답가로 볼 수도 있고, 사랑하는 여성에게 보낸 노래로도 볼 수 있다. 노래의 배열 상으로 볼 때, 후자가 훨씬 설득력이 있다. 이 노래는 가케코토바를 이용한 수사가 돋보인다. 원문에 보이는 지명 '이나배[いなば]'와 소나무를 소재로 이별의 심정을 표현하고 있다. 외형적으로는 이나바 산의 봉우리의 소나무를 노래하고 있지만 내면적으로는 '내 떠나간 후에 당신이 기다리신다는 말을 들으면 당장 돌아오리라'고 하는 떠나는 작자의 아쉬운 심정을 여정적으로 표현하고 있다.

立わかれ いなばの山の 峰に生ふる 松としきかば 今かへりこむ

366. 작자미상

나나니 벌 우는 싸리 핀 가을 들녘 아침에 떠나
나그네길 가는 이 언제 오리 기다리나

よみ人しらず

すがる鳴く 秋のはぎはら 朝たちて 旅行人を いつとか待たむ

367.

끝이 없는 길 아득한 구름 저편 멀리 있어도
당신을 마음 뒤편에 떼어놓을 수 있을까

かぎりなき 雲井のよそに わかるとも 人を心に をくらさむやは

---

366) [주해] 〈나나니 벌〉작고 허리가 가는 벌. 〈싸리 핀 가을 들녘〉남녀가 사는 지역.
[해설] 남자가 어떠한 사정으로 길을 떠나는 날 아침, 여자가 이별을 아쉬워하며 지은
노래이다. 그 남녀가 살고 있는 주변의 들에는 온통 꽃이 흐드러지게 피고, 꿀을 좇는
벌이 분주히 돌아다니는 가을. 그 아름다운 싸리꽃을 가르고 떠나는 임을 보내는 여자
의 노래이다. 불편하고 위험이 많던 옛날, 길 떠나는 사람을 보내는 불안한 심정을 노
래하였다. 『만요슈』에서 느낄 수 있는 정취를 가진 고풍의 노래이다.
367) [해설] 앞의 노래가 집에서 기다리는 사람의 노래인 동시에 여성의 입장에서 노래한
데 반하여, 이 노래는 사랑하는 사람을 동반하여 떠날 수 없는 남편의 입장에서 노래
하였다. 내 비록 몸은 저 멀리 떨어져 있다 하더라도 마음속에는 늘 당신이 나와 함께
있다는 내용.

368. 오노노 치후루가 미치노쿠의 차관으로 부임해 갈 때, 어머니가 읊은 노래

(다라치네노) 어미가 부적처럼 덧붙이려는
아들 걱정하는 맘 관문아 막지 말게

小野千古が陸奥介にまかりける時に、母の、よめる
　たらちねの　親のまもりと　あひ添ふる　心許は　せきなと ゞめそ

369. 사다토키왕자의 집에서, 후지와라노 기요후가 오우미의 수령으로 갈 때에,
　　송별연을 열던 밤에 읊음 ^{기노 도시사다}

오늘 헤어져 내일 만날 몸이라 생각하지만
밤 깊었는가 보다 소매 이슬에 젖네

貞辰親王の家にて、藤原清生が近江介にまかりける時に、餞別ける夜、よめる 紀利貞
　けふわかれ　あすはあふみと　おもへども　夜やふけぬらむ　袖のつゆけき

---

368) [주해] 〈오노노 치후루〉『고킨슈』에서는 보통 고토바가키에 작자명이 있을 경우 작
　　자는 높은 신분인데, 이 노래는 그렇지 않다. 〈다라치네노〉어머니를 이끌어내는 마쿠
　　라코토바. 〈부적〉모친이 미치노쿠까지 따라갈 수 없기 때문에 아들 생각하는 마음을
　　부적처럼.
　　[해설] 모자의 이별을 노래한 것은『고킨슈』에서 이 노래 한 수이다. 당시에는 마음이
　　육체로부터 이탈하여 친한 사람을 따라간다고 생각했으며 이런 발상은 372 · 378 등에
　　서 볼 수 있다.
369) [주해] 〈사다토키왕자〉→ 350. 〈내일 만날 몸〉내일 오우미로 떠날 때, 환송하며 한
　　번 만날 사람. 〈오우미[近江]〉지명이지만 ‘만날 몸[逢ふ身]’이라는 의미를 갖는 가케코
　　토바. 〈소매 이슬에 젖네〉소매가 눈물로 젖음.
　　[해설] 송별연의 밤, 손님이 기요후에게 지어 보낸 인사의 노래이다. 실제로 오우미는
　　교토에서 하루 길이다.

370. 고시로 떠난 사람에게 읊어 보냄

가에루 산이 있단 얘기 듣지만
봄 안개 일 듯 떠나가 버린다면 그립기는 하겠지

越へまかりける人に、よみて、遣はしける
　かへる山　ありとはきけど　春がすみ　たちわかれなば　恋しかるべし

371. 어떤 사람의 송별연에서 읊음 기노 쓰라유키

아쉬운 마음에 그리워지는 것을
흰 구름 일 듯 떠나가고 난 후엔 어떤 마음이 들까

人の餞別にて、よめる 紀貫之
　おしむから　恋しき物を　白雲の　たちなむのちは　なに心ちせむ

372. 친구가 다른 지방으로 가게 되었을 때에 읊음 아리와라노 시게하루

헤어진 후엔 멀리 떨어진다고 생각해설까
눈앞에 보면서도 그리운 생각 드네

---

370) [주해] 〈고시[越]〉고대 호쿠리쿠[北陸] 지방의 이름으로 대개 지명에 '越'이 들어 있
다. 에치젠[越前]·가가[加賀]·노토[能登]·엣츄[越中]·에치고[越後] 지방을 말한
다. 〈가에루 산〉지금의 후쿠이현[福井県]에 있는 산. 산 이름에서 돌아가다[帰る]를 연
상하게 한다. 382·902.
　[해설] '당신이 가시는 그곳에는 돌아온다는 의미의 가에루 산이 있다고 하니까 가까
운 시일 내에 돌아올 수 있겠네. 그러나 이렇게 봄 안개 이는 도읍지의 봄날을 등에
지고 이대로 헤어진다면 나는 역시 당신이 그리울거야'라고 '가에루 산'이라는 산 이
름을 노랫말로 하여 도읍지에 돌아오기를 바라는 노래이다.
371) [주해] 〈아쉬운 마음〉송별연이 한창인 지금도 아쉽고 그리운 마음이 드는데. 〈흰 구
름 일 듯〉'구름이 일다[立つ]'의 '일다'는 '출발하다[発つ]'의 의미와 중복.
　[해설] 이별을 아쉬워하면서 이별후의 그리움을 노래하였다.
372) [주해] 〈다른 지방〉도읍지 이외의 지방. 〈눈앞에 보면서도〉이렇게 아직 헤어지지도

373. 아즈마 쪽으로 떠난 사람에게 지어서 보냄 이카고노 아쓰유키

섬기고파도 둘로 못 나누는 몸
보이지 않는 마음만을 당신께 곁들어 보냅니다

374. 오오사카(逢坂)에서 아는 이와 헤어질 때 읊음 나니와노 요로즈오

오오사카 산에 있는 관문 진정한 관문이라면
헤어지기 아쉬운 당신 멈추게 하소

않았는데, 벌써 그리운 생각이 든다.

[해설] 한 번 헤어지면 두 사람 사이에는 거리가 생긴다고 생각해서일까, 한편으로 즐겁게 만나면서도 한편으로는 그 반대의 감정이 일어나는 것은 어째서일까. 앞의 노래처럼 이별하는 아쉬움을 노래하고 있지만, 지금 만나고 있는 동안에도 그리운 마음이 일어나는 것을 이상하게 생각하며, 그런 마음이 일어나는 이유를 이제 헤어지게 되기 때문에 이런 마음이 일어나는 것이라 노래하였다.

373) [주해] 〈아즈마〉지금의 도카이[東海]・간토[関東]・도호쿠[東北] 지방을 두루 가리키는 말. 〈섬기고파도〉함께 따라가려고 생각은 하지만. 〈둘로 못 나누는 몸〉몸을 둘로 나누어서라도 함께하고 싶은 생각이지만. 〈마음만을〉여행하는 사람에게 마음을 달려 보낸다는 발상 368에서도 볼 수 있다.

374) [주해] 〈오오사카〉지금의 오오쓰시[大津]에 있고, 헤이안 시대에는 동쪽의 관문으로 중요시 되었다. 오오사카 관문은 795년에 한 번 폐지하였으나 895년에 다시 부활되었다. 따라서 오오사카 관문을 노래한 것 중 작자미상의 노래라고 하더라도 9세기 중엽 이후의 노래일 것이다. 보통 도읍지를 떠나는 사람이나 돌아오는 사람을 여기서 맞이하고 송별하곤 하였다. 오오사카[逢坂]라는 이름 그대로 만나다[逢う]는 의미를 포함하는 우타마쿠라. 381・384.

[해설] '오오사카라고 하는 관문이 진정으로 그 이름이 뜻하는 그대로라면 여기서 만나야지, 이별을 할 리가 없다. 충분한 작별도 하지 못하고 떠나가는 당신을 여기서 멈

逢坂にて、人を別れける時に、よめる **難波万雄**

相坂の 関し正しき 物ならば 飽かずわかるゝ きみをとゞめよ

375. 제목을 알 수 없음 ^{작자미상}

(가라코로모) 떠날 날 안 물으리

이슬 내리듯 나를 두고 간다면 사라져 버리리라

> 이 노래는, 어떤 사람이 관직을 받았을 때, 새로운 여자에게 마음이 이끌
> 리어 오랫동안 함께 했던 사람을 버리면서 단지 "내일 떠난다"는 말만 남
> 겼을 때에, 이러쿵저러쿵 말하지 않고 이 노래를 읊어 보냈다고 한다.

題しらず **よみ人しらず**

唐衣 たつ日はきかじ 朝露の おきてしゆけば 消ぬべきものを

> この歌は、ある人、官を賜りて、新しき妻に付きて、年経て住みける人を捨て
> て、たゞ明日なむ立つと許言へりける時に、ともかうも言はで、よみて、遣はしける

376. 히타치에 갔을 때, 후지와라노 기미토시에게 지어 보냄 ^{우쓰쿠}

어느 때이고 만날 수 있는 사람 아니란 생각에

추게 하고 싶다'라는 의미. 당시의 풍습대로 아즈마로 떠나는 사람을 오오사카에서 배
웅하고 난 후의 심정을 노래하였다. 지명과 관문의 기능에서 연상되는 것은 노래로 한
이지적인 노래이다.

375) [주해] 〈가는 날〉이 부분의 원문 '다쓰[たつ]'는 '옷을 짓다[裁つ]'와 '떠나다[発つ]'
는 의미를 중층적으로 표현하는 가케코토바. 〈이슬 내리듯〉이슬이 맺히듯이 나를 내
려놓고 가신다면. 원문의 '오쿠[おく]'는 '이슬이 내리다'는 의미와 '두다'라는 의미를
갖는다. 〈사라져 버리리라〉이슬이 맺혔다가 사라지듯이 나도 사라지리라. 나를 두고
떠나간다면 죽어버리겠다는 의미. 〈오랫동안 함께하던 사람〉옛 처.
[해설] 일부다처제 시대에 남자가 새로운 여자를 얻고서 이전의 여자에게 싫증내는 일
은 보통이었다. 이 노래는 남자가 싫증을 내며 버리고자 한 옛 처의 호소로서 애절함
까지 느끼게 한다. 이 노래를 포함하여 이어지는 3수는 길 떠남으로 인연이 끊기는 여
성이 읊은 노래가 이어진다.

과감히 떨치고서 떠나버린 길이라네

常陸へまかりける時に、藤原公利に、よみて、遣はしける 寵
　朝なけに 見べききみとし たのまねば 思立ぬる 草まくらなり

377. 기노 무네사다가 아즈마 지방으로 내려갈 때에, 어떤 사람의 집에 묵고서
　　새벽녘에 출발하고자 하여 작별인사를 하였더니, 여자가 지어 내놓은 노래
작자미상

나는 모르오 당신 마음 떠보리
사는 동안에 내 당신을 잊는지 당신 나를 잊는지

紀宗定が東へまかりける時に、人の家に宿りて、あか月出で立つとて、まかり申しければ、
女の、よみて、出だせりける よみ人しらず
　えぞ知らぬ 今心みよ 命あらば 我やわする＞ 人や訪はぬと

378. 알고 지내던 사람이, 아즈마 쪽으로 가는 것을 보내면서 읊음 후카야부

구름 저편도 당신 좇을 수 있는 마음이기에
남의 눈에만 우리가 헤어진다 보이리

---

376) [주해] 〈히타치〉지금의 이바라기현[茨城県]. 〈만날 수 있는 사람 아니란 생각에〉언
　　제나 만날 수 있는 사람이라고 신용할 수 없게 되었기에.
　　[해설] 남자가 자신을 생각해주는 마음이 깊지 않음을 원망하는 노래이다. 제2구에 상
　　대의 이름인 기미토시와 제4구에 작자의 행선지인 히타치를 넣어 읊은 모노노나 형식
　　의 노래이다.
377) [주해] 〈기노무네사다〉미상. 〈여자〉그날 밤 묵은 무네사다와 연애 관계에 있는 여
　　자. 〈작자미상〉여자의 이름을 알 수 없기에 작자명을 미상으로 하였다. 645도 이와 비
　　슷한 예. 〈사는 동안에〉살아 있는 동안에. 앞으로 살아가는 동안에.
　　[해설] 아즈마로 부임이 정해진 남자가 함께 데려가지 못하는 여성으로부터 받은 노래
　　이다. 노래의 내용은 작별로 인한 그리움보다는 유희적인 내용의 노래이다.
378) [주해] 〈알고 지내던 사람〉→ 382・835・862・917. 〈구름 저편도〉우리가 지금 헤어

あひ知りて侍りける人の、東のかたへまかりけるを送るとて、よめる 深養父

雲井にも かよふ心の をくれねば わかると人に 見ゆ許なり

379. 친구가 아즈마로 갈 때에 읊음 요시미네노 히데오카

하얀 구름이 여기저기 모였다 흩어지듯이
마음은 오리처럼 찢어지는 여행일세

友の、東へまかりける時に、よめる 良岑秀崇

白雲の こなたかなたに たちわかれ 心を幣と くだく旅哉

380. 미치노쿠로 가는 사람에게 지어 보냄 쓰라유키

하얀 구름이 겹겹이 겹쳐 있는 저편에 있어도
그리워하는 이와 마음 멀어지지 마소

陸奥国へまかりける人に、よみて、つかはしける 貫之

白雲の 八重にかさなる 遠方にても おもはむ人に 心隔つな

진다고 하더라도 내 마음의 각오가 구름 저편까지 좇아갈 정도이니까.
[해설] 마음이 사람을 따라간다는 발상은 368·373도 마찬가지. 이 노래부터 연속하는
3수는 구름을 소재로 읊은 노래.
379) [주해] 〈여기〉도읍지. 〈저기〉아즈마. 〈마음은〉헤어지는 마음. 〈오리〉→ 298·299·
300. 〈찢어지는〉나를 근심시키는.
[해설] 오리를 헤어지는 아픔의 비유로 사용한 것이 새롭다.
380) [주해] 〈미치노쿠〉지금의 후쿠시마현[福島県]·미야기현[宮城県]·이와테현[岩手
県]·아오모리현[青森県]. 〈구름이 겹겹이 겹쳐 있는〉구름은 먼 곳을 상징하는 것으
로, 겹겹이 쌓인 것은 아주 먼 곳에 대한 암시. 〈그리워하는 이〉작자 자신.
[해설] 378과 같은 심정의 노래이다. 구름에 의해 몸은 떨어져 있다 하더라도, 마음은
떨어지지 말자고 노래하는 것은 다소 이지적이지만, 작자 쓰라유키의 노래 중에서는
그다지 굴절되지 않은 노래이다.

381. 떠나는 이와 헤어질 때 읊음

헤어진다고 하는 말은 염료도 아니건만은
마음에 스며들어 외롭게 하는 걸까

人を別れける時に、よめる
　わかれてふ 事は色にも あらなくに 心に染みて わびしかるらむ

382. 알고 지내던 사람이 고시 지방으로 떠나고 세월이 흐른 후, 교토로 돌아왔
다가 다시 고시로 떠날 때 지은 노래 　오오시코우치노 미쓰네

가에루 산아 무엇 때문에 거기 그리 있는가
와서 머물지 않고 돌아간단 이름으로

あひ知れりける人の、越国にまかりて、年経て京にまうできて、又帰りける時に、よめる　凡河
内躬恒
　かへる山 何ぞはありて あるかひは 来てもとまらぬ 名にこそありけれ

383. 고시로 떠나가는 사람에게 지어 보냄

먼발치서만 그리워해야 하나

---

381) [해설] 이별의 슬픔이 마음에 스며든다는 생각에서 색이 스며드는 염료를 연상한
　　후, 다시 굴절시켜 그런 염료도 아닌데, 왜 이리도 마음에 스며드느냐고 반문하는 형
　　식을 취하고 있다. 이별의 슬픔을 표현하는 데에 염료를 도입한 것은 쓰라유키다운 기
　　량이다.
382) [주해] 〈고시〉→ 142. 〈가에루 산〉→ 370.
　　[해설] 기대에 대한 실망의 마음을 가에루 산에 빗대어 노래하였다. '당신이 있는 곳에
　　있는 가에루 산은 왜 있는 것일까 생각했었는데, 아무 것도 아니었다. 상경하면 곧바
　　로 돌아간다는 의미였다'고, 오래 머무르기를 기대했던 사람이 돌아가는 것을 아쉬워
　　하는 노래이다. 돌아간다는 표현은 주로 지방에서 도읍지로 돌아가는 것으로 자주 쓰
　　이는데 반해, 이 노래에서는 역으로 교토에서 지방으로 돌아가는 것으로 읊었다.

시라야마의 눈 보듯 찾아가서 볼 수도 없는 몸은

越国へまかりける人に、よみて、遣はしける
　　よそにのみ　恋ひやわたらむ　白山の　雪見るべくも　あらぬわが身は

384. 오토하 산기슭에서 헤어질 때 지은 노래 ^{쓰라유키}

오토하 산의 높은 가지 앉아서 우는 두견새

그대 떠나는 것을 아쉬워 하나보다

音羽山のほとりにて、人を別るとて、よめる　貫之
　　をとは山　こだかく鳴きて　郭公　きみがわかれを　おしむべらなり

385. 후지와라노 노치가게가 당물사(唐物使)로 9월 그믐 무렵 내려가게 되었을 때, 덴조비토들이 송별연을 베풀었을 때, 지음 ^{후지와라노 가네모치}

모두 다 함께 울어서 붙잡으세 귀뚜라미여

가을의 이별이란 아쉬운 것 아니냐

---

383) [주해]〈먼발치서만〉당신과 멀리 떨어진 도읍지에서나.〈시라야마〉이시카와[石
川]·기후[岐阜] 두 현[県]에 걸쳐 있는 산. → 391·414·979.
[해설] 오래된 친구와 헤어지며 마음은 만나러 가고 싶지만 갈 수 없는 아쉬움을 노래
하였다.
384) [주해]〈오토하 산〉→ 142.
[해설] 당시 헤어질 때에는 보통 오오사카[逢坂] 언덕에서 헤어졌다, 이 노래는 그 도
중인 오토하 산 부근에서 읊은 노래. 이별을 아쉬워하는 그때, 때마침 두견새 우는 소
리가 들렸고, 그 울음소리를 두견새도 이별을 아쉬워하는 것이라고 해석하여 읊은 노
래이다. 초여름 아침 정적을 깨트리는 두견새의 울음과 이별할 때의 비애감이 잘 융합
된 노래이다. 두견새의 울음을 통하여 작자 자신의 이별의 슬픔은 여정적으로 표현하
고 있다.
385) [주해]〈후지와라노 노치가게〉→ 108.〈당물사〉외국의 배가 쓰쿠시(筑紫 : 지금의
후쿠오카현)에 도착했을 때, 화물검사를 담당하던 사람.〈덴조비토〉→ 170.〈울어서
붙잡으세〉우리도 귀뚜라미와 함께 울어 노치가게의 출발을 막아보고 싶다.

藤原後蔭が、唐物使に、長月の晦日方にまかりけるに、殿上の男ども、酒賜びけるついでに、よめる 藤原兼茂

　　もろともに　なきてとゞめよ　きりぎりす　秋の別れは　おしくやはあらぬ

386. 다이라노 모토노리

가을 안개와 함께 길을 떠나서 헤어진다면
꺼림칙한 마음으로 그리워해야 하나

平元規

　　秋霧の　共にたちいでて　わかれなば　はれぬおもひに　恋ひやわたらむ

387. 미나모토노 사네가 쓰쿠시에 탕치(湯治)하려고 갈 때, 야마자키에서 헤어지며 아쉬워하는 자리에서 읊음 시로메

목숨이라도 마음 원하는 대로 할 수 있다면
어찌하여 이별을 슬퍼할 일 있으리

　　[해설] 고토바가키에서 보면 작가(作歌)시점은 9월 말, 시기적으로 가을도 끝나가는 때이다. 따라서 가을과의 이별의 의미도 포함하여 노래하였다. 겉으로는 가을을 아쉬워하는 노래이나, 내면적으로는 노치가게와의 이별을 아쉬워하는 노래이다.

386) [해설] 작자 모토노리도 덴조비토의 한 사람으로 노치가게를 송별하며 지은 노래이다. 헤어진다면 불안함을 느끼면서도 한편으로 그리워질 것이라 노래한다.

387) [주해] 〈쓰쿠시〉지금의 규슈[九州]지역. 〈야마자키〉야마시로[山城]와 세쓰[摂津]의 경계지역. 서쪽으로 여행하려는 사람은 여기서 배를 타고 요도가와[淀川]로 내려갔다 (土佐日記). 〈시로메〉유녀라고도 하지만, 불명. 〈목숨이라도〉목숨만이라도. 〈슬퍼할 일 있으리〉목숨을 내 마음대로 할 수 있는 것이라면, 오래오래 살면서 당신이 돌아오기를 기다리고 있을 수 있고 그렇다면 지금 헤어지는 것이 어찌 슬프겠는가. 사실은 돌아올 때까지 살아 있을 지 알 수 없는 몸이기에 지금의 이별이 슬픈 것.
　　[해설] 이제 헤어지면 다시는 만나지 못할 사람이기에 더욱 슬픈 것. 죽음보다 더한 슬픔을 가슴에 묻고서 신분이 낮은 작자는 아주 완곡한 표현으로 이별의 아픔을 노래하였다.

388. 아마자키에서 간나비의 숲까지 배웅하러 나왔다가, 돌아가지 못하고 작별을 아쉬워할 때 읊음 미나모토노 사네

남이 보내는 여행길 아니기에

여느 때라면 가는 길 괴롭다하고 돌아가자 할 것을

389. "이제 돌아가세요"라고 사네가 말했을 때에 읊은 노래 후지와라노 가네모치

사모하기에 따르기로 다짐한 내 몸이기에

돌아가려 하지만 길도 알 수가 없네

---

388) [주해] 〈간나비의 숲〉여기서는 아마자키 근처에 있다는 것 이외에는 위치가 확실하지 않음. 253 등에서 보는 간나비와는 다름. 〈남이 보내는〉공적인 명을 받고 떠나는 여행. 387에서 보듯이 치료를 위해 떠나는 길. 〈돌아가자 할 것을〉그냥 함께 돌아가자고 말하고 싶을 정도이다.

389) [주해] 〈따르기로 다짐한〉당신을 따르기로 마음먹었기에 여기까지 당신을 따라오고 말았습니다. 〈길도 알 수가 없네〉마음은 당신을 따라 나의 육체에서 떠나갔기 때문에 마음이 없는 내 육체는 돌아갈 길을 알지 못함.
[해설] 헤어지기 어려운 심정을 노래하였다. 헤어지기 어려운 심정을 헤어져도 돌아갈 수 없다고 강조하고, 마음이 육체를 떠나 당신을 따라왔기에 마음이 없는 내 육체는 돌아가는 길을 찾을 수 없다고 노래하였다. 여기까지 미나모토노 사네를 야마자키까지 송별했을 때의 증답가가 3수 연속으로 수록되어 있다.

390. 후지와라노 고레오카가 무사시 지방의 차관으로 내려 갈 때에 배웅하여
　　오오사카(逢坂)를 넘으며, 지은 노래 ^{쓰라유키}

이렇게 넘어 헤어져 가는 걸까
오오사카라는 사람들 믿게 하는 이름뿐인 고개로다

藤原惟岳が、武蔵介にまかりける時に、送りに、逢坂を越ゆとて、よみける 貫之
　かつ越えて わかれも行か あふさかは 人だのめなる 名にこそありけれ

391. 오오에노 치후루가 고시 지방으로 갈 때, 송별연에서 읊음
　　　　　　　　　　　　　　　후지와라노 가네스케 조신

당신이 넘는 고시의 시라야마 알 수 없지만
눈 내린 사이사이 가며 안부 물을까

大江千古が、越へまかりける餞別に、よめる 藤原兼輔朝臣
　きみが行く こしのしら山 しらねども 雪のまにまに 跡はたづねむ

---

390) [주해] 〈후지와라노 고레오카〉미상. 〈오오사카〉→ 143. 〈이름뿐인 고개로다〉오오사
카[逢坂]의 의미는 그 표기에서 보듯이 사람들이 만나는 언덕이라는 의미. 그런 이름
이 전혀 도움이 되지 않는 만난다는 이름만인 고개.
　　[해설] 아즈마 지방으로 떠나는 사람을 오오사카고개까지 배웅하고 거기서 지은 노래
이다. 만난다는 의미의 오오사카라는 지명을 이용하여 이지적으로 읊은 노래이다. 언
덕의 이름으로는 만나야 하는데. 그 반대로 떠나는 곳. 그렇다면 오오사카란 이름은
괜스레 마음만 설레게 하는 이름이라 노래하고 있다.
391) [주해] 〈오오에노 치후루〉오오에노 치사토(14·155)의 동생. 368의 고토바가키에 의
하면 미치노쿠[陸奥] 지방의 차관이 되었음을 알 수 있다. 〈고시의 시라야마〉→ 383.
〈알 수 없지만〉원문에서는 ‘しらやま(白山)しらねども’처럼 동음반복의 효과를 노리고 있
다. 고시로 가는 길을 잘 모른다는 의미. 〈눈 내린 사이사이 가며〉원문 ‘ゆき’는 ‘가다
[行き]’와 ‘눈[雪]’의 가케코토바. 눈 사이를 가면서 당신의 행방을 좇아볼까.

392. 가잔에 찾아온 사람이 저녁에 돌아가려고 했을 때 지은 노래 승정 헨조

해질 무렵의 울타리가 산처럼 보이면 좋으리
밤에 산 넘지 않고 묵어 갈수 있도록

人の花山にまうできて、夕さりつ方、帰りなむとしける時に、よめる 僧正遍昭
　ゆふぐれの 籬は山と みえななむ 夜は越えじと 宿りとるべく

393. 산에 올랐다가 돌아가는 길에 사람들이 헤어질 때 지은 노래 유센 법사

우리의 이별 산에 핀 벚꽃에게 맡기어 보자
보내고 말리는 것 꽃 마음대로 하게

山に登りて、帰りまうできて、人々別れけるついでに、よめる 幽仙法師
　別れをば 山のさくらに まかせてむ 止めむとめじは 花のまにまに

392) [주해] 〈가잔[花山]〉→ 119. 작자가 주지로 있던 절. 〈울타리가 산으로 보이면 좋으리〉'밤에는 산을 넘지 않을 것이고 그렇다면 마음먹고 찾아온 사람들이 여기 묵어갈 수 있을 텐데'하고 사람들이 묵어주기를 바라는 마음을 완곡적으로 표현하였다.
　[해설] 작자와 친분이 있는 자들이 저녁에 돌아가려고 하자, 헤어지기 아쉬운 마음을 노래하였다. 앞의 노래가 송별하는 노래인데 반해, 이 노래부터는 모임에서 이별할 때에 지은 노래가 이어진다.
393) [주해] 〈산〉히에 산[比叡山]. 〈돌아가는 길〉작자 유센이 히에 산에서 일을 마치고 도읍지로 돌아가는 길. 〈사람들〉유센을 배웅한 사람들. 〈벚꽃에게 맡기어 보자〉떠나는 사람을 붙잡아 둘 수 있는지 없는지 벚꽃에게 맡겨 보자. 산에 핀 벚꽃이 아름답다면 그것에 이끌리어 산으로 돌아갈 것이고, 그렇지 않으면 도읍지로 돌아갈 것이라는 의미. [해설] 이별할 때, 보내는 사람과 떠나는 사람이 아쉬워하며 차마 헤어지지 못하는 심정을 객관적으로 한창 피어 있는 벚꽃을 도입하여 표현하였다. 이별의 마음을 노래하면서 떠나보내기 싫은 자신의 마음을 벚꽃을 두고 떠나기 어려운 마음으로 전환한 점에서 새로운 맛을 느끼게 한다. 꽃을 사람에 빗대어 그 꽃에게 사람을 붙잡게 한다는 발상은 119 · 349 · 403 등에서도 볼 수 있다.

394. 우린인의 왕자가 불사리를 공양하는 법회를 올리기 위해 산에 올랐다가
  돌아가는 길에 벚나무 아래서 읊음 ^{승정 헨조}

산바람 불어 벚꽃 흩트러 땅에 뿌리었으면
어지러운 꽃 속에서 묵어갈 수 있도록

雲林院親王の舎利会に山に登りて帰けるに、桜の花の下にて、よめる ^{僧正遍昭}
  山かぜに さくら吹きまき みだれ南 花のまぎれに 立とまるべく

395. ^{유센법사}

기왕 필 바엔 왕자 멈춰 서도록 피어났으면
돌아가시는 것은 꽃 때문이 아닐까

幽仙法師
  ことならば 君止るべく にほはなむ かへすは花の 憂きにやはあらぬ

---

394) [주해] 〈우린인〉→ 49. 〈우린인의 왕자〉닌묘[仁明]천황의 아들인 조코[常康]왕자.
  → 781. 〈산〉히에 산. 〈산에 올랐다가 돌아가는 길에〉작자인 헨조는 이 산에 살고 있
  었고, 헨조가 우린인의 왕자가 하산할 때 배웅하고 돌아가는 길에 지은 것. 〈어지러운
  꽃 속에서〉꽃이 땅에 떨어져 어디가 길인지 찾을 수 없어서. 낙화로 인하여 돌아가는
  길을 분간하지 못하고 묵어가실 테니까.
  [해설] 헨조와 다음 노래의 작자인 유센이 왕자를 함께 배웅했을 때, 이별의 아쉬움을
  노래하였다. 실제로는 헨조 자신이 왕자가 돌아가는 것을 말리고 싶지만, 신분이 높은
  분에게 그리하지 못하는 마음을 자연현상을 통하여 표현하고 있다.
395) [주해] 〈왕자 멈춰 서도록 피어났으면〉왕자가 감탄하시어 발걸음을 멈춰 설 수 있
  을 정도로 꽃이 아름답게 피지 않았기 때문에 그냥 돌아가시는 것이 아닐까.
  [해설] 앞의 노래와 같은 때에 지은 노래이지만, 정반대의 작의(作意)를 보인다. 즉석
  에서 지어진 순발력이 엿보이는 노래이다. 앞에서 헨조는 꽃의 아름다움 때문에 왕자
  가 묵어가기를 바라는 마음인데 반해 유센은 반대로 왕자가 그냥 돌아가시는 이유를
  노래하였다. 만약에 꽃이 아름다웠다면 그냥 머무르셨을 텐데, 이렇게 돌아가시는 것
  은 꽃이 아름답지 않아서일 것이라고 추측하였다. 왕자와의 이별을 아쉬워하는 마음
  은 앞의 노래의 헨조와 같지만, 이를 반대로 표현한 데에 작가의 기지가 엿보인다.

396. 닌나천황이 아직 왕자로 계실 때, 후루의 폭포를 보시고 돌아가실 때에
지음 겐게이 법사

아쉬운 채로 헤어지며 흘린 눈물
폭포에 섞여 물 늘어난 것으로 아래에선 보겠지

仁和帝、親王におはしましける時に、布留の滝御覧じにおはしまして帰り給ひけるに、よめる
兼芸法師

　飽かずして　わかる＞涙　たきにそふ　水まさるとや　下は見ゆらむ

397. '천둥의 방'으로 부름을 받은 날, 천황으로부터 술 등, 음식을 하사 받았는
데, 비가 몹시 내렸기 때문에 저녁이 될 때까지 있다가 가려고 할 때, 술잔을
들고서 쓰라유키

가을 싸리꽃 내린 비에 봉오리 젖는 것보다
당신과의 이별이 더욱 아쉬웁구려

雷の壷に召したりける日、大御酒など賜べて、雨のいたう降りければ、夕さりまで侍りて、ま

396) [주해] 〈닌나천황〉 → 33. 〈후루〉나라현[奈良県] 덴리시[天理市] 소재. 이소노카미
[石上]신궁이 있는 곳.
[해설] 상류에서 하류의 상황을 상상하여 노래하였다. 이별의 아쉬움으로 눈물이 흐르
고 그 눈물은 폭포와 하나가 된다. 그 눈물로 인하여 하류에서는 물이 불었다고 생각
하리라고 노래하였다. 지나친 과장으로 보이지만, 그만큼 이별의 아쉬움이 묻어나는
노래이다.
397) [주해] 〈천둥의 방〉 → 190. 〈부름을 받은 날〉천황이 작자 일행을 부름. 여기서 천황
은 다이고[醍醐]천황이다. 이 경우라면, 『고킨슈』의 편집을 위해 쓰라유키 일행이 이
곳에서 회합을 가진 것으로 추측. 〈당신과의 이별〉지금 내리는 비로 가을 싸리꽃을 적
신 것도 아쉽지만, 비가 개고 당신과 헤어지는 것은 꽃을 망가트린 것 이상으로 아쉬
운 생각이 듭니다.
[해설] 노래를 지은 시기는 비로 인하여 집으로 돌아가지 못하는 상황에서 술이 돌고,
술잔을 받은 쓰라유키가 노래를 짓는 장면. 즉흥가이다. 비가 개면 헤어져야하는 아쉬
운 마음을 때마침 눈에 들어오는 비에 젖은 싸리꽃을 보고 노래하였다.

かり出でける折に、さか月を取りて **貫之**

　秋萩の 花をば雨に ぬらせども 君をばまして おしとこそおもへ

398. 라고 읊은 것에 대한 답가 가네미노 오오키미

아쉬워하는 당신 마음 내 미처 모르는 동안

가을비 내리듯이 이 몸 나이 들었네

とよめりける返し **兼覧王**

　おしむらん 人の心を 知らぬまに 秋のしぐれと 身ぞふりにける

399. 가네미노 오오키미와 처음으로 이야기를 하고 헤어질 때, 읊음 미쓰네

헤어지지만 기쁘기 한이 없네

오늘밤 이후 당신 말고 누구를 그리면서 지낼까

兼覧王に、初めて物語して、別れける時に、よめる **躬恒**

　わかるれど うれしくもあるか 今宵より あひ見ぬさきに 何を恋ひまし

---

398) [주해] 〈라고 읊는 것에 대한 답가〉앞의 397에 대한 답가. 증답의 형식이다. 〈가네미노 오오키미〉후지와라[藤原]씨의 억압으로 불우한 생을 보낸 고레타카[惟喬]왕자의 아들. 〈아쉬워하는〉397의 제5구의 '아쉽다'는 노랫말을 첫 구에 넣어 노래하였다. 〈가을비〉위 노래의 두 번째 구를 염두에 두고 노래하였다. 〈내리듯이〉원문의 후루[ふる]는 '비가 내리다[降る]'와 '오래되다. 나이 먹다[古る]'의 의미를 포함하고 있다. [해설] 쓰라유키가 눈앞에 보이는 빗속의 싸리꽃을 술에 취해 노래하자, 쓰라유키의 노래를 받아 훌륭하게 답하고 있다. 쓰라유키의 노래와 증답 형식을 취하고 있으나 한편으로는 불우한 생을 보낸 자신의 신세를 가을비에 의탁하여 한탄하고 있다.

399) [주해] 〈처음으로〉처음으로 이야기를 나누고 헤어질 때. 〈이야기〉세상잡담. 추억담 등. 〈누구를 그리면서〉감격으로 어찌할 수가 없소. 당신과 만나지 않았다면 오늘밤 이후, 난 도대체 누구를 그리워하며 지내려 했을까 생각하게 될 정도. [해설] 존경하는 사람을 처음으로 만났을 때의 기쁨을 노래하였다. 헤어지면 아쉬운 마음을 갖는 것이 보통인데, 헤어지면서도 기쁜 마음을 갖는 다는 것은 오늘밤부터 새로운 기쁨을 이어갈 것에 대한 기대가 여정으로 느껴진다.

400. 제목을 알 수 없음 ^{작자미상}

아쉬운 채로 헤어지는 소매의 하얀 구슬을
당신의 정표인 양 담고서 가나이다

題しらず よみ人しらず

飽かずして わかる＞袖の しらたまを きみが形見と 包みてぞ行

401.

셀 수도 없이 그리다가 흘리는 눈물에 젖은
소매 마르지 않으리 당신 만날 날까지

限りなく おもふ涙に そほちぬる 袖はかゝはかじ 逢はん日までに

402.

컴컴할 만큼 쏟아져 주었으면
내리는 봄비 구실 삼아 당신을 머물게 하고 싶어

---

400) [주해] 〈소매의 하얀 구슬〉눈물을 비유한 것. 눈물을 구슬에 비유한 예로 556·59
9·922·923 등을 들 수 있다. 이와 반대로 구슬을 눈물에 비유한 예로는 577·841 등
이 있다. 〈가나이다〉여행을 떠남.
[해설] 이제 헤어지면 만나기 어려운 이별을 슬퍼하는 한 여자의 눈물을 구슬로 보고,
그것을 추억거리로 소중히 여기겠다고 노래하고 있다. 이 노래부터 마지막까지 남녀
의 이별시에 지은 노래.
401) [주해] 〈당신 만날 날까지〉앞의 노래의 '헤어지는'에 호응.
[해설] 앞의 노래와 이 노래는 문답의 형식으로 배열되어 있다. 당신이 그리워 울고
있는 나도 당신과 마찬가지 심정. 소매는 당신 생각에 흘린 눈물로 흥건히 젖었고 다
음에 다시 만날 때까지 결코 마르지 않으리.
402) [해설] 현재 봄비가 내리고 있다. 그 비는 머물고 갈 만큼 큰비는 아니다. 그렇지만
사랑하는 임을 붙잡아 두고 싶은 마음에서 하늘에 대해서 좀 더 큰비가 내려주기를
바라고 있다. 하늘이 어두워질 만큼, 그래서 그것을 구실로 하루 더 머물고 가기를 바

かきくらし　ことは降らなむ　春雨に　濡れ衣きせて　君をとゞめむ

403.

떨치고 가는 당신 붙잡고 싶어라
벚꽃나무여 길 찾지 못하도록 꽃잎 길에 뿌려라

強ゐて行　人をとゞめむ　さくら花　いづれを道と　まどふまで散れ

404. 시가 산 고개에서, 돌샘 곁에서 이야기 하던 이와 헤어질 때, 지은 노래
쓰라유키

손으로 뜰 제 떨어지며 흐려진 산속의 샘물
아쉽게 그냥 두고 헤어져야 하는가

라는 마음이다.
403) [주해] 〈떨치고 가는〉무리하게 이별하고 떠나가려는.
　[해설] 꽃잎이 떨어져 길을 가리고, 그래서 돌아가는 길을 찾지 못해서 머무르고 간다
　는 발상은 일반적인 것. 이별의 아쉬움을 노래한 것으로, 사랑하는 사람과 밤을 보낸
　아침에, 떠나가는 임을 아쉬워하는 마음을 노래한 것으로 해석할 수 있다.
404) [주해] 〈시가 산 고개〉→ 115. 〈돌샘〉돌로 둘러싼 샘물. → 764. 〈손으로 뜰 제〉손으
　로 물을 뜰 때에. 〈떨어지며 흐려진〉산속의 샘은 물이 적고 얕기 때문에 물을 뜨려다
　손에서 떨어진 물로 샘물이 곧바로 흐려진다. 〈아쉽게〉손에서 떨어지는 물방울에 곧
　바로 샘물이 흐려져서 물을 제대로 마시지 못하는 것이 아쉽다. 그처럼, 아쉽게 당신
　과 이별하게 되었다. 제1구에서 제3구까지는 제4구의 '아쉽게'를 이끌어내는 조코토바
　[序詞]로 사용되었다.
　[해설] 후지와라 슌제이[藤原俊成]가 『고라이후우테이쇼[古来風体抄]』에서　와카의
　본체라고 소개한 노래이다. 산중 샘물 곁에서 아는 여성과 우연히 마주치게 된 기쁨을
　이별의 아쉬움 쪽에 중점을 두고 노래하였다. 우연히 만난 사람과 샘물을 떠 마시며
　이야기를 나누고자 했지만, 손에서 떨어지는 물방울로 샘물이 흐려져 제대로 물도 마
　시지 못하고 이야기도 제대로 나누지 못하고 떠나야하는 심정을 여정적으로 표현하였
　다. 작자의 노래인 봄노래 상권의 2번에 등장하는 산속의 샘물로 이 샘물의 연장선이
　라 생각할 수 있다.

滋賀の山越えにて、石井のもとにて、もの言ひける人の別れける折に、よめる 貫之
　　むすぶ手の 滴ににごる 山の井の あかでも人に わかれぬる哉

405. 길에서 만난 사람의 우차(牛車)안으로 말을 전하고 헤어지던 곳에서 읊음

도모노리

속옷 끈 묶이듯 갈래갈래 제 길로 떠난다 해도

어디선가 우연히 만나리라 생각 하네

道に遭へりける人の車に、物を言ひ付きて別れける所 にて、よめる 友則
　　下の帯の 道はかたがかた わかるとも 行きめぐりても 逢はむとぞ思ふ

---

405) [주해] 〈속옷 끈 묶이듯〉속옷을 묶은 띠가 허리를 동여매기 위해서 처음에는 양쪽
　　으로 엇갈리지만, 묶기 위해서는 다시 겹쳐 만나듯이 나와 당신은 좌우로 갈리어 헤어
　　져 가지만, 그것은 어딘가에서 다시 우연히 만나게 될 것.
　　[해설] 우차에 타고 있었던 것은 여자였을 것이다. 앞의 노래와 환경은 다르지만 노상
　　에서 일어나는 사소한 이별을 노래한 2수를 마지막으로 배치하였다.

고킨와카슈

제9권

여행의 노래 羈旅歌

406. 당나라에서 달을 보며 읊음 _{아베노 나카마로}

광활한 하늘 눈 들어 쳐다보니
가스가에 있는 미카사 산에 나온 달 보는 듯하도다

　　　이 노래는 '옛날, 나카마로를 당나라에 유학생으로 보냈을 때, 세월이 지
　　　나도 돌아올 수 없었는데, 일본에서 또 사절이 갈 때에 동행하여 돌아오
　　　려고 하여 출발했을 때에, 명주(明洲)라고 하는 곳의 바닷가에서, 그 나라
　　　사람들이 송별연을 열었다고 한다. 밤이 되어, 달이 환하게 나온 것을 보
　　　고 읊었다'고 전해진다.

---

406) [주해] 〈나카마로〉문인으로 716년에 견당사를 따라 당나라로 감. 현종황제의 궁정에
　　　드나들며, 이백(李白)이나 왕유(王維)와 같은 문인들과 교류가 있었다. 당나라에서는
　　　조형(朝衡)으로 통하였다. 752년에 일시귀국하려고 하였다. 위 노래는 그 당시의 노래.
　　　그러나 뜻을 이루지 못하고 안남(安南)에 표착하였다. 이후 당나라 조정을 섬기다가
　　　770년에 객사하였다. 나카마로의 사적에 대해서는 『속일본기(續日本紀)』·『속일본후
　　　기(續日本後紀)』·『몬토쿠실록[文德実録]』 등에 나와 있다. 〈가스가에 있는 미카사
　　　산〉나라시[奈良市] 동쪽 교외, 가스가[春日]에 있는 산으로 산기슭에 가스가신사가
　　　있었고, 견당사는 도항하기 전에 가스가 산기슭에서 여행의 안전을 기원하는 제사를
　　　지내는 습관이 있었다. 〈일본에서 또 사절이 갈 때〉752년 견당사인 후지와라 기요카

唐土にて月を見て、よみける 安倍仲麿

あまの原 ふりさけ見れば 春日なる 三笠の山に いでし月かも

この歌は、昔、仲麿を、唐土に物習はしに遣はしたりけるに、数多の年を経て、
え帰りまうで来ざりけるを、この国より又使まかり至りけるにたぐひて、まうで来なむとて
出で立ちけるに、明州と言ふ所の海辺にて、かの国の人、餞別しけり。夜に成
りて、月のいと面白くさし出でたりけるを見て、よめるとなむ語り伝ふる

407. 오키 지방으로 유배될 때에, 배에 올라 떠나면서 교토에 있는 사람에게
    보낸 노래 오노노 다카무라 조신

드넓은 바다 수많은 섬 헤치며 노 저어 갔다고
내 소식 전해주오 낚시하는 어부여

隠岐国に流されける時に、舟に乗りて出で立つとて、京なる人のもとに遣はしける 小野篁朝臣
わたの原 八十島かけて こぎいでぬと 人にはつげよ 海人のつり舟

와[清河]가 도착했을 때를 말함. 〈명주〉절강성(折江省)의 영파(寧波).
[해설] 광활한 하늘에 떠오른 달을 보며 어린 시절, 당나라로 떠나기 전, 가스가의 미
카사 산에서 본 달과 똑같은 달을 떠올리며 옛날을 그리고 본국을 그리워하는 마음이
여정적으로 표현되어 있다.
407) [주해] 〈오키 지방〉시마네현[島根県]의 오키[隠岐]. 이즈[伊豆]·아와[安房]·히타
치[常陸]·사도[佐渡]·도사[土佐]와 더불어 1급 유배지였다. 〈배에 올라서〉배가 출
항한 곳은 나니와(難波 : 지금의 大阪市)였다. 〈교토에 있는 사람〉아내나 지인.
[해설] 귀양 가는 몸으로 배에 오르기 전 출항지까지 따라온 사람에게 집에 있는 사람
들에게 안부를 전하는 노래이다. 작자의 귀양에 관해서는 『속일본기(続日本紀)』·『몬
토쿠실록[文徳実録]』에 자세히 나와 있다. 문인으로 죠와[承和] 2년(835), 견당부사로
임명되었는데, 명령에 따르지 않았기 때문에 죠와 5년에 오키 지방으로 유배되었다.
이 노래는 그 당시의 노래이다. 그 후 죠와 7년 소환되었다. 이 노래는 『백인일수(百人
一首)』에도 채택되었다.

408. 제목을 알 수 없음 ^{작자미상}

도읍지 떠나 사흘 째 미카 들판 이즈미 강의
강바람 매섭구나 옷 빌려다오 가세야

題しらず よみ人しらず
宮に出でて 今日みかのはら いづみ河 かはかぜさむし 衣かせ山

409.

어슴푸레이 아카시포구 덮은 새벽안개 속
섬 사이 저어가는 배 바라보고 있네

이 노래, 어떤 사람이 말하기를, 가키노모토노
히토마로의 노래라고 한다

ほのぼのと あかしの浦の 朝ぎりに 島がくれ行 舟をしぞ思

この歌は、ある人の曰く、柿本人麿が歌なり

---

408) [주해] 〈미카 들판〉미카에는 3일이라는 의미가 숨어 있다. 미카 들판은 도읍지로 부터 삼일 정도의 거리에 있다. 도읍지에서 우지[宇治]를 경유하여 남쪽으로 가면 고즈[木津]에 도착하고 고즈 강을 따라 8킬로 정도 거슬러 올라가면 산간분지가 나온다. 그 중앙에 고즈 강(이즈미 강)이 동서로 흐르고, 남쪽에 가세 산이, 북쪽에는 쇼무[聖武]천황이 도읍지로 삼았던 구니쿄[久迩京]의 유적이 있다. 〈가세〉가세[鹿背]는 '빌려다오[貸せ]'의 의미의 가케코토바.

409) [주해] 〈아카시〉효고현[兵庫県]의 아카시시[明石市]. 『만요슈』에 '도읍지 먼 곳 기나긴 길 그리며 올라왔더니 아카시 해협너머 야마토가 보이네(あまざかる鄙の長道ゆ恋ひくれば明石の門より大和島見ゆ: 제3권 255)'와 같은 히토마로의 노래가 있지만, 헤이안시대 이후에는 후지와라 긴토[藤原公任]의 가론서『와카 구품[和歌九品]』에서 이 노래를 절찬한 이래로 유명해졌다. 〈섬〉아와지섬[淡路島].
[해설] 아카시포구를 떠나 멀어져 가는 배를 바라보며, 여행의 불안감을 노래하였다. 이 노래는 실경(実景)이다. 아카시포구 부근은 예로부터 아름다운 풍경으로 알려진 곳. 좌주에 있는 것처럼, 히토마로의 작이라고 전해졌기 때문에 헤이안 중기부터 주목받기 시작한 작품이다.

410. 아즈마 지방으로 친구로 지내던 사람 한 둘과 동행하여 길을 나섰다. 미카와 지방의 '야쓰하시(八橋)'라는 곳에 이르렀을 때, 그 강가 어귀에 제비붓꽃(가키쓰바타)이 정취를 자아내며 피어 있는 것을 보고, 나무그늘에 내려앉아서, '가·키·쓰·바·타'라는 다섯 글자를 각각 구의 처음에 두어, 사랑하는 마음을 지어보고자 하여 지은 와카 아리와라노 나리히라 조신

긴 세월 입어 길들여진 옷처럼 편안한 당신
멀고 먼 여행길에 그대 생각뿐이요

東の方へ、友とする人一人二人誘ひて行きけり。三河国八橋と言ふ所に至れりけるに、その河のほとりに、かきつばた、いと面白く咲けりけるを見て、木の陰に下り居て、かきつばたと言ふ五文字を、句の頭に据へて恋の心をよまむとて、よめる 在原業平朝臣

　　唐衣　着つゝなれにし　つましあれば　はるばるきぬる　旅をしぞおもふ

411. 무사시 지방과 시모쓰후사 지방의 중간에 있는 스미다 강가에 도착하여, 교토가 아주 그리워졌기에, 잠시 강가에 앉아 생각하자니, '한없이 멀리도 왔구나'하는 생각이 들어 쓸쓸히 바라보고 있자니, 뱃사공이 "어서 배에 오르시오. 해가 저물었오" 하기에, 배에 올라 강을 건너려고 할 때, 모든 사람들이 마음이 허전하여 교토에 남겨두고 온 사람을 생각하지 않는 사람이 없었다. 그때에, 하얀 새가, 부리와 다리가 빨간 것이 강가에서 놀고 있었다. 교토에서는 보지 못한 새이었기에, 모든 사람이 무슨 새인지 알지 못하였다. 뱃사공에게 "이것은 무슨 새요?" 하고 물었더니, "이것이 도읍지라는 의미를 가진 미야코도리(都鳥)요"라고 말하는 것을 듣고 읊은 노래

---

410) [주해] 〈미카와 지방〉아이치현[愛知縣]의 지류시[知立市]. 〈야쓰하시〉여덟 개의 다리라는 의미. 습지대로 강물이 사방팔방으로 흘러가기 때문에 다리를 여러 방향으로 놓은 것에서 야쓰하시라 불렸다. 〈제비붓꽃〉창포과에 속하는 다년생식물로 늪지에서 군생(群生). 꽃은 자색이나 흰색이다. 〈다섯 글자를 각각 구의 처음에 두어〉이런 영법[詠法]을 오리쿠[折句]라고 한다. → 439. 〈긴 세월 입어 길들여진 옷처럼〉오랜 세월 입어서 익숙해진 당의(唐衣)가 편한 것처럼 오랜 세월 같이 지내온 편안한 당신. [해설]『이세모노가타리』9단에도 수록되어 있다. 이 노래 이후『이세모노가타리』9단의 노래가 이어진다.

그런 이름을 가졌으니 물으리
미야코도리 나의 사랑하는 이 잘 있는지 어떤지

武蔵国と下総国との中にある隅田河のほとりに至りて、宮このいと恋しう覚えければ、しばし
河のほとりに下り居て、思遣れば限りなく遠くも来にける哉と思侘びて、眺め居るに、渡守、
はや舟に乗れ、日暮れぬと言ひければ、舟に乗りて渡らむとするに、皆人もの侘びしくて京
に思ふ人なくしもあらず、さる折りに、白き鳥の、嘴と脚と赤き、河のほとりに遊びけり。京
には見えぬ鳥なりければ、皆人見知らず、渡守に、これは何鳥ぞと問ひければ、これなむ宮
こ鳥と言ひけるを聞きて、よめる

　　名にし負はば いざ言とはむ 宮こどり わが思ふ人は 有やなしやと

412. 제목을 알 수 없음 ^{작자미상}

북으로 가는 기러기 울음 우네
데리고 왔던 가족 수 줄어든 채 그냥 돌아가는 듯

---

411) [주해] 〈무사시 지방〉지금의 도쿄도[東京都]와 사이타마현[埼玉県]을 중심으로 가나
　　가와현[神奈川県]의 일부에 이르는 지방. 〈시모쓰후사 지방〉지금의 치바현[千葉県] 북
　　부와 이바라기현[茨城県] 남부에 해당. 〈미야코도리〉갈매기과의 새로 까마귀보다 작다.
　　[해설] 도읍지를 멀리 떠나서, 그곳의 소식을 전혀 모를 때에, 우연히 눈앞에 보이는
　　새가 도읍지라는 의미를 가진 미야코도리라는 말을 듣고는 도읍지에 두고 온 사랑하는
　　사람을 걱정하는 노래이다. 『이세모노가타리』의 내용을 참조해 볼 때, 주인공인 나리히
　　라의 아즈마지역의 여행이 이조황후 때문이라 전하여졌기 때문에, 당시의 독자들은 그
　　녀를 생각하는 나리히라의 불안한 마음을 생각하면서 이 노래를 음미했을 것이다.
412) [주해] 〈북으로 가는 기러기〉귀안(帰雁). 따라서 이 노래는 봄에 지은 노래. 〈데리고
　　왔던 가족 수 줄어든 채〉『도사일기(土佐日記)』 935년 정월 10일에 '내려 올 때보다 사
　　람 수가 부족하기에, 「가족 수 줄어든 채 그냥 돌아가는 듯」이란 옛 노래가 있는 것을
　　생각해내고 …(下りし時の人の数たらねば、古歌に『数はたらでぞ帰るべらなる』といふことを思ひ
　　出で)'라는 기술이 있다. 『도사일기』의 작자 쓰라유키[貫之]는 교토에서 낳은 딸을 도
　　사 재임 중 잃게 된다.
　　[해설] 쓰라유키가 『도사일기』에 인용한 것으로 유명한 노래로 임지에서 딸을 잃은
　　쓰라유키에게 있어서는 인상적인 노래였을 것이다. 기러기의 울음을 슬퍼서 우는 것
　　으로 보는 것은 당시의 전통적인 발상이다. 좌주의 여인의 입장이라면, 봄이 되어 고
　　향으로 돌아가는 기러기가 우는 것을 보고, 그 수가 줄어든 것이 자신이 빠졌기 때문
　　이라고, 자신의 처지에 빗대어 해석할 수 있을 것이다.

이 노래는, 어떤 사람이 부부동행으로 다른 지방에 부임하여 갔다고 한다.
남자가 임지에 도착하자마자 죽었기에, 여자 혼자 교토로 돌아가는 길에,
기러기 우는 것을 듣고 즉석에서 읊은 노래라고 한다.

題しらず　よみ人しらず
　北へ行 かりぞなくなる 連れてこし 数は足らでぞ かへるべらなる
　　この歌は、ある人、男女もろともに人の国へまかりけり。男、まかり至りてすなはち
　　身まかりにければ、女、ひとり京へ帰りける道に、帰る雁の鳴きけるを聞きて、よめ
　　るとなむ言ふ

413. 아즈마 쪽에서 교토로 돌아올 때, 길에서 읊음 ^{오토}

산을 가리는 봄에 이는 안개는 원망스럽다
어디가 도읍지와 경계되는 곳일까

東の方より京へまうで来とて、道にて、よめる　おと
　山かくす 春のかすみぞ うらめしき いづれ宮この さかひなる覧

414. 고시 지방에 갔을 때에 시라야마를 보고 읊은 노래 ^{미쓰네}

눈 녹을 때가 없는 산이었기에
고시에 있는 시라야마(白山)란 이름 눈 때문인가 보다

---

413) [해설] 작자는 도읍지 출신으로 아즈마 지방에서 돌아오는 길이다. 도읍지에 대한
　동경을 여정적으로 표현하였다.
414) [주해] 〈고시 지방〉→ 370. 〈시라야마〉→ 383. 이 노래처럼 시라야마는 눈을 소재
　로 한 노래가 압도적으로 많다.
　[해설] 이 노래는 여름철에 지었을 것으로 추측한다. 시라야마에는 언제나 눈이 쌓여
　있다는 것은 당시의 상식이었을 것이다. 늘 눈이 쌓여 있는 것은 산 이름 때문이라고
　노래하였다. 작자가 새삼스럽게 감탄하는 것은 소문으로만 듣던 눈 쌓인 산을 실제로
　보았기 때문일 것이다.

越国へまかりける時、白山を見て、よめる ^{躬恒}

消えはつる 時しなければ こし路なる しら山の名は 雪にぞありける

415. 아즈마에 갈 때, 길에서 읊은 노래 ^{쓰라유키}

실로 꼬을 수 있는 것 아니기에
떠나가는 길 마음 걱정스러운 생각이 드는구나

東へまかりける時、道にて、よめる ^{貫之}

糸による 物ならなくに わかれ路の 心ぼそくも 思ほゆる哉

416. 가이 지방으로 내려 갈 때에 길에서 읊은 노래 ^{미쓰네}

밤이 춥기에 내리는 첫서리를 털어 버리며
풀 베개 베고 자는 밤이 너무 많았네

---

415) [주해] 〈실로 꼬을 수〉길이라는 것은 실처럼 꼬을 수 있는 것이 아니기에.
　　[해설] 『쓰레즈레구사[徒然草]』 14단에 '쓰라유키가 실로 꼬을 수 있는 것 아니기에, 라고 한 것은 고킨슈 중에서 쓰레기 같은 노래라고 전해지지만, 요즘 사람들은 그 정도도 읊을 수 있는 역량이 보이지 않는다(貫之が「糸による物ならなくに」といへるは、古今集の中の歌の屑とかや言ひ伝へたれど、今の世の人の詠みぬべきことがらとは見えず'라고 말한다. 이 노래를 『고킨슈』 중에서 졸작이라고 하는 출전은 불명. 그러나 와카에 대한 요시다 겐코[吉田兼孝]의 와카관을 엿볼 수 있는 노래이다. 노래의 의미는 길이라는 것은 실을 꼬기 위한 실은 아니지만, 그러나 이 이별의 길이 가늘게 느껴지는 것은 지금 내 마음과 마찬가지라는 의미. 불안한 마음을 가느다란 실에 비유한 것이 쓰라유키의 이지적 기교라 할 수 있겠다.
416) [주해] 〈가이 지방〉지금의 야마나시현[山梨県]. 가나서문에 의해 작자인 미쓰네가 가이 지방에 부임했던 것을 확인 할 수 있다. 미쓰네가 가이에 부임한 것은 894년 2월의 일로, 이 노래는 그 당시에 읊은 노래이다. 『고킨슈』가 편찬되기 10여 년 전이다. 〈풀 베개 베고 자는 밤 너무 많았네〉노숙하는 날이 많았네. 당시의 기록에 의하면 교토에서 가이까지는 13일 걸린다.

甲斐国へまかりける時、道にて、よめる 躬恒
　夜を寒み をく初霜を はらひつゝ 草の枕に あまたたび寝ぬ

417. 다지마 지방의 온천에 갔을 때, 후타미 포구라는 곳에 묵고, 저녁이 되어
　　건반(乾飯)을 먹을 때에 함께 있던 사람들이 노래를 지을 때에 같이 읊음

　　　　　　　　　　　　　　　　　　　　　　　　후지와라노 가네스케

달 뜬 저녁은 달빛 어스름하다
(다마쿠시게) 후타미의 포구는 날 샌 후에 보리라

但馬国の湯へまかりける時に、二見浦と言ふ所に泊りて、夕さりの餉賜べけるに、供にあり
ける人々、歌よみけるついでに、よめる 藤原兼輔
　夕づく夜 おぼつかなきを 玉匣 ふたみの浦は あけてこそ見め

418. 고레타카왕자를 동행하여 사냥 나갔을 때, ‘아마노가와’라는 강에서 말을
　　내려 강기슭에 앉아서 술을 마시던 차에, 왕자가 말하기를, “사냥을 하다가
　　아마노가와 강기슭에 이르렀다고 하는 내용을 주제로 노래를 짓고는 술잔
　　을 내어 놓기로 하자”라고 말씀하셨기에 지은 노래 아리와라노 나리히라 조신

사냥하다가 해 저무니 직녀께 머물 곳 빌까
어느새 은하수에 우리 이르렀으니

---

417) [주해] 〈다지마 지방〉효고현[兵庫県]의 북부. 〈후타미 포구〉기노사키군[城崎郡] 도
요오카 강[豊岡川] 하구. 기노사키 온천 근처이다. 〈건반〉보존식. 휴대용 식료품으로
참쌀을 쪄서 말린 것. 뜨거운 물을 부어 불려서 먹는다. 『이세모노가타리』 9단에도 보
임. 〈다마쿠시게〉‘다마[玉]’는 구슬, ‘구시’는 빗[櫛]이란 의미로 다마쿠시게는 원래 구
슬로 장식한, 빗을 넣는 상자라는 의미로 다음에 이어지는 상자의 뚜껑을 이라는 의미
를 갖는 ‘후타’라는 말이 있는 후타미 포구를 이끌어내는 역할을 한다. 〈날 새도록〉원
문의 아케루는 다마쿠시게에 의해 ‘뚜껑을 열다[開ける]’라는 표현을 이끌어내고 거기
에서 ‘날이 새다[夜が明ける]’로 이어진다.
[해설] 온천에 함께 간 사람들이 후타미 포구의 저녁의 아름다움을 즐기고자 하는데,
작자는 이와 반대로 새벽을 즐기고자 하는 마음을 노래하였다.

惟喬親王の供に、狩にまかりける時に、天の河と言ふ所の河のほとりに下り居て酒など飲み
けるついでに、親王の言ひけらく、狩して、天の河原に至ると言ふ心をよみて、さか月は注
せと言ひければ、よめる 業平朝臣

狩りくらし たなばたつ女に 宿からむ 天のかはらに 我は来にけり

419. 왕자, 나리히라의 노래를 반복해서 읊조리면서 답가를 내놓으시지 못하자,
동행하던 한 사람으로서 읊은 노래 기노 아리쓰네

한 해에 한 번 찾으시는 그분을 기다리기에
머물 곳 내어줄 이 없으리 생각하네

親王、この歌を返々よみつゝ、返し、えせず成りにければ、供に侍て、よめる 紀有常
ひとゝせに 一たびきます きみまてば 宿かす人も あらじとぞ思

420. 스자쿠인이 나라에 행차하셨을 때에, 다무케 산에서 읊음 스가하라 조신

이번 행차엔 오리(幣)준비 못했네
다무케 산의 비단 같은 단풍을 신께 바치옵소서

---

418) [주해] 〈고레다카왕자〉몬토쿠천황의 장남. 원래는 왕위에 오를 위치였지만, 오르지
  못하였다. 불우한 만년을 보내며 872년 출가. 교토시 북부의 오노[小野]라는 곳에 은
  둔하였다. 970은 그때의 상황을 노래하였다. 〈아마노가와〉오오사카부[大阪府] 히라카
  타시[枚方]를 흘러가는 강. 은하수라는 의미. 〈직녀〉아마노가와(은하수)로부터 직녀를
  연상하였다.
  [해설] 왕자가 내놓은 난제(難題)에 대하여 즉석에서 지은 노래이다. 지상의 아마노가
  와에서 천상의 은하수로, 은하수에서 직녀를 연상하여 칠석의 정을 노래하고 있다. 이
  노래는 다음의 419과 더불어 『이세모노가타리』 82단에도 수록되어 있다.
419) [주해] 〈왕자〉418의 고레다카왕자를 말함. 〈반복해서 읊조리면서〉감동하여. 〈답가를
  내놓으시지 못하자〉나리히라의 노래가 너무나 좋았기 때문에 답가를 짓지 못하고 있
  었음. 그래서 아리쓰네가왕자를 대신하여 노래를 지은 상황. 〈그분〉견우. 〈내어줄 이〉
  견우를 기다리는 직녀. 일 년에 한 번 찾아오는 견우를 기다리므로 아무리 당신이 묵
  을 곳을 구한다 하더라도 빌려 주지 않을 것이라는 의미.
420) [주해] 〈스자쿠인〉우다상황(宇多上皇). 본래 스자쿠인이란 거처를 가리키는 말이지

421. 소세이 법사

신께 빌 때는 법복 자락이라도 잘라 바칠 것을
단풍 싫증난 신이 단풍 되돌려 줄지도

素性法師
たむけには つゞりの袖も きるべきに もみぢに飽ける 神や返へさむ

만 거기에 사는 사람을 말함. 우다상황을 가리킴. 〈나라에 행차〉898년 10월의 일이다. 〈다무케 산〉'다무케'는 오리를 바친다는 의미로, 다무케 산은 보통명사로 여행 중 오리를 바치는 산으로 대개 지방의 경계를 넘는 곳에 있었다. 〈오리〉신에게 빌 때 바치는 것으로 옛날에는 종이나 천으로 만든 것이 많았다. 여행 시에는 도중의 요소요소에서 길을 관장하는 신에게 안전을 빌며 오리를 바쳤다. 〈오리 준비 못했네〉실제로 오리를 준비하지 못한 것은 아닐 것. 단풍이 너무나도 아름답기에 그 아름다움을 강조하여 노래하였다고 보아야할 것이다. 단풍에서 오리를 연상하는 노래로는 298 · 299 · 300 등이 있다.
[해설] 고토바가키에 의하면, 나라로 행차하는 중, 다무케 산에 이르렀을 때, 때마침 거기에 떨어지는 단풍의 아름다움을 노래하였다. 단풍을 비단에 비유하는 것은 전통적인 발상. 단풍에서 비단으로, 비단에서 오리와 연결지었다. 제2구에서 오리를 준비하지 못했다고 표현함으로써 단풍의 아름다움이 여정으로 느껴진다. 『백인일수』에도 수록되어 있다.
421) [주해] 〈법복 자락이라도〉이번 행차에는 오리를 준비하지 못했다. 나의 찢어진 소매라도 잘라서 바칠 것을. 〈단풍 싫증난〉아름다운 단풍을 오리로 바친 것을 실컷 즐기셨으니 소맷자락을 받으시고, 어쩌면 단풍을 저에게 돌려줄지도 모르겠다.
[해설] 앞의 노래와 같은 시기에 지은 노래. 다무케 산의 떨어지는 단풍의 아름다움을 오리로 보고 지은 노래. 작자는 스님. 오리를 준비하지 못했으니 법복 자락이라도 잘라 바치면 단풍에 식상하신 산신께서 오리로 바친 단풍을 돌려주실지도 모르겠다고 노래하였다. 결과적으로는 앞의 노래와 마찬가지로 단풍의 아름다움을 노래하였다.

고킨와카슈

제10권

모노노나 物名

422. 꾀꼬리 후지와라노 도시유키 조신

진정 좋아서 꽃잎 위 물방울에 젖어가면서
괴롭 마를 날 없다 꾀꼬리 울음 운다

---

* 모노노나[物名]는 헤이안 말기에는 은제(隱題)라고도 불렀다. 와카 한 수안에 주어진
가제(歌題)를 감추어 읊은 것으로 가제와 노래의 내용이 반드시 일치할 필요는 없다.
여기에 수록된 47수의 노래 중, 전반부의 37수는 새, 벌레, 그리고 식물의 이름을 읊었
고, 후반부의 13수는 지명 및 인사 관계를 노래하였다. 칙찬집(勅撰集)안에서 이 분류
명이 보이는 것은 『슈이슈[拾遺集]』, 그리고 『센자이슈[千載集]』잡하(雜下) 안에 모노
노나라는 항목이 있다.

422) [주해] 〈꽃잎 위 물방울에〉매화나무의 꽃잎에 맺혀 있는 물방울에. 〈괴롬 마를 날
없다〉원문에는 여기에 꾀꼬리라는 말이 숨어 있다. 괴로운 일이 있을 때는 날개가 마
를 날이 없다고.
[해설] 매화나무 사이에서 봄비에 젖어 울고 있는 꾀꼬리가 우는 것을 날개가 젖어 우
는 것으로 보고 있다. 이하 2수는 새 이름을 노래하였다. 이 노래처럼 사물의 이름은
노래 안에 포함시키면서 그 사물의 이미지를 함께 읊는 경우와, 428처럼 단순히 사물
의 이름만을 노래 안에 포함시키는 경우가 있다.

心から 花のしづくに そほちつゝ 憂く干ずとのみ 鳥のなく覧

423. 두견새

와서 울어야 할 때 지난 탓 일까

기다리다 지쳐 듣는 울음소리에 사람들 환호하네

郭公

来べきほど 時すぎぬれや 待ちわびて 鳴くなる声の 人をとよむる

424. 매미 허물 _{아리와라노 시게하루}

파도가 이는 여울 보니 구슬이 어지럽구나

주워 소매 담으면 덧없이 사라질까

空蟬　在原滋春

浪のうつ 瀬見れば珠ぞ みだれける 拾はば袖に はかなからむや

---

423) [주해] 〈와서 울어야 할 때〉언제나 아름다운 소리를 들려줄 계절이. 〈기다리다 지
쳐〉울 때를 기다리다가.
　[해설] 날아와야 할 때가 지나 사람을 기다리게 해놓은 후에 듣게 되는 두견새 소리가
듣는 사람들의 환성을 포착한 노래. 제1구의 마지막 부분과 제2구의 앞부분에 두견새
[ほととぎす]라는 말이 숨겨져 있다.
424) [주해] 〈매미 허물〉매미의 변태로 생긴 껍질을 말한다. 와카에서는 무상(無常)의 상
징으로 취급되는 경우가 많다. 〈구슬〉여울에 생긴 물보라의 비유.
　[해설] 제1구 마지막 부분과 제2구의 앞부분에 '매미 허물[うつせみ]'가 숨어 있다. 파도
를 구슬로 보고 그것을 귀히 여기는 것은 전통적인 발상. 파도가 밀려오는 해변을 보
니 구슬이 흩어진 것 같다. 그러나 귀히 여겨 소매에 담으면 이내 사라질 것이라는 의
미. 이하, 곤충의 이름 2수.

425. 답가 ^{미부노 다다미네}

소매 아니면 다른 곳에 구슬을 담을 수 있을까
이게 그것이라고 담아서 보이시오

返し 壬生忠岑

たもとより 離れて珠を 包まめや これなむそれと 移せ見むかし

426. 매화 ^{작자미상}

매정하도다 늘 보는 모습으로 보이지 않네
그리워하고야 말 향기는 풍기면서

梅 よみ人しらず

あな憂目に 常なるべくも 見えぬ哉 こひしかるべき 香はにほひつゝ

427. 가니와 벚꽃 ^{쓰라유키}

물질하여도 파도 이는 속에선 찾을 수 없고

---

425) [주해] 〈소매 아니면〉소매에 담으면 사라져 버릴 것이라 말씀하시지만, 소매 아닌 다른 곳에 담을 수 있을까. 〈이게 그것이라고〉바로 이것이 구슬이라고 소맷자락에 담아 보세요. 나도 보리라.
　[해설] 앞의 노래와는 반대로 응수하고 있다. 소매에 담으면 사라질 것이라고 하지만, 그렇다고 해서 소매가 아닌 다른 곳에 구슬을 담을 수 있겠느냐고, 무리한 일에 대해서 더욱 무리하게 답을 하고 있다. 마지막 구에 매미 허물[うつせみ]라는 단어가 숨어 있다.
426) [주해] 〈늘 보는 모습으로 보이지 않네〉언제나 변함없이 우리를 즐겁게 해주는 것 같지 않네. 〈그리워하고야 말〉지고 난 후에는 추억이 될 만한 좋은 향기를 가지고는 있지만.
　[해설] 매정하다는 생각으로 매화를 보면서 한편으로 그리워할 향기를 후일의 추억으로 보관하고 싶은 마음. 눈앞에 보이는 매화의 모습에 느끼는 매정함과 향기에서 느끼게 될 그리움을 대비하여 노래하였다. 제1구에 '매화[うめ]'라는 말을 감추었다. 이하 초목의 이름 30수가 이어진다.

바람이 불 때마다 떴다 잠기는 구슬

かには桜 **貫之**
　潜けども 浪のなかには 探ぐられで 風吹ごとに 浮きしづむ珠

428. 자두꽃

이제 며칠도 봄 남지 않았으니
꾀꼬리마저 탄식에 잠기어서 울음 우는 듯하다

李の花
　今幾日 春しなければ うぐひすも 物はながめて 思べらなり

429. 살구꽃　후카야부

만날 때부터 사실 마음속으론 슬픈 일일세
헤어져야 한다는 생각 같이 들기에

---

427) [주해] 〈가니와 벚꽃〉벚꽃의 일종이나 어떤 것인지 확실하지 않다. 〈떴다 잠기는 구슬〉물 위에 비친 꽃 그림자를 구슬에 비유하였다.
　　[해설] 구슬이 물속에 있나하고 물속에 들어가 보아도 물속에서는 아무 것도 찾을 수가 없었다. 물가에 올라와서 보니 바람이 불 때마다 수중의 구슬이 아름답게 떠올랐다 가라앉았다 한다. 수면에 비친 꽃을 구슬에 비유하였다. 물 위 비치는 꽃을 노래한 것으로 43·124 등이 있다. 제2구와 제3구에 걸쳐 가니와 벚꽃[かには桜]가 숨어 있다.
428) [주해] 〈이제 며칠도〉앞으로 며칠밖에 봄이란 날이 남아 있지 않아서 그런지.
　　[해설] 가는 봄을 아쉬워하는 마음으로 자두나무에 앉아 있는 꾀꼬리를 노래하였다. 자두꽃은 봄의 종언을 고하는 것. 봄이 가는 것을 아쉬워하는 마음에 꾀꼬리 울음소리마저 탄식에 잠긴 듯 들려온다. 제3구와 제4구에 걸쳐 '자두꽃[すもものはな]'라는 말이 숨어 있다.
429) [주해] 〈만날 때부터〉만나고 싶은 사람을 만나는 순간 뭐라고 할 수 없는 슬픔이 한층 더 깊어지는 것은. 〈헤어져야 한다는〉결국은 헤어져야 한다는 것을 만났을 그때 이미 느끼고 있기 때문일 것이다.
　　[해설] 제1구와 제2구에 걸쳐, '살구꽃[からもものはな]'라는 말이 숨어 있다.

杏の花 深養父

　逢ふからも ものはなをこそ かなしけれ 別れむことを かねておもへば

430. 귤 오노노 시게가게

(아시히키노) 산에서 멀어지는 뜬 구름처럼
묵을 곳 못 정하는 이 세상이로구나

橘 小野滋蔭

　あしひきの 山たちはなれ 行く雲の 宿りさだめぬ 世にこそ有けれ

431. 초령목 도모노리

보기 좋은 곳 요시노의 급류에 일었다 지는
물거품을 구슬이 사라진다 보았을까

---

430) [주해] 〈아시히키노〉산을 유도해내는 마쿠라코토바. 〈묵을 곳 못 정하는 이 세상이로구나〉오늘밤 묵을 곳마저 정해지지 않은 것이 사람의 운명이라는 것이다.
　[해설] 산에서 밤을 지새운 아침, 아침 바람에 산에서 멀어져 가는 구름을 보고 노래한 것으로 볼 수 있다. 불교적인 마음을 배경으로 한 노래로, 제2구에 귤[たちばな]이라는 말이 숨어 있다. 그리고 제1구에서 제3구까지는 실경(實景)을 노래하면서, 제4구의 '묵을 곳 못 정하는'을 이끌어내는 조코토바로 쓰이고 있다. 마쿠라코토바와 조코토바 기법이 함께 구사된 노래이다.
431) [주해] 〈초령목〉고금전수(古今伝受)에 전하는 세 나무 중의 하나. 목련과의 나무. 상록수이다. 초령목에 관한 노래는 이 노래와 1102뿐. 〈보기 좋은 곳〉→ 3. 〈구슬이 사라진다 보았을까〉요시노 강의 급류에 생겼다가 사라지는 물거품을 옛사람들은 구슬이 깨어져 없어진다고 생각했을 것이다.
　[해설] 작자 자신이 요시노의 급류에 일어나는 물거품을 구슬로 보고, 물거품이 없어지는 것을 구슬이 깨어지는 것으로 보고 아쉬워하면서, 옛사람들도 나와 같은 감정을 맛보았으리라 추측하는 노래이다. 제4구와 제5구에 걸쳐 '초령목[をがたまのき]'이 숨어 있다.

み吉野の　よしのの滝に　うかびいづる　あはをか玉の　消ゆと見つらむ

432. 야마가키 작자미상

가을이 왔다 이제야 울타리의 귀뚜라미가
밤마다 울음 울리 바람이 차갑다고

秋は来ぬ　今や籬の　きりぎりす　夜な夜な鳴かむ　風のさむさに

433. 족두리 풀・계수나무

이만큼이나 만나는 날 드물어 가는 사람을
어찌해서 차갑다 생각하지 않을까

かく許　逢ふ日の稀に　なる人を　いかゞつらしと　おもはざるべき

---

432) [주해] 〈야마가키〉산에 군생하는 감나무의 일종.
　　[해설] 가을밤 바람이 차가운 때에 울타리 근처에 사는 귀뚜라미가 울기를 기다리는 마음을 노래하였고, 귀뚜라미가 우는 이유를 바람이 차기 때문이라고 노래하였다. 제2구와 제3구에 걸쳐 '야마가키[やまがきのき]'가 숨어 있다.
433) [주해] 〈족두리 풀〉족두리 풀이란 하트형의 이파리를 가진 다년초. 족두리 풀과 계수나무는 모로가즈라[諸葛]라고 하여 가모[賀茂]신사의 제례 때 머리에 꽂기도 하고 수레를 장식하기도 했다. 〈만나는 날〉족두리 풀[あふひ]과 만나는 날[逢ふ日]은 동음이의어 관계. 따라서 족두리 풀이 만나는 날이라는 의미를 갖는다.
　　[해설] 사랑의 노래로, 여자가 드물게 찾아오는 남자에 대해서 읊은 노래라고 할 수 있다. 제2구에 '족두리 풀[あふひ]'을 제4구에 '계수나무[かつら]'를 감추고 있다.

434.

남의 눈 때문에 다음에 만날 날이 멀어지는 걸
내가 냉정해서라 혹시 생각하실까

人目ゆへ 後に逢ふ日の はるけくは わがつらきにや 思なされん

435. 구타니 승정 헨조

꽃 지고 나면 나중에 먼지같이 되고 말 꽃을
생각지도 않고서 헤매 도는 나비여

くたに 僧正遍昭
散りぬれば 後は芥に なる花を 思しらずも まどふてふ哉

436. 장미 쓰라유키

오늘 아침 나 처음으로 보았네 장미의 색깔
화려하고 요염하다 말할 수밖에 없네

---

434) [주해] 〈남의 눈 때문에〉여자의 집에 드나드는 모습이 눈에 띄는 것을 꺼려해서.
〈내가 냉정해서라〉나를 박정하다고 생각하시는가. 여자에 대한 남자의 마음.
　[해설] 내용상 앞의 433에 답하는 형식이다. 앞의 노래가 여자가 남자에게 보낸 노래
이고, 이 노래는 남자가 여자에게 보낸 노래이다. 증답의 형식으로 배열되었다. 『고킨
슈』안에서 이런 형식으로 배열된 노래에 287・288, 630・631, 659・660 등. 이 노래도
433과 마찬가지로 제2구에 '족두리 풀[あふひ]'을 제4구에 '계수나무[かつら]'를 감추고
있다.
435) [주해] 〈구타니〉불명. 〈먼지같이〉꽃이 지는 것을 묘사. 인간세상의 아름다움이란 결
국 허무한 것인데, 그것을 놓지 못하는 인간의 경박함을 암시하고 있다. 불교적인 감회.
　[해설] 꽃에서 노는 나비의 모습을 보며 인간생활의 경박함을 여정적으로 표현하고 있
다. 아무리 아름답다 해도 지고 나면 지저분한 먼지처럼 될 꽃인데, 나비는 그것도 전혀
모르고 아름다움에 취하여 훨훨 날아다니듯이, 썩어서 없어질 부귀영화를 인간들은 쫓
아다닌다는 내용을 암시하고 있다. 1016도 같은 취향. 제2구에 'くたに'를 감추고 있다.

薔薇 貫之

我はけさ 初にぞ見つる 花のいろを あだなる物と いふべかりけり

437. 마타리 도모노리

하얀 이슬을 구슬 삼아 꿰는가
거미가 온통 꽃에도 잎새에도 실을 걸어놓았네

女郎花 友則

しらつゆを 珠に貫くとや さゝがにの 花にも葉にも 糸を皆へし

438.

아침이슬을 가르며 옷 적시며
꽃을 보려고 이미 모든 들과 산 헤쳐 돌아다녔네

---

436) [주해] 〈장미〉야생이 아닌 대륙에서 수입된 것. 장미를 노래한 와카는 거의 없다.『겐
지모노가타리』사카키권[賢木卷]에, '계단 아래 장미가 조금 피어 있는 것이 봄가을에
꽃이 한창일 때보다도 훨씬 정취가 있고 아름다울 때(階のもとのさうびけしきばかり咲きて, 春
秋の花ざかりよりもしめやかにをかしき程なる)'라고 여름 꽃으로 장미가 홀연히 피어 있는 모
습을 묘사하고 있다.
[해설] 당시에 장미는 대륙에서 수입된 것으로, 들판에서 볼 수 없는 귀한 것이었으리
라. 작자인 쓰라유키도 이때 처음으로 장미를 보고, 그 느낌을 노래하였다. 꽃을 보면서
요염하다고 표현하는 것은 와카의 세계에서는 거의 없는 일이다. 제1구와 제2구에 걸쳐
'장미[さうび]'를 숨기고 있다.
437) [주해] 〈하얀 이슬을〉거미줄에 걸려 있는 이슬을 노래한 것으로 225도 있다. 이슬을
구슬로 보고 실에 꿴다는 발상은『고킨슈』의 전형적인 것. 봄노래에서는 버드나무의
실가지가 거미줄을 대신한다.
[해설] 마타리가 피어 있는 들판의 아침풍경이다. 마타리의 꽃잎과 이파리에 온통 거
미줄이 걸려 있는 것을 발견했을 때를 노래하였다. 이슬을 구슬에 비유하는 것은 전형
적인 발상이지만, 거미를 의인화한 점에서 새로운 맛을 느끼게 한다. 제5구에 마타리
[をみなへし]를 숨기고 있다.
438) [주해] 〈아침이슬을 가르며〉꽃을 보려는 일심으로 아침이슬에 젖어가면서.
[해설] 꽃을 사랑하는 마음을 강조하여 표현한 노래. 들판의 가을꽃을 동경하여 돌아

439. 스자쿠인의 마타리아와세 때에 '오·미·나·에·시'라고 하는 다섯 글자
를 구의 첫머리에 두어, 읊음 ^{쓰라유키}

오구라 산의 봉우리 밟고 서서 우는 사슴이
지내왔을 가을을 아는 사람 있을까

朱雀院女郎花合の時に、女郎花と言ふ五文字を、句の頭に置きて、よめる 貫之
　　小倉山 みね立ちならし 鳴く鹿の 経にけむ秋を しる人ぞなき

440. 도라지 꽃 ^{도모노리}

가을 가까이 들에 찾아왔구나
하얀 이슬이 내린 풀과 잎새도 색 변해 가는구나

다니다가 그 마음이 어느 정도 진정됐을 때의 마음을 노래하였다. 제4구와 제5구에 걸
쳐 마타리[をみなへし]를 숨기고 있다. 이 노래는 어떤 사람에게 아침 들판에서 꺾어 온
마타리꽃을 곁들어 지어 보낸 노래로 볼 수도 있다.
439) [주해] 〈스자쿠인의 마타리아와세 때〉스자쿠인[朱雀院]은 우다상황(宇多上皇)의 거
처. 여기에서 898년 마타리아와세가 열렸다. 마타리아와세란 꽃아와세[花合]의 하나로
좌우로 편을 갈라 마타리꽃을 내놓고 서로 우열을 가렸다. 이때에 와카를 곁들어서 제
출하였다. → 230. 〈다섯 글자를 구의 첫머리에 두어〉이런 형식을 오리쿠[折り句]라고
한다. → 410. 이 노래를 통하여 오리쿠도 모노노나 형식의 하나임을 확인할 수 있다.
각 구의 첫 글자를 모으면 마타리[をみなへし]가 된다. 〈오구라 산〉교토의 아라시 산[嵐
山] 건너편에 있는 산. 312에서도 쓰라유키는 오구라 산의 사슴을 노래하고 있다. 〈지
내왔을 가을을〉사슴이 얼마나 많은 가을을 저렇게 지내왔는지.
　[해설] 가을날, 오구라 산봉우리에서 울고 있는 사슴의 소리를 듣고 다할 수 없는 감
정을 노래하였다. 사슴이 우는 것은 짝을 찾기 위한 것인데, 여기서는 '마타리'가 짝이
된다. 그 이유는 마타리의 일본어 'をみなへし'의 'をみな'가 여자[おんな]라는 의미가 되
기 때문이다. 이 노래는 마타리를 노래하는 자리에서 마타리 자체를 반복하여 주제로
삼는 것을 일부러 피하여 마타리와 관계있는 사슴을 노래한 것으로 볼 수 있다.
440) [주해] 〈하얀 이슬이 내린〉내린 이슬은 하얀색인데. 그것에 의해 풀과 이파리가 붉
게 물들어 감.

桔梗の花 友則

秋近う 野はなりにけり しらつゆの をける草葉も 色かはり行

441. 개미취 작자미상

소매 날리며 옛 고을에 피어난 꽃을 보고자
찾아 왔지만 꽃은 시들어버렸구나

紫苑 よみ人しらず

ふりはへて いざ古里の 花見むと 来しをにほひぞ うつろひにける

442. 용담 도모노리

내 집 뜨락의 꽃 밟아 흩뜨리는 새 쫓아야겠네
들에 핀 꽃 없기에 여기만 찾는 걸까

[해설] 가을이 찾아오는 것을 이슬이 하얀색인데도 불구하고 그것에 의해 초목에 단풍이 든다는 발상에 의해 표현 하였다. 제1구에서 제2구에 걸쳐 '도라지꽃[きちこうのはな]'이 숨겨져 있다.

441) [주해] 〈개미취〉국화과. 산속의 습지에서 자라는 다년초. 키는 1~2m 정도. 꽃은 푸른색이 도는 보라색. 봄철에 어린잎을 따서 말려 나물로 먹기도 한다. 봄에 캔 뿌리를 햇볕에 말린 것으로 한방에서는 해갈·진해거담 등에 쓰고 있다. 〈옛 고을〉옛날에 살던 고을.
[해설] 꽃을 찾아 먼 길을 찾아온 사람이 기대와는 다른 현실을 노래로 표현하였다. 제4구에 '개미취[しをに]'를 감추었다.

442) [주해] 〈용담〉키는 30~50cm로 꽃은 푸른빛이 도는 자색이다. 뿌리를 가을철 그늘에 말린 용담은 한방에서 식욕부진이나 소화불량에 사용하며, 건위제·이뇨제로 쓰기도 한다.
[해설] 자신이 사랑하는 정원을 어지럽히는 새를 미워하여 쫓아버리겠다고 마음먹지만, 그 새도 자신처럼 꽃을 좋아하기 때문에 이 정원을 찾아오는 것이고, 새가 정원을 찾아오는 이유는 들에 꽃이 없기 때문이라고 노래하고 있다. 제3구에서 제4구에 걸쳐 '용담꽃[りうたむのはな]'이란 단어를 감추고 있다.

竜胆の花 友則

わが宿の 花ふみしたく 鳥うたむ 野はなければや こゝにしも来る

443. 억새풀 작자미상

있다고 해서 의지하기 어려운

(우쓰세미노) 덧없는 이 세상을 없다고 생각할까

尾花 よみ人しらず

有りと見て たのむぞ難き うつせみの 世をばなしとや 思なしてむ

444. 나팔꽃 야다베노 나자네

언뜻 보기에 꽃빛이 진하다고 생각하리라

내린 아침이슬에 젖어 있을 뿐인데

牽牛子 矢田部名実

打ちつけに 濃しとや花の 色を見む をくしらつゆの 染むる許を

---

443) [주해] 〈우쓰세미노〉제4구의 '덧없는'을 이끌어내는 마쿠라코토바. → 73. 〈이 세상을 없다고〉이렇게 덧없는 세상을 차라리 아무것도 없는 무(無)의 세계라고 생각해 버릴까. 이 세상은 본질이 아니라, 현상에 불과하다는 불교적 사고가 반영하고 있다. [해설] 불교에서 말하는 색즉시공(色即是空)을 이지적으로는 인정하지만 마음으로는 인정할 수 없기에, 차라리 없다고 생각하는 것이 낫지 않을까, 노래하고 있다. 제4구에 '억새풀[をばな]'을 감추고 있다.

444) [주해] 〈이슬에 젖어 있을 뿐인데〉꽃 위에 내린 하얀 이슬이 아름답게 물들인 것뿐 아니냐. 이슬이나 초겨울비가 화초나 나뭇잎을 물들인다는 발상의 노래는 가을노래에 많다. [해설] 아침이슬에 젖어 있는 나팔꽃을 보고 진한 색이라고 생각했던 것은 언뜻 보았을 때의 느낌이었고, 사실은 이슬이 내려, 진하게 보일뿐, 이라고 노래하고 있다. 제1구와 제2구에 걸쳐 '나팔꽃[けにごし]'를 감추고 있다.

445. 이조황후가 동궁의 미야슨도코로라고 불리울 때에, 메도에 나무로 꽃을 깎아서 꽂은 것을 보고 노래를 짓게 하여 지음 _{분야노 야스히데}

꽃 피는 나무 아닌 듯하면서도 꽃 피웠도다
오래된 이 나무도 열매 맺을 날 있다면

二条后、春宮の御息所と申ける時に、めどに削花挿せりけるを、よませ給ひける　文屋康秀
花の木に あらざらめども 咲きにけり ふりにしこのみ なる時も哉

446. 원추리 _{기노 도시사다}

산이 높아서 언제나 산바람이 부는 마을은
펴보지도 못하고 꽃 지고 마는구나

忍草　紀利貞
山たかみ 常に嵐の ふく里は にほひもあへず 花ぞちりける

447. 야마지 _{다이라노 아쓰히라}

두견새 이미 봉우리 구름 속에 숨어버렸나
소리 들어 알지만 볼 방법은 없구나

---

445) [주해] 〈이조황후〉→ 4·8. 〈동궁의 미야슨도코로라고 불리울 때〉8과 293도 이 노래와 고토바가키의 기술방식이 동일하다. 〈메도〉불명. 노래의 내용상 '메도'를 '馬道'로 보아 복도를 의미하는 것이 타당할 것 같다. 여러 가지 주장이 있으나 불명. 〈나무로 꽃을 깎아서〉나무를 깎아서 꽃의 모양을 만든 것.
　　[해설] 노년의 불우한 자신에 대해서 동궁의 비호가 있기를 바라는 노래. 8도 동일한 작자의 노래로 이와 비슷한 심경을 노래하고 있다. 제2구에 '메도[めど]'가 숨어 있다.
446) [주해] 〈원추리〉→ 200.
　　[해설] 산촌에 핀 벚꽃이 강한 바람 때문에 빨리 떨어지는 것을 노래하였다. 제2구와 제3구에 걸쳐 '원추리(しのぶぐき)'가 숨어 있다.
447) [주해] 〈야마지〉불명.

やまじ 平篤行

ほと〉ぎす 峰の雲にや まじりにし ありとは聞けど 見るよしもなき

448. 가라하기 ^{작자미상}

매미가 벗은 빈 껍질 나무마다 남아 있지만
그 영혼 어디 있나 못 보는 일 슬프네

唐萩 よみ人しらず

空蝉の からは木ごとに と〉むれど 魂の行ゑを 見ぬぞかなしき

449. 가와나구사 ^{후카야부}

(우바타마노) 꿈속에서 무엇이 위로해줄까
현실에서조차도 만족 못하는 마음을

川菜草 深養父

うばたまの 夢に何かは なぐさまむ 現にだにも 飽かぬ心を

[해설] 속에서 우는 두견새를 노래하였다. 제2구와 제3구에 걸쳐 '야마지[やまじ]'가 숨어 있다.

448) [주해] 〈가라하기〉실체불명.
[해설] 이 노래는 해석에 있어서 나무를 관으로, 매미의 빈 껍질을 시신의 비유로 보는 해석이 유력하다. 나무에 붙어 있는 빈 껍질을 보면서 껍질을 벗고 날아간, 영혼이 깃들어 있는 매미의 행방을 알 수 없는 일이 슬프다고 표현하고 있다. 신도(神道)나 불교에서는 영혼의 불멸을 믿는데, 영혼의 행방을 알 수 없다는 것은 불멸하지 못한다는 의미. 날아가 버린 매미가 남겨놓은 껍질을 통해 불멸하지 못하는 슬픔을 여정적으로 노래하고 있다. 제2구에 '가라하기[からはぎ]'가 숨어 있다.
449) [주해] 〈가와나구사〉실체불명. 일설에는 강가에 자라는 물풀의 일종이라 한다. 고금전수(古今伝受)의 3목(木)중 하나. 〈우바타마노〉제2구의 꿈을 이끌어내는 마쿠라코토바.
[해설] 꿈과 현실을 대비하여 남녀 간의 사랑에 있어 욕망의 한없음을 노래하였다. 현실에서 만족하지 못하여, 꿈속에서도 사랑하는 이를 보지만, 결코 채워지지 않음을 노래하였다. 제2구와 제3구에 걸쳐 가와나구사[かはなぐさ]를 숨기고 있다.

450. 송라 _{다카무코노 도시하루}

꽃잎 색깔이 단 한 번 피면서도 진하다하나
그것은 거듭하여 이슬이 물들인 것

さがりごけ 高向利春

花の色は たゞ一さかり 濃けれども 返々ぞ 露は染めける

451. 니가다케 _{시게하루}

살아갈 힘을 이슬에게 의지함 어려움기에
왠지 낙담하듯이 우는 들판의 벌레

苦竹 滋春

命とて 露をたのむに 難ければ 物わびしらに 鳴く野べの虫

---

450) [주해] 〈송라(松蘿)〉소나무 겨우살이라고도 함. 안개가 잘 끼는 고산지역의 나무줄기와 가지에 붙어 실처럼 주렁주렁 달린다. 노란빛을 띤 녹색이 돌고 길이 10~20cm 정도이고 윗부분이 굵으며 지름 1~1.5mm이다. 가는 관을 가는 철사로 꿰뚫은 것 같이 보이며 가지가 갈라진다. 〈단 한 번 피면서도 진하다하나〉단지 한차례의 절정을 위해서 진한 색을 띠는 꽃이지만.
[해설] 봄의 꽃은 비가, 가을의 초목은 이슬이 꽃을 피게 한다는 발상의 노래이다. 제2구와 제3구에 걸쳐 송라[さがりごけ]를 감추고 있다.
451) [주해] 〈니가다케〉불명. 대나무의 일종이라고도, 버섯의 일종이라고도 함. 〈이슬에게 의지함〉목숨을 유지하기 위해 이슬을 양식으로 살아보아도 이슬은 쉽게 사라지기 때문에 의지하기 어렵다. 〈왠지 낙담하듯이〉이슬 그것마저 사라져갈 운명이기에, 들녘의 벌레가 무상한 듯이.
[해설] 들판의 이슬 속에서 울고 있는 풀벌레 소리가 무상하게 들리는 것에 대해서 그 이유를 구하였다. 이슬은 쉽게 사라짐으로 허무함의 상징. 그러한 이슬을 의지하고 사는 벌레이기 때문에, 우는 소리에서 허무함을 느끼게 한다고 노래하고 있다. 제2구와 3구에 걸쳐 '니가다케[にがたけ]'를 감추고 있다.

452. 가와다케 _{가게노리노 오키미}

밤 깊어 가고 한밤중을 지나서
(히사카타노) 기우는 달 돌려주게 가을 산바람이여

皮茸 景式王
　さ夜ふけて 半ばたけ行 久方の 月ふきかへせ 秋の山かぜ

453. 고사리 _{신세이 법사}

연기가 일고 타오르는 것처럼 안 뵈는 풀잎
누가 고사리라고 처음 이름 지었나

蕨 真静法師
　煙たち もゆとも見えぬ 草の葉を 誰かわらびと なづけ初めけむ

454. 조릿대 소나무 비파 파초 잎 _{기노 메노토}

머뭇거리며 그때 기다리다가 세월 흘렀네
내 마음을 가끔씩 그대에게 보이며

---

452) [주해] 〈가와다케〉불명. 〈히사카타노〉달을 이끌어내는 마쿠라코토바.
　[해설] 밤이 깊어 달은 이미 서쪽으로 기울었다. 서쪽에서 불어오는 바람이 세다. 달을
　즐기고 싶은 마음에 바람에게 달을 중천으로 되돌려달라고 노래하고 있다. 제2구에
　가와다케[かはたけ]를 감추고 있다.
453) [주해] 고사리는 일본어로 와라비[蕨]이다. 일본어로 '지푸라기'가 '와라', '불[火]'이
　'히' 그리고 지푸라기에 붙은 불을 '와라비[藁火]'라고 한다. 이 노래에서는 제목인 와
　라비를 고사리[蕨]와 지푸라기에 붙은 불이라는 이중의 의미를 갖는 가케코토바[掛
　詞]를 이용하여 노래하고 있다. 제4구에 고사리[わらび]를 숨기고 있다.
454) [주해] 〈머뭇거리며〉머뭇거리며 시기를 기다리는 동안에.
　[해설] 자신의 마음을 허락한 것을 남자에게 제대로 알리지 못하고, 세월이 흘러간 것
　을 수줍게 노래하였다. 첫 구에 조릿대[ささ], 제2구에 소나무[まつ], 제3구에 비파[びわ],

笹 松 枇杷 芭蕉葉 紀乳母

いさゝめに 時待つ間にぞ 日は経ぬる 心ばせをば 人に見えつゝ

455. 배 대추 호두 효에

안 되는 일이다 탄식하지 말거라
걱정스런 일 겪으며 헤쳐 온 몸 버리는 일 없으리

梨 棗 胡桃 兵衛

あぢきなし 嘆きな詰めそ 憂き事に あひくる身をば 捨てぬものから

456. 가라고토라는 곳에서 입춘에 노래함 아베노 기요유키 조신

파도소리가 오늘부터 다르게 들려오는 건
봄이 되어 곡조가 새로워진 것일까

唐琴といふ所にて、春の立ちける日、よめる 安倍清行朝臣

浪のをとの 今朝から異に きこゆるは 春のしらべや 改たまるらむ

제4구에 파초 잎[ばせをば]을 감추고 있다.
455) [해설] 여자가 사랑에 괴로워하면서도 포기하지 않는 마음을 노래하였다. 첫 구에 배
[なし], 제2구에 대추[なつめ], 그리고 제4구에 호두[くるみ]라는 단어를 감추고 있다.
456) [주해] 〈가라고토〉지명. 확실한 위치는 알 수 없으나 오카야마현[岡山県] 고지마[児
島]반도의 가라코토[唐琴]라는 설도 있음. 가라코토란 지명이지만, 중국으로부터 들어
온 거문고라는 의미. 지명을 이용하여 가케코토바 용법을 수사법으로 사용하고 있다.
[해설] 지명에 대한 재치와 절기에 관한 지적흥미를 파도와 연관 지어 노래하였다. 달
력상 입춘이 되었으니 오늘부터는 봄. 따라서 파도도 이전의 겨울의 곡조를 버리고 봄
의 곡조로 바뀌었기에 새롭게 들린다고 노래한다. 두 번째 구에 '가라고토[からこと]'라
는 말을 숨기고 있다.

457. 이카가사키 ^{가네미노 오오키미}

노에 와 닿는 파도의 흰 방울을 봄 되고 나니
어찌하여 피고 지는 꽃이라 보지 않으리

伊加賀崎 兼覽王

梶にあたる 浪のしづくを 春なれば いかがさきちる 花とみざらむ

458. 가라사키 ^{아보노 쓰네미}

저쪽 너머로 언제부터 앞서서 건너갔을까
뱃길에는 흔적도 남아 있지 않구나

唐崎 阿保経覽

かの方に いつから先に 渡りけむ 浪路は跡も のこらざりけり

---

457) [주해] 〈이카가사키〉소재지가 정확하지 않음.『가게로일기[かげろう日記]』에는 '이시
야마에 가서 배로 돌아가려 하여, 이카가사키, 야마부키노 사키 등등 부르는 지역을
보고 갈대 숲속으로 노 저어간다고 한 것은 오우미에 이카군이 있고, 만약 거기를 이
카고사키라고 해야하는데, 이카가사키라고 하는 것일까(石山にまゐりて 舟にてかへるとて、
いかがさき、山ぶきのさきなどいふ所をみやりて、あしの中よりこぎゆくといへるは、近江に伊香郡
あり、もしそこにありて、いかこ崎というべきを、いかが崎といふにや)'라는 표현이 보인다. 그리
고『마쿠라노소시[枕草子]』에도 곶은 가라사키. 이카가사키(崎は、からさき、いかが崎)
라 하여 이카가사키라는 지명이 보인다.
[해설] 바다의 파도를 꽃으로 보는 것은 전형적인 발상이다. 작자는 봄날 배안에서 노
에 부딪혀 부셔지는 포말을 꽃으로 보고 노래하였다. 제4구에 '이카가사키[いかが崎]'
라는 말을 감추고 있다.

458) [주해] 〈가라사키〉지금의 시가현[滋賀県] 오오쓰시[大津市] 비와호[琵琶湖] 연안.
『만요슈』의 오우미 황도가[近江荒都歌], '사사나미의 시가의 가라사키 변함없지만 오
오미야히토의 배 기다려도 오지 않네(さざ浪の 志賀のからさき さきくあれど 大宮人の 舟待
ちかねつ: 제1권 30)'로 유명한 곳.
[해설] 비와호를 배로 건너던 사람이 가고자 하는 방향에 이미 배 한 척이 가 있는 것
을 발견했을 때를 노래하였다. 제2구에 가라사키를 숨기고 있다.

459. ^{이세}

파도의 꽃은 깊은 바다서 피어 흩어지는 듯
물 위에 오는 봄은 바람이 이끄는가

伊勢

浪の花 沖からさきて ちり来めり 水の春とは 風やなる覧

460. 가미야 강 ^{쓰라유키}

(우바타마노) 나의 검은 머리는 변하는 걸까
거울에 비친 모습 내려 쌓인 하얀 눈

紙屋川 貫之

うばたまの わが黒髪や かはるらん 鏡の影に 降れるしらゆき

---

459) [주해] 〈흩어지는 듯〉파도가 밀려오는 모습을 묘사. 먼바다에서부터 밀려오는 파도
가 피어난 꽃이 바람에 날리어 흩어지는 듯 보인다. 〈바람이 이끄는가〉지상의 봄이라
면 초목이나 화초 안개 등이 봄을 알리지만, 물 위의 봄은 지상의 봄과 달리 바람이
오게 하는가.
　[해설] 먼바다에서 밀려와서 해변에서 부서지는 파도를 꽃이 피었다가 지는 것으로 보
았다. 또한 파도는 바람에 밀려오고 꽃이 피고 지는 것은 봄이기 때문에, '물 위에 오
는 봄'이라고 표현하였다. 459와 마찬가지로 가라사키를 노래한 것. 제2구에 가라사키
라는 말이 숨어 있다.
460) [주해] 〈가미야 강〉교토[京都]에 있는 강. 헤이안 시대에 이곳에서 궁중으로 들어가
는 종이의 재료를 씻었기에 이런 이름이 붙었다. 〈우바타마노〉제2구의 검은 머리를
이끌어내는 마쿠라코토바. 〈변하는 걸까〉나의 검은 머리가 백발로 변하는 것일까. 백
발을 눈에 비유. 거울 속의 자신을 보고 자신이 늙었다는 것을 깨달음. 〈내려 쌓인 하
얀 눈〉거울에 비쳐보니 흰 눈이 내린 것처럼 보인다.
　[해설] 제2구와 제3구에 걸쳐 '가미야 강[紙屋川]'이란 말이 숨어 있다.

461. 요도 강

(아시히키노) 산기슭에 있으니

하얀 구름이 어찌하라는 걸까 개는 날이 없구나

淀川

あしひきの 山辺にをれば 白雲の いかにせよとか 晴る>時なき

462. 가타노 ^{다다미네}

여름잡초가 무성히 덮여 있는 늪의 물처럼

어디로 가야할지 모르는 내 마음아

交野 忠岑

夏草の うへは繁れる ぬま水の ゆく方のなき わが心哉

463. 가쓰라노 미야 ^{미나모토노 호도코스}

가을 왔는데 달 속의 계수나무 열매 맺을까

빛을 꽂인 양 하여 흐트러뜨릴 뿐을

---

461) [주해] 〈요도 강[淀川]〉가모 강[賀茂川]과 가쓰라 강[桂川]의 합류점에서부터 오사
카만[大阪湾]으로 들어가기까지의 지역의 총칭. 〈아시히키노〉제2구의 산을 이끌어내
는 마쿠라코토바. 〈개는 날이 없네〉구름에 가려 개는 날이 없는 것처럼, 작자의 마음
도 개일 날이 없네.
　　[해설] 산기슭에서 한거하면서 흰 구름을 바라보며 구름에 빗대어 자신의 심경을 노래
하였다. 제4구와 제5구에 걸쳐 요도 강[淀川]이 숨어 있다.
462) [주해] 〈가타노〉오오사카부[大阪府] 히라카다시[枚方市]와 가타노시[交野市]에 걸
쳐 있는 대지. 간무[桓武]천황의 별궁이 있는 곳.『이세모노가타리[伊勢物語]』82단에
도 그 지명이 보인다. 벚꽃의 명소이다. 〈늪의 물처럼〉잡초가 무성한 늪의 물이 어디로
흘러가는지 알 수 없듯이. 제1구에서 제3구까지는 제4구 이하를 이끌어내는 조코토바.
　　[해설] 제4구에 가타노가 숨겨져 있다.

桂宮　源忠

秋くれど　月の桂の　実やはなる　ひかりを花と　ちらす許を

464. 백화향 ^{작자미상}

꽃마다 실컷 족함 없이 떨구는 바람이로다
어느 정도나 내가 근심하는지 알까

百和香　よみ人しらず

花ごとに　飽かず散らしし　風なれば　いくそばくわが　憂しとかは思

465. 스미나가시 ^{시게하루}

봄날 안개 속 그 안에 지나는 길 없었더라면
가을에 올 기러기 돌아가지 못할 것을

---

463) [주해] 〈가쓰라노 미야〉우다(宇多)천황의 공주인 가쓰라의 저택. 〈가을 왔는데〉열매
맺는 가을이 되었지만. 〈계수나무〉→ 194.
[해설] 가을 달빛의 아름다움을 노래하였다. 달을 계수나무로 보고, 달빛을 꽃으로 봄.
달빛이 비추이는 것은 꽃이 떨어지는 것으로 보았다. 꽃잎이 다 떨어진 후에 어떻게
열매를 맺을 수 있을까하는 의문을 갖는 식으로 노래를 완성하고 있다. 고킨슈다운 이
지적인 느낌이 강한 노래다. 제2구에서 3구에 걸쳐 가쓰라노미야[かつらのみや]를 감추
고 있다.
464) [주해] 〈백화향〉일설에 의하면 여러 가지 향료를 배합하여 만든 향이라고 하나 불
명. 〈족함 없이〉실컷 만족하지 못한 사이에.
[해설] 만족할 만큼 보지도 못한 사이에, 어떤 꽃이든 전부 떨어뜨리는 바람을 원망하
는 마음을 노래하였다. 4, 5구에 걸쳐 백화향[はくわこう]을 감추고 있다.
465) [주해] 〈스미나가시〉먹이나 물감을 물에 풀어서 종이를 띄워 수면에 생긴 문양을
물들이는 전통적인 제지 기법. 〈그 안에 지나는 길〉안개 속에 기러기가 돌아가는 길이
있다는 발상과 유사한 것이 30번이다.
[해설] 봄에 북쪽으로 돌아가는 기러기를 노래하였다. 하늘에는 안개가 가득 차 있어
아무것도 보이지 않을 텐데, 기러기가 북쪽으로 날아갈 수 있는 것은 길이 있기 때문
이라는 발상에 의거한 것이다. 제1구와 제2구에 스미나가시[すみながし]를 감춤.

墨流 滋春

春霞 中し通ひ路 なかりせば 秋くる雁は 帰へらざらまし

466. 숯불 미야코노 요시카

흘러나오는 방향조차 모르는 눈물의 강은
깊은 곳 마를 때야 깊이 알 수 있으리

おき火 都良香

流いづる 方だに見えぬ 涙河 沖ひむ時や 底はしられむ

467. 치마키 오오에노 치사토

늦게 씨 뿌려 느지막이 자라는 못자리지만
소홀히 다룰 수 없는 논의 열매 얻으리

粽 大江千里

のち蒔きの をくれて生ふる 苗なれど あだにはならぬ たのみとぞ聞く

---

466) [주해] 〈흘러나오는 방향조차 모르는〉어디가 근원인지조차 알 수 없을 정도로 멈추
지 않고 흐르는. 〈눈물의 강〉흐르는 눈물을 강에 비유하였다. → 511·527·573·61
7·618 등. 〈깊이 알 수 있으리〉눈물이 다 말라야 그 슬픔의 깊이를 알 수 있을까.
467) [주해] 〈치마키〉단오에 먹는 띠(茅) 잎으로 싼 떡.
　　[해설] 늦게 씨 뿌려서 늦게 자란 벼이지만, 그렇다고 해서 결코 소홀히 할 수 없는 것.
역시 훌륭한 논의 열매를 얻을 수 있는 믿음직한 못자리이다. 이 노래는 논어의 자한
[子罕]편 '곡식에 싹이 나도 꽃이 피지 않는 것이 있고, 꽃은 피어도 열매 맺지 못하는
것이 있구나(苗而不秀者有矣夫。秀而不実者有矣夫。)'라는 부분을 번안한 것이다.
초구에 치마키가 숨겨져 있다.

468. 「は」를 처음으로, 「る」를 마지막 글자로 하여 「나가메」 세 글자의 의미를
   실려 그 시기에 맞는 노래를 지으라고 말했기 때문에 노래함 ^{승정 쇼호}

꽃 속에 묻혀 싫어질 만큼 보고 헤치고 가니
마음마저 꽃과 함께 떨어지는 것 같네

はを初め、るを果てにて、眺めを掛けて時の歌よめと、人の言ひければよみける 僧正聖宝
   花のなか 目に飽くやとて 分けゆけば 心ぞともに 散りぬべらなる

468) [주해] 〈꽃 속에 묻혀〉꽃의 아름다움에 정신을 빼앗기어. 〈헤치고 가니〉벚나무 사이
   를 헤치고 나아가니.
   [해설] 제1구의 꽃(はな)의 첫 자가 「は」, 그리고 마지막 구의 마지막 글자가 「る」, 그리
   고 제1구와 제2구에 걸쳐서 나가메[ながめ]가 숨어 있다.

1. 작자명은 가나다순으로 정리하였다.
2. 작자명의 표기는 원칙적으로 본문의 기재에 따랐다.
3. 작자의 구체적인 인적사항은 생략하고, 기초적인 사항만을 정리하였다.
4. 작자 소개 후에 제시된 아라비아숫자는 『고킨슈』에 수록된 와카의 번호이다.
5. 357~363번은 와카번호를 괄호 안에 표시하였다. 이는 병풍가로 작자의 기명란에 노래를 병풍에 적어 넣은 소세이 (素性)의 이름만이 표시되어 있기 때문이다.

ㄱ ——————

가가미노 야마를 1086-2
가가미산을 899-1
가기라도 했을까 977-2
가까웁기에 1003-49
가까웠었네 768-3
가까이 못해 619-1
가까이 왔기에 1021-3
가까이 있다 해도 506-4
가까이서 모셨던 1003-34
가는 기러기 31-3/192-3
가는 길 괴롭다하고 388-4
가는 배조차 472-3
가는 사람을 433-3
가는 세월이 127-3
가는 실을 꼬아서 27-2
가는 한해가 342-1
가늠하기 어려운 40-2
가늠하기 어렵네 334-2
가늠해낼 수 없는 277-4
가다 멈춰서는 곳 987-4

가닥으로 꼬아서 1081-2
가득차고 말았네 675-4
가라니시키 864-3/1002-14
가라앉힐 수 없네 878-2
가라코로모
　　　375-1/515-1/697-3/995-3
가루카야노 1052-3
가르며 옷 적시며 438-2
가리라 생각하기에 133-5
가리키는 수였네 818-5
가메노오산 350-1
가며 안부 물을까 391-5
가모신사 신관의 487-2
가모신사에 있는 1100-2
가미나비 산 300-1
가미나비의 284-3/296-1
가버리고 말았네 129-5
가사유이섬 1073-3
가사토리산 261-3
가사토리산 위의 263-2
가서 원망하리라 76-5
가스가들녘

　　　17-1/19-1/22-1/357-1/478-
　　　1
가스가 산 위 솟아 364-2
가스가에 있는 406-3
가슴에 불 일으켜 1030-4
가슴의 언저리는 572-4
가야금 소리 나네 985-5
가에루산아 382-1/902-3
가에루산이 370-1
가운데 잘리려나 283-5
가을 가까이 440-1
가을 국화가 276-1
가을 기러기 735-3
가을 끝난 것처럼 308-4
가을 나무 단풍이 290-4
가을 날 국화꽃을 278-2
가을 논 위에 548-1
가을 논 위의 547-1
가을 논의 벼 803-1
가을 단풍과 같이 1006-14
가을 달빛이 289-1
가을 더욱 슬퍼라 215-5

그 동안 소녀 모습 872-4
그 두견일까 159-3
그 때 기다리다가 454-2
그 때 만날 수 있음은 97-4
그 때로부터 35-3
그 때문에 이 내 몸 1022-4
그 때부터 이후론 931-2
그 마음 기러기는 585-2
그 마음 매정하다 178-2
그 말 한마디만은 688-2
그 말씀이란 788-3
그 말에 지지 않고 70-2
그 말처럼 즉시로 697-4
그 사람 나를 남처럼 751-4
그 사람 마음속에 801-4
그 사람 마음속을 1050-4
그 사람 마음이란 1040-4
그 사람 만나 볼 일 525-2
그 사람 만나는 일 683-4
그 사람 모르게 519-3
그 사람 모습만이 1103-4
그 사람 생각 하리 720-5
그 사람 알았으면 535-5
그 사람 잊혀질까 570-5
그 사람 정표인가 240-2
그 사람 향한 마음 474-4
그 사람은 내 생각 1039-2
그 사람은 말할까 727-5
그 사람은 아실까 504-2
그 사람은 알려나 614-5
그 사람을 나 함께 1042-2
그 사람을 못 보는 556-4
그 사람의 마음 속 1038-2
그 사람의 마음은 787-4
그 생각 이제 와서 1001-16
그 소리 들려주렴 138-5
그 수만큼 되소서 344-5
그 아침부터 771-3

그 안에 지나는 길 465-1
그 어느 누가 239-1
그 영혼 어디 있나 448-4
그 옛날부터 636-3/869-3
그 옛날에도 353-1
그 울음소리만은 144-4
그 이름처럼
         469-3/628-3/807-3/1083-3
그 이름처럼 잘도 902-4
그 이상 생각하리 70-5
그 일이 부끄럽네 1063-5
그 자리 안 떠나는 929-2
그 틈 사이로 12-3
그 평판이 자자한 62-2
그 한 줄기 때문에 867-2
그 한마디야말로 939-2
그 향 그대로 일세 42-5
그 향기에 끌리는 122-4
그간 쌓인 세월을 1003-60
그것만을 훗날의 717-4
그것만큼은 811-1
그것은 거듭하여 450-4
그것이 세상이라 806-5
그곳 어드메인가 3-2
그길로 가는 김에 30-4
그깟 이슬보다도 615-2
그냥 돌아가는 듯 412-5
그냥 머물러 있던 35-2
그냥 아뢸 수 있는 1008-5
그녀 알게 될테니 104-5
그늘 있어도 1095-3
그대 그리는 567-1
그대 그리움 517-1
그대 그리워하네 564-5
그대 두견새 147-1
그대 떠나는 것을 384-4
그대 마타리 232-3
그대 생각뿐이요 410-5

그대 생각에 빠진 511-5
그대 생각에 빠질까 476-5
그대 심고 간 776-1
그대 아니면 38-1
그대 잊고자 501-1
그대로 두시기를 355-5
그대로 들어주었을 1055-2
그대로 있을 것을 47-2
그대에게 보이며 454-5
그대의 정표로서 745-2
그대의 팔천 대에 347-4
그동안 있었던 일 1003-22
그래도 괴로운지 750-4
그래도 기다리네 555-4
그러나 마음만은 1064-2
그런 것 아닌데도 629-5
그런 것이 이 세상 828-5
그런 괴로움이여 1003-70
그런 사랑 못할까 549-5
그런 사랑을 하네 579-5
그런 생각 모르는 지 808-4
그런 세상이어라 945-5
그런 이름을 411-1
그런 이름이었네 824-5
그럴 수도 있으리 656-2
그렇게도 이 내 몸 894-4
그렇다 할 수 없네 11-5
그렇다 해도 52-3/1001-11
그렇다고 그 분 결 528-4
그렇다고 뉘 봄을 101-4
그렇다면 모두를 873-4
그렇다하여 936-1/1060-1
그렇듯이 근심에 566-4
그루터기 새싹이 308-2
그리 그리다 634-1
그리 되어 가는가 784-4
그리 밤새 우느냐 160-5
그리 빨리 진다고 83-2

꾀꼬리 울기만을 10-4
꾀꼬리 울듯 우네 958-5
꾀꼬리 울며 나네 32-5
꾀꼬리 울어 11-3
꾀꼬리 울어댄다 15-5
꾀꼬리 울음 운다 422-5
꾀꼬리 울음 운다 6-5
꾀꼬리 울음소리 108-5
꾀꼬리 작년 1046-1
꾀꼬리 찾아오는 13-4
꾀꼬리마저 128-3/428-3
꾀꼬리인가 110-3
꾀꼬리처럼 우나 798-2
꾸었던 꿈 허무해 644-2
꾼 꿈이기에 608-3
꿈길 위에도 574-1
꿈길마저 사람을 657-4
꿈길에서는 658-1
꿈마저 선명하게 527-4
꿈속 어두운 길 조차 559-4
꿈속에 조차 656-3
꿈속에서 무엇이 449-2
꿈속에서 볼 때는 768-2
꿈속에서도 767-1
꿈속에서조차도 117-4
꿈속의 그 곧은 길 558-4
꿈속의 길조차도 766-4
꿈에 당신 보일까 516-5
꿈에 비해 그다지 647-4
꿈에서라도 681-1
꿈에서야 그 님을 575-2
꿈이라 하는 것을 553-4/569-4
꿈이라하나 835-3
꿈이었다고 834-1
꿈인 줄 알았다면 552-4
꿈인가 착각하네 970-2
꿈인지 생시인지
　　641-2/645-4/646-4/942-2

꿈인지도 모르네 942-4
꿰매라 꿰매라고 1020-4
꿰맨 곳 없는 926-1
꿰어 머물게 하리 114-5
끈 풀어헤친 923-1
끊기리라 생각하네 793-5
끊김 없듯이 1084-3
끊어져 버린다면 810-2
끊어지는 때 없고 1001-20
끊어진다면 793-3
끊임없는 눈물의 843-4
끊임없이 타 오르네 790-5
끊임없이 흐르나 805-5
끌리는 마음이여 132-5
끝까지 보고말리 1050-5
끝남도 없네 611-3
끝없이 떨어지네 923-4
끝없이 우네 150-3
끝이 무거워 891-3
끝이 없는 길 367-1
끝이라 생각 않는 134-2
끝이라 생각하니 187-5
끼다가 개다 하면 1018-2

나 홀로 남아 584-1
나 홀로 자야하나 1047-5
나가라 다리처럼
　　826-2/1003-72
나가라란 다리도 1051-2
나가라의 다리와 890-4
나가려는 이 1043-1
나가하마의 1085-3
나그네길 가는 이 366-4
나그네인 듯하다 299-5
나 기다리나 하여 202-4

나나니벌 우는 366-1
나누는 이별일세 1104-5
나는 막지 못할 만큼 557-4
나는 모르네 726-3
나는 모르오 377-1
나는 물어보고파 1007-3
나는 하고 있구나 592-5
나는 헛소문 나는 일 630-2
나니와 갯벌 913-1
나니와 물가 916-1
나니와 미쓰에서 894-2
나니와 포구에서 973-2
나니와가타 974-1
나니와에 있는 1051-1
나니와의 갈대가 604-2
나니와의 포구의 1003-74
나도 그 옛날에는 889-2
나도 깨어 앉아서 993-45
나도 내 님 모르는 565-4
나도 떨어지리라 77-2
나도 맘에 핀 불에 600-4
나도 숨어 있으니 17-5
나도 저 꾀꼬리에 107-4
나도 허무한 세상 152-4
나라 옛 도읍지도 986-4
나로 인하여 960-1
나루의 사공 174-3
나를 그리는 1041-1
나를 그리지 않네 1041-5
나를 기다리시나 689-4
나를 당신이 973-1
나를 두고 간다면 375-4
나를 생각해주는 750-2
나를 슬프게 하네 200-5
나를 원망 말아라 719-2
나름대로 모습이 1024-2
나마저 눈과 함께 621-4
나만을 위해 186-1

남의 눈 피하는 549-1
남의 눈 피하시나 559-5
남의 눈에만 우리가 378-4
남의 일인 것처럼 1105-2
남이 눈치 채기에 1001-36
남이 듣고 있기에 811-5
남이 모르게 999-1
남이 보내는 388-1
남이 보는 것 235-1
남이 수상히 여길 35-4
남이 알지 못하는 94-4
낮지도 않았더라 647-5
낮에는 해 못 견디고 470-4
낮은 신분이지만 1003-12
낯선 것이기에 967-3
내 갖는다면 1093-3
내 거처 삼을까 987-3
내 걸어왔던 295-1
내 그리는 것 485-3
내 그리는 임 1110-1
내 근심만 하리요 590-5
내 기다리는 206-1
내 기쁘지도 않네 709-5
내 나이 쌓여가네 339-5
내 님 날 잊었을까 767-5
내 님 모르는 506-1
내 님의 옷을 25-1
내 다니는 사랑길 632-2
내 당신을 잊는지 377-4
내 떠나가면 365-1
내 마음 깨어져서 1059-4
내 마음 약하게도 809-4
내 마음 어지러워 1001-22
내 마음 어지럽게 532-4
내 마음 흔들리나 724-4
내 마음같이 756-1
내 마음도 갑자기 162-4
내 마음을 가끔씩 454-4

내 마음의 정염이 606-2
내 마음이여 734-3
내 마음일까 591-3
내 맘 아는 이 없네 560-5
내 모습 이외에는 814-5
내 몸 버리고 977-1
내 몸 하나 풀 위에 860-4
내 몸에 시구레가 782-2
내 몸이 바로 그것 511-5
내 몸이기에 389-3
내 바라는 생각을 99-2
내 보아야 할 것을 79-5
내 본 후로도 905-1
내 사는 암자 982-1/983-1
내 사는 집 날아서 154-4
내 사는 집 뜨락에 236-4
내 사는 집을 811-3
내 사랑하는 171-1
내 사랑하는 사람도 702-4
내 살던 고향 991-1
내 생각 하는 마음 715-4
내 생각만큼 750-1
내 생각했을 1042-1
내 소매위의 531-3
내 소문 화려하게 675-2
내 소식 전해주오 407-4
내 속옷의 끈은 730-4
내 속으로 당신을 748-2
내 신세기에 728-3
내 없는 침상에서 858-4
내 영혼 내 몸속에 992-4
내 옷 소맷자락이 563-4
내 옷 자락만 깔고 689-2
내 위에 이슬 863-1
내 이름 대지마라 1108-5
내 입은 당의 572-3/576-3
내 있는 산의 바람 785-4
내 젖은 소맷자락 149-4

내 지나는 밤마다 632-4
내 집 뜨락에 67-1/120-1/203-3
내 집 뜨락은 322-1/770-1
내 집 뜨락의
    135-1/442-1/498-1/564-1
내 집 문 앞의 1079-1
내 집문 앞에 208-1/800-3
내 집에서 울거라 151-5
내 찾아 갈까하며 690-2
내 처지처럼 578-1
내 탓이로다 808-3
내 팔베개 적시는 757-4
내 향한 생각만이 477-4
내 형편 아는 비는 705-4
내가 간 걸까 645-1
내가 그리는 사람 1041-4
내가 냉정해서라 434-4
내가 당기면 1078-3
내가 수없이 세네 761-5
내가 앞서서 640-3
내가 지는 꽃에다 106-4
내게 가르쳐 주오 76-4
내게 녹아들었으면 542-5
내게 있으리오만 746-5
내님 오시지 않네 758-5
내님과 만날 1107-1
내님과 함께 1072-3
내님은 샘물 위에 764-4
내려 깔렸네 287-3
내려 더하여오네 545-5
내려 덮일 때에는 363-2
내려 쌓이는 눈에 891-2
내려 쌓이던 1002-22
내려 쌓이매 324-3
내려 쌓인 눈 속에 336-2
내려 쌓인 하얀 눈 332-5/460-5
내려 쌓인 흰 눈아 318-5
내려도 마르지 않는 1075-2

뵈지 않지만 335-3
뵈진 않아도 91-3/169-3
부끄러운 몸이니 681-5
부는 강바람 170-1
부는 마을은 446-3
부는 바람 같은 거 946-5
부는 바람과 118-1
부는 바람에 99-1/124-3/919-3
부는 바람을 106-1
부는 바람의 251-3
부는 바람이
      290-1/762-3/1098-3
부는 바람처럼 475-3
부디 이 몸을 508-1
부모 천년 살기를 901-4
부족하도다 992-1
부질없이도 34-3
부평초 같은 이 몸 938-2
부평초 같이 976-3
부표일런가 509-3
북으로 가는 412-1
분다는 바닷가에 272-2
분별 잃은 것 마저 523-4
분별도 없이 1097-3
분별하지 못하는 469-4
분하기도 하지만 486-2
불 타버렸을 것을 572-5
불같은 이 마음을 480-4
불기 시작한 후로 173-2
불기만하면 249-1
불기시작한 날부터 256-2
불러대는 소리에 539-2
불성실한 그가 824-3
불안하기만 하여라 597-5
불어 달라 할 텐데 99-5
불어난 듯하도다 320-5
불어오는 바람은 103-4
불지 않지만 787-3

불타는 내 마음을 1026-4
불타듯이 언제나 680-4
불타오르듯 싹트는 791-4
붉게 물들이고자 1026-5
붉은 홍화로 723-2
붙어 다닐 수 없는데 528-5
붙어 타는 일보다 1104-2
비 피할 수 없었네 918-5
비 피해 다미노섬 918-2
비가 내려도 261-1
비가 오기에 918-1
비가내리면 263-1/587-3
비관하고 있지만 773-2
비교해볼까 590-3
비는 신 있기에 298-3
비는 자식 위해서 901-5
비단 같은 단풍을 420-4
비단 옷 지어 입은 296-4
비단 옷과 같도다 297-5
비단 짠 듯 하도다 314-2
비단인 듯 하외다 56-5
비라도 내렸으면 775-4
비록 가지 꺾여도 119-5
비록 밤 깊더라도 224-5
비록 천하든 888-3
비만 내리는 구나 843-5
비보다 더 하구나 1091-5
비에 젖으며 133-1
비에도 눈물에도 639-4
비쭈기나무 1074-3/1075-3
비처럼 내렸으면 829-2
비처럼 내린다 해도 305-4
비추는 것은 289-3
비추는 빛을 1003-33
비추이기에 195-3
비추이는 언덕가 490-2
비치는 달빛 880-3
비치는 달을 보며 878-5

비치는 모습마저 342-4
비친 그림자마저 124-4
비탄에 빠진 혼이 571-2
비할 수가 없구나 658-5
빈 것 같이 이 내 몸 959-4
빈 껍질 나무마다 448-2
빈 껍질같이 될까 787-5
빌려가 주었으면 149-5
빛 들지 않는 967-1
빛 모아두지 않고 882-4
빛 사라지지 않네 885-5
빛바래고 마는가 232-5
빛을 꽂인 양 하여 463-4
빛이 바래가면서 279-4
빛이 안 보이는 건 562-4
빠르게 느껴지네 127-5
빠르게 불기 때문 785-5
빠르기 때문에 882-3
빠르다 해도 651-3
빠른 것 세월이라 898-2
빠른 물살처럼 660-1
빠른 세월을 897-3
빠른 세월이어라 341-5
빠른 여울에 531-1
빠지는 요즘일세 566-5
빠지듯이 낮에는 665-2
빠짐없이 넣고자 1002-43
빨리 늙어버렸네 893-5
빨리 오면 좋으리 520-2
빨리도 내 당신을 471-4
빨아 널어 논 천을 927-2
뿌리 없이 떠도는 592-2
뿌리 쪽 가리키듯 891-4
뿌리를 끊고 938-3
뿌리마저 마를까 268-5
뿌리마저 보이듯 671-4
뿌리었으면 394-3

소리 들린 하늘만 481-4
소리 들어 가을을 251-4
소리 들어 알지만 447-4
소리 들으니 162-3
소리 안 듣게 해다오 145-5
소리 청명 하도다 217-5
소리도 안 들리네 161-2
소리마저도 586-3
소리만 커서 664-3/1109-3
소매 날리며 441-1
소매 마르지 않으리 401-4
소매 빌려주고 1003-55
소매 아니면 425-1
소매 이슬에 젖네 369-5
소매 적시며 2-1
소매 젖어버렸네 639-5
소매 좁기만 한데 923-5
소매 향 나는 도다 139-5
소매 흔들어 대며 22-4
소매가 젖고 마네 731-5
소매가 젖었다고 577-4
소매까지 비추네 263-5
소매까지 젖어든 32-2
소매만 적시는가 43-5
소매만 적시울 뿐 617-4
소매만 젖는구료 618-2
소매에 괴지 않는 556-2
소매에 옮겨 담아 46-2
소매에 훑어 넣어 309-2
소매처럼 보이네 243-5
소맷자락 젖었네 182-5
소맷자락 춥구나 317-2
소맷자락 하나만 598-4
소맷자락에 545-3/763-1/756-3
소맷자락에 내린 1001-46
소맷자락이로다 840-5
소문 무성하리라 702-5
소문 무성하여도 703-4

소문나기에 642-3/653-3
소문나는 일 673-3
소문난다면 650-3
소문내지 않으리 651-5
소문도 일지 않는 629-2
소문만 무성할 뿐 707-1/958-2
소문에 들던 1003-85
소문으로만 듣는 1000-2
소문은 여름 들녘 704-2
소문이 나는 일이 1053-2
소식 끊겨 안 오네 976-5
소식 듣고 있건만 473-2
소식 부탁할 텐데 1098-5
소식 전해 주었으면 30-5
소식도 끊어졌네 327-5
소식조차도 없네 743-5
소용도 없는 110-1
소용없으리 64-3
소용이 없네 744-3
소원의 말을 1055-1
소홀히 다룰 수 없는 467-4
속 옷 끈으로 묶듯이 653-4
속 옷끈 풀리지만 507-5
속세에 속한 몸이라 1001-26
속여서 밀어내어 1003-38
속옷 끈 묶이듯 405-1
속으로만 그리나 494-4
속으로만 생각해 652-2
속이 보이네 171-3
속절없이도 143-3
손도 안대고 605-1
손마다 꺾어들어 55-4
손으로 뜰 제 404-1
손으로 자아내듯 703-2
손이라도 대는가 106-5
솔에 빗대 기리며 356-2
솔잎 푸르듯 490-3
솔처럼 기다리기 778-4

솔처럼 기다림이 779-2
솟구쳐 돌듯 682-3
솟구치는 여울인데 557-5
솟구치듯이 491-3/1001-31
솟아나는 마음을
　　491-4/1001-32
솟아나오는 478-3
수 세다보면 893-1
수도승의 옷이라도 925-4
수로 노 저어 732-1
수로표 그 말처럼 567-4
수를 적는 일보다 522-2
수마저 셀 수 있는 191-4
수많은 생각 속에 583-4
수많은 섬 헤치며 407-2
수많은 종류 1002-38
수없이 꽃 진다해도 590-4
수없이 하듯 761-3
수포 같은 몸이라 792-2
수행을 해도 1049-3
순채란 말처럼 1036-3
숨겨진 늪의 1036-1
숨겨진 늪처럼 661-3
숨고 싶어라 953-3
숨어 보이지 않네 235-5
숨어 서서 본심을 1038-4
숨어버렸나 447-3
숨으려 하곤 해도 672-4
숯불이 몸에 1104-1
숲에 피어난 잡초 892-2
숲이 될 것 같구나 1055-5
쉬운 일일 것일세 517-5
쉬임 없이 흐르는 573-2
쉴 새 없이 불어 대는 821-2
쉼 없이 흐르는 720-1
쉽게 넘을 수 있으리 348-5
쉽지 않은 사람의 1001-2
스가하라의 981-3

아쉬워 하나보다 384-5
아쉬워하는 398-11
아쉬워하는 밤을 190-2
아쉬워하지 않을 88-4
아쉬워해도 130-1
이쉽게 그냥 두고 404-4
이쉽기만 하구나 342-2
이쉽다 우는 걸까 157-4
이쉽지 않을 텐데 796-5
아스카 강의 물이 720-2
아스카강물 687-1/933-3/990-1
아스카강물처럼 341-4
아스카강에 284-1좌
아시타 들녘에도 252-4
아시히키노
    59-3/140-3/150-1/216-3/31
    9-3/430-1/461-1/491-1/499
    -1/633-3/668-3/844-1/877-
    3/953-1/1001-29/1027-1/1
    057-3/1067-3/1101-3
아아 괴로운 세상 1001-40
아아 그 먼 옛날에 1003-8
아아 도대체 몇 해 984-2
아아라 하는 502-1
아와레라는 939-1/940-1
아와지시마의 산 911-5
아이 적시지 말게 1094-4
아주 버려 버렸네 1045-5
아즈마 길의 594-1
아즈사유미
    20-1/115-1/127-1/610-1/70
    2-1/907-1
아지랑인지 731-1
아직 기대해보네 773-5
아직 눈이 내리네 3-5/5-5
아직 만남 없는데 627-4
아직 안 끝났는데 1015-2
아직 여려도 267-3

아직 초저녁 인 채 166-2
아직도 남았는데 884-2
아침 되어 잠자리 575-4
아침 우는 소리에 849-2
아침 이슬 속 842-1
아침 일찍 떠나니 1071-2
아침마다 듣도다 16-5
아침부터는 1005-3
아침에 떠나 366-3
아침을 여는 332-1
아침이슬에 247-3
아침이슬을 438-1
아카시 포구 덮은 409-2
안 계신 후로 852-1
안 기다릴 수도 없네 692-5
안 내리는 날 없네 321-5
안 되는 일이다 455-1
안 만날 수 있을까 704-5
안 만날수록 760-1
안 만났다면 678-1
안 만났더니 1025-3
안 본 것도 같은 이가 476-2
안 뵈는 풀잎 453-3
안 오는 이 그리네 775-2
안 오는 이를 777-1
안 오신다면 693-1
안 올 이 기다리는 969-2
안 진다하여 74-3
안 하는지 일일이 705-2
안개 깔린 사이로 479-2
안개 낀 이 계곡에 846-2
안개 덮은 산 위의 102-4
안개 자욱이 103-1
안개 자욱이 끼어 176-4
안개 피어 흐렸네 1087-2
안개가 일고 252-1
안내자로 삼는 것을 472-5
안다 모른다 477-1

안다고 하여 676-1
안부 묻는 이 있거든 962-2
안자곤 소문 안나 1036-4
안절부절 밤마다 605-4
안타깝기에 630-3
앉게 하지 않으리 167-2
앉아 봐도 서 봐도 1024-4
않는 마음이 165-3
않는다 해도 581-3
않던 새해 왔지만 338-2
알 수 없었네 643-3
알 수 없지만 353-3/391-3
알 수가 없네 645-3
알게 되는가 보다 251-5
알고서도 헤매는 것 1053-4
알리요만은 946-1
알았던 풀잎 245-3
알지 못하네 516-3
알지 못하는 것이리 523-5
앞서 가지 못한 837-1
앞서 색깔 변하네 788-5
앞서서 단풍드는 253-4
앞으로 돌아올 해 183-2
애처로이 보리라 602-5
야마시나의 664-1/1109-1
야마시로의 696-3/759-1
야마카와노 1000-1
야마토 물건 아닌 697-2
야마토 패랭이꽃 244-5
야마토 패랭이를 695-5
약속 기대하는 것 613-4
약이 있다면 1003-87
약한가보오 291-3
얇긴 하지만 876-3
얇아질까 생각하니 715-5
얕아지게 되리라 1061-5
얕은 것일까 1050-3
얕은 곳 모르기에 177-2

1. 이 노래는 번역대상인 고킨와카슈 제1권에서 제20권 및 먹으로 지은 노래까지 1,111수의 첫 번째 구에 의한 색인이다. 노랫말 뒤에 붙인 아라비아숫자는 노래의 번호이다.
2. 검색의 편의를 위하여 노랫말의 표기는 전부 히라가나로 하고 오십음도 순으로 배열하였다.
3. 첫 번째 구가 중복될 때에는 두 번째 구까지 두 번째 구까지 중복될 때에는 세 번째 구까지 표기하였다.

-ものやかなしき　578
-われをおもはむ　750
わがこひに　590
わがこひは
-しらぬやまぢに　597
-みやまがくれの　560
-むなしきそらに　488
-ゆくへもしらず　611
わがこひを
-しのびかねては　668
-ひとしるらめや　504
わがせこが
-くべきよひなり　1110
-ころものすそを　171
-ころもはるめ　25
わがせこを　1089
わがそでに　763
わがその　498
わがために　186
わがまたぬ　338
わがみから　960
わがやどに　120
わがやどの
-いけのふぢなみ　135
-きくのかきねに　564
-はなふみしたく　442
-はなみがてらに　67
わがやどは
-みちのなきまで　770
-ゆきふりしきて　322
わがよはひ　346
わかるれど　399
わかれては　372
わかれてふ　381
わかれをば　393
わぎもこに　1107
わくらばに　962
わすらるる

-ときしなければ　514
-みをうぢばしの　825
わすられむ　996
わすれぐさ
-かれもやすると　801
-たねとらましを　765
-なにをかたねと　802
わすれては　970
わすれなむ
-とおもふこころの　718
-われをうらむな　719
わたつうみの
-おきつしほあひに　910
-かざしにさせる　911
-はまのまさごを　344
わたつみと　733
わたつみの　816
わたのはら
-やそしまかけて　407
-よせくるなみの　912
わびしらに
わびぬれば
-しひてわすれむと　569
-みをうきくさの　938
わびはつる　813
わびひとの
-すむべきやどと　985
-わきてたちよる　292
わりなくも　570
われのみぞ　612
われのみや
-あはれとおもはむ　244
-よをうくひすと　798
われはけさ　436
われみても　905
われをおもふ　1041
われをきみ　973
われをのみ　1040